CIDADE DA VITÓRIA

Obras de Salman Rushdie publicadas pela Companhia das Letras

A casa dourada
O chão que ela pisa
Cidade da vitória
Cruze esta linha
Dois anos, oito meses e vinte e oito noites
A feiticeira de Florença
Os filhos da meia-noite
Fúria
Haroun e o Mar de Histórias
Joseph Anton
Luka e o Fogo da Vida
Oriente, Ocidente
Quichotte
Shalimar, o equilibrista
O último suspiro do mouro
Vergonha
Os versos satânicos

SALMAN RUSHDIE

Cidade da vitória

Romance

Tradução
Paulo Henriques Britto

Copyright © 2023 by Salman Rushdie
Todos os direitos reservados.

*Grafia atualizada segundo o Acordo Ortográfico da Língua Portuguesa de 1990,
que entrou em vigor no Brasil em 2009.*

Título original
Victory City: A Novel

Capa
Victor Burton

Imagens de capa
Ornamento ao centro: reddees/ Shutterstock
Flores: Jallo/ Shutterstock

Preparação
Gabriele Fernandes

Revisão
Huendel Viana
Eduardo Santos

Dados Internacionais de Catalogação na Publicação (CIP)
(Câmara Brasileira do Livro, SP, Brasil)

Rushdie, Salman
    Cidade da vitória : Romance / Salman Rushdie ; tradução
Paulo Henriques Britto. — 1ª ed. — São Paulo : Companhia
das Letras, 2023.

    Título original: Victory City: A Novel.
    ISBN 978-85-359-3480-9

    1. Romance inglês I. Título.

23-159155   CDD-823

Índice para catálogo sistemático:
1. Romances : Literatura inglesa 823
Aline Graziele Benitez – Bibliotecária – CRB-1/3129

Todos os direitos desta edição reservados à
EDITORA SCHWARCZ S.A.
Rua Bandeira Paulista, 702, cj. 32
04532-002 — São Paulo — SP
Telefone: (11) 3707-3500
www.companhiadasletras.com.br
www.blogdacompanhia.com.br
facebook.com/companhiadasletras
instagram.com/companhiadasletras
twitter.com/cialetras

Para Hanan

Sumário

Primeira parte: Nascimento, 9
Segunda parte: Exílio, 139
Terceira parte: Glória, 219
Quarta parte: Queda, 331

Agradecimentos, 381

PRIMEIRA PARTE:
Nascimento

1.

Em seu último dia de vida, aos duzentos e quarenta e sete anos de idade, a poeta, milagreira e profetisa cega Pampa Kampana concluiu seu imenso poema narrativo sobre Bisnaga e o enterrou num vaso de cerâmica lacrado com cera no centro das ruínas do Recinto Real, como uma mensagem para o futuro. Quatro séculos depois, encontramos aquele vaso e lemos pela primeira vez a obra-prima imortal intitulada *Jayaparajaya*, ou seja, *Vitória e derrota*, redigida em sânscrito, tão longa quanto o *Ramayana*, composta de vinte e quatro mil versos, e tomamos conhecimento dos segredos imperiais que ela havia ocultado da história por mais de cento e sessenta mil dias. Só conhecíamos as ruínas que restaram, e nossa lembrança da história do império também estava em ruínas, por efeito da passagem do tempo, das imperfeições da memória e da falsidade daqueles que vieram depois. Com a leitura do livro de Pampa Kampana, o passado foi recuperado, o império de Bisnaga renasceu tal como fora na realidade, com guerreiras, montanhas de ouro, generosidade e momentos de mesquinhez, fraquezas e forças. Pela primeira vez, obtivemos um relato completo do reino que começou e terminou com um incêndio e uma cabeça cortada. O que se segue é essa história, recontada numa linguagem mais simples pelo autor do presente texto, que não é estudioso nem poeta, e sim apenas um contador de casos, que oferece esta versão apenas para divertir e talvez edificar os leitores de hoje, velhos e moços, instruídos e nem tão instruídos, os que buscam sabedoria e os que se divertem com tolices, nortistas e sulistas, seguidores de diversos deuses ou de deus nenhum, os de mente aberta e os de mente fechada, homens e mulheres e pessoas cuja identidade de gênero situa-se entre os dois ou além deles, filhos da nobreza e plebeus comuns, pessoas de bem e patifes, charlatães e estrangeiros, sábios humildes e tolos egotistas.

A história de Bisnaga começou no século xiv da Era Comum, na parte sul do território que agora chamamos de Índia, Bharat, Hindustão. O velho rei cuja decapitação deu origem a tudo não era lá essas coisas como monarca, apenas o tipo de governante sucedâneo que surge entre o declínio de um grande reino e a ascensão de outro. Chamava-se Kampila, soberano do minúsculo principado de Kampili, "Kampila Raya", sendo *raya* a versão regional do termo *raja*, rajá ou rei. Este *raya* de segunda categoria ocupou o trono de terceira apenas tempo suficiente para construir um forte de quarta às margens do rio Pampa, instalar um templo de quinta dentro dele e gravar algumas inscrições grandiosas na encosta de um morro rochoso, mas foi então que o exército do Norte veio para o Sul a fim de enfrentá-lo. A batalha que se seguiu foi de todo unilateral, tão desprovida de importância que ninguém se deu ao trabalho de lhe dar um nome. Depois de expulsar as forças de Kampila Raya e matar a maior parte de seu exército, os nortistas aprisionaram o rei de meia-tigela e cortaram sua cabeça já sem coroa. Em seguida, rechearam-na de palha e a enviaram para o norte, para agradar o sultão de Délhi. Não havia nada de especial na batalha sem nome nem na cabeça cortada. Naquele tempo, as batalhas eram corriqueiras, e nomeá-las era uma tarefa a que muita gente não dava importância; e havia cabeças cortadas sendo transportadas de um lado a outro de nossa imensa terra para agradar este ou aquele príncipe. O sultão, instalado na capital ao norte, acumulara uma bela coleção de cabeças.

Depois da batalha insignificante, por incrível que pareça, houve um desses eventos que mudam o curso da história. Conta-se que as mulheres do minúsculo reino derrotado, que em sua maioria haviam se tornado viúvas por efeito da batalha sem nome, saíram do forte de quarta categoria, tendo feito suas últimas oferendas no templo de quinta, cruzaram o rio em pequenos barcos, desafiando a turbulência da água do modo mais improvável, caminharam certa distância ao longo da margem sul do rio, fizeram uma grande fogueira e nela cometeram suicídio coletivo. Sérias, sem nenhuma queixa, despediram-se umas das outras e caminharam para dentro da fogueira sem hesitar. Tampouco se ouviram gritos quando a carne delas pegou fogo e o fedor da morte encheu o ar. Ardiam em silêncio; o único som que se ouvia era o estalido das labaredas. Pampa Kampana assistiu a toda a cena. Era como se o próprio universo estivesse lhe enviando uma mensagem, dizendo: abre teus ouvidos, respira fundo, aprende. Aos nove anos, contemplava a cena com lágrimas nos olhos, segurando com todas as forças a mão de sua mãe, cujos olhos permaneciam secos, enquanto todas as mulheres que ela conhecia entravam na fogueira e ficavam sentadas, em pé ou deitadas no meio do fogaréu, com chamas saindo de ouvidos e boca: a velha que já vira tudo e a jovem que mal começara a viver e a menina que odiava o pai que morrera como soldado e a esposa que sentia vergonha do marido porque ele não dera à própria vida no campo de batalha e a mulher de voz melodiosa e a mulher de riso assustador e a mulher magra como um graveto e a mulher gorda como um melão. Elas caminhavam para dentro da fogueira, e o fedor de morte dava ânsia de vômito em Pampa, que então, horrorizada, viu a própria mãe, Radha Kampana, delicadamente soltar sua mão e ir caminhando, bem devagar, mas com absoluta convicção, até juntar-se à fogueira das mortas, sem sequer se despedir.

Durante o restante de sua vida, Pampa Kampana, que tinha o mesmo nome do rio em cujas margens tudo isso aconteceu, sentiria nas narinas o cheiro da carne queimada da mãe. A pira era feita de sândalo perfumado, com abundância de cravos e alho e cominho e paus de canela, como se as damas em chamas fossem uma iguaria muito bem temperada a ser servida para o prazer gastronômico dos generais vitoriosos a serviço do sultão, mas essas fragrâncias — havia também cúrcuma e cardamomos grandes e pequenos — não conseguiam se sobrepor à pungência única e canibalesca das mulheres queimadas vivas, tendo apenas o efeito de tornar o cheiro ainda mais insuportável. Pampa Kampana nunca mais comeu carne; sequer conseguia permanecer numa cozinha onde carne estivesse sendo preparada. Todos os pratos com carne recendiam à memória da mãe, e quando outras pessoas comiam animais mortos, Pampa Kampana era obrigada a desviar a vista.

O pai de Pampa morrera jovem, muito antes da batalha sem nome, de modo que a mãe dela não era uma das viúvas recentes. Arjuna Kampana morrera havia tanto tempo que Pampa não lembrava de seu rosto. Tudo que sabia a seu respeito era o que lhe fora contado por Radha Kampana: ele era um homem bom, oleiro amado por toda a gente de Kampili, e incentivara a esposa a aprender seu ofício; assim, depois que morreu, ela assumiu a oficina e acabou se revelando melhor oleira do que fora o marido. Radha, por sua vez, ensinara as mãozinhas de Pampa a lidar com o torno, e a menina já havia se tornado perita na arte de fazer vasos e tigelas, aprendendo uma lição importante: a de que não existia trabalho que só pudesse ser executado por homens. Pampa Kampana julgava que seu trabalho seria este, fazer objetos bonitos com a mãe, as duas trabalhando lado a lado no torno. Mas esse sonho chegara ao fim. A mãe soltara-se de sua mão, abandonando-a à própria sorte.

Por um instante interminável, Pampa tentou convencer-se de que a mãe estava apenas sendo sociável e imitando as outras, pois sempre fora uma mulher para quem a amizade de outras mulheres era da maior importância. Pampa dizia a si própria que aquela muralha ondulante de fogo era uma cortina atrás da qual as senhoras haviam se reunido para fofocar, e que logo sairiam das chamas, incólumes, talvez um pouco chamuscadas, cheirando a temperos, mas isso logo haveria de passar. Depois, Pampa e sua mãe voltariam para casa.

Foi só quando viu as últimas postas de carne assada caírem dos ossos de Radha Kampana, revelando o crânio nu, que Pampa se deu conta de que a infância terminara e doravante ela teria de se comportar como adulta e jamais cometer o último erro da mãe. Haveria de rir-se da morte e encarar a vida. Não sacrificaria o corpo apenas para seguir homens mortos em direção ao mundo do além. Ela se recusaria a morrer jovem; pelo contrário, viveria até atingir uma idade impossível, desafiadora. Foi nesse momento que recebeu a bênção celestial que mudaria tudo, pois a voz da deusa Pampa, tão velha quanto o Tempo, começou a sair da boca daquela menina de nove anos.

Era uma voz tremenda, como o trovejar de uma cachoeira alta a ressoar num vale de ecos agradáveis. Havia nela uma música que a menina jamais ouvira, uma melodia à qual ela depois daria o nome de *bondade*. Ficou apavorada, é claro, mas também se sentia tranquilizada. Não fora possuída por um demônio. Naquela voz havia doçura — e majestade. Radha Kampana uma vez lhe dissera que as duas divindades mais excelsas do panteão haviam começado a namorar perto dali, junto às águas ferozes do rio turbulento. Talvez fosse a própria rainha dos deuses, retornando, numa época de morte, ao lugar onde seu amor nascera. Tal como o rio, Pampa Kampana havia recebido o nome da divindade — "Pampa" era um dos nomes locais da deusa Parvati, e seu amante Shiva, o grande Senhor da Dança, ali se manifestara a ela em sua encarnação local, com três olhos — de modo que tudo começava a fazer sentido. Tomada por uma sensação de distanciamento sereno, Pampa, o ser humano, começou a dar ouvidos às palavras de Pampa, a divindade, que saíam de sua boca. Ela não podia controlá-las, assim como um espectador na plateia não pode controlar o monólogo do protagonista, e foi assim que sua carreira de profetisa e milagreira teve início.

Pampa não sentia nada de diferente no plano físico. Não havia efeitos colaterais desagradáveis. Não tremia, não se sentia fraca, não experimentava calores súbitos nem suores frios. Não espumava pela boca nem caía como num ataque epilético, tal como lhe tinham dito que podia acontecer, e de fato acontecera com outras pessoas em casos assim. Pelo contrário, uma imensa sensação de tranquilidade a cercava, como um manto macio, a garantir-lhe que o mundo continuava sendo um lugar bom e que as coisas dariam certo.

"De sangue e fogo", disse a deusa, "vida e poder nascerão. Neste exato lugar uma grande cidade surgirá, para maravilhar o mundo, e seu império há de durar mais de dois séculos. E tu", a deusa dirigiu-se diretamente a Pampa Kampana, proporcionando à menina a experiência insólita de ouvir uma desconhecida sobrenatural dirigindo-se pessoalmente a ela por meio da própria boca, "tu lutarás para que nunca mais outras mulheres sejam queimadas dessa maneira e para que os homens vejam as mulheres de um jeito novo, e viverás o suficiente para testemunhar tanto o teu sucesso quanto o teu fracasso, para ver tudo e contar a história do que ocorreu; mas assim que terminares de contá-la, morrerás no mesmo instante, e serás esquecida por quatrocentos e cinquenta anos." E assim Pampa Kampana entendeu que a munificência de uma divindade sempre haveria de ser uma faca de dois gumes.

Ela começou a caminhar sem saber para onde ia. Se vivesse na nossa época, talvez dissesse que a paisagem ao seu redor se assemelhava à superfície lunar, planícies esburacadas, vales cheios de pó, pilhas de pedras, o vazio, a sensação de um ermo melancólico onde a vida deveria florescer. Mas Pampa não concebia a lua como um lugar. Para ela, era apenas um deus a brilhar no céu. Foi andando, andando, até começar a ver coisas milagrosas. Viu uma naja usar o capuz para proteger uma rã grávida do calor do sol. Viu um coelho parar de correr e encarar um cão que o caçava, morder-lhe o focinho e fazê-lo fugir. Tais maravilhas deram a Pampa a impressão de que algo extraordinário ia acontecer. Pouco depois dessas visões, que poderiam ser sinais enviados pelos deuses, ela chegou ao pequeno *mutt* de Mandana.

Um *mutt* também poderia ser chamado de *peetham*, mas para evitar confusões digamos simplesmente que se tratava da morada de um monge. Anos depois, com o crescimento do império, o *mutt* de Mandana tornou-se um lugar grandioso que se estendia até a margem do rio turbulento, uma imensa edificação que empregava milhares de sacerdotes, criados, mercadores, artesãos, zeladores, amestradores de elefantes e de macacos, cavalariços e agricultores que cultivavam os extensos arrozais do *mutt*, e passou a ser reverenciado como o lugar sagrado onde os imperadores iam buscar conselhos; mas nos primórdios de sua existência era um local humilde, pouco mais do que uma caverna de um asceta com uma horta ao lado, e o asceta que lá vivia, ainda jovem na época, um sábio de vinte e cinco anos de idade com cabelos longos e crespos que lhe desciam as costas até a cintura, chamava-se Vidyasagar, o que significava que havia um oceano de saber, um *vidya-sagara*, dentro de sua cabeçorra. Quando viu a menina se aproximando com fome na língua e loucura nos olhos, o monge compreendeu de imediato que ela testemunhara coisas terríveis e lhe deu água para beber e o pouco de comida de que dispunha.

A partir daí, pelo menos segundo a versão de Vidyasagar, eles viveram juntos em tranquilidade, dormindo em cantos opostos do chão da caverna, e se davam bem, em parte porque o monge fizera solenemente um voto de abstinência de coisas carnais, de modo que mesmo depois que a beleza grandiosa de Pampa Kampana floresceu, ele jamais encostou o dedo nela, embora a caverna não fosse muito grande e eles ficassem a sós na escuridão. Por todo o resto de sua vida, era isso que ele dizia quando alguém lhe perguntava — e havia pessoas que perguntavam, porque o mundo é um lugar cínico e desconfiado e, por estar cheio de mentirosos, acha-se que tudo é mentira. Como, aliás, era mentira a história contada por Vidyasagar.

Já Pampa Kampana, quando lhe perguntavam, nada dizia em resposta. Desde pequena adquiriu a capacidade de expulsar da consciência muitos dos males que a vida lhe destinara. Ainda não havia compreendido nem dominado o poder da bondade dentro dela, e assim não conseguia se proteger quando o estudioso supostamente casto cruzava a linha invisível que os separava e fazia o que fazia. Isso não ocorria com muita frequência, porque os estudos normalmente tinham o efeito de deixá-lo cansado demais para dar vazão aos desejos carnais, mas com alguma frequência, e cada vez que acontecia, com força de vontade, ela apagava o ocorrido da memória. Também apagou a figura da mãe, cujo autossacrifício tivera o efeito de sacrificar a filha no altar da concupiscência do asceta, e por muitos anos Pampa tentou se convencer de que o que acontecera na caverna era uma ilusão, e de que jamais tivera mãe.

Foi desse modo que conseguiu aceitar seu destino em silêncio; porém uma ira poderosa começou a crescer dentro dela, uma força que originaria o futuro. Com o tempo. Com o devido tempo.

Pampa Kampana não disse uma única palavra pelos nove anos que se seguiram, motivo pelo qual Vidyasagar, que sabia muitas coisas, não sabia sequer o nome dela. Decidiu chamá-la Gangadevi, e ela aceitou o nome sem se queixar, ajudando-o a catar frutinhas e raízes para comer, a varrer a pobre morada dos dois e a trazer água do poço. O silêncio da menina era perfeito para ele, que a maior parte do tempo vivia imerso na meditação, ponderando o significado dos textos sagrados que havia memorizado e procurando respostas para duas grandes perguntas: se a sabedoria existia ou se existia apenas a insensatez; e para uma pergunta relacionada: se havia *vidya*, o conhecimento verdadeiro, ou se havia apenas muitos tipos diferentes de ignorância, e o conhecimento verdadeiro, do qual seu próprio nome derivava, era atributo exclusivo dos deuses. Além disso, ele pensava a respeito da paz e perguntava a si próprio como seria possível garantir o triunfo da não violência numa era violenta.

Os homens eram assim, pensava Pampa Kampana. Aquele homem filosofava a respeito da paz, mas tratava a menina indefesa que dormia em sua caverna de modo incoerente a sua filosofia.

Embora permanecesse calada enquanto se transformava numa moça, a menina escrevia sem parar, com uma letra vigorosa e fluente, surpreendendo o sábio, que a julgara analfabeta. Depois que começou a falar, Pampa Kampana reconheceu que ela própria não imaginava que soubesse escrever, e atribuiu o milagre de sua alfabetização à intervenção benévola da deusa. Escrevia quase todos os dias, e permitia que Vidyasagar lesse seus escritos; assim, durante aqueles nove anos o sábio atônito tornou-se a primeira testemunha do florescimento de seu gênio poético. Foi nessa época que ela redigiu o que viria a se tornar o Prelúdio da obra *Vitória e derrota*. O tema da parte principal do poema seria a história de Bisnaga, da criação à destruição, porém esses fatos ainda permaneciam no futuro. O Prelúdio falava da antiguidade, contando a história do reino de macacos de Kishkindha que existira naquela região em tempos remotos, o Tempo das Fábulas, e continha um relato vívido da vida e dos feitos do Senhor Hanuman, o rei macaco que era capaz de tornar-se do tamanho de uma montanha e atravessar o mar de um salto. Os estudiosos e os leitores comuns tendem a concordar que a qualidade do verso de Pampa Kampana se iguala à linguagem do próprio *Ramayana*, e talvez chegue a superá-la.

Passados os nove anos, os dois irmãos Sangama vieram fazer uma visita: o mais alto, belo, grisalho, que permanecia imóvel e olhava fundo nos olhos do interlocutor como se pudesse ler seus pensamentos, e seu irmão bem mais moço, pequeno e rechonchudo, que vivia a zumbir em torno dele, e de todas as outras pessoas, como uma abelha. Eram vaqueiros da cidade serrana de Gooty que haviam participado da guerra, sendo a guerra uma das indústrias que mais se desenvolviam na época; tinham lutado no exército de um principezinho local e, por serem amadores nas artes de matar, foram capturados pelas forças do sultão de Délhi e enviados para o Norte; lá, para salvar a própria pele, fingiram se converter à religião dos captores e pouco depois fugiram, descartando a fé adotiva como roupa velha, escapando antes que fossem circuncidados segundo os preceitos da religião na qual no fundo não acreditavam. Eram daquela região, explicaram; tinham ouvido falar da sabedoria do monge Vidyasagar e, para ser francos, também da beleza da jovem muda que vivia com ele; assim, estavam em busca de bons conselhos.

Os irmãos não vinham de mãos abanando. Traziam cestas com frutas frescas, um saco de castanhas e um jarro contendo leite de sua vaca predileta; e mais um saco de sementes, que acabou mudando a vida dos dois. O nome deles era Hukka e Bukka Sangama — Hukka era o mais velho e belo, e Bukka, a jovem abelha; tendo fugido do Norte, estavam à procura de um novo sentido para a vida. Depois de sua aventura militar, cuidar de vacas já não lhes bastava, explicaram; agora os horizontes haviam se alargado e as ambições, se expandido; assim, agradeciam qualquer orientação, qualquer respingo do Oceano da Sabedoria, quaisquer sussurros saídos das profundezas da sabedoria que o estudioso pudesse lhes oferecer, o que ele pudesse lhes dar que abrisse caminhos. "Sabemos que o senhor é o grande apóstolo da paz", disse Hukka Sangama. "Não gostamos muito de ser soldados depois da nossa experiência recente. Mostre-nos os frutos que podem ser gerados pela não violência."

Para surpresa geral, não foi o monge, e sim sua companheira de dezoito anos de idade que respondeu, numa voz normal, forte e grave, em tom de conversação, uma voz que não dava o menor sinal de ter permanecido nove anos sem ser usada. "Imaginem que vocês tivessem um saco cheio de sementes", disse ela. "Imaginem que as plantassem e delas brotassem uma cidade e seus habitantes, como se as pessoas fossem plantas, germinando e florescendo na primavera e fenecendo no outono. Imaginem agora que essas sementes pudessem produzir gerações, uma história, uma nova realidade, um império. Imaginem que elas pudessem transformá-los em reis, a vocês e seus filhos, e os filhos de seus filhos."

"Parece uma boa ideia", disse o jovem Bukka, o mais falante

dos dois irmãos. "Mas onde vamos encontrar sementes assim? Não passamos de vaqueiros, mas mesmo assim não acreditamos em contos de fadas."

"Seu nome, Sangama, é um sinal", disse ela. "Um *sangam* é uma confluência, tal como a criação do rio Pampa com a fusão do Tunga e do Bhadra, que foram criados pelo suor que escorria dos dois lados da cabeça do Senhor Vishnu, e por isso também significa o confluir de partes diferentes para fazer um todo de nova espécie. Este é o destino de vocês. Vão até o lugar do sacrifício das mulheres, o lugar sagrado onde minha mãe morreu, que é também o lugar onde nos tempos antigos o Senhor Ram e seu irmão Lakshman se uniram ao poderoso Senhor Hanuman de Kishkindha para lutar contra Ravana de Lanka, o de muitas cabeças, que havia abduzido a dama Sita. Vocês são irmãos tal como eram Ram e Lakshman. Construam sua cidade lá."

Nesse ponto o sábio interveio: "Não é um mau começo para dois vaqueiros. O sultanato de Golconda foi fundado por pastores, como vocês sabem — aliás, o nome quer dizer 'morro dos pastores' —, mas eles deram sorte, porque descobriram que o lugar era rico em diamantes, e agora são príncipes dos diamantes, proprietários das Vinte e Três Minas, descobridores da maior parte dos diamantes rosados do mundo, e donos do Grande Diamante, que eles guardam na masmorra mais profunda do forte deles no alto da montanha, o castelo mais impenetrável desta terra, mais até do que Mehrangarh, em Jodhpur, ou Udayagiri, aqui perto".

"E as suas sementes são melhores do que diamantes", disse a jovem, devolvendo o saco que os irmãos haviam trazido.

"O quê? Estas sementes?", perguntou Bukka, atônito. "Mas são apenas sementes comuns que trouxemos para a horta de vocês: de quiabo, feijão e abóbora-serpente, tudo misturado."

A profetisa fez que não com a cabeça: "Não mais. Agora são as sementes do futuro. A sua cidade crescerá a partir delas".

Os irmãos perceberam naquele instante que ambos estavam real, profunda e eternamente apaixonados por aquela jovem estranha e tão bela, que era sem dúvida uma grande feiticeira, ou no mínimo uma pessoa que fora tocada por um deus e dele recebera poderes excepcionais. "Dizem que Vidyasagar lhe deu o nome de Gangadevi", disse Hukka. "Mas qual é o seu nome verdadeiro? Gostaria muito de saber, para que eu possa lembrar-me de você com o nome dado por seus pais."

"Vão fundar a sua cidade", ela respondeu. "Voltem e perguntem de novo meu nome quando ela tiver brotado das pedras e do pó. Talvez, então, eu lhes diga qual é."

2.

Tendo chegado ao lugar escolhido e espalhado as sementes, com o coração tomado por muita perplexidade e um pouquinho de esperança, os irmãos Sangama subiram um morro coberto de pedras grandes e arbustos espinhosos que rasgavam suas roupas de camponeses, e sentaram-se ao entardecer para esperar e observar. Apenas uma hora depois, viram que o ar começava a tremer, como acontece nas horas mais quentes dos dias mais quentes, e então a cidade milagrosa começou a brotar diante de seus olhos atônitos, os edifícios de pedra da zona central elevando-se do chão rochoso, a majestade do palácio real e o primeiro grande templo. (Este tornou-se conhecido para todo o sempre como Templo Subterrâneo, por ter emergido de um lugar debaixo da superfície da terra, e também como Templo dos Macacos, porque desde o surgimento vivia cheio de macacos sagrados cinzentos, de cauda longa, da espécie conhecida como langur-cinzento, tagarelando uns com os outros sem parar e fazendo soar os inúmeros sinos do templo, e também por causa da gigantesca escultura do Senhor Hanuman que brotou com o prédio, ao lado dos portões.) Todas essas coisas e outras mais surgiram num esplendor antiquado, voltadas para o Recinto Real que se espalhava a partir da extremidade mais distante da comprida rua do mercado. Os casebres de barro, madeira e bosta de vaca da gente comum também foram surgindo do nada na periferia da cidade.

(*Uma nota a respeito dos macacos. Talvez valha a pena observar aqui que os macacos vão desempenhar um papel importante na narrativa de Pampa Kampana. Nestes versos iniciais, a sombra benévola do poderoso Senhor Hanuman se projeta sobre as páginas, e seu poder e sua coragem se tornam características de Bisnaga, a sucessora no mundo real da mítica Kishkindha. Não é necessário dizer mais a respeito desses eventos futuros. Queremos apenas assinalar o caráter dualista, binário, que o tema do macaco assume na obra.*)

Nesses momentos iniciais, a cidade ainda não estava de todo viva. Espalhando-se a partir da sombra dos morros áridos e pedregosos, ela parecia uma cosmópole reluzente que fora abandonada por todos os moradores. As mansões dos ricos estavam desabitadas; as tendas do mercado, protegidas por toldos, permaneciam vazias, aguardando a chegada de floristas, açougueiros, alfaiates, comerciantes de vinho e dentistas; na zona do meretrício havia bordéis, mas por enquanto faltavam as prostitutas. O rio corria, e suas margens, onde lavadeiras e lavadeiros haveriam de trabalhar, pareciam na expectativa de alguma espécie de ação, alguma movimentação que desse sentido ao lugar. No Recinto Real, a grande Casa do Elefante, com seus onze arcos, esperava a chegada dos paquidermes e seu esterco.

Então a vida teve início, e centenas — não, milhares — de

homens e mulheres brotaram já adultos da terra parda, sacudiram as roupas para livrar-se do pó e encheram as ruas na brisa da tarde. Cães sem dono e vacas magras andavam pelas vias, árvores enchiam-se de flores e folhas, e, sim, no céu surgiam bandos de papagaios e corvos. Havia roupa sendo lavada na margem do rio, e elefantes reais bramindo no casarão, guardas armadas — mulheres! — diante dos portões do Recinto Real. Via-se um acampamento militar além dos limites da cidade, um agrupamento numeroso contendo uma força impressionante de milhares de seres humanos recém-surgidos, equipados com armaduras e armas ruidosas, bem como fileiras de elefantes, camelos e cavalos, e armamentos de guerra — aríetes, trabucos e coisas semelhantes.

"Deve ser esta a sensação que tem um deus", comentou Bukka Sangama, com voz trêmula, ao irmão. "Executar o ato da criação, algo de que só os deuses são capazes."

"Agora temos que nos tornar deuses", disse Hukka, "e exigir que as pessoas nos adorem." Olhou para o céu. "Está vendo ali?", apontou. "É o nosso pai, a Lua."

"Não", Bukka sacudiu a cabeça. "Ninguém vai cair nessa."

"O grande deus Lunar, nosso ancestral", disse Hukka, inventando à medida que falava, "teve um filho chamado Budha. E depois de uma sucessão de gerações, a linha familiar chegou ao rei Lua da era mitológica. Pururavas. Era esse o seu nome. Ele teve dois filhos, Yadu e Turvasu. Uns dizem que eram cinco, mas eu afirmo que dois já são o bastante. E somos os filhos de Yadu. Assim, fazemos parte da ilustre linhagem Lunar, tal como o grande guerreiro Arjuna do *Mahabharata*, e o próprio Senhor Krishna."

"Também somos cinco", disse Bukka. "Cinco Sangama, os cinco filhos do rei Lunar. Hukka, Bukka, Pukka, Chukka e Dev."

"Pode ser", disse Hukka. "Mas afirmo que dois são o bastante. Nossos irmãos não têm caráter nobre. Não são respeitáveis.

São indignos. Mas é verdade, vamos ter que decidir o que fazer com eles."

"Vamos descer e dar uma olhada no palácio", sugeriu Bukka. "Espero que tenha um montão de criados e cozinheiros e não só salões e mais salões vazios. Espero que tenha camas macias como nuvens e talvez uma ala de mulheres, já provida de esposas de beleza inimaginável. Precisamos comemorar, não é? Não somos mais vaqueiros."

"Mas as vacas vão continuar a ser importantes para nós", propôs Hukka.

"Metaforicamente, certo?", perguntou Bukka. "Não pretendo continuar ordenhando vacas."

"Isso", disse Hukka Sangama. "Metaforicamente, é claro."

Os dois ficaram em silêncio por algum tempo, impressionados com o que haviam criado. "Se uma coisa pode surgir assim do nada", observou Bukka por fim, "talvez tudo seja possível neste mundo, e podemos de fato nos tornar grandes homens, só que nesse caso vamos precisar de grandes pensamentos também, e para isso não temos sementes."

O raciocínio de Hukka seguia um rumo diferente. "Se podemos plantar gente como se planta mandioca", especulou, "então não faz mal perdermos muitos soldados numa batalha, porque depois é só fazer mais, de modo que seremos invencíveis e poderemos conquistar o mundo. Esses milhares de pessoas são só o começo. Vamos plantar centenas de milhares de cidadãos, talvez um milhão, e um milhão de soldados também. Sobraram muitas sementes. Mal chegamos a usar metade do saco."

Bukka estava pensando em Pampa Kampana. "Ela falou muito sobre paz, mas se ela quer isso, então por que nos fez criar esse exército?", indagou. "Será que ela quer mesmo paz ou vingança na verdade? Quer dizer, vingança pela morte da mãe."

"Isso agora cabe a nós", respondeu Hukka. "Um exército pode ser uma força para a paz, não só para a guerra."

"E tem mais uma coisa que eu queria saber", prosseguiu Bukka. "Essa gente lá embaixo, os nossos novos cidadãos — os homens, em particular —, você acha que eles são ou não circuncidados?"

Hukka pensou na pergunta. "O que você quer fazer?", indagou por fim. "Ir lá embaixo e pedir que todos eles abram os *lungis*, baixem as calças e desamarrem os sarongues? Você acha que é um bom jeito de começar?"

"Na verdade", respondeu Bukka, "estou me lixando. Provavelmente uns são e outros não, e tanto faz."

"Isso mesmo", retrucou Hukka. "Tanto faz."

"Se você está se lixando, eu também estou", disse Bukka.

"Estou me lixando", respondeu Hukka.

"Então, tanto faz", confirmou Bukka.

Ficaram calados mais um tempo, contemplando o milagre, tentando aceitar o que nele havia de incompreensível, sua beleza, suas consequências. "A gente devia ir lá se apresentar", disse Bukka depois de algum tempo. "Eles precisam saber quem é que manda."

"Sem pressa", argumentou Hukka. "Acho que nós dois estamos um pouco malucos agora, porque estamos no meio de uma grande loucura, e a gente precisa de um minuto para absorver a coisa, recuperar a sanidade. E em segundo lugar…" E então fez uma pausa.

"Sim?", Bukka insistiu, para que ele prosseguisse. "Em segundo lugar, o quê?"

"Em segundo lugar", disse Hukka, falando devagar, "temos que decidir qual de nós dois vai ser rei primeiro, e quem vai ser rei depois."

"Bem", arriscou Bukka, "eu sou mais inteligente."

"Isso é discutível", disse Hukka. "Mas eu sou o mais velho."

"E também sou o mais simpático."

"Também é discutível. Mas eu repito: sou o mais velho."

"É, você é velho, sim. Mas eu sou mais dinâmico."

"Ser dinâmico é uma coisa, ser rei é outra", disse Hukka. "E eu continuo sendo o mais velho."

"Você fala como se isso fosse uma espécie de mandamento", protestou Bukka. "O mais velho é o primeiro: onde que isso está dito? Onde que está escrito?"

Hukka levou a mão ao punho da espada. "Aqui", respondeu.

Uma ave voou à frente do sol. A própria terra respirou fundo. Os deuses, se havia deuses, pararam o que faziam e prestaram atenção.

Bukka cedeu. "Está bem, está bem", disse, levantando as mãos, num gesto de rendição. "Você é meu irmão mais velho, eu amo você e você vai primeiro."

"Obrigado", disse Hukka. "Eu também amo você."

"Mas agora", acrescentou Bukka, "eu é que tomo a próxima decisão."

"Certo", concordou Hukka Sangama, que agora era o rei Hukka — Hukka Raya I. "Você é o primeiro a escolher os quartos no palácio."

"E as concubinas", insistiu Bukka.

"Certo, certo", respondeu Hukka Raya I, com um gesto de irritação. "E as concubinas também."

Após outra pausa, Bukka arriscou um pensamento grandioso. "O que é o ser humano?", indagou. "Quer dizer, o que é que faz de nós o que somos? Será que todos começamos como sementes, todos os nossos ancestrais são vegetais, se recuarmos até o começo? Ou será que derivamos dos peixes, somos peixes que aprenderam a respirar ar? Ou quem sabe somos vacas que perdemos as tetas e duas das nossas patas. Não sei por quê, a possibilidade da origem vegetal é a que mais me incomoda. Não quero descobrir que meu bisavô era uma berinjela ou uma ervilha."

"E, no entanto, foi de sementes que nossos súditos brotaram", disse Hukka, sacudindo a cabeça. "Então a hipótese vegetal é a mais provável."

"As coisas são mais simples para os vegetais", especulou Bukka. "Eles têm raízes, e graças a isso conhecem o seu lugar. Crescem e cumprem o seu propósito se propagando e depois sendo consumidos. Nesse caso, como é que devemos viver? O que é uma vida humana? O que é uma vida boa e uma vida que não é boa? Quem, ou o quê, são esses milhares de seres que acabamos de criar?"

"A questão das origens", disse Hukka, muito sério, "devemos deixar para os deuses. A pergunta que temos que responder é esta: agora que estamos aqui — e elas, as pessoas que semeamos, estão lá embaixo —, como vamos viver?"

"Se fôssemos filósofos", disse Bukka, "poderíamos dar respostas filosóficas a essas perguntas. Mas somos apenas vaqueiros pobres, que viramos soldados fracassados e de repente, sabe-se lá como, ganhamos status, de modo que o melhor que fazemos é descer e encontrar as respostas lá, vendo como as coisas acontecem. Um exército é uma pergunta, e a resposta a ele é lutar. Uma vaca também é uma pergunta, e a resposta a ela é ordenhar. Lá embaixo tem uma cidade que apareceu do nada, e nunca tivemos que responder a uma pergunta grandiosa como essa. Então talvez a resposta seja morar nela."

"Além disso", acrescentou Hukka, "é melhor começarmos a fazer isso antes que os nossos irmãos cheguem e tentem passar a perna em nós."

No entanto, como se estupefatos, os dois irmãos permaneciam no alto do morro, imobilizados, observando a movimentação das pessoas novas nas ruas da cidade nova aos seus pés, sacudindo a cabeça de incredulidade. Era como se temessem descer àquelas ruas, temessem que tudo aquilo não passasse de uma espécie de alucinação, que se entrassem nelas o logro seria revelado, a visão se dissiparia e eles voltariam ao nada de sua vida anterior. Talvez por estarem atordoados não tenham percebido que as pessoas nas ruas novas e no acampamento do exército ao longe se comportavam de modo estranho, como se também estivessem um pouco enlouquecidas por não compreenderem como haviam surgido de repente e não conseguissem conviver com o fato de terem sido criadas do nada. Muitas gritavam, choravam, algumas rolavam no chão e esperneavam, socavam o ar como se exclamassem: *Onde estou? Me deixem sair daqui!* No mercado, as pessoas jogavam frutas e hortaliças umas nas outras, e não estava claro se estavam brincando ou manifestando uma raiva inexprimível em palavras. Na verdade, pareciam não conseguir exprimir o que realmente queriam, se era alimento, abrigo ou alguém que lhes explicasse o mundo e as fizessem se sentir protegidas nele, alguém que, com palavras suaves, pudesse lhes conferir a ilusão feliz de que elas compreendiam o que lhes era incompreensível. No acampamento do exército, onde as pessoas novas estavam armadas, as lutas eram mais perigosas e havia feridos.

O sol já caía em direção ao horizonte quando Hukka e Bukka por fim começaram a descer a encosta pedregosa. As sombras do poente atravessavam as inúmeras rochas enigmáticas que se interpunham em seu caminho, dando-lhes a impressão de que as pedras adquiriam feições humanas, com olhos vazios que os examinavam atentamente, como se exclamassem: *Então são esses indivíduos vulgares que deram vida a toda uma cidade?* Hukka, que já assumia ares de realeza, como um menino que veste as roupas novas dadas pelos pais no aniversário, deixadas ao pé da cama enquanto ele dormia, decidiu ignorar os olhares das pedras, mas Bukka começou a se assustar, porque as rochas não pareciam ser amistosas e podiam muito bem iniciar uma avalanche que enterraria os irmãos para sempre, antes mesmo que tivessem tempo de assumir seu futuro glorioso. A nova cidade era cercada de encostas pedregosas como aquela por todos os lados, menos a margem do rio, e agora as rochas em todas as encostas pareciam ter se transformado em cabeças gigantescas, com expressões hostis, a boca prestes a falar. Nunca chegaram a fazê-lo, mas Bukka prestou atenção no fato. "Estamos cercados por inimigos", afirmou a si próprio, "e se não nos protegermos depressa, elas vão desabar sobre nós e nos esmagar." Em voz alta, o rei disse ao irmão: "Sabe o que falta a essa cidade, e o que é preciso construir o mais depressa possível? Muralhas. Muralhas altas e grossas, fortes o bastante para resistir a qualquer ataque".

Hukka concordou com a cabeça. "Pode construí-las."

Então entraram na cidade e, enquanto a noite se instaurava, viram-se na madrugada do tempo, no meio do caos que é o estado inicial de todos os universos novos. Àquela altura, muitas das criaturas tinham adormecido, na rua, aos portões do palácio, à sombra do templo, por toda parte. Havia também um cheiro nauseabundo no ar, porque centenas de cidadãos haviam emporcalhado as roupas. Os que não dormiam eram como sonâmbulos, seres vazios de olhos vazios, caminhando pelas ruas como autômatos, comprando frutas nas barracas da feira sem saber o que colocavam nas cestas, ou vendendo frutas sem saber o nome delas, ou ainda, nas barracas de artigos religiosos, comprando e vendendo olhos de esmalte, róseos e brancos, com íris negras, comprando e vendendo essas bugigangas e muitas outras para usá-las nas devoções cotidianas do templo, sem saber quais divindades gostavam de receber esta ou aquela dádiva, nem porque a desejava. Já era noite, mas mesmo na escuridão os sonâmbulos continuavam comprando, vendendo, caminhando nas ruas confusas, e sua presença espectral era ainda mais assustadora do que a daqueles que dormiam e fediam.

O novo rei, Hukka, foi tomado pelo desânimo diante do estado em que viu os súditos. "Pelo visto, aquela bruxa nos deu um reino de seres sub-humanos", exclamou. "Essas pessoas são desprovidas de cérebro como as vacas, e nem tetas têm para nos dar leite."

Bukka, o mais imaginoso dos dois irmãos, pôs a mão no ombro de Hukka, consolando-o. "Calma", disse ele. "Até mesmo os bebês humanos levam tempo para sair de dentro das mães e começar a respirar. E, logo quando saem, nem sequer têm ideia do que fazer, e por isso choram, riem, mijam e cagam, e esperam que os pais cuidem de tudo. Creio que seja isso que está acontecendo aqui: nossa cidade é ainda recém-nascida, e todas essas pessoas, mesmo as adultas, no momento são bebês, e só nos resta esperar que cresçam depressa, porque não dispomos de mães para tomar conta delas."

"E se você tiver mesmo razão, o que é que vamos fazer com essa multidão de seres seminascidos?", indagou Hukka.

"Vamos esperar", disse Bukka, sem ideia melhor para oferecer. "É a primeira lição do seu reinado: ter paciência. Temos que deixar que nossos novos cidadãos — nossos novos súditos — existam de verdade, cresçam até se tornarem os seres recém-criados que são. Será que eles sabem os próprios nomes? Que origem eles se atribuem? É um problema. Talvez eles mudem depressa. Talvez amanhã de manhã já tenham se tornado homens e mulheres, e possamos conversar com eles sobre todas as coisas. Até lá, não há nada a fazer."

A lua cheia eclodiu no céu como um anjo a descer sobre o novo mundo e banhá-lo numa luz leitosa. E naquela noite abençoada pela lua no início dos inícios, os irmãos Sangama compreenderam que o ato da criação era apenas o primeiro de muitos atos necessários, que até mesmo a mágica poderosa das sementes não poderia fornecer todas as coisas requeridas. Eles próprios estavam exaustos, exauridos por tudo o que haviam realizado, e assim foram caminhando até o palácio.

Ali, ao que parecia vigoravam regras diferentes. Quando se aproximaram do portão em arco e entraram no primeiro pátio, viram uma formação completa de funcionários parados diante deles como se fossem estátuas, cavalariços e palafreneiros imobilizados ao lado de seus cavalos imóveis, músicos num palco debruçados sobre seus instrumentos silenciosos e inúmeros criados e ajudantes, com as roupas finas adequadas a pessoas que serviam um rei — turbantes com penachos, túnicas com brocados, sapatos de bico recurvado, colares e anéis. Tão logo Hukka e Bukka atravessaram o portão, a cena ganhou vida, e ao redor deles tudo era atividade e ruído. Cortesãos acorreram para atendê-los, e não eram os bebês crescidos das ruas da cidade, e sim homens e mulheres adultos, bem-falantes, informados, plenamente capacitados para cumprir obrigações. Um criado aproximou-se de Hukka trazendo uma coroa sobre uma almofada de veludo vermelho, e Hukka colocou-a na cabeça com alegria, percebendo que era do tamanho exato. Recebeu os serviços da equipe do palácio como se aquilo fosse seu por direito, mas Bukka, caminhando um ou dois passos atrás dele, tinha pensamentos bem diversos. *Pelo visto, até mesmo as sementes mágicas têm uma regra para os que governam e outra para os que são governados*, refletiu. *Mas se os governados continuarem a ser indisciplinados, não será fácil governá-los.*

Os quartos de dormir eram tão luxuosos que a questão de quem dormia onde foi resolvida sem muita discussão, e havia camareiros nobres para lhes trazer camisolas e mostrar-lhes os armários cheios de roupas apropriadas a sua condição elevada. Mas os irmãos estavam cansados demais para absorver boa parte dos detalhes do novo lar, ou para se interessar nas concubinas, e instantes depois os dois mergulharam no sono.

Na manhã seguinte, as coisas mudaram. "Como está a cidade hoje?", Hukka perguntou ao cortesão que entrou em seu quarto para abrir as cortinas. O indivíduo virou-se e fez uma mesura profunda. "Perfeita, como sempre, majestade", respondeu ele. "A cidade floresce sob o seu reinado, hoje e todos os dias."

Hukka e Bukka pediram cavalos e saíram para ver com os próprios olhos como estava a situação. Constataram, surpresos, que a metrópole levava vida normal, cheia de adultos comportando-se como adultos e crianças correndo em torno deles como cabe às crianças. Era como se todos já vivessem ali havia anos, como se os adultos tivessem sido crianças, e amadurecido, e casado, e criado os próprios filhos; como se possuíssem lembranças e histórias pessoais, e formassem uma comunidade estabelecida de longa data, uma cidade de amor e morte, lágrimas e risos, lealdade e traição, e tudo o mais que a natureza humana contém, tudo aquilo que, somado, constitui o sentido da vida, tudo aquilo que fora arrancado do nada pelas sementes mágicas. Os ruídos da cidade, pregões de vendedores, cascos de cavalos, o chacoalhar de carroças, canções e discussões, enchiam o ar. No quartel, um exército impressionante estava pronto para seguir as ordens de seus senhores.

"Como foi que isso aconteceu?", perguntou Hukka ao irmão, maravilhado.

"Eis a resposta", disse Bukka, apontando.

Caminhando por entre a multidão, com um traje simples de asceta cor de açafrão, com um bastão de madeira, vinha Pampa Kampana, por quem os dois estavam apaixonados. Nos olhos dela brilhava um fogo que levaria mais de duzentos anos para se extinguir.

"Nós construímos a cidade", afirmou Hukka. "Você disse

que quando fizéssemos isso poderíamos lhc pedir que nos dissesse seu nome verdadeiro."

Então Pampa Kampana lhes contou seu nome e também os parabenizou. "Vocês se saíram muito bem", disse. "Eles só precisavam de alguém que lhes sussurrasse os sonhos nos ouvidos."

"O povo precisava de uma mãe", declarou Bukka. "Agora eles a têm, e tudo funciona."

"A cidade precisa de uma rainha", disse Hukka Raya I. "Pampa é um bom nome para uma rainha."

"Não posso ser rainha de uma cidade sem nome", retrucou Pampa Kampana. "Qual o nome da sua cidade?"

"Vou chamá-la Pampanagar", respondeu Hukka, "porque quem a construiu foi você, não nós."

"Isso seria vaidade", discordou Pampa Kampana. "Escolha outro nome."

"Vidyanagar, então", propôs Hukka, "em homenagem ao grande sábio. A cidade da sabedoria."

"Ele também não aceitaria isso", retrucou Pampa Kampana. "Eu recuso, em nome dele."

"Então não sei", disse Hukka Raya I. "Talvez Vijaya."

"Vitória", disse Pampa Kampana. "A cidade é uma vitória, sem dúvida. Mas não sei se essa postura arrogante é sensata."

A questão do nome permaneceria em aberto até a chegada do estrangeiro gago.

3.

O visitante português chegou no domingo da Páscoa. Seu nome também era domingo — Domingo Nunes — e era belo como a luz do dia, olhos verdes da cor da grama ao amanhecer, cabelos vermelhos como o sol no poente, e tinha um defeito de fala que o tornava ainda mais encantador para as pessoas da nova cidade, porque lhe permitia evitar a arrogância dos homens brancos em confronto com peles mais escuras. Trabalhava com cavalos, mas na verdade isso era apenas um pretexto, pois seu verdadeiro amor eram as viagens. Ele conhecia o mundo do alfa ao ômega, de cima para baixo, do receber ao dar, do vencer ao perder, e aprendera que aonde quer que fosse o mundo era ilusão, e que isso era belo. Já vivera enchentes e incêndios, escapara por um triz de outras adversidades, conhecera desertos, pedreiras, rochedos e morros cujos cumes encostavam no céu. Pelo menos era o que ele contava. Fora vendido como escravo, e depois resgatado, e em seguida passara a viajar, narrando as histórias de suas viagens a quem se dispusesse a escutá-lo, e suas narrativas não eram do tipo comum, do cotidiano, nem relatos a respeito do prosaísmo do mundo, e sim de suas maravilhas; melhor dizendo, eram histórias que afirmavam que a vida humana não era banal, e sim extraordinária. E, ao chegar à cidade, compreendeu de imediato que ela era um dos maiores milagres, a ser comparada às pirâmides do Egito, aos Jardins Suspensos da Babilônia ou ao Colosso de Rodes. Assim, tendo vendido os cavalos que trouxera do porto de Goa ao cavalariço-chefe do quartel do exército, foi de imediato observar a muralha da cidade dourada com olhos incrédulos — tal como escreveu depois em seu diário de viagem, citado por Pampa Kampana em seu livro. A muralha brotava do solo no momento em que ele a observava, ficando mais alta a cada hora, pedras bem alisadas surgindo do nada e se instalando uma ao lado da outra, uma em cima da outra, num arranjo perfeito, sem a presença visível de nenhum pedreiro nem de qualquer outro tipo de trabalhador; o que só seria possível se houvesse por ali algum grande ocultista, fazendo com que as fortificações surgissem com o movimento de sua vara de condão imperiosa.

"Estrangeiro! Venha aqui!" Domingo Nunes já aprendera o bastante da língua local para compreender que estavam se dirigindo a ele, num tom peremptório, sem qualquer tentativa de polidez. À sombra da barbacã entre a cidade e o quartel, enquanto suas torres gêmeas elevavam-se mais e mais diante dos olhos dele, um homenzinho punha a cabeça para fora entre as cortinas de um palanquim majestoso: "Você, estrangeiro! Venha cá!".

O homem ou era um bufão grosseiro ou era um príncipe, ou então as duas coisas, pensou Domingo Nunes. Por cautela, reagiu à descortesia com cortesia. "Às suas ordens, senhor", disse, com uma mesura profunda, causando boa impressão no príncipe herdeiro Bukka, que ainda estava se acostumando a ser uma pessoa diante de quem desconhecidos faziam mesuras profundas.

"Você é o sujeito dos cavalos?", perguntou Bukka, com a

mesma grosseria de antes. "Me disseram que chegou à cidade um negociante de cavalos que não sabe falar direito."

Domingo Nunes lhe deu uma resposta intrigante. "São os caca caca cavalos que me dão sustento, mas no fu fundo sou uma dessas pessoas cuja ta ta tarefa é coco coco correr o mundo e contar o que há para ver, para que os outros fi fi fiquem sabendo como ele é."

"Não sei como você conta histórias", replicou Bukka, "se mal consegue terminar uma frase. Mas me interessei. Venha sentar-se ao meu lado. Eu e meu irmão, o rei, gostaríamos de ouvi-las."

"Antes disso", Domingo Nunes ousou dizer, "eu que que quero saber o segredo dessa mu mu muralha mágica, a maior das ma ma maravilhas que eu já vi. Quem é o ma mago que está fa fa fazendo isso? Quero cu cu cumprimentá-lo."

"Entre", disse Bukka, chegando-se para o lado a fim de abrir espaço para o estrangeiro no palanquim. Os homens incumbidos de carregar o veículo tentaram não manifestar sentimentos a respeito do peso dobrado. "Vou apresentá-lo a ela, a moça que criou a cidade com sussurros e que deu as sementes. A história dela merece ser contada por toda parte. Você vai ver que ela também é uma contadora de histórias."

Era um cômodo pequeno, diferente de todos os outros aposentos do palácio, despojado de qualquer ornamentação, com paredes caiadas, e que tinha como único mobiliário um plinto de madeira vazio. Uma janela pequena e alta permitia que um único raio de sol descesse, num ângulo íngreme, em direção à jovem que lá estava sentada, como uma bênção angelical. Nesse cenário austero, atingida por aquele relâmpago de luz surpreendente, as pernas cruzadas, os olhos fechados, os braços esticados repousando sobre os joelhos, as mãos unidas pela ponta dos dedos, os lábios entreabertos, lá estava ela: Pampa Kampana, perdida no êxtase do ato de criação. Estava em silêncio, mas Domingo Nunes, ao ser levado à sua presença por Bukka Sangama, teve a impressão de que uma grande multidão de palavras sussurradas fluía dela, dos lábios entreabertos, escorrendo-lhe do queixo e do pescoço, espalhando-se pelos braços e pelo chão, escapando dela como um rio escapa da nascente, e seguindo em direção ao mundo. Os sussurros eram tão suaves que quase não era possível ouvi-los, e por um momento Domingo Nunes disse a si mesmo que estava a imaginá-los, que contava a si próprio uma espécie de narrativa misteriosa para dar sentido às coisas impossíveis que testemunhava.

Então Bukka Sangama cochichou-lhe ao ouvido: "Você está ouvindo, não está?".

Domingo Nunes concordou com a cabeça.

"É assim que ela fica, vinte horas por dia", disse Bukka. "Então abre os olhos, come um pouco e bebe alguma coisa. Em seguida, fecha-os e fica deitada por três horas para descansar. Depois se levanta e começa outra vez."

"Mas o que que que ela está fa fa fazendo?", indagou Domingo Nunes.

"Pode perguntar-lhe", Bukka respondeu em voz baixa. "Esta é a hora em que ela abre os olhos."

Pampa Kampana abriu os olhos e viu o belo jovem mirando--a com adoração estampada no rosto, e naquele momento a proposta de casamento de Hukka Raya I, e talvez a do príncipe herdeiro Bukka depois da morte do irmão (dependendo de quem sobrevivesse a quem), ficou mais complicada. Ele não precisou lhe perguntar nada. "Sim", disse Pampa, respondendo à pergunta que não fora formulada. "Vou lhe contar tudo."

Finalmente, ela abrira a porta do quarto trancado que continha a lembrança da mãe e de sua primeira infância, e tudo saiu num transbordamento, infundindo-lhe força. Falou a Domingo Nunes sobre Radha Kampana, a oleira, que lhe ensinara que as mulheres poderiam ser tão boas no trabalho quanto os homens, tão boas quanto eles em tudo que os homens faziam, e sobre a morte da mãe, que deixara nela um vazio que agora tentava preencher. Narrou a história do fogo e da deusa que falou através de sua boca. Contou-lhe a respeito das sementes que construíram a cidade no local em que sofrera aquela calamidade. Qualquer lugar novo onde as pessoas resolvem viver leva tempo para se tornar real, explicou, uma geração inteira ou até mais. As primeiras pessoas chegam com imagens do mundo na bagagem, a cabeça cheia de coisas trazidas de outros lugares, mas o novo ambiente parece estranho, é difícil acreditar nele, ainda que elas não tenham nenhum outro lugar para ir nem possam ser outras pessoas. Elas fazem o melhor que podem, então começam a esquecer, contam alguma coisa para a geração seguinte, e se esquecem do restante, e os filhos esquecem mais e mudam as coisas em sua cabeça, mas eles nasceram ali, essa é a diferença, fazem parte do lugar, eles são o lugar, e o lugar são eles, e as raízes que vão se espalhando dão ao local o alimento de que ele necessita, e o lugar floresce, ganha vida, de modo que, quando as primeiras pessoas vão embora, partem felizes por saber que deram início a algo que vai continuar.

O pequeno Bukka ficou impressionado com aquela loquacidade. "Ela nunca fala desse jeito", exclamou, perplexo. "Quando era pequena, passou nove anos sem dizer nada. Pampa Kampana, por que de repente você está falando tanto?"

"Temos um hóspede", ela respondeu, olhando nos olhos verdes de Domingo Nunes, "e precisamos fazê-lo sentir-se em casa."

Cada pessoa vinha de uma semente, explicou. Os homens plantavam sementes nas mulheres e por aí afora. Mas aquilo foi diferente. Uma cidade inteira, pessoas de todos os tipos e de todas as idades, brotando da terra no mesmo dia, são flores que não têm alma, não sabem quem são, porque na verdade não são nada. Mas tal verdade é inaceitável. Tornava-se necessário, disse Pampa, fazer alguma coisa para curar a multidão de sua irrealidade. A solução proposta por ela era a ficção. Estava inventando a vida, as castas, as religiões daquela gente, quantos irmãos e irmãs tinham, de que haviam brincado na infância, e sussurrando essas histórias pelas ruas nos ouvidos que precisavam ouvi-las, escrevendo a grande narrativa da cidade, criando-lhes a história dado que havia lhes criado a vida. Algumas das histórias vinham de suas lembranças da Kampili perdida, dos pais assassinados e das mães queimadas, tentava trazer aquele lugar de volta à vida neste lugar, fazendo os mortos antigos renascerem nos vivos de agora; mas a memória não bastava, eram vidas demais para vivificar, e por isso a imaginação tinha que seguir adiante a partir do ponto em que a memória falhava.

"Minha mãe me abandonou", disse ela, "mas eu serei a mãe de todos eles."

Domingo Nunes não entendia boa parte do que lhe estava sendo dito. Então ouviu de repente um sussurro, não pelos ouvidos, mas de algum modo pelo cérebro, um sussurro que deu voltas em torno de sua garganta, desatando os nós que havia dentro dele, deslindando o que estava enrolado, libertando sua língua. Era ao mesmo tempo empolgante e apavorante, e ele deu por si agarrando a própria garganta e exclamando: *Pare. Continue. Pare.*

"Os sussurros sabem do que você precisa", explicou Pampa Kampana. "As pessoas novas precisam de histórias que lhes digam que espécie de gente elas são, honestas, desonestas ou alguma coisa entre os dois extremos. Em pouco tempo toda a cidade terá histórias, lembranças, amizades, rivalidades. Não podemos esperar por toda uma geração para que as cidades se tornem um lugar de verdade. Temos que fazer isso agora, para que possa haver um novo império; para que a cidade da vitória domine a terra, e garanta que nunca mais se repita o massacre, e, acima de tudo, que nunca mais mulheres tenham que caminhar para dentro de uma fogueira, e que todas as mulheres sejam mais bem tratadas que órfãos à mercê dos homens na escuridão. Mas você", acrescentou ela, como se a ideia só lhe tivesse ocorrido na hora, quando na verdade era justamente o que de fato queria dizer, "você tem outras necessidades."

"Hoje é o dia da ressurreição", disse Domingo Nunes sem hesitar. "*Ele ressuscitou,*[*] como dizemos no meu idioma. Ele voltou dos mortos. Mas entendo que a pessoa que você está tentando ressuscitar é outra, uma pessoa amada que entrou numa fogueira. Você está usando sua feitiçaria para trazer à vida uma cidade inteira na esperança de que ela retorne."

"O seu defeito de fala", disse Bukka Sangama. "O que aconteceu com ele?"

"Ela sussurrou no meu ouvido", respondeu Domingo Nunes.

"Bem-vindo a Vijayanagar", disse Pampa Kampana, pronunciando o *v* quase como se fosse *b*, uma coisa que acontecia às vezes.

"Bizana...?", repetiu Domingo Nunes. "Perdão. O que foi que você disse?"

"Diga primeiro *vij-aya*, vitória", explicou Pampa Kampana. "Depois diga *nagar*, cidade. Não é tão difícil. Nag-gar. Vijayanagar: cidade da vitória."

"Minha língua não consegue produzir esses sons", confessou Domingo Nunes. "Não tem a ver com o meu defeito de fala. Simplesmente não sai da minha boca da maneira como você diz."

---

[*] Em português no original. (N. T.)

"E como a sua língua quer chamar a cidade?", perguntou Pampa Kampana.

"Bij... Biz... assim para começar, Bis... e depois... nagá", respondeu Domingo Nunes. "Juntando — e agora vou me esforçar o máximo — dá *Bisnaga*."

Pampa Kampana e o príncipe herdeiro Bukka riram. Pampa bateu palmas, e Bukka, olhando atentamente para ela, percebeu que estava apaixonada.

"Então Bisnaga há de se chamar", disse ela, continuando a bater palmas. "Você nos deu o nosso nome."

"O que você está dizendo?", exclamou Bukka. "Você vai deixar que esse estrangeiro dê nome à nossa cidade com os ruídos da língua torta dele?"

"Vou", respondeu Pampa. "Esta aqui não é uma cidade antiga com um nome antigo. A cidade acaba de chegar, e ele também. Os dois são iguais. Aceito o nome que ele propôs. De agora em diante, esta cidade se chama e se chamará Bisnaga."

"Dia virá", disse Bukka, em tom de revolta, "em que não vamos mais deixar que os estrangeiros nos digam quem somos."

(Graças ao prazer que lhe proporcionava Domingo Nunes e sua pronúncia atrapalhada, Pampa Kampana optou por referir-se tanto à cidade quanto ao império como "Bisnaga" em toda a extensão de sua epopeia, talvez com a intenção de deixar claro que embora a obra se baseie em eventos verídicos, há uma distância inevitável entre o mundo imaginado e o mundo real. "Bisnaga" não pertence à história, e sim a Pampa. Afinal, um poema não é um ensaio nem uma reportagem. A realidade da poesia e da imaginação segue as próprias regras. Optamos por adotar a escolha de Pampa Kampana, e assim é a cidade por ela sonhada,

"Bisnaga", que será retratada aqui. Não agir assim seria trair a artista e sua obra.)

Muito embora Pampa Kampana permanecesse imersa em seu transe sussurrante vinte horas por dia, os sentimentos óbvios que o estrangeiro despertara nela — seus olhos se fixavam nele durante a única hora em que permaneciam abertos — causavam muita contrariedade ao rei. A notícia de que Pampa estava apaixonada chegou aos ouvidos de Hukka Raya I antes mesmo que Nunes fosse levado à presença dele pela primeira vez, e foi motivo de grande irritação. O português, que não fora informado disso, apresentou-se ao rei com uma cortesia rebuscada e disse-lhe que tinha o dom de contar histórias de viajantes. "Se tal me for permitido", disse ele, "posso diverti-lo com algumas delas?"

Em resposta, Hukka grunhiu de um modo ambíguo. "Talvez", observou, "o viajante nos interesse mais do que suas histórias."

Domingo Nunes não sabia que sentido dar àquela frase, e assim, um pouco confuso, começou a falar sobre suas viagens entre os canibais — os antropófagos — e os homens cujas cabeças cresciam abaixo dos ombros. Hukka levantou a mão para interrompê-lo. "Em vez disso, fale-nos das pessoas cujo rosto é de uma palidez antinatural, os europeus brancos, os ingleses rosados, e sua conduta ambígua e traiçoeira." Nunes não perdeu a calma. "Majestade", disse, "entre os europeus, a selvageria dos franceses só é ultrapassada pela crueldade dos holandeses. Os ingleses são no momento uma raça atrasada, mas sou da opinião, ainda que muitos dos meus compatriotas não concordem comigo, de que eles podem acabar por se tornar os piores de todos, e o mapa da metade do mundo seja pintado de rosa. Mas nós, portugueses, somos confiáveis e honrados. Tanto os mercadores genoveses quanto os comerciantes árabes hão de lhe dizer o quanto somos honestos. E somos também sonhadores. Imaginamos, por exemplo, que o mundo seja redondo e sonhamos em circum-navegá-lo. Pensamos no cabo da África e desconfiamos da existência de continentes desconhecidos a oeste do mar Oceânico. Somos os maiores aventureiros da terra, mas ao contrário das tribos inferiores, cumprimos nossos contratos e pagamos nossas contas em dia."

Tal como os súditos recém-nascidos, Hukka Raya ainda estava se acostumando à nova encarnação. Já vivenciara várias metamorfoses em sua vida acidentada. Os modos lentos e mansos do vaqueiro haviam sido substituídos pela disciplina regimentada do soldado; em seguida, ao se tornar cativo, fora obrigado a mudar de religião e, portanto, também de nome, e depois da fuga, tendo se livrado tanto da pele falsa de sua conversão quanto dos hábitos de caserna, voltara a algo semelhante à condição original de vaqueiro, ou pelo menos de camponês em busca de algum destino novo. Quando menino, seu único desejo era o de que o mundo jamais mudasse, que ele sempre tivesse nove anos de idade e o pai e a mãe sempre estendessem a ele os braços amorosos; porém a vida lhe ensinou sua maior lição, que era a mutabilidade. Agora que ganhara um trono e nele se instalara, o sonho infantil de imutabilidade retornara. Queria que aquela cena diante de si, a sala do trono, as mulheres guardiãs, o rico mobiliário, tudo aquilo fosse removido do mundo mutável e se tornasse eterno, mas antes que isso acontecesse precisava desposar sua rainha, era necessário que Pampa Kampana o aceitasse e se instalasse com uma grinalda ao seu lado, enquanto a população aplaudia àquelas núpcias, e uma vez terminado esse grande dia, o tempo bem que poderia parar, o próprio Hukka talvez conseguisse fazer isso acontecer ao levantar o cetro real, e Pampa Kampana muito provavelmente poderia fazê-lo, pois se fora capaz de criar todo o mundo com apenas um punhado de sementes e alguns dias sussurrando, então era bem provável que pudesse circundá-lo com uma grinalda mágica mais poderosa do que o calendário, e assim os dois viveriam felizes para sempre.

Era desse sonho que a chegada do estrangeiro e a notícia de que Pampa Kampana por ele se interessara haviam despertado brutalmente o novo rei. Hukka começou a imaginar a cabeça do estrangeiro arrancada dos ombros e recheada com palha, e a única coisa que o impediu de decapitar o recém-chegado de imediato foi a probabilidade de que Pampa Kampana se opusesse radicalmente a tal medida. Mesmo assim, continuava olhando para o pescoço elegante e alongado de Domingo Nunes com uma espécie de desejo letal.

"Sorte nossa", disse Hukka então, com um sarcasmo pesado, "que quem nos chega hoje é um belo e sofisticado cavalheiro português, que a todos encanta com sua língua de prata, e não um representante dos bárbaros franceses ou holandeses, ou dos ingleses primitivos e rosados." E antes que Domingo Nunes pudesse dizer alguma coisa, o rei o despachou com um gesto, e ele foi levado da presença do monarca por duas mulheres armadas. Ao sair da sala do trono, Domingo Nunes imaginou que sua vida talvez estivesse ameaçada, compreendeu que era bem provável que essa ameaça tivesse algo a ver com o encontro que tivera com a mulher sussurrante, e na mesma hora começou a pensar em fugir dali. Porém, do jeito que as coisas vieram acontecer, ele só partiu vinte anos depois.

Quando Pampa Kampana por fim emergiu de seus nove longos dias e noites de magia, não tinha mais certeza de que o jovem deus de cabelos ruivos e olhos verdes que vira existia de fato ou se fora apenas uma espécie de visão virginal. Como ninguém no palácio respondesse as suas perguntas, a perplexidade aumentou. No entanto, era necessário deixar de lado a confusão por um momento para dar a mensagem aguardada por Hukka e Bukka desde o tempo em que eles desceram a encosta da montanha e entraram na cidade de pessoas de olhos vazios. Pampa encontrou os dois príncipes tentando livrar-se do tédio jogando xadrez, jogo que nenhum dos dois dominava, de modo que superestimavam a importância dos cavalos e das torres e, sendo homens, subestimavam drasticamente a rainha.

"Está feito", disse Pampa Kampana, interrompendo sem cerimônia aquela partida de amadores. "Agora cada um já sabe a sua história. A cidade está inteiramente viva."

Lá fora, na grande avenida do mercado, era fácil comprovar aquela afirmativa. As mulheres cumprimentavam as outras como velhas amigas; os namorados compravam os doces prediletos das pessoas amadas; os ferreiros ferravam cavalos para cavaleiros que julgavam servir havia anos; as avós contavam aos netos as histórias de família, histórias que remontavam a no mínimo três gerações; e homens com rancores antigos estapeavam-se ao relembrarem antigas desfeitas. O caráter dessa nova cidade foi influenciado, de forma importante, pelas lembranças que Pampa Kampana guardava — e não mais reprimia — do que a mãe lhe ensinara. Por toda a cidade, mulheres realizavam trabalhos que, em outras partes do país, eram considerados impróprios para elas. Desse lado, havia um escritório de advocacia cheio de advogadas e funcionárias; ali, trabalhadoras fortes descarregavam mercadorias em barcas ancoradas na margem do rio. Lá, mulheres policiavam as ruas, e trabalhavam como escribas, e arrancavam dentes, e batiam tambores *mridangam* enquanto os homens dançavam numa praça. Nada disso parecia estranho a ninguém. A cidade florescia na riqueza de suas ficções, as histórias sussurradas em seus ouvidos por Pampa Kampana, histórias cujo caráter ficcional foi abafado e perdido para sempre pelo ritmo clamoroso do novo dia, e as muralhas em torno dos habitantes haviam atingido a altura completa, o que as tornava inexpugnáveis, e acima do arco do grande barbacã, gravado em pedra, lia-se o nome da cidade, que todos os habitantes conheciam bem, e, se alguém lhes perguntasse, diriam ser o nome que remontava a um passado distante, atravessando séculos desde os tempos lendários em que o Deus-Macaco Hanuman estava vivo e morava ali perto, em Kishkindha:

Bisnaga.

A notícia de que haveria um festival de celebração com duração de nove dias rapidamente se espalhou pela cidade. Os deuses seriam cultuados nos templos e haveria danças nas ruas. Domingo Nunes, que se instalara no depósito de feno da família do cavalariço-chefe a quem vendera cavalos, soube da festa e imaginou que o evento o protegeria da vingança do monarca ciumento, e também do irmão dele. Quando se preparava para ir até o palácio e lá solicitar uma audiência, a esposa do cavalariço-chefe veio lhe dizer que tinha visita. Domingo Nunes desceu a escadinha de madeira e se viu diante de Pampa Kampana, que dera a toda a cidade sonhos em que as pessoas poderiam acreditar e agora queria ver se seu próprio sonho era possível. Ao ver Domingo Nunes, bateu palmas, deliciada.

"Muito bem", disse ela.

Quando seus olhares se encontraram e o que não podia ser falado foi dito sem palavras, Domingo compreendeu que era melhor ir, sem maior demora, para um terreno mais seguro. "Nas minhas viagens ao reino de Catai", disse ele, suando um pouco, "aprendi o segredo do que os alquimistas de lá costumavam chamar de destilado do demônio."

"Suas primeiras palavras a mim dirigidas hoje dizem respeito ao demônio", ela reagiu. "Não são palavras apropriadas para um discurso amoroso."

"Na verdade, não tem nada a ver com o demônio", ele explicou. "Os alquimistas o descobriram por acaso e se assustaram. Estavam tentando fazer ouro, sem sucesso, é claro, mas chegaram a algo ainda mais poderoso. Trata-se de uma mistura de salitre, enxofre e carvão, tudo pulverizado e misturado. Basta uma faísca e *bum!* É ver para crer."

"Apesar de ter viajado tanto", retrucou ela, "você não aprendeu como se fala com uma mulher."

"O que estou tentando dizer", ele explicou, "é que, em primeiro lugar, essa descoberta pode tornar as comemorações da cidade mais emocionantes. Podemos fazer uma queima do que chamam de 'fogos de artifício'. Rodas de fogo, foguetes que sobem ao céu."

"O que você está querendo me dizer", concluiu ela, "é que seu coração rodopia como uma roda de fogo e que seu amor é como um foguete subindo até os deuses."

"Em segundo lugar", ele prosseguiu, suando cada vez mais, "lá em Catai descobriu-se que essa substância podia ser usada em armamentos. Pararam de chamá-la de demônio e inventaram palavras novas para coisas novas. Inventaram a palavra 'bomba' para designar algo capaz de explodir uma casa ou derrubar a muralha de um forte. Passaram a chamar o destilado de 'pólvora'. Depois disso criaram a expressão 'arma de fogo'."

"O que é uma arma de fogo?", indagou Pampa Kampana.

"Um armamento que vai mudar o mundo", disse Domingo Nunes. "E posso construí-lo para você se quiser."

"Em Portugal, a fala dos apaixonados é muito diferente", disse Pampa Kampana. "Isso eu já entendi."

Naquela noite, com a cidade cheia de música e multidões, Pampa Kampana levou Hukka e Bukka a uma pequena praça onde Domingo Nunes os esperava, cercado por uma série de garrafas com gravetos saindo do gargalo. Hukka ficou extremamente incomodado ao ver o rival português, e Bukka, herdeiro do trono e, imaginava, da mão de Pampa Kampana, também tinha motivos para irritar-se.

"Por que você nos trouxe até esse homem?", perguntou Hukka.

"Preste atenção", disse-lhe Pampa. "Olhe e aprenda."

Domingo Nunes fez os fogos de artifício subirem aos céus. Os irmãos Sangama, boquiabertos, assistiram àquele voo e compreenderam que o futuro estava nascendo, e que Domingo Nunes era o parteiro naquele nascimento.

"Mostre-nos como se faz", disse Hukka Raya I.

4.

Os três irmãos indignos de Hukka e Bukka haviam chegado algum tempo antes, entrado na cidade juntos, os cavalos seguindo lado a lado pela rua principal, bandidos tentando parecer aristocratas. Com cabelos abundantes e desgrenhados, barba descuidada e bigode espesso, tinham a aparência, e o cheiro, mais de malfeitores do que de príncipes, ainda que tentassem se dar ares de grandeza, e as pessoas reagiam a eles com temor e não respeito. Traziam escudos de ferro fundido presos às costas. O escudo de Pukka Sangama tinha a imagem de um tigre rosnando; o de Chukka Sangama era enfeitado com borboletas e mariposas; e o de Dev ostentava um padrão floral. Espadas e punhais pendiam-lhes da cintura; as espadas, enfiadas em bainhas de couro sujas levadas abaixo dos escudos, tinham os punhos de fora, para que os donos tivessem acesso a elas com facilidade. Em suma, Pukka, Chukka e Dev eram o espetáculo mais atemorizante possível aproximando-se dos portões do palácio, e os cidadãos se dispersavam à medida que os três avançavam.

A notícia de que Hukka e Bukka haviam se tornado os

senhores de uma cidade nascida milagrosamente espalhara-se depressa, bem como os boatos a respeito de um tesouro que transbordava moedas de ouro chamadas *pagodas*, e também, diziam as pessoas, *varahas* de ouro de pesos diversos. Pukka, Chukka e Dev estavam decididos a não serem alijados da história se havia ali riqueza fácil de obter. Diante dos portões do palácio, permaneceram na montaria e exigiram que lhes permitissem a entrada.

"Onde estão os canalhas dos nossos irmãos?", gritou Chukka Sangama. "Então achavam que iam ficar com esse tesouro todo para eles?"

Porém ele e os irmãos se perceberam diante de algo que jamais tinham visto, algo tão inusitado que furou o balão de sua beligerância e deixou-os coçando a cabeça. Havia uma falange de guardas palaciais, com lanças e peitoral, caneleira e braçadeira de ouro, espadas em bainhas de ouro penduradas na cintura e cabelos longos muito bem trançados no alto da cabeça. Portavam escudos de ouro e tinham expressões implacáveis. E todas eram mulheres. Todas. Altas e musculosas, guardiãs determinadas. Chukka, Pukka e Dev nunca tinham visto tal coisa.

"Então é isso que os bobalhões estão fazendo agora?", exclamou Chukka. "Botando mulheres para fazer um trabalho que não é para damas?"

"Não há nada de novo nisso", respondeu a capitã da guarda, uma giganta de rosto feroz e olhos grandes de pálpebras pesadas. Chamava-se Ulupi, em homenagem à filha do rei Serpente. "Nesta cidade, mulheres guardam o palácio imperial há várias gerações."

"Interessante", retrucou Pukka Sangama, "porque tenho certeza de que essa cidade não estava aqui a última vez que passamos por este lugar."

"Você deve ser cego", respondeu a capitã Ulupi. "Pois o

poder do império e a grandiosidade de sua capital são conhecidos por todo o mundo há tanto tempo que dispensa comentários."

"Quer dizer que o Hukka e o Bukka estão aí dentro, participando desse delírio fantástico?", indagou Dev. "Seja qual for essa fantasia, eles estão satisfeitos com ela? E com vocês?"

"O rei e o príncipe herdeiro dão total apoio à guarda palaciana, muito bem treinada e inteiramente profissional", disse a capitã. "E, se vocês nos desafiarem, perceberão que não somos exatamente damas."

Ora, a verdade era que os três irmãos Sangama mais jovens, havia algum tempo, sustentavam-se de modo nada honesto, atuando como salteadores e ladrões de gado, e mais recentemente haviam acrescentado ao repertório o roubo de cavalos, tendo aberto um empreendimento de comércio internacional de cavalos no porto de Goa. Comerciantes portugueses haviam começado a importar garanhões árabes por via marítima, vendendo-os a vários príncipes regionais. Tomar comboios de cavalos em emboscada e revender os belos animais no mercado negro se tornara um negócio lucrativo, mas também vinha ficando perigoso, porque as implacáveis gangues tâmeis de Maravar e Kallar começaram a atuar no ramo, acompanhadas da reputação de assassina, e os irmãos Sangama, com medo de morrer, pois não eram exatamente heróis, resolveram procurar alguma atividade que oferecesse menos riscos. A nova cidade dourada dos irmãos parecia proporcionar exatamente o tipo de oportunidade que procuravam.

"Levem-nos a nossos irmãos imediatamente", ordenou Chukka Sangama em seu tom mais autoritário. "Precisamos explicar a eles que não existe diferença entre ladrões e reis."

No salão do trono, Hukka Raya I e o príncipe herdeiro Bukka acostumavam-se com os assentos majestosos, chamados *gaddis*, tão incrustrados de joias que seriam desconfortáveis não fosse a presença de almofadas espessas de seda brocada. Hukka não demorou para constatar que, caso se recostasse bem no *gaddi*, os pés não tocariam o chão e ele pareceria uma criança. Assim, era melhor ficar refestelado, e se fosse absolutamente necessário assumir postura ereta, teria que recorrer a um escabelo. Todas essas coisas estavam sendo providenciadas para assegurar o ar principesco do príncipe herdeiro e a aparência régia do rei. Chukka, Pukka e Dev foram admitidos à presença real no momento em que o rei, irmão deles, testava escabelos de diferentes alturas. O *gaddi* de Bukka era um pouco mais baixo. Também ele estava aprendendo a refestelar-se principescamente, mas quando se empertigava os pés tocavam o chão, de modo que não corria o risco de ficar balançando as pernas.

"Então ser rei é isso", disse Chukka Sangama, provocando o irmão. "É uma questão de ajustar a mobília."

"Estamos insatisfeitos com nossos irmãos", disse Hukka Raya I, usando pela primeira vez o plural majestático, e dirigindo-se ao salão do trono de modo geral, como se o recinto fosse uma pessoa. "Nossos irmãos não conseguem estar à altura do papel que a história nos destinou. São príncipes das trevas, senhores das sombras, fantasmas do sangue. São pães dormidos. São frutas podres. São luas sem eclipse."

"Como são nossos irmãos", acrescentou Bukka, também se dirigindo ao espaço vazio, "nossas opções são claras, porém limitadas. Ou ordenamos que eles sejam executados de imediato, como traidores ou usurpadores em potencial, ou então lhes damos cargos."

"É cedo demais para derramar sangue da família", disse Hukka Raya I. "Vamos pensar em alguma coisa para eles fazerem."

"Um cargo distante daqui", sugeriu Bukka.

"Bem distante", concordou Hukka Raya I.

"Nellore", propôs Bukka. Tratava-se de uma cidade na costa oriental, a cerca de quinhentos quilômetros dali. "É necessário conquistá-la", acrescentou Bukka, "e lá esses três não vão nos dar nenhum problema."

Hukka tinha um plano mais grandioso. "Primeiro Nellore, a leste, depois Mulbagal, ao sul, e então Chandragutti, a oeste. Tendo capturado Nellore, irmão Chukka, você pode ficar lá e assumir o poder. E você, irmão Pukka, pode ficar com Mulgabal quando a cidade cair; você, irmão Dev, vá sozinho conquistar Chandragutti, e aí fique por lá. Assim, cada um terá o seu *kursi*, trono, e espero que sejam felizes. Enquanto isso, eu e Bukka vamos conquistar tudo que fica entre esses lugares e aqui."

Os três irmãos indignos franziram os cenhos e olharam para o chão. Seria uma boa ideia ou uma armadilha? Não tinham certeza. "Mas vocês ficariam com o tesouro cheio de *pagodas*", protestou Chukka. "Isso não é justo."

"Vamos deixar tudo em pratos limpos", disse Hukka Raya I. "Cada um de vocês receberá um exército poderoso. Uma força imbatível. Com uma condição: meus generais cuidarão das tropas. Vocês montarão nos cavalos sob a bandeira imperial, e, depois das batalhas, os generais os colocarão no trono, mas em combate farão exatamente o que eles mandarem. Ao fim de tudo, cada um terá sua província para governar, algo bem melhor do que roubar cavalos e preocupar-se com a possibilidade de morrer nas mãos das gangues de Kallar e Maravar. Irmão Chukka, você terá o privilégio de rezar no templo de Jagannath em Puri. Irmão Pukka, o templo do grande herói Arjuna será seu. E, Dev, o seu templo está numa caverna, é bem verdade, mas em compensação você ficará com o melhor dos três fortes, uma fortaleza impressionante no alto de um morro, com uma bela vista de todos os lados. Além disso, cada um terá sua guarda particular, formada por mulheres das Forças de Defesa Imperiais. Com elas, vocês estarão protegidos, mas se tramarem alguma insurreição traiçoeira contra o império — contra *nós* —, elas têm ordens de matá-los imediatamente."

"Não me parece uma boa proposta", disse Pukka. "Vamos ser apenas vassalos. É isso que você está dizendo na verdade. Talvez seja melhor recusarmos a proposta e assumirmos o risco."

"Vocês podem recusar, sim, é claro", disse Hukka Raya I, magnânimo, "mas nesse caso não sairão vivos desta sala. Vocês certamente compreendem, nada pessoal. Só coisa de família."

"É pegar ou largar", disse Bukka aos irmãos.

"Eu topo", disse Dev Sangama na mesma hora, e os outros dois, aos poucos, pensativos, concordaram com a cabeça.

"Então não esperemos mais", disse Hukka Raya I. "Há um império a conquistar. Vamos fazer história."

A capitã da guarda, Ulupi, tão serpentina quanto o próprio nome, sibilou para Chukka, Pukka e Dev, indicando que a audiência chegara ao fim. A ponta da língua aparecia entre os dentes antes e depois de cada fala sua.

"Só mais uma coisa", disse Hukka Raya I no momento em que eles já estavam saindo. "Não sei quando voltaremos a nos encontrar, se é que isso vai acontecer algum dia, portanto é importante que saibam de uma coisa."

"Que coisa?", rosnou Chukka, o mais descontente dos três.

"Amamos vocês", disse Hukka. "Vocês são nossos irmãos, e nós os amaremos até a morte."

A partida dos três irmãos Sangama não podia ser imediata. O deslocamento de um exército leva tempo. Era preciso caprichar nos palanquins de viagem dos chefes militares, para que aqueles cavalheiros pudessem viajar até suas metas em conforto, e instalar *howdahs* providos de dosséis no dorso dos elefantes de

57

guerra, a fim de que esses mesmos oficiais de patente elevada pudessem ser transportados até o campo de batalha reclinados em almofadas e travesseiros, e havia milhares de elefantes a serem alimentados, animais de carga e de guerra, pois os elefantes comiam constantemente, e era necessário carregá-los com a comida que eles próprios consumiriam, e também com todos os produtos que seriam utilizados pelos regimentos, por exemplo as peças de tamanho avantajado que seriam montadas como máquinas de guerra para lançar pedras enormes por cima das amuradas das fortalezas inimigas. E era preciso ainda desmontar as barracas e carregá-las em carros de boi, juntamente com bancos, palha para colchões de campanha e latrinas; assim como transportar toda uma divisão de armamentos, para manter em condições de funcionamento as armas do exército: afiar espadas, desentortar flechas e apertar as cordas dos arcos, inspecionar diariamente a ponta dos dardos para verificar se estavam afiados como punhais e consertar os escudos após batalhas acirradas; e também mobilizar toda uma cidade de apetrechos culinários, além de cozinheiros: fornos, grandes carregamentos de legumes, arroz e feijão, galinhas em gaiolas e cabras no cabresto, também, porque havia na tropa muitos que comiam galinhas e cabras, apesar dos preceitos formais das religiões que seguiam; e igualmente havia necessidade de lenha e caldeirões para fazer sopas e cozidos; e era preciso arregimentar outros tipos de vivandeiros, inclusive cortesãs que atenderiam à noite os soldados mais desesperados. Equipamento médico, cirurgiões e enfermeiros, os terríveis serrotes usados para amputar membros, tubos de unguento para olhos vazados, sanguessugas, ervas medicinais, tudo isso viria atrás das tropas. Nenhum soldado que parte para a guerra queria ver coisas assim. Era fundamental que eles se sentissem imortais, ou ao menos se convencessem, de que golpes que transformavam homens em inválidos, ferimentos dolorosíssimos e a morte eram coisas que aconteciam só com os outros. Era importante que cada soldado de infantaria e cavalaria pudesse acreditar que emergiria do combate incólume.

E não se tratava de um exército comum. Era uma força de combate que estava gradualmente sendo criada. Como todos os outros habitantes da cidade nova, os soldados acordavam a cada dia escutando sussurros ao pé do ouvido, sendo informados — pela primeira vez, mas como se já soubessem daquelas informações — a respeito da história de vida deles. (Ou delas. Havia mulheres entre os soldados, embora fossem poucas. Também elas recebiam em sussurros suas recordações pessoais.) Naquele momento misterioso entre sono e vigília, cada um ouvia a narrativa imaginária das fictícias gerações familiares e ficava sabendo havia quanto tempo decidira juntar-se às forças do novo império, e que distância tinham percorrido para chegar lá, que rios haviam cruzado, que amizades formaram durante o percurso, que obstáculos e inimigos fora necessário vencer. Ficavam sabendo como se chamavam, bem como o nome dos pais, das aldeias e das tribos, e os apelidos amorosos recebidos da esposa — esposas essas que os aguardavam nas aldeias, criando-lhes os filhos! —, e também a personalidade, vertida gota a gota nos ouvidos, para que soubessem se eram engraçados ou mal-humorados, e de que modo falavam; alguns eram volúveis, outros casmurros, uns desbocados, como o são muitos soldados, e outros não gostavam desse palavreado; uns exprimiam livremente os sentimentos, enquanto outros os ocultavam. Desse modo, os soldados, tal como a população civil da cidade, tornavam-se seres humanos, muito embora a história de vida na cabeça deles fosse fictícia. Ficções podiam ser tão poderosas quanto histórias reais, revelando às pessoas como elas próprias eram, permitindo-lhes que compreendessem a própria natureza e a natureza dos que as cercavam, desse modo tornando-se reais. Era este o paradoxo das histórias sussurradas: não passavam de faz de conta, porém criavam a verdade, fazendo com que surgissem uma cidade e um exército com toda a rica diversidade das pessoas não fictícias, profundamente arraigados no mundo que de fato existe.

A única coisa que todos os soldados tinham em comum, segundo lhes diziam os sussurros, era a coragem e a perícia no campo de batalha. Eles (e elas) formavam uma irmandade de combatentes poderosos e jamais poderiam ser derrotados. A cada dia, no momento em que despertavam, aprofundava-se a certeza da invencibilidade. Em pouco tempo estariam preparados para receber ordens sem questioná-las, obliterar o inimigo e marchar implacáveis rumo à vitória.

À sombra das muralhas douradas da cidade, que dia após dia se tornavam mais altas e imponentes, a barraca atapetada destinada aos três supostos líderes da expedição vindoura aguardava. Dentro desse recinto palaciano, cheio de almofadas brocadas e iluminado por lanternas de bronze filigranado, Chukka, Pukka e Dev Sangama — os comandantes titulares, mas não de verdade, da grande campanha — tentavam entender aquele novo mundo. Para os três irmãos, estava claro que havia ali uma feitiçaria poderosa, e o medo lutava com a ambição no coração deles.

"Tenho impressão", disse Chukka Sangama, "que embora nossos irmãos Hukka e Bukka tenham assumido ares de grandeza, estão sob o poder de algum bruxo capaz de dar vida aos mortos." Chukka era o mais confiante e agressivo dos três, mas naquele momento parecia abalado e inseguro.

Seu irmão Pukka, sempre menos brutal e mais calculista, examinou as possibilidades. "Ou seja, podemos nos tornar reis se aceitarmos liderar um exército de fantasmas."

Dev, o mais jovem, era o menos heroico e mais romântico. "Fantasmas ou não", disse ele, "nossos anjos da guarda são mulheres da maior qualidade. Se conseguirmos fazê-las nossas esposas, pouco me importa se são seres humanos ou espectros da noite. Antes que a morte venha me buscar, quero experimentar a sensação de estar apaixonado."

"E antes que a morte venha buscar a mim", disse Chukka, "quero me tornar rei de Nellore. Ou pelo menos tomar o reino, para começo de conversa."

"Se a morte nos alcançar", raciocinou Pukka Sangama, "será enviada a nós por nossos irmãos Bukka e Hukka. Gostaria de mandar o anjo exterminador atrás deles antes que eles o mandem atrás de nós. Depois disso, podemos nos preocupar com os fantasmas."

A comandante Shakti, a comandante Adi e a comandante Gauri, as três intrépidas oficiais palacianas encarregadas de proteger, mas também espionar, os três Sangama que estavam de partida, eram conhecidas como as Irmãs das Montanhas (embora na verdade não fossem irmãs), porque seu nome era também o de três das muitas formas da deusa Parvati, filha do Himalaia, o Rei das Montanhas — e seu ar de autoridade era tão irresistível, que era inevitável os bandidos recém-reformados se apaixonarem por elas.

Nos sonhos, cada irmão via uma irmã particular fazendo-lhe sinais, insinuando desafios eróticos e formulando doces promessas de recompensas. Chukka Sangama, o mais extrovertido, até mesmo agressivo, dos três irmãos, encontrou alguém à sua altura na comandante Shakti, cujo nome continha a energia dinâmica do cosmos. "Chukka, Chukka", Shakti lhe cochichava nos sonhos, "sou o relâmpago. Me pegue se conseguir. Sou o trovão e a avalanche, a transformação e o fluxo, a destruição e a renovação. Talvez eu seja demais para você. Chukka, Chukka, venha a mim." O fascínio exercido por ela o dominou, mas ao despertar encontrou-a de lança na mão, com o rosto impassível, pétreo, diante da entrada da barraca; não parecia ter tido o mesmo sonho que ele.

Entrementes, Pukka Sangama, o irmão cauteloso e racional, sonhou com a comandante Adi, que se revelou a ele como a verdade eterna do universo. "Pukka, Pukka", suspirava ela, "vejo que você está sempre em busca do significado das coisas. Sou a resposta a todas essas perguntas. Sou o como e o porquê, o quando e o onde. Sou a única explicação de que você precisa. Pukka, Pukka. Encontre-me que você vai saber." Ele acordou com os olhos brilhando, ávido, mas lá estava ela, ao lado da outra irmã, lança na mão, impassível, diante da entrada da barraca, com um rosto que poderia ter sido esculpido no granito mais duro.

E Dev Sangama, o mais belo e o menos corajoso dos irmãos, foi visitado em sonhos pela comandante Gauri, a mais bela de todos os seres, e sua encarnação onírica tinha quatro braços, portando um pandeiro e um tridente, e no sonho sua pele era branca como neve, uma analogia que veio à mente adormecida de Dev Sangama, muito embora ele jamais tivesse visto a neve em toda a sua vida tropical. "Dev, Dev", murmurou Gauri, gotejando as palavras como um veneno doce no ouvido adormecido dele, balançando seu pandeiro, "sua beleza faz de você um companheiro à minha altura, mas nenhum homem mortal sobrevive à força devastadora de um encontro amoroso com uma deusa. Dev, Dev, você será capaz de abrir mão da vida por uma única noite de bem-aventurança celestial?" E ele acordou com as palavras de aquiescência nos lábios, *sim, sim, quero sim*, mas lá estava ela com a face de granito ao lado das outras irmãs de rosto pétreo, tão impassível quanto elas, com apenas dois braços, sem nenhum pandeiro, e uma lança, não um tridente, na mão.

Quando as Irmãs das Montanhas conversavam sério, inclinavam-se uma em direção à outra, de modo que a cabeça das três se tocava, e falavam num idioma só delas. Algumas das palavras eram termos cotidianos que os irmãos Sangama compreendiam, como *comida, espada, rio* e *matar.* Mas havia muitas outras palavras que eram inteiramente misteriosas. Dev Sangama, o medroso, convenceu-se de que faziam parte de uma espécie de língua demoníaca. No aquartelamento, em que os soldados ouviam sussurros secretos cuja origem era desconhecida, e assim adquiriam individualidade, memória e história, transformando-se aos poucos em seres humanos completos, era fácil acreditar que um reino de demônios tinha surgido, e que os irmãos mais velhos Hukka e Bukka estavam sob o domínio deles. À luz do dia, Dev tentava convencer Chukka e Pukka que corriam o risco de perder suas almas eternas e que os perigos de uma vida de ladrão de cavalos nas estradas eram menores que os de atuarem como comandantes titulares daquela força militar oculta. À noite, porém, quando a irmã Gauri o visitava em sonhos, os temores eram extintos, e ele ansiava apenas pelo amor dela. Assim, permanecia dividido, incapaz de tomar uma decisão radical, porém sem jamais abandonar o plano.

Por fim, perguntou a Gauri a respeito daquelas palavras desconhecidas, e a resposta era de que se tratava da língua secreta de segurança, o idioma oculto que não poderia ser decifrado pelos ouvidos de nenhum espião. Na língua de segurança, havia palavras comuns com significados extraordinários, *água corrente* talvez designasse determinado tipo de avanço da cavalaria, e *festa* podia ser um massacre; portanto, até mesmo as palavras que Dev conhecia poderiam ter significados distintos. E num nível mais elevado de segurança, havia palavras novas, palavras que consideravam os indivíduos no contexto do campo de batalha; por exemplo, a expressão que designava um homem na linha dc frente não era a mesma usada para se referir a quem estivesse num dos flancos; havia também palavras de cronologia, que se referiam às pessoas como seres se deslocando no tempo, termos que poderiam, durante uma guerra, fazer a diferença entre a vida e a morte. "Não se preocupe com as palavras", disse Gauri a Dev. "Palavras são para gente que lida com palavras. Você não é uma pessoa desse tipo. Preocupe-se apenas com os atos." Dev não sabia se esse conselho era ou não uma espécie de insulto. Desconfiava que fosse, mas não se ofendeu, por estar sob o jugo do amor.

Ao entardecer, os três Sangama jantavam na barraca real com as três irmãs. Os irmãos, embrutecidos pela vida de fora da lei, devoravam pratos enormes de cabra assada sem se incomodar com precauções religiosas, carne empapada de pimenta que fazia os olhos se encherem de lágrimas, a cabeça suar, os cabelos abundantes ficarem de pé. As mulheres, em contraste, comiam com muita graça e cuidado legumes de sabores delicados, com ar de pessoas que praticamente não precisavam se alimentar. E, no entanto, estava claro para todos os seis que aqueles anjos de boas maneiras eram de longe os seres mais perigosos ali, e os homens as contemplavam com uma mistura inédita de temor e desejo, sem conseguir manifestar o desejo por causa do temor; e assim, acovardados, abocanhavam as coxas de cabra com ferocidade ainda mais bárbara, na esperança de que isso lhes desse ao menos uma aparência de virilidade. Não estava claro para eles se aquele desempenho gastronômico causava alguma impressão favorável nas mulheres, cuja expressão permanecia enigmática, até mesmo obscura.

Pukka Sangama, o irmão que queria respostas, fazia perguntas. "Quando vocês três inclinam a cabeça desse jeito", indagava ele, "será uma forma ainda mais secreta de comunicação, que prescinde de palavras? Vocês se comunicam pelo contato do cérebro? Ou será apenas uma maneira confortável de descansar quando estão de pé?"

"Pukka, Pukka", repreendeu-o a comandante Adi, "não faça perguntas cujas respostas você não tem capacidade de compreender."

Chukka Sangama perdeu as estribeiras. "Mas o que é que está acontecendo?", perguntou ele. "Estamos parados nesta barraca há tanto tempo que os dias se confundem, e já não sei que horas são. Alguém precisa nos dizer o que devemos fazer e quando devemos fazê-lo. Não estamos acostumados a ficar sentados como cães de estimação aguardando a hora da comida."

"Obrigada pela paciência", respondeu a irmã Gauri. "Na verdade, pretendíamos informá-los de que o exército está pronto para se pôr em marcha. Vamos partir ao nascer do dia." Naquele exato momento, Pampa Kampana dizia a Hukka Raya I e ao príncipe herdeiro Bukka que a cidade já ouvira as histórias e a criação finalmente estava terminada. Tanto os soldados quanto os civis estavam prontos para enfrentar o que a história haveria de lhes trazer.

Chukka levantou-se de um salto. "Graças a deus!", exclamou. "Até que enfim, uma coisa que faz sentido. Vamos fazer guerra para trazer paz à terra."

"Obedeçam às ordens que receberem", replicou Gauri, "que tudo há de correr bem."

A cidade explodiu em música, e os três irmãos Sangama, na barraca no aquartelamento, ouviram muito bem as comemorações, apesar de as muralhas da cidade serem espessas. Ouviram também os gritos com que foram recebidos os primeiros fogos de artifício da história daquela terra a se elevarem da massa reunida. Porém não puderam se juntar às celebrações. "Durmam", ordenou-lhes a irmã Gauri. "Dançar não tem importância. É só amanhã que o nascimento do império vai começar."

5.

Domingo Nunes permaneceu em Bisnaga, a cidade por ele batizada, até o dia em que Pampa Kampana partiu seu coração. Nos primeiros anos, quando ainda se sentia inseguro quanto à sua posição e temia que um dos irmãos reais pudesse mandar alguém lhe enfiar uma faca entre as costelas numa noite sem lua, ausentava-se da corte por longos períodos, cruzando o mar, rumo ao oeste, para comprar cavalos dos árabes, trazendo-os via porto de Goa e depois os vendendo para o cavalariço-chefe, cuja coleção — que também incluía, além de cavalos, um grande número de elefantes e camelos — crescia a cada ano, com a expansão incessante do império. Quando estava em Bisnaga, tentava não chamar a atenção de ninguém, e continuava a morar no humilde celeiro do cavalariço-chefe. Pampa Kampana o visitava lá com uma frequência imprudente, mas toda a família do cavalariço fingia não ver nada; todos temiam que a ira real desabasse sobre a cabeça dos cúmplices. No fim das contas, porém, a perícia de Domingo Nunes com explosivos, seu valor para o império como especialista em munições, garantiu-lhe a posição. Ele recebeu o título de Estrangeiro Confiável Encarregado de Explosões, passou a ganhar um salário generoso e foi estimulado a abandonar o comércio de cavalos e dedicar-se à causa de Bisnaga. E, quando Pampa Kampana e Hukka Raya I se casaram, o estrangeiro, agora um personagem eminente, foi considerado suficientemente importante para ser convidado às comemorações das bodas; e compareceu, apesar das próprias emoções e depois de um conflito interior considerável.

O casamento de Hukka Raya I com Pampa Kampana não foi movido pelo amor, pelo menos não da parte da noiva. O rei a desejava desde o momento em que a vira pela primeira vez e tivera que esperar — por mais tempo do que qualquer rei acharia aceitável — até que ela aceitasse seu pedido. Ele não era cego, seus olhos e ouvidos estavam por toda parte nas ruas da cidade, e assim sabia muito bem das idas noturnas da amada, regularmente, a certo celeiro, e no dia em que ela por fim cedeu a suas lisonjas ele lhe revelou estar ciente de tudo. Convidou-a a caminhar com ele nos jardins, onde era possível conversar com mais privacidade do que no interior do palácio, cheio de bisbilhoteiros, e perguntou-lhe por que ela havia finalmente se decidido.

"Há coisas que devem ser feitas porque são importantes para o bem geral, coisas maiores que nós", respondeu Pampa Kampana. "Coisas que fazemos em prol do futuro."

"Eu tinha esperança de que fosse por alguma razão mais pessoal", retrucou Hukka.

"Quanto ao lado pessoal", disse ela, dando de ombros, "você sabe a quem pertence meu coração, e faço questão de lhe dizer que não vou abandonar o interesse do meu coração, muito embora aceite seu pedido de casamento para estabelecer a linha de sucessão imperial."

"E acha que vou aceitar isso?", indagou Hukka, agora irritado. "Eu devia mandar cortar a cabeça do canalha hoje mesmo."

"Mas não vai fazer isso", replicou ela, "porque você também tem obrigação de agir em prol do futuro e precisa da arte chinesa que ele pratica. Além disso, sendo mais direta, se fizer mal a ele, jamais vai voltar a encostar um dedo em mim."

A frustração de Hukka transbordou. "Muito poucos homens, e menos ainda monarcas, estariam dispostos a desposar — desculpe a minha franqueza — uma mulher de vida airada — alguns diriam, uma rameira — ou, no mínimo, uma vadia — que livremente — alguns diriam, desavergonhadamente —, eu diria, *se deita* — com uma pessoa que nem sequer é da mesma raça e religião que ela — e que diz ao futuro marido que pretende dar continuidade a essa atividade intolerável — eu diria mesmo, pervertida — depois de casar-se com ele", exclamou Hukka, pouco se importando se alguém ouvia; porém ficou de todo desconcertado com a reação inesperada dela, que foi cair na gargalhada, como se ele tivesse acabado de dizer a coisa mais engraçada do mundo.

"Não vejo onde está a graça", disse Hukka, emburrado, mas Pampa Kampana estava em lágrimas ao apontar para ele, rindo a bandeiras despregadas. "Seu rosto", disse ela, "está todo marcado. Espinhas supuradas, Deus meu. Cada vez que você pronuncia uma dessas palavras indelicadas, mais uma espinha aparece. É bom você lavar a boca, senão seu rosto vai virar uma grande pústula."

Hukka levou as mãos ao rosto, assustado, e apalpou a testa, as bochechas, o nariz, o queixo, e de fato tudo estava coberto de espinhas. Pelo visto, a magia de Pampa Kampana não se limitava a encantar sementes. Hukka se deu conta de que tinha medo dela, e no instante seguinte percebeu, além disso, que o medo daquela magia era sexualmente estimulante.

"Vamos nos casar imediatamente", disse ele.

"Desde que você esteja ciente das minhas condições", Pampa insistiu.

"Seja como você quiser", exclamou ele. "Eu aceito, sim. Você é inacreditavelmente perigosa. Você tem que ser minha."

Depois do casamento, e durante os primeiros vinte anos do império de Bisnaga, a rainha Pampa Kampana mantinha assumidamente relações com dois homens, o rei e o estrangeiro; muito embora ambos estivessem insatisfeitos com a situação e frequentemente manifestassem incômodo, Pampa passava de um para o outro com uma serenidade que indicava não haver problema algum para ela, o que aumentava ainda mais a insatisfação dos dois. Em consequência, ambos encontravam motivos para ausentar-se por longos períodos da fonte do descontentamento. Domingo Nunes, tendo provido o império de um grande estoque de explosivos poderosos, retomou o comércio de cavalos, encontrando no amor por esses animais algum consolo por só ter metade do amor da mulher de seus sonhos. Quanto a Hukka Raya I, ele se entregou ao grande empreendimento que é a construção de um império, criando fortalezas inexpugnáveis em Barkuru, Badami e Udayagiri, conquistando todas as terras banhadas pelo rio Pampa e adquirindo o direito de ser considerado monarca de toda a região entre os mares do leste e do oeste. Nada disso o tornava feliz. "Não adianta possuir tanto território", queixava-se a Pampa Kampana, "e poder lavar os pés em tantos mares, se a sua esposa tem camas em duas casas diferentes e você só dorme numa delas."

Na ausência de Hukka, Bukka tentava interceder em favor do irmão. Levou Pampa Kampana para caminhar à margem do rio cujo nome era igual ao dela a fim de tentar convencê-la a abrir mão do relacionamento com o estrangeiro. "Pense no império", implorou. "Todos nos curvamos perante você, a maga que fez tudo isso surgir, mas queremos que você permaneça em um lugar elevado e não caia na sarjeta."

A dureza daquele substantivo sórdido, *sarjeta*, provocou Pampa, que respondeu: "Vou lhe contar um segredo. Estou esperando um filho, e não sei qual dos dois é o pai".

Bukka estacou de repente. "O filho é de Hukka", afirmou ele. "Não tenha nenhuma dúvida a esse respeito, senão a cidade que você construiu há de rachar por completo, e as muralhas vão desabar ao nosso redor."

Nos três anos que se seguiram, Pampa Kampana deu à luz três filhas, e a partir daí o nome do estrangeiro nunca mais pôde ser pronunciado dentro das muralhas do palácio, nem tampouco em qualquer lugar em que o marido estivesse presente; e ninguém, sob pena de execução, podia mencionar a beleza ibérica das jovens princesas, a pele clara, os cabelos avermelhados, os olhos verdes, e assim por diante. No futuro, aqueles atributos haveriam de provocar cizânia no reino, mas por ora o direito delas de fazer parte da linhagem real era inquestionável. O próprio Hukka, porém, não deixou de perceber o que estava claro, e foi se tornando sisudo e recolhido, também pelo fato de Pampa Kampana não conseguir lhe dar um filho varão. Com o passar dos anos, a tristeza foi aumentando, e apesar de todos os triunfos militares, tornou-se conhecido como um monarca de caráter melancólico. Quando estava em guerra, lutando e conquistando, sentia-se melhor, porque conseguia matar os adversários no campo de batalha, mas não conseguia matar seu adversário no amor em sua própria terra. Todos os homens que matava tinham o rosto de Domingo Nunes; mas a satisfação não durava muito, porque o Domingo de carne e osso estava em Bisnaga, fodendo com a rainha. Hukka voltava ao palácio encharcado de sangue e insatisfação, e o sentimento de amor não correspondido o fez voltar-se para Deus.

Num dia quente e seco no último ano de seu reinado, Hukka convocou todos os irmãos para uma reunião no *mutt* de Mandana, para consagrar o novo templo que estava sendo construído lá. A essa altura, Chukka Sangama já havia se tornado o regente de Nellore, Pukka era o homem forte inquestionável de Mulbagal e Dev estava solidamente estabelecido no *kursi* de Chandragutti. Chegaram a Mandana cercados pelo esplendor de seus cavaleiros montados e de inúmeras bandeiras, e haviam transformado em esposas e princesas as guerreiras guardiãs, as Irmãs das Montanhas, Shakti, Adi e Gauri. Hukka contemplava a chegada dos irmãos casados com um pouco de inveja — afinal, as esposas deles não dormiam com estrangeiros canalhas, certo? —, porém lembrou-se de que as irmãs tinham ordens de cortar a garganta dos maridos se eles esboçassem a menor intenção de rebelar-se contra o rei em Bisnaga — ou seja, ele, Hukka. E fora ele o único responsável por essa ordem, e a lealdade das irmãs estava acima de qualquer suspeita.

"Acho que é melhor ter uma esposa infiel", pensou ele com seus botões, "do que uma esposa mais leal ao irmão do que a você, e cuja faca, portanto, está sempre muito próxima da garganta traidora."

Chukka, o irmão mais falastrão, mostrou-se admirado diante do que viu em Mandana. "O que aconteceu aqui?", indagou. "Apareceu algum deus que resolveu transformar a caverna do monge num palácio?" Pois Mandana estava se transformando num centro religioso magnífico, cheio de peregrinos e sacerdotes, com uma obra em construção que prometia se tornar tão majestosa quanto o velho refúgio do sábio Vidyasagar, o Oceano da Sabedoria, fora ascético.

Vidyasagar em pessoa aproximou-se para responder-lhe. "Os deuses têm mais o que fazer do que construir templos. Mas, para os homens, não há tarefa mais elevada a que eles possam se dedicar."

"Cuidado", Hukka alertou o irmão. "Você está à beira da blasfêmia, e se cair na fossa que há do outro lado, nem todas as preces do mundo haverão de salvar a sua alma amaldiçoada."

"Quer dizer que você mudou tanto quanto este lugar", replicou Chukka. "Agora que você está transformando Mandana num templo-palácio, deve pensar que é o rei daqui também."

"Segundo alerta", disse Hukka Raya, e a consorte de Chukka, Shakti, pousou a mão no cabo do punhal que levava à cintura.

"Mas o templo não está terminado", prosseguiu Chukka. "Por enquanto, só metade da torre de entrada, a *gopuram*, o Portão Imperecível, está pronta. Daí concluo que você também não está terminado — não é divino nem imperecível, ou pelo menos ainda não é."

"Estamos reunidos para consagrar o templo ao Senhor Virupaksha, também Shiva, o poderoso consorte da deusa-rio Pampa, também Parvati", disse Hukka, zangado, "e por isso não vou derramar seu sangue hoje. Temos um objetivo mais elevado. E além do templo, temos que conversar sobre o Rei dos Diamantes de Golconda ao norte, que está se tornando poderoso demais para seu próprio bem e segue uma religião estrangeira, e portanto deve ser considerado nosso inimigo mortal. Sem falar em todas aquelas minas de diamante que ele possui."

E Pukka, o irmão Sangama razoável, manifestou-se. "Claro que entendo o que você diz a respeito das minas de diamante. Mas quanto ao resto, essa história de religião estrangeira, não seja bobo. O Bukka sempre disse que nenhum de vocês dois se importava com a presença ou a ausência de prepúcios, e agora de repente você passou a odiar os circuncidados? Isso é insensatez. Pelo menos um terço dos exércitos de Bisnaga, e talvez metade dos comerciantes e lojistas nas ruas, são seguidores dessa religião estrangeira. Então eles também se tornaram nossos inimigos de repente? O Bukka está de acordo com esse seu novo extremismo? Aliás, onde está o príncipe herdeiro?"

"Deixe isso para lá", respondeu Hukka Raya I. "Chega de conversa. Vidyasagar, por favor, dê início à cerimônia. Temos que pedir ao deus que seja favorável a nós, mesmo àqueles cuja fé não é firme."

"Você ficou mesmo diferente depois de velho", disse Dev Sangama, falando pela primeira vez. "Acho que eu gostava mais de você como era antes. E, se me permite uma pergunta: se toda essa cidade de Bisnaga surgiu da noite para o dia, com pessoas e tudo, e a muralha brotou ao redor dela no dia seguinte, e se tudo isso saiu de um saco de sementes, por que é que a mesma coisa não acontece com o templo? Por que não podemos simplesmente assistir sentados ao espetáculo mágico do templo se elevando diante de nossos olhos?"

A rainha Pampa respondeu pelo rei. "O estoque de magia não é inesgotável. Às vezes, o encantamento divino está ao alcance dos seres humanos quando eles surgem no mundo. Depois desse período inicial, chega a hora em que são obrigados a aprender a ficar de pé por conta própria, realizar seus próprios feitos, vencer suas próprias batalhas. Eu diria que a gente começa como criança, mas por fim é obrigada a crescer e viver no mundo dos adultos."

"Você é a mãe do império", disse Dev Sangama, "mas hoje a sua mensagem de amor está um pouco dura."

Numa ruela suja de Bisnaga, em uma taberna sórdida conhecida como O Caju, Bukka Sangama, no momento exato em que o templo era consagrado, passava a tarde bebendo com seu companheiro de esbórnia, um velho soldado grisalho chamado

Haleya Kote, que apresentara ao príncipe herdeiro os prazeres do *feni* de caju, a mais nova bebida da cidade. O *feni* podia ser destilado de muitas fontes, em particular do coco, mas essa nova bebida era diferente, mais saborosa, na opinião de muitos bebedores, e — pelo menos na versão à venda naquela taberna — bem mais forte. O cajueiro foi outro grande presente que os portugueses trouxeram do além-mar juntamente com os cavalos árabes, e na realidade o verdadeiro dono da taberna era Domingo Nunes, embora ele preferisse manter esse fato em segredo, por trás de uma fachada de testas de ferro que gerenciavam o estabelecimento dia e noite, por temer, com razão, que Pampa Kampana não aprovasse essa atividade. Nesse recinto comprido, escuro e estreito, os fregueses sentavam-se em banquinhos simples de três pés, em torno de mesas de madeira mais próximas à entrada, bebendo o potente *feni*, cada homem resvalando na felicidade ou na melancolia, conforme sua natureza, enquanto mais para o fundo da taberna ocorriam coisas que era melhor manter ocultas atrás das cortinas. Depois de algumas jarras da bebida, porém, o álcool embotava a percepção dos bebedores de tal modo que as atividades no fundo do estabelecimento podiam transcorrer sem provocar qualquer comentário.

Haleya Kote não era um dos cidadãos de Bisnaga criados pela magia das sementes. Lutara ao lado de Hukka e Bukka no tempo em que foram soldados; com mais de dez anos de idade que os irmãos, tinha mais experiência de guerra do que eles; porém também fora capturado pelos exércitos do sultão do Norte, e, tal como eles, conseguira escapar da escravidão na longínqua Délhi, alguns anos depois da fuga dos irmãos. Chegou a Bisnaga mais grisalho e mais magro do que era nas lembranças dos Sangama, mas o amor à bebida logo começou a engordá-lo. Quando foi dar em Bisnaga, Hukka já estava perdido nos labirintos dourados impostos pela condição de rei e tinha pouco tempo para dedicar aos amigos de outrora, mas Bukka gostou muito de ver um rosto conhecido com quem podia compartilhar lembranças de verdade, que não haviam sido criadas pelos sussurros de Pampa Kampana. Com o passar dos anos, à medida que Hukka era impulsionado por ressentimentos íntimos em direção à religiosidade, foi se abrindo um abismo entre os dois irmãos; Bukka continuava não levando a fé muito a sério, enquanto o irmão tornava-se cada vez mais austero. Além disso, o Sangama mais jovem começou a se preocupar com a questão da sucessão. Estaria de pé o acordo que fizera com Hukka, segundo o qual ele, Bukka, seria o sucessor do irmão, ou alguma das filhas bastardas do português tentaria se apossar do império? Mais uma vez, convidou Pampa Kampana para uma caminhada à beira-rio, e dela ouviu uma resposta positiva.

"Sem dúvida, você vai ser rei depois do seu irmão", disse-lhe Pampa Kampana, "e para ser totalmente sincera, não vejo a hora de me tornar sua rainha."

Bukka sentiu um arrepio de medo percorrer-lhe a espinha. Sabia que para seu irmão, o rei, era cada vez mais difícil suportar a ideia de que a bela cabeça de Domingo Nunes continuava presa ao pescoço longo e elegante dele; mas agora outro pescoço e outra cabeça — a dele, a de Bukka — também corriam risco de se separar. Se Hukka Raya nutrisse a menor suspeita de que a esposa, a bela e promíscua mulher que nem o tempo nem a maternidade eram capazes de envelhecer ou domar, estava disposta a deitar-se na cama do irmão quando ele morresse — e que estava mesmo ansiosa para deitar-se nela, ela própria o confessava, para que chegasse o dia da morte de Hukka! —, então a maré de sangue haveria de se tornar uma enchente, e o império se perderia numa terrível guerra civil.

"Nós dois não devemos conversar nunca mais", disse ele a Pampa Kampana, "enquanto esse dia não chegar."

Depois disso, Bukka começou a beber. Haleya Kote chegou à cidade na hora exata, justamente quando o príncipe herdeiro precisava de um companheiro de copo, e os dois se tornaram inseparáveis. Hukka, que não sabia nada a respeito das conversas de Bukka com Pampa Kampana, lamentava que o irmão mais moço tivesse se tornado um beberrão, e num primeiro momento ameaçou expulsá-lo do conselho real, que governava a cidade e supervisionava a administração imperial, a menos que ele mudasse de vida; como Bukka não desse nenhum sinal de que ia obedecer-lhe, chegou mesmo a expulsar o príncipe herdeiro daquela instituição elevada, tornando público dessa forma o que havia muito se cochichava nas esquinas: as duas figuras mais excelsas do império, os fundadores de Bisnaga, haviam brigado. Agora a corte estava dividida em facções. Os que admiravam o reinado de Hukka, sua administração eficiente e seus muitos triunfos no campo de batalha, afastaram-se do bêbado Bukka; enquanto os que observavam que a saúde do rei começava a deteriorar, que ele vivia acossado por cefaleias, febres e calafrios, julgavam necessário ser mais leal ao herdeiro do trono do que ao próprio rei. Nesse ínterim, o príncipe herdeiro passava os dias na taberna do Caju, envolto na névoa mental que o *feni* produzia rapidamente.

Nessa época, Bukka tornou-se popular na cidade por suas palhaçadas bem-humoradas e pela ausência de empáfia real. Quando o comparavam ao rei, cada vez mais severo e melancólico, viam-no como uma figura com quem os cidadãos tinham muito mais fácil identificação. Anos depois, quando já havia se tornado um monarca respeitável, as pessoas se perguntavam se, nos tempos de boemia, Bukka não estivera apenas representando um papel ou se fora deveras um palerma dissoluto. O próprio Bukka deu a essa pergunta uma única resposta críptica: "Fiz papel de bobo para ganhar, em contrapartida, uma imagem melhor quando abrisse mão de minhas loucuras e assumisse a coroa imperial".

Ninguém fazia perguntas assim a respeito de Haleya Kote, que todos desprezavam como um pinguço obeso e fracassado. Na verdade, porém, ele era membro, talvez até o líder, de uma seita secreta denominada Reprimenda, cujos panfletos enumeravam Cinco Reprimendas, acusando os "elementos estruturais" da religião — ou seja, os sacerdotes — de corrupção desenfreada e exigindo reformas radicais. A Primeira Reprimenda afirmava que o mundo da fé se aproximara demais do poder temporal, seguindo o mau exemplo dado pelo próprio sábio Vidyasagar, e que os ocupantes de cargos elevados nos templos imperiais não deveriam assumir posições na comissão que governava a cidade. A Segunda Reprimenda criticava as novas cerimônias religiosas que reuniam multidões na recente consagração do novo templo, as quais, afirmava-se, não tinham nenhuma base na teologia nem nas escrituras. A Terceira Reprimenda postulava que o ascetismo em geral, e o celibato dos homens santos em particular, haviam tido o efeito de promover a prática da sodomia. De acordo com a Quarta Reprimenda, os verdadeiros fiéis deviam abster-se de qualquer ato bélico. E a Quinta Reprimenda era uma denúncia contra as artes: dava-se atenção excessiva à beleza na arquitetura, na poesia e na música, atenção essa que devia ser desviada imediata e permanentemente de tais frivolidades e voltada para a adoração dos deuses.

Talvez o fato de que já estivessem surgindo dissidentes fosse um sinal de que a cidade e o império que crescia em torno dela rapidamente amadureciam. Porém a Reprimenda tinha poucos adeptos em Bisnaga, cujos habitantes amavam tudo o que era belo, orgulhavam-se das gloriosas obras de arquitetura erguidas ao seu redor e deleitavam-se com a poesia e a canção; também entregavam-se com entusiasmo à prática da sodomia, bem como à heterossexualidade, pois muitos bisnaguenses não viam motivo para amar apenas o sexo oposto, tendo igual prazer em desfrutar da companhia de pessoas do mesmo gênero. Ao cair da tarde, na hora do pôr do sol, viam-se casais de todos os tipos a passear de mãos dadas sem nenhum constrangimento: homens com homens, mulheres com mulheres e até mesmo homens com mulheres. Essas pessoas dificilmente aceitariam as condenações sexuais impostas pela Reprimenda. Além disso, a população temia concordar com as afirmações políticas dessa seita. O ataque à probidade de uma figura tão reverenciada como Vidyasagar; a crítica pacifista à guerra, quando os exércitos de Bisnaga estavam se tornando quase invencíveis; as acusações generalizadas de corrupção pública: manifestar-se publicamente contra tais posicionamentos era correr risco de ser assassinado. Assim, a Reprimenda por enquanto não conseguira se tornar nada maior do que uma seita minúscula, e Haleya Kote reagia à frustração bebendo.

O príncipe herdeiro sabia de tudo isso, mas naquela tarde no Caju, em que um templo era consagrado em outro bairro da cidade, não dava sinal de que sabia, nem em qualquer outra tarde. Se algum espião viesse lhe dizer que ele estava se embriagando com o mais notório rebelde secreto do império, o maior revolucionário em potencial, fingiria estar chocado e diria ao espião que não podia mais tomar seu *feni* em paz. E se Haleya Kote desconfiasse de que um grande rei cheio de determinação estava lentamente se formando por detrás da fachada bonachona do príncipe, um rei com planos detalhados a respeito de como lidar com a seita da Reprimenda, talvez se preocupasse com a própria pele. Mas, do jeito que as coisas iam, os dois passavam as tardes de modo agradável, aparentemente sem preocupação. O futuro que viesse quando fosse a hora.

* * *

Domingo Nunes, um pagão cristão, naturalmente não estivera presente na consagração do templo. Mas naquela noite Pampa Kampana veio visitá-lo. Depois de passar muitos anos no celeiro, ele finalmente adquirira uma casinha num bairro anônimo da cidade, a qual enchia de maços de papel com o relato escrito de sua vida em Bisnaga. *É um lugar onde venta muito, uma terra plana, tirando as montanhas; mas para os lados do oeste os ventos são menos ferozes, por efeito dos muitos arvoredos, onde crescem as mangueiras e as jaqueiras.* Parecia-lhe interessante fazer listas de banalidades, enumerar todos os produtos da pecuária e da agricultura do lugar, as vacas, os búfalos, os carneiros, as aves, a cevada e o trigo, como se ele fosse um fazendeiro, muito embora jamais tivesse passado sequer um único dia trabalhando numa fazenda. *Vindo do porto de Goa para cá, encontrei uma árvore tão grande que trezentos e vinte cavalos poderiam se abrigar do sol e da chuva debaixo dela.* E assim por diante. Falava das secas no verão e das enchentes na estação das chuvas. Mencionava um templo cujo deus tinha cabeça de elefante, e as mulheres que faziam parte dele e dançavam para o deus. *São mulheres de moral duvidosa, mas vivem nas melhores ruas da cidade e têm permissão para visitar as concubinas do rei, e com elas mascar bétele. Também comem porco e carne.* Escrevia sobre uma grande variedade de assuntos, como a tarefa cotidiana de besuntar o rei com grande quantidade de óleo de gergelim, e sobre os dias de festa do calendário, e outras coisas que não despertariam interesse na gente de lá, que já sabia de tudo isso. O texto era claramente dirigido a leitores estrangeiros. Quando viu aqueles escritos, num idioma que não sabia ler, Pampa Kampana adivinhou o objetivo deles, e perguntou a Domingo Nunes se ele pretendia ir embora de Bisnaga, não apenas viajar para comprar cavalos e voltar, mas partir definitivamente. Domingo Nunes negou que tivesse tal intenção. "Estou apenas fazendo um relato para meu próprio uso", explicou, "porque este lugar é tão cheio de maravilhas que merece uma crônica detalhada."

Pampa Kampana não acreditou nele. "Acho que você tem medo do rei e está se preparando para fugir", retrucou, "embora eu já lhe tenha dito muitas vezes que com a minha proteção é impossível que façam mal a você."

"Não é isso", insistiu Domingo Nunes, "porque amo você com uma ferocidade com que jamais amei outra pessoa em minha vida. Mas para mim está claro que você me ama menos — e não apenas porque preciso dividir você com o rei! — e sim, em parte por isso! — e não apenas porque você me obrigou a renegar! — e me proibiu de ver! — as três lindas meninas que ninguém pode dizer, nem mesmo sussurrando, que são parecidíssimas comigo! — mas sim, em parte por isso também! — e eu aceitei tudo isso — tudo isso! — por estar apaixonado por você! — mas, mesmo assim, todo dia me dou conta de que amo mais do que sou amado."

Pampa Kampana deixou que ele falasse sem interrompê-lo. Então beijou-o, o que não o acalmou, nem fora essa a intenção dela. "Você é belo, e sempre amei o seu corpo quando ele se aperta contra o meu. Mas você tem razão. Para mim é difícil amar uma pessoa com todo o meu coração, porque sei que ela vai morrer."

"Mas que desculpa é essa?", indagou Domingo Nunes, cada vez mais irritado. "Todos os seres humanos terão esse mesmo destino. Você também."

"Não", ela respondeu. "Viverei por quase duzentos e cinquenta anos, e vou sempre parecer jovem, ou quase isso. Você, porém, já está envelhecendo, seus ombros estão caídos, e o fim…"

Domingo Nunes tapou os ouvidos. "Não!", gritou. "Não

me diga nada! Não quero saber!" Ele tinha consciência de que envelhecia da pior maneira, que a saúde não era tão robusta quanto antes, e já temia que não fosse chegar à velhice. Por vezes imaginava que fosse ter uma morte violenta, a qual poderia muito bem ocorrer na estrada dos cavalos entre Goa e Bisnaga, onde as gangues de Kallar e Maravar ainda eram perigosas. Chegava a desconfiar que Hukka Raya I não tomava nenhuma medida contra os ladrões de cavalos porque no fundo tinha esperança de que eles atacassem Domingo Nunes e lhe fizessem o favor de arrancar-lhe o coração traiçoeiro. Mas Pampa Kampana tinha em mente outro tipo de fim para ele.

"… e o fim está próximo", ela prosseguiu. "Você vai morrer depois de amanhã, porque seu coração vai explodir, e talvez seja por minha culpa. Lamento."

"Você é uma megera que não tem coração", disse Domingo Nunes. "Vá embora."

"É, isso é o melhor a fazer", disse Pampa Kampana. "Não quero assistir à cena final."

A verdade por trás das palavras duras de Pampa era que sua decisão de não envelhecer era quase tão problemática para ela quanto para os outros. Desde os nove anos de idade, quando a deusa falou por sua boca, e até os dezoito, Pampa crescera como qualquer outra garota, mas tudo mudara no dia em que ela deu o saco de sementes mágicas a Hukka e Bukka Sangama. Vinte anos haviam se passado desde então, e quando examinava a própria imagem no escudo polido pendurado na parede de seu quarto no palácio, calculava que envelhecera no máximo dois anos durante essas duas décadas. Se essa estimativa estivesse correta, então ao final dos mais de dois séculos de vida que a deusa lhe destinara, ela teria a aparência de uma mulher de quarenta e tantos anos. Era surpreendente. Antes ela imaginava que, ao iniciar o terceiro século de vida, fosse estar transformada numa velha coroca, curvada e cheia de rugas, mas tudo indicava que isso não fosse acontecer. Seus homens morreriam, suas filhas (que já pareciam mais suas irmãs do que filhas) ficariam mais envelhecidas do que ela e por fim morreriam, as gerações haveriam de se suceder, mas a sua beleza permaneceria. A consciência desse fato dava-lhe muito pouco prazer. "A história de uma vida", dizia a si própria, "tem começo, meio e fim. Mas se o meio se prolonga de modo antinatural, então a história não é mais um prazer. É uma maldição."

Pampa compreendia que seu destino era perder todas as pessoas que amava e terminar cercada pelos cadáveres delas em chamas, tal como vira sozinha, aos nove anos, a mãe e outras mulheres morrerem queimadas. Haveria de reviver, em câmara lenta, ao longo dos séculos, a catástrofe da pira letal de sua infância. Todos morreriam como antes, só que essa segunda imolação duraria quase duzentos e cinquenta anos, e não apenas algumas horas.

6.

Domingo Nunes, que não conseguia descrer na profecia de Pampa Kampana, passou aquela noite e as vinte e quatro horas seguintes embebedando-se no Caju em companhia de Bukka Sangama e Haleya Kote, maldizendo Azrael, o anjo exterminador, e a previsão feita por Pampa de que ele chegaria em breve; assim, quando seu coração se partiu, tal como ela previra, espalhou-se por Bisnaga a notícia de que o lendário estrangeiro que dera nome à cidade morrera, bem como a de que Pampa Kampana se revelara possuidora do poder de antever o momento em que as pessoas passavam desta vida para a outra — em suma, que com seus sussurros ela podia não apenas criar vidas, mas também dar fim a elas. A partir desse dia, Pampa passou a ser mais temida do que amada, e o fato de que se recusava a envelhecer intensificava ainda mais o terror que seu nome inspirava. Hukka Raya I, num gesto de generosidade para com o falecido rival no amor, mandou vir de Goa um bispo católico e manteve o corpo de Domingo Nunes preservado no gelo até que o prelado chegasse, acompanhado por um coro de doze formosos rapazes goenses que ele próprio ensaiara, e em seguida a morte de Nunes foi celebrada à maneira romana, com tudo a que tinha direito. Foi o primeiro funeral cristão em Bisnaga; hinos estrangeiros foram cantados; proclamaram-se o nome daquela exótica trindade divina que incluía, de modo inexplicável, uma espécie de fantasma;* um terreno fora dos muros da cidade foi reservado para o enterro de pagãos estrangeiros; e assim terminou aquela história. Pampa Kampana permaneceu ao lado do marido, o rei, para despedir-se do amante, e todos perceberam que o rosto enrugado e marcado de Hukka Raya I exibia sinais de cada um de seus cinquenta anos de vida; aliás, a maioria das pessoas julgava que ele parecia ser muito mais velho do que era, que as preocupações da monarquia e as exigências da guerra o haviam envelhecido precocemente; Pampa Kampana, porém, não envelhecera quase nada. Sua juventude e sua beleza eram tão assustadoras quanto o fato de ela ter profetizado a morte de Domingo Nunes. O povo de Bisnaga, que antes a amava por ter criado a cidade do nada, começou a afastar-se de Pampa a partir do funeral de Domingo, e quando a carruagem real a transportava pelas ruas da cidade, as pessoas recuavam, esquivando-se daqueles olhos temíveis.

A sensação de que pairava sobre ela uma maldição lançou uma sombra sobre o temperamento naturalmente alegre de Pampa, e quando ela e Hukka estavam juntos num mesmo recinto, a atmosfera adensava-se com os perfumes da melancolia dos dois. Cada um tinha uma visão equivocada do outro. Hukka achava que a tristeza da esposa fosse sinal de luto pelo amante morto, enquanto Pampa Kampana atribuía a austeridade pesada que se abatera sobre Hukka à religiosidade fanática que ele adotara re-

---

* Em inglês, o termo tradicional usado com o sentido de "Espírito Santo" é *Holy Ghost*, literalmente "Fantasma Santo". (N. T.)

centemente, embora na realidade o rei estivesse o tempo todo pensando em maneiras de recuperar os sentimentos mais ternos da esposa, enquanto ela às vezes lamentava não poder morrer.

Todos os dias, durante uma hora, no Salão das Audiências Públicas, entronizados lado a lado, ou melhor, escarrapachados numa plataforma atapetada em meio a uma profusão de almofadas bordadas, enquanto músicos tocavam melodias do Sul usando os dez instrumentos da tradição carnática, e mordomos lhes traziam bandejas com doces e jarras de suco de romã, os dois atendiam aos cidadãos de Bisnaga que vinham lhes fazer diversos pedidos: isenção de impostos em tempo de seca, ou permissão para que uma filha desposasse um rapaz pertencente a uma casta diferente, "porque fazer o quê, majestades, amor é amor". Durante essas sessões, Hukka esforçava-se ao máximo para reprimir seu puritanismo cada vez mais intenso e atender da maneira mais generosa tantos pedidos quanto fosse possível atender, na esperança de que aquelas demonstrações de brandura amolecessem o coração da rainha.

Entre um e outro pedido dos súditos, Hukka dirigia seus próprios a Pampa Kampana. "Creio que tenho sido um bom rei", murmurava para ela. "Recebo muitos elogios pelos sistemas de administração que criei." Mas a criação de uma burocracia não era um tema romântico, algo de que ele se deu conta em pouco tempo; assim, para não correr risco de entediar a rainha, passou a falar sobre a guerra. "Contra meus próprios desejos, tenho manifestado sabedoria, não atacando a fortaleza invencível de Golconda e permitindo que aquele pagão do Rei dos Diamantes permaneça por mais algum tempo à frente de seu reino, até que nosso exército seja fortalecido pelos combates e se torne capaz de reduzi-lo ao pó. Em contrapartida, conquistei grandes territórios para o império, ultrapassando o rio Malprabha ao norte e anexando Kaladgi, alcançando as duas costas, a do Concão e a do Malabar. Além disso, quando o sultão de Madurai, aquele atrevido, matou Veera Ballala III, o último rei do velho império Hoysala, mais que depressa ocupei aquele vácuo de poder e tornei nossos os territórios de Hoysala..." Então calou-se, percebendo que a rainha adormecera.

Logo depois da morte do amante, Pampa Kampana começou a ter a estranha sensação de que estava distante de si própria. Andava pelos jardins do palácio atravessando túneis de folhagens que o rei mandara construir para que pudesse caminhar ao cair da tarde sem ser observado, e ao passar por aqueles caramanchões de buganvílias, sentia-se perambulando por um labirinto em cujo centro um monstro a aguardava: era como se estivesse perdida de si. Perguntava-se quem era. Talvez o monstro no centro do labirinto; assim, à medida que adentrava aquele túnel verdejante, na verdade se aproximava cada vez mais do que havia de bestial em sua verdadeira natureza. Desde o dia da fogueira, quando a mãe optara por tornar-se uma estranha para ela e uma segunda mãe, a deusa, falou-lhe por sua própria boca, a identidade de Pampa se transformara num mistério impossível de resolver. Muitas vezes sentia que era um meio para atingir um fim — um canal profundo pelo qual o rio do tempo fluía sem transbordar, ou uma caixa inquebrável para dentro da qual a história estava sendo jogada com uma pá. Seu verdadeiro eu parecia incompreensível, inatingível, como se também ela estivesse ardendo numa fogueira. Parecia-lhe cada vez mais claro, porém, que a solução do enigma era o sentido da história do mundo que criara, e que essa solução só se revelaria a ela e a Bisnaga quando tanto Pampa quanto o império chegassem simultaneamente ao final de suas longas narrativas.

Uma coisa Pampa sabia: a força de seus desejos sexuais aumentava a cada ano, como se a capacidade do corpo de desafiar o tempo viesse com o incremento das necessidades físicas. Em matéria de desejo, pensava, ela era mais como um homem do que como uma dama; ao ver um homem que desejava, sentia necessidade de possuí-lo, pouco se importando com as consequências. Desejara Domingo Nunes e conseguira apossar-se dele, mas agora o perdera; e o rei, cada vez mais puritano, agradava-a cada vez menos. Na corte não faltavam opções, homens que se exibiam e a bajulavam, com quem uma rainha podia se divertir se quisesse; mas por ora ela não queria. Era difícil sentir-se atraída por aqueles seres outrora inacabados, cujas histórias ela própria cochichara nos ouvidos deles. Fossem jovens ou velhos, pareciam-lhe sempre crianças, e seduzi-los seria uma espécie de incesto. E havia outra questão a ser pensada: estaria ela sugando a vida e a beleza dos homens que escolhia? Seria por esse motivo que todos pareciam mais velhos do que eram e morriam antes do tempo? Não seria melhor abster-se de qualquer envolvimento amoroso para poupar a vida dos homens que a atraíam, e nesse caso ela envelheceria como qualquer pessoa?

Eram essas as questões com que Pampa Kampana se ocupava. Mas a pressão crescente de sua fome sexual acabou sendo mais forte que as dúvidas. Começou a procurar um homem; e aquele sobre o qual fixou seu olhar predador, talvez letal, foi o irmão do marido: o pequeno Bukka, sempre a zumbir, tão aguçado quanto a picada de uma abelha.

Bukka era a única pessoa que conseguia alegrá-la. Deliciava Pampa com narrativas picantes a respeito do que se passava no Caju nas madrugadas, e chegou a convidá-la para passar uma noite lá com ele e com o companheiro de esbórnia, Haleya, uma ideia tão deliciosamente escandalosa que deixou a rainha tentada a aceitar o convite. Porém conteve-se, contentando-se com aquelas histórias exageradas, que não apenas a divertiam como também, percebia, muitas vezes a excitavam.

Em pouco tempo, a atração que lhe inspirava o príncipe

herdeiro tornou-se óbvia para toda a corte, e parecia incompreensível. Bukka não era um homem belo como Domingo Nunes. Àquela altura, o corpo dele já começara a inchar e cair em vários lugares, dando-lhe a aparência vulnerável de um legume humano bulboso, uma rutabaga ou beterraba. Aquele homem que mais parecia um saco, de modo inexplicável, atraía a rainha lasciva. E havia outros motivos além do desejo. Bukka fazia sucesso com as filhas de Pampa, um tio atrevido cujas travessuras encantavam as princesas. Pampa Kampana ficara sabendo num sonho que aquele ano seria o último de vida do marido, tal como fora o da morte de Domingo Nunes; assim, precisava pensar no futuro. Sem uma linha de sucessão bem definida, a morte de um rei era uma ameaça para todos os parentes mais próximos. Portanto, urgia que Pampa garantisse as pretensões de Bukka ao trono afirmadas havia tanto tempo, porque se ele herdasse a coroa as filhas dela estariam protegidas. E se Pampa Kampana estivesse ao lado dele, nenhum homem em Bisnaga ousaria ser contra os dois.

Pampa chamou Bukka para um passeio nos túneis de folhagem, e pela primeira vez lhe deu um beijo, naquelas passagens secretas construídas pelo marido. "Bukka, Bukka", murmurou ela, "a vida é uma bola que temos nas mãos. Nós é que decidimos qual jogo vamos jogar com ela."

Claro que a notícia de que Pampa Kampana estava envolvida com o príncipe herdeiro chegou aos ouvidos de Hukka quase de imediato, com ou sem folhagens, e o rei corno, sem querer fazer nada contra o irmão, foi obrigado a partir, pela última vez, numa expedição militar, para ocultar a vergonha e também para — através de um triunfo militar — anulá-la. Era chegada a hora de matar o sultão de Madurai, muito presunçoso desde que destronara o rei de Hoysala, mesmo não tendo conseguido conquistar os antigos territórios dela, que agora pertenciam ao império de Bisnaga. O sultão era uma incômoda pedra no sapato do império, e era preciso enfrentá-lo. Foi assim que Hukka Raya I começou a última campanha, da qual não haveria de voltar. As últimas palavras que dirigiu ao príncipe herdeiro foram muito simples: "Deixo o mundo em suas mãos". Para Pampa Kampana, o rei claramente temia a morte. Não era necessário que ela confirmasse esse temor. Hukka abraçou o irmão, e, por um momento, voltaram a ser dois vaqueiros pobres iniciando a caminhada na estrada da vida. Então o rei partiu, sabendo no fundo do coração que sua estrada chegava ao fim, e pensando muito no mundo dos fantasmas.

Desde o funeral de Domingo Nunes, no qual pela primeira vez ouviu a terminologia litúrgica do catolicismo, Hukka estava intrigado com a ideia de que um dos deuses cristãos era um fantasma. Estava acostumado com todos os tipos de deuses, deuses metamórficos, deuses que morriam e ressuscitavam, deuses líquidos e até gasosos, mas a ideia de uma divindade fantasma o perturbava. Então os cristãos cultuavam os mortos? Seria o fantasma alguém que vivera outrora, que fora elevado ao panteão por outros deuses devido a suas qualidades divinas? Ou seria um deus encarregado da tarefa de supervisionar os mortos, enquanto o deus Pai e o deus Filho assumiam a responsabilidade pelos vivos? Ou seria um deus que morrera, mas não havia ressuscitado? Ou um deus que jamais vivera, um espírito incorpóreo presente desde o início dos tempos, circulando invisível entre os vivos, entrando e saindo de quartos de dormir e carruagens como se fosse um espião, a registrar os atos bons e maus do mundo? E se os outros deuses cristãos podiam ser caracterizados como Criador e Salvador, seria o fantasma o Juiz? Ou apenas um deus sem nenhuma área de atuação específica, um deus sem pasta? A questão deixava-o... perplexo.

Hukka estava com espectros na cabeça porque começavam a circular rumores a respeito de um tal de Sultanato Fantasma, um exército de mortos — ou talvez de mortos-vivos — formado pelos espíritos dos soldados, generais e príncipes aniquilados pelo poder crescente do império de Bisnaga, todos agora decididos a vingar-se. Espalhavam-se histórias sobre o líder deles, o Sultão Fantasma, que trazia uma lança comprida e montava um cavalo de três olhos. Hukka não acreditava em fantasmas, ou pelo menos era essa a posição assumida em público, mas no íntimo se perguntava se as forças do sultão de Madurai não estariam sendo apoiadas por esses invencíveis batalhões de fantasmas, e se ele não haveria de defrontar-se com o Sultão Fantasma, além dos soldados vivos no campo de batalha. Se fosse assim, seria quase impossível alcançar a vitória. Também temia, em segredo, que sua intolerância religiosa cada vez mais implacável, a qual, na opinião de Bukka, quase totalmente incréu (e portanto depravado), ia contra a ideia fundadora de Bisnaga, talvez atiçasse o fervor com que os soldados fantasmas se oporiam às suas forças, porque naturalmente todos eles, quando vivos, haviam pertencido à religião que Hukka não tolerava mais.

Por que ele mudara? (A estrada que levava à guerra era longa e lhe dava muito tempo para refletir.) Não havia se esquecido da conversa que tivera com o irmão no alto do morro, no dia das sementes mágicas. "Essa gente lá embaixo, os nossos novos cidadãos", perguntara Bukka, "você acha que eles são ou não circuncidados?" E acrescentara: "Na verdade, estou me lixando. Provavelmente uns são e outros não, e tanto faz." E os dois concordaram. "Se você está se lixando, eu também estou." "Então, tanto faz."

A resposta era esta: ele mudara porque o sábio Vidyasagar mudara. Aos sessenta anos, aquele cavernícola aparentemente humilde (na verdade um predador) havia se transformado num homem poderoso, que ostentaria o título de primeiro-ministro de Hukka se o termo existisse naquela época, e não era mais o místico puro (mas também impuro) que fora na juventude. No panfleto "revolucionário" conhecido como Primeira Reprimenda — cujo provável autor era o radical secreto (e bêbado ostensivo) Haleya Kote —, Vidyasagar era criticado nominalmente por ter se aproximado demais do rei. Agora ele não começava o dia rezando, meditando e fazendo jejum, nem se aprofundando nos Dezesseis Sistemas Filosóficos, e sim desempenhando todos os encargos atribuídos ao primeiro camareiro de Hukka Raya I. Era a primeira pessoa a ver Hukka todos os dias, porque o rei era obcecado por astrologia e queria que ele examinasse os astros e lhe dissesse o que o dia reservava, antes mesmo do desjejum. Era Vidyasagar quem dizia ao rei o que as estrelas recomendavam que ele concebesse a cada dia, quem deveria ter acesso à presença real e quem deveria ser evitado por conta de uma configuração nefasta nos céus. Bukka, homem menos supersticioso, para quem a astrologia era um monte de bobagens, passara a detestar Vidyasagar do fundo do coração, vendo os prognósticos dele como manipulações políticas descaradas. Se o sábio era a única pessoa a decidir quem o rei receberia, se era o guardião da câmara real e da sala do trono, então ele vinha imediatamente depois do monarca na hierarquia, e Bukka desconfiava que ele usasse esse poder para obrigar os ministros do rei e os que vinham apresentar petições a fazer contribuições polpudas para o complexo do templo de Mandana e também, isso era quase certo, para ele próprio. Seu poder era tamanho que já rivalizava com o do rei, e em algum momento poderia até derrubar a monarquia. Hukka se recusava a ouvir críticas dirigidas ao mentor, mas Bukka disse a Pampa Kampana: "Quando chegar a minha vez, vou cortar as asinhas desse sacerdote".

"Isso mesmo", disse ela, com uma veemência que o surpreendeu. "Não deixe de fazer isso."

No início do reinado, Vidyasagar, em sua nova versão politizada, repreendera Hukka de modo enfático por ele ter abraçado uma espécie de sincretismo, disposto a tratar com igualdade pessoas de todas as religiões, fossem comerciantes, governadores, soldados, até mesmo generais. "Não há como fazer concessões ao deus dos árabes", disse-lhe Vidyasagar com firmeza. O santo homem, porém, sentia-se atraído pela prática do monoteísmo, e elevara a adoração da forma local do Senhor Shiva acima de todas as outras divindades. Também via com interesse as grandes preces coletivas dos seguidores do deus árabe. "Não temos nada semelhante a isso", comentou com Hukka, "mas devíamos ter." O novo costume de reunir multidões para rezar era uma inovação radical que começava a ser chamada de Religião Nova, muito condenada pela Reprimenda, defensora da Religião Antiga, cujos panfletos afirmavam que, segundo a fé Antiga, e portanto Verdadeira, o culto a Deus não era uma questão plural, mas singular, uma experiência individual que unia o fiel ao deus, sem mais ninguém; essas gigantescas preces coletivas, portanto, não passavam de manifestações políticas disfarçadas, o que era um uso impróprio da religião a serviço do poder. Quase todos ignoravam esses panfletos, com exceção dos membros de pequenos grupos de intelectuais que não sabiam se comunicar com o populacho, cuja existência, por serem eles quase impotentes, era tolerada; e a ideia do culto coletivo foi se espalhando. Vidyasagar cochichou para o rei que se ele presidisse essas cerimônias, ocorreria o apagamento desejável das fronteiras entre o culto ao deus e a devoção ao rei: o que de fato veio a ocorrer.

A campanha contra o sultão de Madurai era coerente com as atitudes da Religião Nova de Vidyasagar. Era hora de dar àquele principezinho atrevido — e à sua religião atrevida — uma lição cujo impacto reverberasse por todo o território.

Esses acontecimentos afastaram Bukka de Hukka como nunca antes, e foi por esse motivo que, quando Pampa Kampana beijou o príncipe herdeiro no túnel verdejante ele não protestou, retribuindo-lhe o afeto de modo entusiástico. Para Pampa, o abismo crescente entre os dois irmãos era evidente, e ela fizera sua escolha.

O viajante global a quem Domingo Nunes por vezes se comparava, o marroquino Ibn Battuta, interrompera sua viagem cheia de meandros rumo à China — depois de sofrer um assalto no passo Khyber, ver um rinoceronte pastando na margem do rio Indo e ser sequestrado por bandidos a caminho da costa de Coromandel — a fim de desposar uma princesa de Madurai, e assim teve oportunidade de relatar em primeira mão tanto as horrendas atrocidades cometidas pelos sultões de Madurai quanto a queda do reino. O sultanato de Madurai, que teve vida breve, era um lugar conturbado; oito príncipes assumiram o trono sangrento depois de assassinar seus predecessores, um depois do outro, em rápida sucessão; assim, quando chegaram os exércitos de Hukka Raya I, o sultão que derrotara os Hoysala — cuja filha era agora esposa de Ibn Battuta — já morrera havia um bom tempo, e desde então Madurai fora palco de uma série de golpes de Estado, assassinatos de nobres e empalações públicas de gente comum, atos medonhos cujo objetivo era mostrar tanto à nobreza quanto ao populacho quem detinha o poder, mas que resultaram em níveis tão abissais de ódio que o exército de Madurai se rebelou e se recusou a lutar, permitindo que Hukka vencesse sem derramamento de sangue; e ninguém chorou a morte do último executado, o derradeiro e mais sanguinário dos oitos sultões assassinos.

(*Antes que Hukka pudesse entrar em Madurai triunfante, Ibn Battuta conseguiu escapulir, julgando prudente que o esposo estrangeiro de uma mulher que fazia parte da dinastia derrotada se ausentasse do reino; por esse motivo, os famosos diários de viagem do grande homem não fazem qualquer menção ao império de Bisnaga, e assim sendo podemos permitir que ele deixe estas páginas sem comentários adicionais. Quanto a sua esposa abandonada, não há mais nada a dizer. Ela desapareceu da história, e até mesmo o nome dela é sujeito a conjecturas. Pobre mulher! É sempre uma imprudência casar-se com um viajante contumaz.*)

Depois que tomou Madurai, Hukka ouviu as narrativas da dinastia cruel cujo domínio ele acabava de extinguir, o que o fez pensar imediatamente na própria família e lamentar ter se afastado do irmão, o príncipe herdeiro, nos últimos tempos, e dos outros irmãos havia muito mais tempo. Despachou quatro cavaleiros, montados nos cavalos mais rápidos do exército, com ordens de voltar a Bisnaga levando uma carta para Bukka e cartas semelhantes para os três outros irmãos, Chukka em Nellore, Pukka em Mulbagal e Dev em Chandragutti.

"Há anos o povo de Madurai vem se matando em intervalos de poucas semanas, ao que parece", escreveu, "filhos matando pais, primos matando primos — e há casos de fratricídio também. Os horrores desse clã assassino tornaram o amor por minha família ainda mais feroz do que antes. Por isso lhes escrevo, meus queridos irmãos, para dizer que jamais levantarei um dedo para fazer mal a nenhum de vocês apenas para me manter no poder.

Estou certo de que também não agirão contra mim, e peço-lhes que confiem uns nos outros e não façam mal aos que têm o mesmo sangue que vocês. Em breve voltarei para Bisnaga e tudo continuará bem, tal como está há muito tempo. Amo vocês."

Bukka tomou a carta recebida como uma ameaça disfarçada. "O banho de sangue em Madurai deu ao rei ideias sanguinárias", disse a Pampa Kampana. "Precisamos formar uma falange armada ao nosso redor que nos proteja o tempo todo, daqui em diante. Essas cartas também terão alertado nossos irmãos, e sabe-se lá se um deles, ou todos, podem decidir que é melhor atacar antes de ser atacado."

No início, Pampa Kampana pensou nas filhas, muito embora, por serem do sexo feminino — a essa altura já eram adolescentes muito belas —, estivessem menos ameaçadas do que filhos varões. Talvez fosse melhor partir de Bisnaga e procurar abrigo. Mas onde? Os irmãos do rei não eram confiáveis, os outros territórios imperiais estavam sob o controle de Hukka e, fora do império, todos os lugares eram hostis. Bukka opinou que as princesas não corriam perigo enquanto Hukka vivesse, mas quando o rei morresse ela deveria disfarçá-las de vaqueiras pobres e enviá-las para a distante aldeia de origem dos Sangama, Gooty, construída à sombra de uma grande muralha de rocha, onde havia pessoas que cuidariam delas. "Vai ser por pouco tempo, até eu garantir o controle total sobre o reino", tranquilizou-a. "Mas se eu fracassar, seja quem for que usurpar o trono, meu por direito, Chukka, Pukka ou Dev, jamais vai imaginar onde as meninas estão", disse. "Desde que se tornaram régulos e se instalaram cada um numa pequena fortaleza, esqueceram-se de suas raízes, e creio que nem sequer se lembrem da existência de Gooty. Aliás, não ficaram lá por muito tempo, pois muito cedo resolveram abraçar a carreira do crime."

Assim, teve início o primeiro episódio de paranoia na história do império de Bisnaga. Em Nellore, Mulbagal e Chandragutti, os irmãos Sangama começaram a encarar as esposas, as Irmãs das Montanhas, com desconfiança crescente, porque era possível que elas tivessem recebido mensagens secretas do rei e estivessem se preparando para matar os maridos. E Pampa Kampana, em segredo, preparava a fuga das filhas para os pastos de Gooty. Bukka respondeu a Hukka com a mensagem mais amorosa que conseguiu produzir e começou a preparar-se para o conflito.

Por vezes, momentos assim são presságios da queda de um império. Mas Bisnaga não caiu.

Quem caiu foi Hukka. Voltando de Madurai, seguindo à frente do exército, de repente deu um grito e despencou do cavalo. Todos os soldados se detiveram e, rapidamente, montaram uma tenda real e um hospital de sangue, mas o rei já entrara em coma. Depois de três dias, saiu do coma por alguns instantes, e o médico lhe fez perguntas para tentar entender o estado mental dele.

"Quem sou eu?", perguntou o médico.

"Um general fantasma", respondeu Hukka.

O médico apontou para o enfermeiro que o auxiliava. "Quem é ele?", indagou.

"Um espião fantasma", respondeu o rei.

Um ordenança entrou no hospital trazendo panos limpos. "Quem é ele?", o médico perguntou a Hukka.

"Um fantasminha qualquer", disse em tom de desprezo. "Ele não é importante." Em seguida, mergulhou no sono pela última vez. E assim que o exército chegou a Bisnaga, a morte do rei foi anunciada. Depois, quando a história das últimas palavras dele foi contada, aos cochichos, de um soldado a outro, muitos afirmaram que viram o exército do Sultanato Fantasma se aproximando e que testemunharam, apavorados, o peito de Hukka

Raya I ser perfurado pela lança translúcida do general. Mas para cada homem capaz de relatar essas invencionices, havia dez outros que diziam não ter visto nada semelhante, e entre os médicos do exército o consenso era de que o rei sofrera algum problema no cérebro e talvez também no coração, não sendo necessária nenhuma explicação sobrenatural.

O funeral do primeiro rei de Bisnaga foi uma ocasião solene que constituiu, segundo Pampa Kampana disse a Bukka, o ato final da fase de formação do império. "A morte do primeiro rei é também o nascimento de uma dinastia", observou ela, "e a evolução de uma dinastia não é outra coisa senão a própria *história*. Hoje Bisnaga emerge da esfera do fantástico e adentra a do histórico, e o grande rio de sua narrativa deságua no oceano de narrativas que é a história do mundo."

Depois disso, as coisas se ajeitaram rapidamente. Pampa Kampana nem chegou a mandar as filhas para Gooty disfarçadas de vaqueiras. Parecia-lhe que as jovens estariam em segurança, pois se ela se aliasse ao príncipe herdeiro ninguém ousaria atacá-lo. E assim foi. Cortesãos, nobres e líderes militares em pouco tempo reconheceram Bukka Raya I como o novo rei de Bisnaga, da mesma forma que as Irmãs das Montanhas. Os três irmãos sobreviventes, muito aliviados porque as esposas não os haviam matado ao saberem da morte de Hukka, foram a Bisnaga para ajoelhar-se diante do novo monarca, e ficou tudo por isso mesmo. Bukka Raya I haveria de reinar por vinte e um anos, um ano a mais que o irmão falecido, e esse período foi a primeira idade de ouro de Bisnaga. A religiosidade puritana de Hukka deu lugar à ausência de rigor religioso e informalidade de Bukka, e retornou o espírito de tolerância, de "tanto faz", que marcara o nascimento da cidade e do império. Todos ficaram contentes, menos Vidyasagar, o sacerdote transformado em político, que manifestou para Pampa Kampana insatisfação com a volta do clima de frivolidade e imoralidade, com a tolerância a seguidores de outras religiões e com a falta de ortodoxia teológica do novo regime.

Mas Pampa não era mais a menininha traumatizada que ele abrigara em sua caverna e — para usar um termo que ela jamais usou — a violentara. Assim, ela resolveu simplesmente ignorá-lo.

7.

No primeiro dia de seu reinado, Bukka mandou chamar o velho companheiro de esbórnia. Haleya Kote, que passara a vida em acampamentos militares e estalagens baratas, ficou desconcertado diante da grandiosidade do palácio real. Escoltado por guerreiras com rosto desprovido de emoção, passou por lagos ornamentais e termas esplêndidas, por relevos em pedra representando soldados em marcha e elefantes com selas, e por moças de pedra com saias rodadas dançando junto a músicos de pedra que batiam em tambores de pedra e tocavam doces melodias em flautas de pedra. Acima desses frisos, as paredes eram recobertas por tecidos de seda ornados com pérolas e rubis, e havia leões dourados nos cantos. Haleya Kote sentiu-se intimidado, apesar de todo o seu radicalismo secreto, e também assustado. O que o novo rei haveria de querer dele? Talvez quisesse apagar a memória do passado de beberrão, e nesse caso o pescoço de Haleya Kote correria perigo. Ele foi conduzido pelas guerreiras até o Salão das Audiências Privadas, e elas lhe disseram que esperasse.

Após passar uma hora sozinho na presença de sedas brilhantes e frisos de pedra magníficos, Haleya Kote estava bem mais nervoso do que antes, e, quando por fim entrou o rei, acompanhado por todo um séquito de guardas, mordomos e criadas, Haleya teve certeza de que sua hora chegara. Bukka Raya I não era mais o Bukka baixinho e gorducho do Caju. Era uma figura esplêndida, recoberta de brocados de ouro, com um chapéu do mesmo material. Parecia ter crescido. Haleya Kote sabia que ele não podia estar maior do que antes, que era apenas uma ilusão criada pela majestade, mas bastou isso para acentuar o desconforto do velho soldado grisalho. Então Bukka falou, e Haleya Kote pensou: *Sou um homem morto*.

"Estou sabendo de tudo."

A questão, portanto, não eram as bebedeiras. Agora mesmo era que Haleya Kote estava convencido de que seu fim chegara.

"Você não é quem parece ser", prosseguiu Bukka. "Ou pelo menos é o que meus espiões dizem." Era a primeira vez que o novo rei admitia que, durante todo o reinado do irmão, contara com uma unidade de segurança e informações própria, cujos funcionários haveriam de substituir a equipe de Hukka, que seria convencida a aposentar-se e mudar-se para aldeias do interior e nunca mais voltar à Cidade de Bisnaga.

"Meus espiões", acrescentou Bukka, "são muito confiáveis."

"Quem eles dizem que eu sou?", indagou Haleya Kote, embora já soubesse a resposta. Era um condenado pedindo que lhe transmitissem a sentença de morte.

"Você faz *reprimendas*, não é essa a palavra?", questionou Bukka, com muita delicadeza. "De fato, fui informado de que você talvez seja uma pessoa que interessaria muito para meu falecido irmão, o autor das Cinco Reprimendas, e não apenas um discípulo da seita. E mais: você esconde que é o autor, não se comporta como a pessoa religiosa e conservadora que esse autor deveria ser. Se não é isso, então suas declarações não são coerentes com seu verdadeiro caráter, e elas lhe conquistaram um grupo de seguidores que você não merece ter."

"Não vou insultar a sua equipe de informações negando o que já é sabido", disse Haleya Kote, todo empertigado, como se fosse um soldado numa corte marcial.

"Pois bem, quanto às Cinco Reprimendas", prosseguiu Bukka, "concordo plenamente com a primeira. O mundo da fé deve ser separado do poder temporal, e de agora em diante assim será. Em relação à segunda, também concordo que essas cerimônias de culto coletivo são estranhas à nossa tradição, e elas vão deixar de existir. A partir daí, a coisa fica mais complicada. A ligação entre ascetismo e sodomia não é comprovada, assim como a ligação entre celibato e essa prática. Além disso, trata-se de uma forma de prazer que muitos em Bisnaga prezam, e não cabe a mim prescrever quais são aceitáveis e quais são ilegais. Em seguida, você afirma que devemos evitar toda e qualquer aventura militar. Entendo que você, como tantos veteranos, odeia a guerra, mas há de reconhecer que sempre que os interesses do império o exigirem, faremos guerra. Por fim, a Quinta Reprimenda contra a arte é coisa de um completo filisteu. Na minha corte haverá poesia e música, e vou também construir grandes prédios. As artes não são meras frivolidades, como bem sabem os deuses. São essenciais à saúde e ao bem-estar de uma sociedade. No *Natya Shastra*, o próprio Indra afirma que o teatro é um espaço sagrado."

"Majestade", começou Haleya Kote, usando a forma de tratamento formal para dirigir-se ao velho companheiro de botequim, "se me der tempo para explicar, e também para suplicar clemência…"

"Não há motivo para suplicar", disse Bukka. "Dois acertos num total de cinco não é nada tão sério."

Haleya Kote, tomado por uma poderosa mistura de alívio e

perplexidade, coçou a nuca, sacudiu a cabeça e estremeceu um pouco, dando a impressão de que estava infestado de pulgas, o que na verdade era bem provável. Por fim, perguntou: "Por que motivo vossa majestade me convocou à corte?".

"Hoje de manhã", respondeu Bukka, "recebi o nosso grande sábio, Vidyasagar, o Oceano da Sabedoria, e lhe disse que sua obra-prima ainda não concluída, uma investigação dos Dezesseis Sistemas Filosóficos, era, segundo me afirmaram, de um brilho tão extraordinário que seria uma tragédia se ela ficasse inacabada por conta do envolvimento do autor nas atividades da corte. Tomei a liberdade também de comentar que astrologia não era a minha praia, e assim sendo eu dispensava os horóscopos matinais que meu irmão exigia. Devo dizer que, de modo geral, ele aceitou tudo muito bem. É um homem extremamente delicado, e, quando soltou uma única interjeição — um 'ha!' tão alto que assustou os cavalos nos estábulos —, entendi isso como parte da sua prática espiritual transcendente, uma exalação controlada do corpo em que ele punha para fora tudo o que agora era redundante. Uma renúncia. Depois disso, ele se despediu, e creio eu que tenha voltado para a caverna em que vivia tantos anos atrás, na periferia do complexo de Mandana, iniciando um programa de meditação e renovação espiritual que vai lhe ocupar por noventa e um dias. Sei que todos haveremos de agradecer os frutos dessa atividade disciplinada e o renascimento espiritual de nosso sábio numa encarnação ainda mais abundante. Ele é o maior de todos nós."

"Então ele foi despedido", Haleya Kote ousou resumir.

"É verdade que há agora uma vaga na corte", disse Bukka. "Não posso substituir Vidyasagar por um único conselheiro, porque ele por si só vale mais que qualquer outro indivíduo vivo. Assim, gostaria de lhe oferecer dois quintos das responsabilidades dele: ou seja, ser meu conselheiro sobre questões políticas.

Vou encontrar outra pessoa para encarregar-se dos outros dois quintos, ou seja, vida social e arte, assuntos com os quais você não saberia lidar por ser muito ignorante e preconceituoso. Quanto à guerra, quando surgir essa necessidade, eu mesmo assumo esse encargo."

"Vou tentar ser menos preconceituoso e ignorante", disse Haleya Kote.

"Ótimo", disse Bukka Raya I. "Faça isso, sim."

Na grande obra redescoberta de Pampa Kampana, a *Jayaparajaya*, que encara com a mesma clareza e o mesmo ceticismo tanto a Vitória quanto a Derrota, o nome da conselheira escolhida por Bukka para lidar com questões sociais e artísticas é "Gangadevi", apresentada como poeta e "esposa do filho de Bukka, Kumara Kampana", autora da epopeia *Madurai Vijayam*, "A conquista de Madurai". O humilde autor do presente texto (o qual é de todo secundário) ousaria dizer que temos aqui um pequeno subterfúgio da imortal Pampa — quase imortal em sua encarnação física e imortal deveras em sua obra. Já sabemos que "Gangadevi" é o nome usado por Vidyasagar para se dirigir à menina muda que recorreu a ele depois da tragédia da fogueira; e "Kampana", como sabemos, é um nome sempre associado à própria Pampa. Quanto à "esposa do filho de Bukka", isso seria uma impossibilidade física e moral, pois Pampa Kampana em breve se tornaria a mãe dos três filhos varões de Bukka — isso mesmo! Desta vez, todos meninos! —, e esses filhos, consequentemente, ainda não teriam nascido na época da expedição a Madurai; e, se já tivessem, a ideia de um deles casar-se com ela seria impensável e ofensiva para todos. Somos, portanto, levados a concluir que "Kumara Kampana" jamais existiu, que "Gangadevi" não é outra pessoa senão a própria Pampa Kampana, autora de *Madurai Vijayam*, e que sua grande modéstia, fazendo-a recusar qualquer admiração dirigida a ela, foi o que motivou esse diáfano véu de ficção, fácil de rasgar. Podemos especular também, no entanto, que a própria fragilidade desse véu indica que na verdade Pampa Kampana queria que seus futuros leitores o rasgassem; em outras palavras, quis dar a impressão de modéstia, mas no fundo queria receber o crédito que fingia ter atribuído a outrem. Não há como descobrirmos a verdade. Tudo o que podemos fazer é conjecturar.

Resumindo, pois: Pampa Kampana realizou o feito incomum de ser rainha de Bisnaga em dois reinados seguidos, como consorte de dois reis sucessivos que eram também irmãos; e Bukka lhe atribuiu a incumbência de supervisionar o progresso da arquitetura, da poesia, da pintura, da música e das questões sexuais do império.

A poesia escrita durante o reinado de Bukka Raya I só encontra rival na produção de cem anos depois, no período glorioso de Krishnadevaraya. (Disso sabemos porque Pampa Kampana incluiu muitos exemplos de obras de ambos os períodos em seu livro, o qual enterrou, e esses poetas esquecidos há tanto tempo só agora começam a ter o reconhecimento que merecem.) Nenhuma das pinturas feitas no ateliê real sobreviveu, porque durante o apocalipse de Bisnaga aqueles que destruíram o império fizeram questão de obliterar todas as artes figurativas. Em relação à quantidade imensa de esculturas e frisas eróticas que teriam existido, só temos a palavra de Pampa.

Apesar dos pesares, Bukka queria manter boas relações com Vidyasagar, porque o filósofo-sacerdote ainda exercia enorme influência intelectual e emocional sobre a gente de Bisnaga. Para não ficar mal com Vidyasagar mesmo depois de tê-lo expulsado do palácio, Bukka permitiu que o santo homem cobrasse impostos para a manutenção do templo de Mandana e seus anexos, que não paravam de crescer, desde que o *mutt*, por sua vez, prometesse que não se meteria em questões mundanas.

E Pampa Kampana foi visitar Vidyasagar na caverna em que ele voltara a viver, onde o sacerdote demonstrara suas fraquezas ao violentar o corpo dela vez após vez. Veio desacompanhada de guardas e criadas, usando apenas as duas faixas de pano dos mendicantes, como se tivesse voltado a ser a jovem asceta que por tantos anos dormira no chão da caverna, suportando em silêncio tudo o que o sacerdote a obrigava a fazer. Aceitou o copo d'água que ele lhe ofereceu e, após uns poucos elogios ritualísticos, esboçou o plano dela.

A iniciativa central do programa como ministra da cultura, disse ela ao grande homem, seria a construção de um esplêndido novo templo dentro dos muros da cidade, dedicado à divindade que fosse escolhida por Vidyasagar, com uma equipe de sacerdotes e *devadasis* — dançarinas do templo — também escolhida pelo sumo sacerdote. Quanto a ela, prosseguiu Pampa, com uma seriedade imperturbável e sem nenhuma demonstração de que sabia muito bem quanto suas palavras haveriam de horrorizá-lo, pretendia escolher pessoalmente os melhores pedreiros e escultores de Bisnaga para criar uma edificação magnífica e cobrir as paredes do templo, por dentro e por fora, à medida que fossem erguidas, e também a torre monumental, a *gopuram*, com baixos-relevos eróticos representando as belas *devadasis* e as contrapartes masculinas delas em muitas posições de êxtase sexual, incluindo — mas não se restringindo a elas — as mencionadas na tradição tântrica ou recomendadas em tempos remotos no *Kama Sutra* do filósofo Vatsyayana de Pataliputra, de quem, acrescentou, o grande Vidyasagar certamente seria um admirador. Essas esculturas, Pampa propôs ao sábio, deveriam ser tanto do tipo *maithuna* quanto do *mithuna*.

"Como nos ensina o Brhadaranyaka Upanishad", disse ela, sabendo muito bem que invocar não apenas um, mas dois textos sagrados na presença do reverendo Vidyasagar era no mínimo uma insolência, "as figuras eróticas do tipo *maithuna* são símbolos de *moksha*, a condição transcendente que, ao ser atingida por seres humanos, liberta-os do ciclo de renascimento. 'O homem, quando abraçado por uma mulher, nada mais sabe a respeito do que é *fora* ou *dentro*'", Pampa continuou, citando o Upanishad. "'Assim também o homem, quando abraçado pelo espírito, já não separa o *dentro* do *fora*. O desejo é saciado, tal como o espírito. Ele não tem mais desejo, nem dor.' Já as esculturas *mithuna* representam a união da Essência. No princípio, diz o Upanishad, a Essência, a *Purusha*, desejou uma segunda entidade e dividiu-se em duas. Assim surgiram marido e mulher, e, quando esses dois se reúnem, a Essência volta a ficar inteira e completa. E, como se sabe, graças à união das duas partes todo o universo surgiu."

Já com cinquenta e tantos anos, com uma barba branca tão comprida que poderia ser enroscada em torno do corpo, Vidyasagar não era mais o magricela de vinte e cinco anos de idade, com cabelos crespos desgrenhados, que deflorara a pequena Pampa na caverna. A vida no palácio lhe dera uma cintura mais espessa e lhe roubara os cabelos do crânio. Perdera também outras qualidades — a modéstia, por exemplo, e a generosidade em relação às ideias e opiniões alheias. Quando Pampa Kampana terminou de falar, ele respondeu, no tom mais altivo e paternalista:

"Temo, minha pequena Gangadevi, que você tenha dado ouvidos a pessoas do Norte. Sua tentativa de justificar a obscenidade recorrendo à sabedoria dos antigos é engenhosa, ainda que tortuosa, mas na melhor das hipóteses é um equívoco. Nós, do

Sul, sabemos muito bem que essas esculturas pornográficas de lugares distantes como Konarak são tentativas de representar a vida das *devadasis*, que lá no Norte não passam de prostitutas, dispostas a assumir posturas indecentes em troca de moedas. Não permitirei tais coisas nos locais imaculados de nossa Bisnaga."

Pampa Kampana assumiu um tom de voz gélido. "Em primeiro lugar, grande mestre, não sou mais sua pequena Gangadevi. Já deixei para trás aquela vida miserável e agora sou a Duplamente Rainha tão amada pelo povo de Bisnaga. Em segundo, jamais falei a ninguém sobre a maneira como você se comportou nesta caverna tantos anos atrás, mas estou disposta a revelar tudo que aconteceu a qualquer momento se você se tornar um obstáculo no meu caminho. Em terceiro, não se trata de uma questão de Norte contra Sul, e sim de uma atitude de admiração diante da sagrada forma humana e seus movimentos em uniões tanto monogâmicas quanto poligâmicas. E, em quarto lugar, pensando bem, acabo de decidir que não será necessário construir um novo templo. Vou mandar acrescentar essas esculturas aos templos já existentes, no Templo Novo e no Templo dos Macacos, para que você possa encará-las pelo resto da vida e meditar sobre as diferenças entre fazer amor com alegria, por vontade própria, e se impor brutalmente a um ser humano menor e indefeso. Tenho ainda uma outra ideia que não preciso compartilhar com você."

"Seu poder tornou-se maior que o meu", disse Vidyasagar. "Por ora, ao menos. Não posso deter você, faça o que bem entender. E, como deixa clara a permanência absurda da sua juventude, o dom de longevidade que a deusa lhe concedeu é algo concreto e impressionante. Fique sabendo que vou pedir aos deuses que me concedam uma vida igualmente longa, para que eu resista às suas tendências decadentes enquanto nós dois vivermos."

Assim foi que Pampa Kampana e Vidyasagar tornaram-se, em suma, inimigos.

A "outra ideia" de Pampa era retirar a arte erótica exclusivamente do contexto religioso em que até então aparecia, deixar de lado a necessidade de justificá-la com citações de textos antigos, quer das tradições do tantrismo, quer do *Kama Sutra*, quer dos Upanishads, fossem hinduístas, budistas ou jainistas, separá-la dos elevados conceitos filosóficos e místicos, e transformá-la numa celebração cotidiana da vida. Bukka, rei que acreditava no princípio do prazer, lhe deu total apoio, e nos meses e anos que se seguiram esculturas de *devadasis* e seus parceiros apareceram nas paredes dos bairros residenciais, acima dos balcões do Caju e em outras estalagens semelhantes, no exterior e interior de lojas no bazar — ou seja, por toda parte.

Pampa encontrou e formou uma nova geração de escultoras e pedreiras porque a maior parte dos prédios seculares de Bisnaga, e até mesmo seções inteiras do palácio e seus anexos, era feita de madeira, e porque as mulheres tinham ideias mais complexas e interessantes a respeito do erotismo do que os homens. Naqueles anos em que os filhos varões nasceram e ela e Bukka davam prazer um ao outro — ela nunca desfrutara de prazer semelhante com Hukka —, Pampa assumiu a tarefa de transformar Bisnaga, antes regida pela visão de mundo puritana defendida por Vidyasagar, que conseguira convencer Hukka de que tal perspectiva era desejável, num lugar de risos, felicidade e prazer sexual em diversas formas. O projeto era uma maneira de estender a felicidade que ela própria conhecera recentemente — e que lhe permitiu relegar Domingo Nunes à esfera da memória e não à da dor — e oferecê-la a toda a população como um presente. Além disso, é provável que o projeto, num plano menos inocente, fosse uma espécie de vingança, promovida justamente para garantir a reprovação do sumo sacerdote — o religioso, agora reverenciado, que outrora, quando monge, não soubera ter, na caverna de Mandana, a conduta monástica apropriada, ao contrário do que levara as pessoas a acreditar.

Foi Haleya Kote que disse a Bukka que o plano talvez estivesse tendo efeito inverso.

"O problema de criar uma vida de prazeres", disse o velho soldado ao rei, enquanto os dois caminhavam pelos túneis verdejantes dos jardins do palácio, onde se podia ter privacidade, "é que não funciona de cima para baixo. As pessoas não querem se divertir porque a rainha mandou, nem quando, nem onde, nem da maneira que ela prefere."

"Mas ela não diz às pessoas o que fazer", protestou Bukka. "Está só criando um ambiente estimulante. Ela quer ser uma inspiração."

"Algumas vovozinhas", observou Helya, "não gostam de ver uma cena de sexo a três entalhada na madeira na parede acima da cama. Algumas esposas se incomodam ao reparar que os maridos examinam com bastante atenção as novas esculturas, e há maridos que se preocupam com a possibilidade das esposas ficarem excitadas ao ver aqueles homens — ou mulheres — entalhados na madeira — nesses relevos e frisos. Existem pais e mães que acham difícil explicar aos filhos o que exatamente esses entalhes representam. Há pessoas mal-amadas e solitárias que ficam pior-amadas e ainda mais solitárias ao ver essas imagens de gente se divertindo. Até mesmo Chandrashekhar" — o homem que servia bebidas no Caju — "diz que de tanto encarar toda aquela perfeição, beleza e desempenho atlético todos os dias está se sentindo incompetente, porque nenhum sujeito normal pode chegar perto dessas atuações. Pois é, a coisa está complicada."

"O Chandra disse isso?"

"Disse."

"Como as pessoas são ingratas!", comentou Bukka. "Veem complicações numa simples exposição pública de beleza, arte e alegria."

"O que é arte para um é sacanagem para o outro", replicou Haleya Kote. "Ainda há muita gente em Bisnaga que segue Vidyasagar, e você sabe o que ele anda dizendo sobre as esculturas que agora se infiltram nos templos e infestam as vias públicas."

"'Infiltram!' 'Infestam!' Estamos falando sobre baratas?"

"Isso mesmo", concordou Haleya Kote. "É a palavra exata que ele usa. Vidyasagar está estimulando as pessoas a acabar com aquela invasão de baratas imundas de madeira e pedra que fodem sem parar. Muitas das esculturas novas já foram danificadas."

"Pois bem", disse Bukka. "E então? Que conselho você me dá?"

"Isso não é da minha área", replicou Haleya Kote, evitando um possível choque com Pampa Kampana. "Seria o caso de conversar com sua majestade, a rainha. Mas…" Então, calou-se.

"Mas o quê?", insistiu Bukka.

"Mas talvez seja uma boa ideia o império adotar políticas que não nos dividam, e sim nos unam."

"Vou pensar nisso", disse o rei.

E naquela noite ele disse a Pampa Kampana nos aposentos reais: "Entendo que, para você, o ato de amor físico manifesta a perfeição espiritual. Mas parece que nem todo mundo pensa assim".

"Isso é ridículo!", exclamou ela. "Você está ficando contra mim e apoiando aquele sacerdote de araque, gordo e careca? Porque quem está envenenando a mente do povo é ele, e não eu."

"É possível", disse o rei, com delicadeza, "que suas ideias sejam progressistas demais para o século XIV. Você está só um pouquinho à frente do seu tempo."

"Um império poderoso como o nosso", Pampa retrucou, "é precisamente a entidade que deveria tomar a decisão de guiar o povo rumo ao futuro. Que o século continue sendo o XIV no restante do mundo. Aqui vamos viver no século XV."

8.

As três filhas de Pampa Kampana e Domingo Nunes, oficialmente reconhecidas como filhas de Hukka Raya I, eram Yotshna, "a luz da lua", nome escolhido por Pampa para lembrar que os irmãos Sangama se diziam descendentes do Deus Lunar; Zerelda, "a brava guerreira"; e Yuktasri, "a menina brilhante e levada". Em meados do reinado de Bukka, quando já tinham vinte e muitos anos, ficou claro que os dons proféticos de Pampa lhe haviam permitido fazer uma previsão perfeita da personalidade delas. Yotshna fora uma criança tranquila e se transformara numa mulher de beleza serena, radiante como a lua cheia sobre um rio, fascinante e romântica como o crescente lunar a despontar no leste. Nascera gaga, mas antes que as pessoas percebessem isso, Pampa Kampana conseguiu curá-la com um sussurro no ouvido, para que nenhuma fofoqueira maliciosa pensasse em pronunciar as palavras "igualzinha a Domingo Nunes". A filha do meio, Zerelda, quando pequena, comportava-se como um menino, e às vezes apresentava uma violência talvez excessiva ao brincar com as filhas dos cortesãos, que não ousavam revidar fisicamente por ser ela socialmente superior, e assim suportavam as surras infligidas por ela sem protestar; agora, adulta, chocava a corte por usar o cabelo bem curto e vestir-se com roupas masculinas. Yuktasri, a mais moça, fora na escola real a aluna mais inteligente, e seus professores disseram a Pampa Kampana que, não fosse ela princesa, poderia se tornar matemática ou filósofa, porém talvez fosse bom cercear o hábito de pregar peças em colegas e professores. Aos dezesseis anos, continuava sendo a intelectual da família e tinha em comum com as irmãs uma característica surpreendente: as três jamais manifestaram nenhum interesse em procurar um esposo.

Pampa Kampana não tentou obrigá-las a se casarem. Sempre deixara as filhas livres, crescendo como bem entendessem. E agora que eram mulheres, não mais crianças, propôs a Bukka a mais recente ideia radical. Falando através de sua boca, a deusa instigara Pampa a lutar por um mundo em que os homens *vissem as mulheres de um jeito novo*, e essa talvez fosse a novidade mais extraordinária de todas. Pampa argumentou que as mulheres deveriam ter os mesmos direitos de sucessão ao trono que os homens, e se ele concordasse e fosse possível redigir uma proclamação apropriada — e fazer com que fosse aprovada pelo conselho real —, seria então necessário decidir qual descendência, a de Hukka ou a de Bukka, constituiria a linha de sucessão que garantiria o futuro da dinastia. Pampa não pareceu se dar conta de que essa proposta dividiria a família, fazendo com que os filhos se voltassem contra as filhas; disse apenas que era a favor da igualdade e esperava que todos que a amavam concordassem com ela.

"No império de Bisnaga", disse ela ao conselho, "as mulheres não são tratadas como pessoas de segunda classe. Não usamos véus nem vivemos escondidas. Muitas de nossas damas são pessoas bem instruídas e cultas. Veja-se o exemplo da maravilhosa poeta Tallapalka T. e o da excepcional também poeta Ramabhadramba. Além disso, temos mulheres participando em todos os setores do Estado. Como nossa amada amiga, a dama Akkadevi, que administra uma província na fronteira meridional e já liderou as forças armadas em mais de um cerco a uma fortaleza inimiga.

"Os senhores veem à sua volta as temidas guardas do palácio. E todos sabemos que temos médicas, contadoras, juízas e oficiais de justiça do sexo feminino. Acreditamos nas nossas mulheres. Na Cidade de Bisnaga há vinte e quatro escolas para meninos e treze para meninas, o que não constitui igualdade, pelo menos não ainda, mas é melhor do que a situação de qualquer lugar além das fronteiras de nosso império. Então por que motivo não devemos permitir que uma mulher se torne monarca? Negar tal possibilidade é indefensável. Precisamos repensar a questão."

Na época da proposta de igualdade, os três filhos varões de Pampa Kampana e Bukka Raya I tinham apenas oito, sete e seis anos de idade respectivamente. Os nomes deles, que o próprio Bukka fizera questão de escolher, eram Erapalli, Bhagwat e Gundappa. Segundo os mapas astrais de Vidyasagar, *Gundappa* queria dizer que o menino se tornaria generoso e teria uma mente elevada; já *Bhagwat* indicava que ele se tornaria um dedicado servo de Deus; e *Erapalli* apontava para um sonhador idealista dotado de farta imaginação. Numa conversa reservada com Pampa, Bukka admitiu que a personalidade dos meninos desmentia quase todas as previsões do astrólogo: Erapalli não tinha nem um pouco de imaginação, sendo o de mente mais literal dos três; Gundappa não manifestava o menor interesse pelas coisas elevadas, e — para falar a verdade — era bastante mesquinho quando criança, e assim continuaria ao se tornar adulto. De fato, Bhagwat era bem religioso quando pequeno, chegando — Bukka admitiu com tristeza — às raias do fanatismo, de modo que das três previsões astrológicas uma havia se realizado, o que era pouco; uma percentagem menor ainda do que dois acertos num total de cinco, como comentara com Haleya Kote.

Para Pampa Kampana, não era fácil ser mãe. Tentava não culpar a sua, Radha, por essa sensação, mas sempre certa indignação lhe corroía por dentro quando a imagem da autoimolação de Radha lhe voltava à lembrança. Ao escolher a morte, a mãe demonstrara descaso por ela. O problema de Pampa era justamente o contrário. Haveria de sobreviver a todos. Fosse qual fosse o tipo de mãe que se tornasse, o fato é que veria os filhos morrerem.

Pampa Kampana fez o melhor que pôde com os filhos homens, os quais, verdade seja dita, a decepcionaram bastante. Ela lhes ensinou boas maneiras e a sorrir o tempo todo, de modo encantador. Mas esses atributos simpáticos serviam apenas como disfarce da verdadeira natureza deles: eram, para falar com franqueza, crianças mimadas. E quando se espalhou a notícia de que o rei e o conselho examinavam a sério a proposta da rainha, a natureza verdadeira dos meninos — arrogância, prepotência, talvez até crueldade — se afirmou.

Os três irmãos — com apenas oito, sete e seis anos! — irromperam na reunião do conselho para manifestar seus sentimentos, seguidos por professores e governantas atarantados, que tentavam acalmá-los.

"Se uma mulher usar a coroa", exclamou Bhagwat, "os deuses dirão que somos maus filhos, e hão de nos punir."

Erapalli acrescentou, sacudindo a cabeça: "Então quando eu for adulto, vou ficar em casa cozinhando? Vou usar roupas de mulher, aprender a costurar, parir crianças? Isso é uma… asneira".

Por fim, o pequeno Gundappa apresentou um argumento que certamente lhe pareceu conclusivo e arrebatador. "Eu não aceito isso", declarou, batendo com o pé no chão. "Não e não e não. Nós somos os príncipes. As princesas são só *garotas*."

Pampa Kampana estava sentada na plataforma ao lado do marido. A conduta dos filhos a horrorizou, e foi nesse momento que ela tomou a decisão escandalosa que alteraria a história de Bisnaga e mudaria radicalmente o curso da existência da própria Pampa.

"Não reconheço meu sangue nesses pequenos bárbaros barulhentos", afirmou. "Assim, com dor no coração, eu os renego, agora e para sempre, e peço ao rei e ao conselho que anulem seus títulos reais. Os três deverão ser exilados da Cidade de Bisnaga e colocados sob guarda armada num canto remoto do império. Podem levar as governantas e os professores, é claro. Com o tempo, uma boa formação talvez melhore sua natureza má."

Bukka ficou horrorizado. "Mas eles não passam de menininhos", exclamou. "Como pode a mãe deles falar assim?"

"São monstros", retrucou Pampa Kampana. "Meus filhos eles não são. Também não deveriam ser seus."

Foi um pandemônio. O primeiro círculo do inferno era a própria câmara do conselho, onde Bukka Raya I se viu diante de duas alternativas inaceitáveis — apoiar a esposa e exilar os filhos, ou proteger os pequenos príncipes e distanciar-se de Pampa Kampana, talvez para sempre — enquanto ao seu redor os membros do conselho olhavam para ele, tentando decidir para que lado saltariam depois que o próprio rei fosse obrigado a saltar com relutância. Se ele exilasse os meninos, o império talvez se desestabilizasse e uma guerra civil explodisse; e se recusasse a exigência de Pampa Kampana, que devastação misteriosa poderia se desencadear sobre Bisnaga? Se fora ela a criadora do império, não seria também capaz de destruí-lo?

"Precisamos de tempo", disse o rei. "A questão merece uma deliberação prolongada. Enquanto não tomarmos nossa decisão, os príncipes permanecerão aqui, sob a proteção da guarda do palácio."

Não tomar nenhuma decisão foi a pior de todas. No dia seguinte, à medida que a notícia se propagava, eclodiam brigas nas ruas da cidade, e muitas mulheres foram violentamente atacadas por aqueles que se opunham à posição da rainha; e esses crimes arrastaram Bisnaga para o segundo círculo do inferno. No terceiro dia, as lojas do bazar foram saqueadas por gangues de criminosos que queriam se aproveitar da desordem pública para tirar algum lucro; e no quarto dia houve até mesmo uma tentativa descarada de assaltar o tesouro da cidade, onde havia enormes depósitos de ouro. No quinto dia, toda a cidade estava em polvorosa, dividida em facções inimigas; no sexto cada facção começou a acusar a outra de heresia; e no sétimo a violência tornou-se descontrolada. Durante toda essa semana, Bukka Raya I permaneceu sozinho nos aposentos privados, quase imóvel, comendo e dormindo mal, refletindo, sem receber ninguém, nem mesmo a rainha. Por fim, Pampa Kampana entrou à força no quarto e deu-lhe um tabefe no rosto para arrancá-lo daquela pasmaceira. "Se você não agir agora", disse ela, "tudo vai desabar."

Para citar as palavras da própria Pampa neste momento importante da narrativa (porque as minhas próprias poderiam inspirar desconfiança no relato desse período de discórdia): "Quando Bukka Raya despertou daquela sonolência confusa, tornou-se tão decidido quanto antes estivera indeciso". Mais que depressa, aceitou a posição de Pampa, concordando com ela, insistiu e obteve a aprovação do conselho real, exilou os três filhos pequenos e encarregou as guerreiras da guarda do palácio, bem como um destacamento substancial de soldados nos quartéis, de restaurar a ordem nas ruas.

(É muito surpreendente constatar que Pampa Kampana, ao relatar em seu livro esses eventos cruciais e dolorosos, escreve sobre

eles sem manifestar a menor emoção, não dando sinal algum do que sem dúvida ocorreu: com certeza ela terá se sentido angustiada e conflituada ao rejeitar os próprios filhos de modo súbito e categórico; Bukka há de ter ficado profundamente dividido entre o amor pela esposa e os sentimentos paternos pelos filhos; e tomar o partido da esposa contra o dos filhos terá sido — para dizer o mínimo — uma escolha inusitada e inesperada da parte de um homem de seu tempo, em sua posição. Pampa limita-se a registrar os fatos. Lá se foram para o exílio os menininhos arrogantes, e as princesas dominaram a corte. Começamos a perceber que havia em Pampa Kampana um toque surpreendente — e quase assustador — de crueldade.)

Não demorou para que a cidade se aquietasse. Bisnaga não era uma civilização primitiva. Nos sussurros com que ela criara a cidade, Pampa Kampana instilara nos cidadãos recém-nascidos uma crença inquebrantável no estado de direito, e os ensinara a dar valor às liberdades de que gozariam sob o guarda-chuva da lei. O guarda-chuva se tornou o acessório mais importante na cidade, sinal de status, símbolo de reverência patriótica pela justiça e pela ordem. Nas ruas, a cada dia desfilavam guarda-chuvas de todas as cores do arco-íris, com borlas douradas penduradas nas hastes, alguns com estampa de caxemira em cores vivas, zigue-zagues abstratos, ou imagens de tigres ou pássaros em bando. Os guarda-chuvas das pessoas ricas eram de seda, com pedras semipreciosas incrustadas, mas até mesmo a população pobre dispunha de peças simples que protegiam da chuva, e a variedade de estampas refletia a diversidade de culturas, religiões e raças que transitava por aquelas ruas, não apenas hinduístas, muçulmanos e jainistas, mas também comerciantes de cavalos portugueses e árabes, e romanos que vinham vender grandes jarros de vinho e comprar especiarias; e chineses também. Bukka Raya I enviara um embaixador para Zhu Yuanzhang, conhecido como imperador Hongwu, em Nanjing, primeira capital da dinastia; e alguns anos depois, quando um golpe de Estado na família imperial causou a transferência da capital para Beijing — literalmente, "capital do norte" —, o grão-general (e eunuco) do novo imperador, Cheng Ho, que gostava de viajar, veio visitar Bisnaga. Também ele tinha um guarda-chuva, uma sombrinha dourada chinesa que gerou muitas imitações locais. Os guarda-chuvas revelavam a natureza cosmopolita e aberta da cidade, e foi essa mentalidade aberta que fez com que, após alguns dias de descontentamento, a população se submetesse ao decreto de Bukka. Assim foi que Bisnaga se tornou a primeira e única região em toda aquela terra onde as pessoas eram capazes de aceitar a ideia de que uma mulher poderia sentar-se sozinha no trono.

Mas a situação continuava tensa. Bukka mandou que espiões se infiltrassem na cidade para descobrir o que fervilhava por baixo da superfície aparentemente tranquila, e eles trouxeram informações preocupantes. A realidade que emergira durante o período de conflitos — as facções, os criminosos, a raiva que persistia e a ameaça de violência futura alimentada por essa raiva — não podia ser ignorada. Talvez as pessoas estivessem mais divididas do que se julgava, e o apoio aos principezinhos fosse maior do que se imaginava. O decreto de igualdade poderia ser visto no futuro como um fator de desestabilização, uma decisão tomada por uma elite isolada do mundo real. Quando Bukka contou a Pampa Kampana o que os espiões haviam relatado, ela, porém, não ficou impressionada.

"Imagino que a maioria dos insatisfeitos faça parte da primeira geração, a Geração Criada, e não a Recém-Nascida", observou Pampa. "Sempre desconfiei que o Sussurro fosse uma ferramenta imperfeita e que pelo menos alguns dos Criados fossem sofrer, mais tarde, de formas imprevisíveis de crise existencial, problemas psicológicos causados por insegurança quanto a sua natureza e seu valor, e que esses problemas fossem fazer com que desenvolvessem preconceitos contra os outros que, em sua opinião errônea, eram tratados como pessoas mais valiosas do que eles. Obtenha uma lista desses insatisfeitos", disse ela a Bukka, autoritária, "porque vou sussurrar mais um pouco para eles."

Durante a segunda metade do reinado de Bukka, Pampa Kampana assumiu a tarefa de reeducar as pessoas através de sussurros. Como veremos, isso não deu certo. Foi assim que ela aprendeu a lição que todo criador acaba aprendendo, até mesmo o próprio Deus: depois de criar seus personagens, ficava-se limitado pelas escolhas feitas por eles. Não havia mais liberdade de refazê-los conforme os desejos do criador. Eles eram o que eram, e agiriam como queriam agir.

Era isso o "livre-arbítrio". Pampa não podia mudá-los se eles não quisessem ser mudados.

Bukka Raya I havia se submetido ao irmão por duas décadas, mas tão logo se tornou rei passou a agir como se nunca tivesse sido outra coisa. Se avançamos na leitura do grande livro de Pampa Kampana, constatamos que nos anos que se seguiram ele viria a ser considerado o melhor e mais bem-sucedido de todos os reis da dinastia Sangama, a primeira das três casas reais de Bisnaga. Hoje, ninguém mais se lembra do reino de Arcot dos Shambhuvaraya, e o poder dos Reddi de Kondavidu foi reduzido a pó há muito tempo. No entanto, esses foram alguns dos reinos mais substanciais e de governantes mais importantes que viveram sob a égide de Bukka. Goa lhe pertencia, e até mesmo uma parte de Odisha ou Orya. O samorim de Calicute era seu vassalo, e o reino de Serendip ou Ceilão, com sede em Jafanapatão, pagava-lhe tributo. E foi para Jafanapatão que Bukka mandou os ex-príncipes exilados, Erapalli, Bhagwat e Gundappa Sangama, para viver o restante da vida em prisão domiciliar, sempre vigiados por soldados do rei de Jafanapatão, como favor ao imperador de Bisnaga.

Essa foi a decisão mais dolorosa de Bukka, e também o maior erro de cálculo. Nenhum rei gosta de pagar tributo a um monarca mais poderoso, nem de reconhecê-lo como suserano. Assim, à medida que os meninos de Bisnaga se aproximavam da idade adulta, o rei de Jafanapatão secretamente se uniu a eles, ajudando-os a criar um sistema de comunicação — por barco, para atravessar o estreito que separa o Ceilão do continente, e depois a cavalo — com os três tios, Chukka, Pukka e Dev, os quais também não conseguiam disfarçar muito bem as ambições reais. Os cavaleiros noturnos, sempre de preto, viajavam regularmente até Nellore, Mulbagal e Chandragutti, e desse modo os seis Sangama, os três sobrinhos adolescentes indignados e os três tios ex-bandidos, todos cheios de ambições ferozes e assassinas, elaboravam planos.

Se os espiões de Bukka não conseguiram detectar a conspiração que surgia, o motivo foi a preocupação com um único fator: Zafarabad. A ascensão do sultanato de Zafarabad, ao norte de Bisnaga, na margem oposta do rio Krishna, constituía uma ameaça concreta ao império. O misterioso Zafar, o primeiro sultão, era visto em público tão raramente que as pessoas começaram a referir-se a ele como o Sultão Fantasma e a temer que o exército de fantasmas houvesse renascido em Zafarabad, e, portanto, não pudesse ser morto outra vez. Segundo boatos, a montaria de três olhos do Sultão Fantasma, o garanhão fantasma Ashqar, fora visto caminhando nas ruas de Zafarabad lembrando um príncipe. Bukka não tinha dúvida de que o sultão Zafar tomava Bisnaga como modelo para o novo reino. Tal qual os Sangama afirmavam ser filhos do Deus Lunar Soma, Zafar e seu clã proclamavam-se descendentes da lendária figura persa Vohu Manah, encarnação da Mente Boa, e chegaram ao ponto de identificar Bisnaga com Aka Manah, a Mente Má, inimiga da Boa. Isso parecia ser, de longe, uma declaração de guerra, igual à escolha do nome "Zafarabad", cujo sentido era "cidade da vitória", como o nome "Bisnaga" na forma original, não corrompida. Dar ao novo sultanato a mesma denominação que o império era uma evidente afirmação de intenções. O objetivo do Sultão Fantasma era apagar Bisnaga e substituí-la. Até mesmo o cavalo mágico de três olhos fazia parte do desafio. Pois, se ele de fato existia, era um rival do cavalo branco celestial no qual montava o Deus Lunar, cujos descendentes, como Hukka e Bukka sempre haviam afirmado — sem apresentarem qualquer prova —, seriam seus próprios cavalos de batalha sagrados.

Bukka era um rei muito amado, e assim, ao decidir atacar Zafarabad, a resolução foi aprovada pelo povo. Multidões entusiasmadas formaram-se nas ruas quando o rei atravessou, montado num cavalo, o grande portão que levava ao lugar onde o exército o aguardava, com um milhão de homens, cem mil elefantes, duzentos corcéis árabes e ar de invencibilidade absoluta, a que nem mesmo inimigos fantasmas poderiam resistir. Apenas Pampa Kampana estava cheia de maus agouros, e as últimas palavras que Bukka lhe dirigiu pareciam uma advertência, ou um presságio: "Agora você vai realizar seu desejo", disse ele. "Na minha ausência, será a rainha regente. Vai governar sozinha."

Depois que o rei partiu, liderando o exército, Pampa Kampana, sozinha em seus aposentos privativos na *zenana*, a ala feminina do palácio, mandou chamar Nachana, o poeta da corte. "Cante para mim uma canção alegre", ordenou-lhe, uma ordem que deveria ser fácil de cumprir, já que praticamente toda a obra de Nachana era uma celebração do império e seus monarcas — a sabedoria, proezas na guerra, elegância sofisticada, popularidade e beleza. Mas, quando Nachana abriu a boca, dela só saíram versos melancólicos. Calou-se, sacudiu a cabeça, perplexo, voltou a abrir a boca para se desculpar pelo equívoco e em seguida tentou outra vez. Estrofes ainda mais tristes escaparam-lhe dos lábios. De novo sacudiu a cabeça, de testa franzida. Era como se algum espírito das trevas controlasse sua língua. Aquilo era o segundo presságio, Pampa percebeu. "Não faz mal", disse ao poeta constrangido. "Até mesmo a genialidade tira folga às vezes. Quem sabe você se sai melhor amanhã."

No momento em que o poeta, humilhado, saía da presença de Pampa, as três filhas entraram. Yotshna, Zerelda e Yuktasri formavam um trio de mulheres maduras e belas, tão impressionantes quanto a mãe. Nachana fez uma mesura para elas ao sair, despedindo-se com estas palavras: "Majestade, suas filhas agora se tornaram suas irmãs". E, com esta última tentativa frustrada de bajulação, foi embora.

Essa frase atingiu o coração de Pampa Kampana como uma flecha. "É verdade", pensou, "está acontecendo de novo." Ao seu redor, pessoas envelheciam, enquanto ela permanecia imutável. Seu amado Bukka estava agora com sessenta e seis anos, os joelhos avariados, a respiração muitas vezes ofegante; na verdade, não estava em condições de ir à guerra. E, se Pampa parasse e fizesse as contas, constataria que ela própria estava prestes a completar cinquenta anos, mas ainda parecia uma jovem de vinte e um ou vinte e dois anos. Sim, as meninas agora pareciam suas irmãs mais velhas, e não suas filhas — talvez até suas tias, pois já haviam passado dos trinta e, portanto, podiam ser consideradas solteironas. Pampa teve uma antevisão de um dia no futuro em que elas estariam com mais de sessenta anos e a mãe continuaria parecendo uma mulher jovem de cerca de vinte e sete. Provavelmente ainda teria a aparência de uma moça com menos de trinta quando as filhas morressem de velhice. Pampa temia que esse fato talvez a obrigasse mais uma vez a endurecer o coração, tal como tivera que fazer com Domingo Nunes. Teria que aprender a deixar de amá-las, para que pudesse se despedir delas e continuar vivendo? Que efeito teria sobre seu estado emocional a obrigação de enterrar as filhas uma por uma? Ela choraria ou permaneceria com os olhos secos? Teria conseguido aprender a técnica espiritual de distanciamento do mundo, para proteger-se do sofrimento, ou seria devastada pela morte das filhas, ficando a ansiar por sua própria morte, que se recusava teimosamente a vir? Ou talvez elas viessem a ter sorte de morrer todas jovens e juntas, numa batalha ou num acidente. Ou talvez fossem assassinadas no leito.

As filhas não a deixaram ficar sentada sozinha no quarto com aquela nuvem de tempestade pairando sobre sua cabeça. "Venha conosco", exclamou Zerelda. "Vamos à nossa aula de luta com espadas."

Pampa Kampana queria que elas aprendessem o ofício de oleiro, tal como ela e sua mãe Radha, mas as três não tinham o menor interesse em lidar com argila, que continuava a ser o hobby solitário de Pampa. Ela ensinara as filhas a se tornarem melhores do que os homens, mais instruídas do que qualquer varão, e também a falar sem papas na língua, andar a cavalo e discutir e combater com mais garra e mais eficiência do que qualquer guerreiro do exército. Quando Bukka enviou um embaixador para a China, Pampa Kampana lhe disse: "Ouvi dizer que lá eles lutam de modo extraordinário. Os mais novos aprendem a lutar com as mãos nuas, com espadas e lanças, facões e punhais curtos, e também zarabatanas com dardos venenosos, creio eu. Mande vir o melhor instrutor em artes marciais que você encontrar lá". O embaixador cumprira essa ordem, e agora o grão-mestre Li Ye-He havia se tornado o principal instrutor de Espada Wudang na *kwoon* — ou seja, escola — Destino Verde de Bisnaga, e as quatro mulheres da família real eram as melhores alunas.

"Está bem", concordou Pampa Kampana, esquivando-se da tristeza com um dar de ombros. "Vamos lutar."

A *kwoon* ficava num prédio de madeira construído por artesãos (e artesãs) bisnaguenses à maneira chinesa, conforme as instruções do grão-mestre Li. Havia um pátio interno quadrado, ao ar livre, e era lá que todos os dias a esteira para lutas era estendida no chão. Em torno do pátio central, erguia-se o prédio de três andares, com sacadas que davam vista para o pátio das lutas e recintos para estudo e meditação. Pampa Kampana achava muito bela a presença daquele prédio estrangeiro perto do centro de Bisnaga, um mundo penetrando o outro para benefício de ambos. "Grão-mestre Li", disse ela, fazendo uma mesura ao entrar na *kwoon* com as filhas, "venho lhe trazer minhas filhas. Devo dizer que todas pretendem encontrar uma esposa bisnaguense para o senhor."

Todos os dias, as quatro mulheres faziam comentários desse tipo na esperança de arrancar alguma reação, um sorriso, talvez um rubor, do mestre chinês. O rosto dele, porém, permanecia impassível. "Aprendam com ele", Pampa Kampana aconselhava as filhas. "Um autocontrole magnífico, um silêncio espantoso; é um poder que todos devíamos tentar desenvolver."

Vendo as filhas se exercitarem na esteira da *kwoon*, duelando em pares, Pampa percebeu, e não pela primeira vez, que elas adquiriam habilidades sobrenaturais. No meio da peleja, subiam pelas paredes como se estas fossem soalhos; davam saltos que desafiavam a gravidade, de uma sacada a outra nos andares mais altos da escola; rodopiavam tão depressa que criavam pequenos tornados em volta do corpo, que lhes permitia ascender verticalmente; e usavam uma técnica de cambalhotas — como se subissem por uma escada invisível — que o grão-mestre Li jurava nunca ter visto antes. A destreza delas com a espada era tão extraordinária que Pampa Kampana as julgava capazes de se protegerem de um pequeno exército. Esperava jamais precisar testar essa hipótese na prática.

Também ela se exercitava com o grão-mestre, mas a sós, preferindo desempenhar apenas o papel de mãe orgulhosa quando as filhas tinham aulas, cuidando da própria instrução apenas na presença de Li. Em pouco tempo ficou claro que os dois estavam no mesmo nível. "Não tenho nada a lhe ensinar", disse Li Ye-He. "Mas lutar com a senhora me faz desenvolver técnica, de modo que seria mais correto dizer que é a senhora que me ensina." E, assim, Pampa Kampana entendeu que a deusa lhe concedera ainda mais do que imaginava.

Na solidão da regência, sentindo presságios por toda parte, Pampa Kampana tinha muitas preocupações. Como contava tudo às filhas, falou-lhes também sobre os temores. "Talvez eu tenha ido longe demais ao insistir na questão da igualdade", disse ela. "Talvez todos tenhamos que pagar o preço do meu idealismo."

"De que a senhora tem medo?", perguntou Yotshna. "Ou, melhor dizendo, de quem?"

"É só uma sensação", disse Pampa Kampana. "Mas eu me preocupo com os seus três meios-irmãos, e com os seus três tios, e outra pessoa me preocupa mais ainda do que esses seis juntos."

"Quem?", insistiu Yuktasri.

"Vidyasagar", respondeu Pampa. "Ele é uma pessoa perigosa."

"Não se preocupe com nada", tranquilizou-a Zerelda. Das três filhas era quem lutava melhor, e sua maestria lhe inspirava confiança. "Podemos protegê-la de todos, de qualquer um. Além disso", acrescentou, dirigindo-se ao professor, "o senhor também há de proteger a rainha, não é, grão-mestre?"

O chinês aproximou-se e fez uma mesura. "Com a minha vida", respondeu.

"Não faça promessas desse tipo", disse Pampa Kampana.

"O mundo parece ser *muitos*", costumava dizer o sábio Vidyasagar, "mas na verdade não há *muitos*, há apenas *um*." Depois que perdeu o cargo de primeiro-ministro e retornou à caverna, partiu em viagem por muitos anos, indo até Kashi para meditar à margem do rio sagrado e aprofundar seus conhecimentos. Agora voltara de lá. Reinstalado no lugar de honra, à sombra da imensa figueira-de-bengala no centro do grande templo de Mandana, com uma comprida barba branca dando-lhe voltas na cintura como se fosse um cinto, e com uma *devadasi* atrás dele protegendo-lhe a calva do sol com uma sombrinha simples, ele ficava imóvel na *padsmasana*, ou posição do lótus, de olhos fechados, por muitas horas a cada dia. Em torno do santo homem que voltara de sua jornada formavam-se multidões, aguardando a hora em que ele falaria, o que muitas vezes não acontecia. Quanto mais tempo durava o silêncio, maior a multidão ao seu redor. Assim, ele aumentou o exército de seguidores sem parecer agir nesse sentido, e sua influência espalhou-se pela cidade e pelo país, muito embora ele não fizesse qualquer tentativa visível de influenciar ninguém. Quando falava, era sempre de modo enigmático. "Não há nada", dizia ele. "Nada existe. Tudo é ilusão." Um discípulo ousado tentou extrair dele um comentário que pudesse ser interpretado, digamos assim, politicamente. "A figueira-de-bengala não existe? Nem Mandana? Nem mesmo Bisnaga? Nem todo o império?" Passou uma semana, e Vidyasagar não respondeu. Então falou: "Não há nada. Só há duas coisas, que são a mesma coisa". A resposta não foi clara, e o discípulo voltou a perguntar: "Quais são as duas coisas? E como podem duas coisas ser uma coisa?". Dessa vez Vidyasagar levou um mês para responder, e durante esse tempo a multidão à sua volta tornou-se imensa. Quando respondeu, com uma voz suave, foi necessário repetir as palavras muitas vezes, palavras que iam se espalhando pela multidão como ondas no mar. "Existe o *Brâman*", disse ele, "que é a realidade última e única, ao mesmo tempo causa e efeito, imutável, mas em quem toda a mudança está contida. E existe o *atmã*, presente em tudo que vive, a única coisa verdadeira em tudo que vive — na realidade a única coisa que vive —, e que é cento e um por cento a mesma coisa que o *Brâman*. Idênticos. Iguais. Tudo o mais é ilusão: espaço, tempo, poder, amor, lugar, lar, música, beleza, prece. Ilusão. Só há duas coisas, que são uma só."

A essa altura, os sussurros já haviam se espalhado pela multidão, sofrendo alterações sutis à medida que se propagavam, até parecer um chamado às armas. O que Vidyasagar dizia, a multidão compreendeu, é que havia Dois, e devia haver apenas Um. Apenas Um poderia sobreviver, e o outro deveria ser... o quê? Absorvido? Ou derrubado?

Bukka Raya I insistira, desde o início de seu reinado, que devia haver separação entre o templo e o Estado, e Vidyasagar não atravessara aquela linha. "Se fizéssemos tal coisa", dizia aos discípulos, "um fogo haveria de elevar-se dessa linha e nos consumir." Todos compreenderam que se tratava de uma referência à linha protetora, a *rekha*, traçada por Lakshman, irmão de Ram, para defender a esposa de Ram, Sita, enquanto os irmãos estavam ausentes; uma linha que pegaria fogo se algum demônio tentasse cruzá-la. Assim, as pessoas entendiam também, primeiro, que Vidyasagar permanecia na esfera da religião usando uma metáfora do *Ramayana*; e, segundo, que dizia isso movido por um espírito de modéstia e até mesmo autodepreciação extrema, pois comparava a si próprio e seus seguidores a demônios, *rakshasas*, o que claramente, na realidade — naquela realidade que era uma ilusão — ele não era, como também não eram seus seguidores. Em outro nível, porém, os adeptos de Vidyasagar entendiam que ao dizer isso ele criara um *nós* que não era *eles*, um *nós* que queria cruzar aquela linha e secretamente defendia que a religião devia intrometer-se em todos os recantos da existência, tanto política quanto espiritual, e um *eles* que propunha ideias *demoníacas*. Assim, pouco a pouco foram surgindo dois partidos em Bisnaga, os vidyaístas e os bukkaístas, embora nunca recebessem tais designações e, pelo menos aparentemente, todos acreditassem que eram parte do Um. Mas por trás dessa aparência, a ilusão se dissipava, e estava claro que eles eram Dois, e que se tornava cada vez mais difícil conciliar os Dois. Se os vidyaístas percebiam que essa nova situação ia contra o espírito do não dualismo de Vidyasagar — a pregação por ele feita da identidade entre *Brâman* e *atmã* —, ninguém mencionava esse detalhe, dando ênfase à ideia de que o império era uma espécie de ilusão, e acreditando que a verdade, a fé religiosa — ou seja, a fé verdadeira deles, que excluía todas as outras crenças falsas em deuses ocos —, em breve se elevaria e assumiria o controle sobre tudo que Havia.

Nesse ínterim, em outra parte de Bisnaga, a Reprimenda de Haleya sofrera uma mudança notável. Nos panfletos e na grafitagem do movimento, não se atacava mais a sodomia, a guerra e a arte; pelo contrário, defendiam-se o amor livre, a conquista e a criatividade em todas as suas formas; em consequência disso, o movimento começou a ganhar adeptos, muitos dos quais afirmavam que os líderes não precisavam mais continuar escondidos, e sim deveriam assumir publicamente o posicionamento em favor dos valores bukkaístas que tanta gente em Bisnaga aceitava — em suma, deveriam se tornar líderes de tendência bukkaísta contra os vidyaístas (lembrando, mais uma vez, que essas palavras que tinham o efeito de dividir, "bukkaísta" e "vidyaísta", nunca eram usadas abertamente). Haleya Kote ouvia essas vozes, porém permanecia calado.

Quem viveu uma eternidade nas sombras não suporta a luz excessiva do sol.

Naturalmente, Bukka já contara a Pampa Kampana que Haleya Kote levava uma vida secreta. Ela não questionou a decisão de manter a Reprimenda na clandestinidade. "Peça aos seus amigos que encontrem rotas de fuga", disse ela. "Se as coisas derem mal no futuro — no futuro próximo, é o que eu temo —, então uma rede clandestina talvez se torne necessária para todos nós."

Chegaram mensageiros do front. A expedição contra Zafarabad não estava tendo sucesso. Haleya Kote veio dar a notícia à rainha regente. Depois das primeiras escaramuças, Bukka foi obrigado a bater em retirada para a margem sul do rio Bhima, entregando a margem norte ao sultão. Em seguida, o sultão anexou Warangal, que até então fizera parte do império de Bisnaga, e matou o soberano. Pampa Kampana ficou surpresa e até mesmo consternada ao saber que Bukka enviara emissários à corte do sultão de Délhi pedindo-lhe que ajudasse Bisnaga a combater os correligionários dele, pedido que lhe pareceu ditado pelo desespero, e que — como era de esperar — foi rejeitado. A partir daí, a situação melhorou. Bukka voltou a atacar ao Norte e capturou Mudgal. Os mensageiros narraram o massacre selvagem que Bukka perpetrara contra a população de Mudgal, horrorizando Pampa Kampana. "Esse não é o homem que conheço", disse ela a Haleya Kote. "Se ele está agindo dessa maneira agora, é porque seu projeto está ameaçado, e nós também estamos ameaçados."

Era verdade. Os mensageiros que vieram depois relataram

um ataque do exército do sultão de Zafarabad desferido contra as forças de Bukka Raya I em Mudgal. Foi tão terrível que muitos componentes do exército bisnaguense entraram em pânico, e rapidamente espalharam-se rumores a respeito do Sultanato Fantasma, cujos guerreiros chefiariam a vanguarda de Zafarabad, aterrorizando os soldados. Quando estão dominados pelo medo, os guerreiros não conseguem lutar, mesmo que sejam mais numerosos do que as forças inimigas. Bukka fugira do acampamento, segundo os mensageiros. O exército bateu em retirada às pressas, e o sultão massacrou as noventa mil pessoas deixadas lá. Depois houve uma derrota ainda pior. "O rei está voltando para casa, mas o inimigo vem atrás, a persegui-lo", disseram os mensageiros. "Precisamos nos preparar para um ataque, ou um cerco, na melhor das hipóteses."

O Bukka que voltou da guerra era de fato diferente do que partira. A maneira como um homem lidava com a vitória revelava determinada verdade sobre ele: seria magnânimo ou vingativo? Conservaria humildade ou passaria a ter uma imagem inflada de si próprio? Ficaria viciado em vitórias, sempre querendo repetir o triunfo, ou se contentaria com o que realizara? A derrota levantava questões ainda mais profundas. Até que ponto iam seus recursos internos? A derrota o derrubaria ou revelaria qualidades de resiliência e engenho que antes não haviam se manifestado, e cuja existência ele próprio desconhecia? Ao entrar no palácio, com trajes marciais de couro e metal ensanguentados, o rei era um homem cercado de pontos de interrogação, como uma nuvem de mosquitos. Nem mesmo Pampa Kampana sabia o que ele diria.

Bukka não falou com a rainha, limitando-se a sacudir a cabeça, e a nuvem de mosquitos interrogativos movimentou-se junto com ele. Entrou nos aposentos privados e ordenou que ninguém entrasse. Lá permaneceu por semanas, e coube a Pampa Kampana a tarefa de preparar a cidade para enfrentar o cerco inimigo, com a ajuda de Haleya Kote e das três filhas. Vidyasagar veio falar com a rainha enquanto ela trabalhava desde o nascer do dia até o pôr do sol na preparação da defesa, e disse-lhe que Bisnaga fora derrotada porque o rei abandonara "a intimidade com os deuses em geral e Shiva em particular". Se essa intimidade fosse renovada, o ataque de Zafarabad seria contido e o império triunfaria. "Muita gente em Bisnaga — a maioria do povo, eu diria — concorda com essa análise", prosseguiu. "Há ocasiões em que o rei deve ser instruído e guiado pelo povo, e não o contrário."

"Obrigada", respondeu Pampa. "Pode deixar que esse sábio conselho será transmitido ao rei." Então voltou ao trabalho e apagou da cabeça as palavras de sabedoria de Vidyasagar, porque o importante era garantir que as ameias estivessem guarnecidas de caldeirões de óleo para ser aquecido e derramado sobre qualquer um que tentasse subir as muralhas, e que os soldados ali enfileirados estariam bem armados e descansados, dormindo e assumindo o posto em turnos bem definidos. O exército de Zafarabad já estava bem próximo. Dentro de alguns dias começaria o ataque — se fosse ataque — ou então o cerco à cidade.

Pampa Kampana começava a entrar em desespero, porém numa manhã de sexta-feira, em que a terra tremia com o impacto dos pés dos soldados e das patas dos animais do exército, e a nuvem de poeira levantada pelas forças de Zafarabad já podia ser divisada ao longe, Bukka conseguiu recuperar-se e saiu dos aposentos com o traje de batalha, completo e limpo, gritando: "Vamos dar ao tal Sultanato Fantasma uma recepção tão calorosa que eles vão voltar correndo para o mundo dos fantasmas". Embora não fosse um homem grande, Bukka atravessou a cidade como um colosso irado; colocou-se à frente de seus soldados e liderou o ataque ao exército do sultão com um grito tão terrível que até mesmo aquele regimento de soldados fantasmas, se eram mesmo fantasmas, não fez outra coisa senão fugir o mais depressa possível, na mais completa confusão.

Na guerra contra Zafarabad, Bukka fora o agressor, constatando o perigo que representava a força crescente do vizinho ao norte e optando por atacar primeiro, estratégia que não dera certo. O rio Krishna continuava sendo a fronteira entre os dois reinos. Nenhum *guntha* de terra foi conquistado ou perdido — nem mesmo um *cent* —, nem sequer um *ankanam*. Os dois oponentes mantiveram o territórios, e estabeleceu-se uma trégua tensa.

Mas depois daquele último ataque triunfal, Bukka adoeceu. O mal foi piorando de modo lento, porém inexorável, e ele mergulhou num sono profundo. À medida que a notícia se espalhava pela cidade, as pessoas começaram a especular a respeito da causa da doença do rei. A ideia de que ele fora envenenado por um dardo fantasma ganhou força. "Ele está lutando contra o veneno, mas está perdendo a briga", disse o taxidermista. "Os fantasmas matam a gente devagarinho, porque leva tempo para passar deste mundo para o outro", disse o vendedor de doces. "Ele está na margem do rio Sarayu como o Senhor Ram", exclamou o pintor de tabuletas, "e em pouco tempo, tal como o Senhor Ram, vai afundar nas águas do rio e se perder."

Pampa Kampana passava todos os dias e noites junto ao leito de Bukka, aplicando-lhe compressas frias na testa, tentando pingar água, gota a gota, em sua boca. Ele dormia e não acordava. Pampa compreendeu que Bukka morria, que se tornaria a segunda pessoa que ela amara a deixá-la viva e enlutada. No terceiro dia da doença do rei, Haleya Kote pediu permissão para visitar o casal real. Assim que olhou para o rosto dele, Pampa compreendeu que a situação também não estava boa fora do quarto do rei.

"Estávamos cegos", disse Haleya Kote. "Melhor dizendo, só estávamos enxergando o perigo ao norte, e assim não vimos os problemas crescentes a leste, a oeste e ao sul."

Chukka, Pukka e Dev Sangama, acompanhados por Shakti, Adi e Gauri, as Irmãs das Montanhas, e exércitos particulares, convergiam em direção a Bisnaga, vindo das fortalezas em Nellore, Mulbagal e Chandragutti, disse Haleya a Pampa Kampana. "Está claro que eles convenceram aquelas irmãs ferozes, as esposas, de que o juramento que haviam feito de defender a posição de Bukka no trono perde a validade no momento em que ele morrer, e que a partir daí elas se tornam leais aos respectivos maridos." Ademais, Haleya Kote contou que os três príncipes depostos, agora jovens arrogantes e cheios de reivindicações, e não apenas meninos arrogantes e cheios de reivindicações, ainda mais zangados do que antes, tinham sido autorizados a sair de Jafanapatão, acompanhados por uma numerosa força cingalesa, e também se aproximavam de Bisnaga para reivindicar a posse do trono. "Lamento informá-la", concluiu Haleya, "de que muito embora Bukka Raya tenha decretado que suas filhas terão direito a reinar, e o decreto tenha sido aprovado pelo conselho, ele não é aceito nem no acampamento do exército nem nas ruas da cidade. Para a maioria das pessoas, a ideia de uma rainha Yotshna, por exemplo, ainda parece ousada demais."

"Seis pretendentes de um trono que ainda está ocupado", disse Pampa Kampana. "E quem vai escolher um deles?" Haleya baixou a cabeça. Ambos já sabiam a resposta àquela pergunta, que estava sentada à sombra de uma figueira-de-bengala em Mandana, de olhos fechados, aparentemente distante desses acontecimentos; não parecia sequer fazer parte da conspiração; não parecia de modo algum ser uma pessoa que havia se correspondido e conspirado com os seis pretendentes, e sim apenas um santo homem sentado à sombra de uma árvore.

"Seja lá qual for a resposta, e seja lá quem fique no trono", disse Haleya Kote a Pampa Kampana, "vossa majestade e suas filhas correm perigo. Ainda mais porque a questão de quem seria o verdadeiro pai delas está sendo levantada em muitas dessas mentes pervertidas."

"Não vamos fugir", disse Pampa. "Vou continuar sentada ao lado do leito do meu marido, e se ele de fato vier a falecer, receberá todas as honras oficiais. Esta cidade é minha, fui eu que a criei com sementes e sussurros. As pessoas daqui, cujas histórias de vida foram inventadas por mim, pessoas que vieram ao mundo criadas por mim, não vão me expulsar da cidade."

"Não estou preocupado com a gente comum", retrucou Haleya Kote. "Mas seja como vossa majestade deseja. Vou permanecer ao seu lado e arregimentar tantos defensores quanto eu conseguir encontrar."

Com a morte de Bukka Raya I, dois dos três fundadores de Bisnaga não viviam mais; restava apenas Pampa Kampana. Um dia depois que Bukka morrera tranquilamente, sem despertar do sono derradeiro, foram realizados os últimos ritos, *antyeshti*, no *ghat* de cremações que viria a se tornar o local do monumento dedicado a ele. Sem a presença de nenhum filho varão — que estavam a caminho, liderando um exército —, quem chefiou os rituais foi Haleya Kote, que tomou um banho prolongado, vestiu roupas limpas, deu voltas em torno do cadáver posto na pira, cantou um hino curto, colocou sementes de gergelim na boca do rei morto para simbolizar as sementes mágicas com que ele criara a cidade, borrifou gotas de manteiga clarificada na pira, fez os gestos lineares apropriados em direção aos deuses da morte e do tempo, realizou o ato de quebrar a bilha d'água e acendeu o fogo. Depois disso, ele, Pampa Kampana e as três filhas caminharam em volta das chamas algumas vezes, e por fim Haleya Kote pegou uma vara de bambu e perfurou o crânio de Bukka para libertar-lhe o espírito.

Tudo foi feito com a solenidade apropriada, mas depois que os acompanhantes da cerimônia foram embora do *ghat* de cremação, um destacamento de soldados separou Haleya Kote das quatro mulheres da família real, que foram levadas de volta ao palácio e isoladas na *zenana*, a casa das mulheres, onde passaram a ser vigiadas por uma guarda armada vinte e quatro horas por dia. Não estava claro quem dera essas ordens, e os guardas se recusaram a responder quando Pampa Kampana lhes perguntou. O sacerdote Vidyasagar estava a alguma distância dali, sentado à sombra da árvore, imerso em meditação, sem dizer uma só palavra. Assim mesmo, todos sabiam quem estava no poder.

Naquela noite, Pampa Kampana, irritada com aquela detenção, sem conseguir acreditar que Bisnaga fosse capaz de tratá-la daquela maneira, não conseguia ordenar os pensamentos. Deu ordem à guerreira que guardava a entrada dos aposentos: "Vá agora mesmo buscar Ulupi". Ulupi, como os leitores haverão de lembrar, era a capitã gigantesca da guarda, sempre a sibilar, com pálpebras pesadas e língua dardejante. Mas a guerreira limitou-se a dar de ombros. "Ela não está disponível", respondeu, deixando claro que aquela que fora a rainha até a véspera agora se transformara em ninguém; que Bisnaga rejeitara sua matriarca com desprezo.

O rosto de Pampa Kampana ficou vermelho. As filhas, vendo o que acontecia, aproximaram-se dela e a levaram dali. "Precisamos conversar", disse Zerelda à mãe.

Pampa Kampana respirou fundo sete vezes. "Está bem. Vamos conversar."

As três mulheres circundaram a mãe, ficando bem próximas dela para poderem cochichar. Pampa refletiu que, tendo ela sussurrado a vida de todos os cidadãos de Bisnaga nos ouvidos deles, agora eram as filhas que contariam a história para ela, também em sussurros. É carma, pensou.

"Em primeiro lugar", cochichou Yotshna, "ninguém neste palácio vai lutar pelos nossos direitos, nem mesmo pela nossa segurança, certo?"

"Certo", concordou Pampa Kampana, com tristeza.

"Em segundo lugar", prosseguiu Yuktasri, "talvez a senhora não saiba dos boatos que circulam pelo conselho real. Um conselho acéfalo, já que não temos rei no momento. A senhora percebeu que ninguém do conselho a procurou para confirmar sua renomeação como rainha regente até que a questão da sucessão fosse resolvida?"

"Percebi, sim", respondeu Pampa Kampana.

"Segundo um dos boatos", disse Zerelda, "queriam nos obrigar a entrar no fogo da pira funeral do rei. Por um triz isso não aconteceu."

"Eu não sabia", disse Pampa Kampana.

"Ninguém do conselho pode decidir quem vai governar", disse Yotshna. "Assim, quando todos estiverem reunidos, Vidyasagar vai dar as ordens."

"Entendi", assentiu Pampa Kampana.

"O mais importante agora", prosseguiu Yotshna, "é encontrarmos um lugar seguro para a senhora, até entendermos como será o novo mundo."

"E se há lugar para nós nesse mundo", acrescentou Zerelda.

"Ou seja, um lugar seguro para todas nós", disse Yuktasri.

"E que lugar é esse", perguntou Pampa Kampana, "e como vamos chegar lá?"

"Quanto à nossa fuga", disse Yotshna, "temos um plano."

"Quanto ao lugar para onde vamos", acrescentou Zerelda, "tínhamos a esperança de que a senhora pudesse sugerir algum."

Pampa Kampana pensou por um momento. "Está bem. Tirem-nos daqui."

"A senhora tem dez minutos para fazer as malas", retrucou Yotshna.

O grão-mestre Li Ye-He foi nosso salvador,
descendo sobre a zenana qual trovão
no monte Kailash,
espadas poderosas como raios,
a cintilar na noite como a luz
da liberdade.

Apresento aqui minha pobre tradução dos versos imortais de Pampa Kampana. Não chego perto de seu gênio poético (nem tentei recriar métrica e rima), mas ao menos permito que o leitor mergulhe na narrativa de um momento que faz parte de um universo maravilhoso; pois o grão-mestre Li não apenas chegou voando acima dos telhados, como um enorme morcego sobrenatural, e desceu no pátio interno da *zenana* como uma pantera, devorando tudo que via pela frente; não apenas cobriu de cadáveres o caminho até as quatro damas, como também as princesas, ágeis como ele, duas delas segurando a mãe pelas mãos, foram atrás do grão-mestre, subindo as paredes e escalando os pontos altos da cidade, saltando, como se tivessem pés alados, de um templo a uma árvore às ameias da muralha, até que por fim os cinco pousaram em silêncio além das defesas da cidade, no lugar onde Haleya Kote os aguardava, todo de negro, com seis cavalos também negros selados, prontos para o galope.

Aonde iremos, mãe,
Fugindo dos que nos querem mal?
Minhas queridas, minhas amadas,
Vamos às Florestas Encantadas,
Como nas histórias antigas,
Lá seremos livres.

SEGUNDA PARTE:
Exílio

9.

A floresta está no centro das grandes narrativas antigas. No Mahabharata de Vyasa, a rainha Draupadi e seus cinco maridos, os irmãos Pandava, ficaram treze anos no exílio. Uma grande parte desse tempo foi passado em florestas. No Ramayana de Valmiki, a dama Sita e os irmãos Ram e Lakshman são exilados por quatorze anos, boa parte deles vividos em florestas. No Jayaparajaya de Pampa Kampana, a autora nos diz que o período no exílio, ou seja, o vanvaas, mais o tempo em que viveu sob disfarce, o agyatvaas, somam cento e trinta e dois anos. Ao voltar triunfante, todas as pessoas que amara tinham morrido. Ou quase todas.

Na floresta o passado é engolido, e só existe o momento presente; às vezes, porém, o futuro chega antes do previsto e revela sua natureza quando o mundo externo ainda não sabe de nada.

Enquanto fugiam de Bisnaga a galope, o cavalo de Pampa Kampana ia à frente. "São tantas as florestas", disse ela. "A floresta de Dandaka, onde o Senhor Ram se refugiou, e também a de

Vrindavan, do Senhor Krishna. E também Ikshuvana, a floresta de cana-de-açúcar de Ganesha, o elefante, e Kadalivana, a floresta de bananeiras do Senhor Hanuman, o rei macaco. E mais Imlivana, a floresta de tamarindeiros de Devi. Mas vamos para a floresta mais encantada de todas, a Floresta das Mulheres."

No livro Pampa não diz por quanto tempo viajaram, quantas noites e dias, nem em que direção seguiram. Assim, não sabemos com certeza onde ficava a Floresta das Mulheres, nem se uma parte dela ainda existe. Só sabemos que galoparam a toda velocidade e por muito tempo, atravessando terrenos montanhosos difíceis e vales de rios verdejantes, terras áridas e terras viçosas, até que por fim a floresta se apresentou diante deles, um baluarte verde que ocultava grandes mistérios.

Na fímbria da floresta, Pampa Kampana deu um alerta a Haleya Kote e ao grão-mestre Li: "Nesta mata, que vive sob a proteção da deusa florestal Aranyani, os homens enfrentam um problema sério. Dizem que todo homem que nela penetra se transforma imediatamente em mulher. Somente os que obtiveram autoconhecimento completo e conseguiram dominar os sentidos sobrevivem aqui na forma masculina. Assim, precisamos agradecer e alertá-los; o mais seguro seria nos despedirmos".

Os homens pensaram a respeito desse obstáculo inesperado por algum tempo.

Então o grão-mestre Li disse: "Jurei que as protegeria com minha própria vida. Esse juramento só há de expirar no dia em que eu morrer. Vou acompanhá-las na Floresta de Aranyani, aconteça o que acontecer". E saltou do cavalo, pegando a espada e os outros pertences. "Vá em paz, cavalo", e deu-lhe um tapinha no traseiro. O cavalo foi embora. Zerelda, a melhor aluna do grão-mestre, encarou o professor com admiração e, como Pampa Kampana observou, até mesmo um pouco de ternura. "Se alguém neste mundo tem autoconhecimento e domínio sobre os sentidos", observou Zerelda, "é o senhor. A floresta não vai lhe fazer nenhum mal."

(Neste ponto da narrativa Pampa Kampana faz uma digressão a respeito da lealdade dos cavalos, observando que eles nunca traem quem realmente gosta deles e que lhes aconselhara a não deixar rastros na viagem de volta, caminhando por riachos e terrenos pedregosos, de modo que ninguém descobrisse onde estavam os fugitivos. Optamos por omitir essa passagem talvez excessivamente prolongada.)

Haleya Kote mexia-se inquieto na sela. "Eu não sou como o nosso amigo Ye-He", observou. "Não faço meditação nem cuido da minha purificação interior. Não sou um sábio como Vidyasagar, que estuda os Dezesseis Sistemas Filosóficos. Sou só um homem que por acaso ficou amigo do nosso querido falecido rei, um sujeito que gosta de tomar umas de vez em quando e que antigamente era bom de briga. Nunca fui mulher. Não sei se vou me adaptar."

Pampa Kampana, na montaria, aproximou-se dele e disse com uma voz suave: "E também é um homem que não se ilude. Não é um impostor. Você sabe exatamente quem é".

"É, pode ser", retrucou Haleya Kote. "Não sou ninguém especial, mas sou quem sou."

"Sendo assim, acho que você não vai ter nenhum problema."

Haleya Kote pensou um pouco.

"Está bem", disse por fim. "Foda-se. Eu fico."

Soltaram os outros cavalos e por um momento olharam em volta, contemplando aquele destino verdejante. Então penetraram na floresta, e as regras do mundo externo desapareceram.

* * *

A mata fechou-se em torno deles; havia ruídos por toda parte. Ouviam-se muitos cantos de pássaros, como se um coral houvesse se reunido para recebê-los: o bulbul-de-garganta-amarela, o zaragateiro e o dendrocita-ruivo eram alguns deles; e também pássaros-alfaiates, andorinhas e cotovias; a barbaça, o cuco, o mocho-da-floresta, o papagaio e o corvo estavam lá; e muitos outros cujo nome eles não conheciam, pássaros dos sonhos, pensavam, e não do mundo real. Pois ali o mundo real é que era irreal; as leis haviam se dissipado como poeira, e se havia outras em vigor ali, não sabiam quais. Haviam chegado ao *arajakta*, o lugar sem reis. Onde uma coroa não passava de um chapéu desnecessário. A justiça não era decidida de cima para baixo, e só a natureza imperava.

Haleya Kote foi o primeiro a falar. "Senhoras, desculpem-me a vulgaridade, mas me apalpei e parece que não sofri nenhuma mudança."

"Ah, maravilhoso", exclamou Yotshna, a princesa mais velha, e pela segunda vez Pampa Kampana percebeu um leve toque de emoção excessiva na voz de uma das filhas. "É uma boa notícia para todos nós."

"Grão-mestre?", indagou Zerelda. "E o senhor?"

"Felizmente", respondeu Li Ye-He, "também pareço intacto."

"Nossas primeiras vitórias", afirmou Zerelda. "São de bom agouro. Indicam que vamos vencer todos os desafios que a floresta nos impuser."

"Aqui há feras selvagens?", perguntou Yuktasri, a mais nova, tentando não demonstrar temor na voz. A mãe respondeu: "Sim, tigres do tamanho de uma casa, aves de rapina maiores que o roca de Simbad, cobras gigantescas capazes de engolir uma cabra inteira e talvez dragões também. Mas a minha magia vai nos proteger".

(*Somos levados a nos perguntar se os poderes mágicos de Pampa Kampana eram mesmo tão grandes, e se a floresta era de fato habitada por feras que nunca os atacaram por conta dessa feitiçaria — como a narrativa dela dá a entender — ou se, por sorte, não havia tais perigos por lá, e ela estava apenas brincando. Seria possível que a deusa que lhe tivesse conferido o dom da longa vida e o poder de fazer com que sementes pudessem gerar uma cidade — e o de dar vida a pessoas sussurrando-lhes nos ouvidos — também lhe concedesse a capacidade de encantar a floresta encantada? Ou tratava-se apenas de poesia, de uma fábula como tantas outras? Somos obrigados a responder: ou bem é tudo verdade, ou bem é tudo fábula, e preferimos acreditar na verdade da história bem contada.*)

Em seguida, ouviram música. Eram tablas tocadas rapidamente em algum lugar acima de onde estavam, falando em idioma secreto. E alguém dançava, pés invisíveis que espelhavam a fala dos tambores. Dava para ouvir o tilintar dos sinos nos tornozelos da dançarina. Alguém dançava em meio às árvores, nos galhos mais altos, ou talvez no espaço vazio entre elas.

"Será Aranyani?", indagou Yuktasri, sem conseguir conter a estupefação.

"A deusa nunca é visível", respondeu Pampa Kampana, "mas se ela nos abençoa neste lugar, vamos ouvi-la dançando perto de nós muitas vezes. Se ela nos rejeitar, os perigos aumentam. Acostumem-se com o som dos sininhos, pois fazem parte daquilo que vai nos proteger."

"Se me permite a intromissão", interrompeu Haleya Kote, "isso é muito interessante, mas precisamos saber onde vamos ficar e também o que vamos beber e comer."

"Certo!", exclamou Yotshna, com um sorriso largo demais. "Ótima observação."

Agora que conhecemos toda a história de Bisnaga, aquela cabana de madeira, aquele palácio na floresta onde Pampa Kampana foi rainha no exílio, e onde planejou o retorno triunfal, tornaram-se lendários. "Aranyani não é o único Ser nesta floresta", disse Pampa Kampana aos companheiros enquanto iniciavam os trabalhos. "Cada arvoredo, cada riacho tem seus próprios espíritos. Antes de começar, temos que pedir permissão para derrubar árvores e construir. Do contrário, tudo o que fizermos será desfeito na mesma hora, e se os espíritos se zangarem conosco, não poderemos continuar aqui." Assim, fizeram suas súplicas, e, ao terminarem, começou a chuviscar de leve. A mata cerrada impediu que a água os encharcasse, mas pequenos regatos escorriam das folhas e dos galhos que os cercavam. "Muito bom", disse Pampa Kampana. "A chuva é a bênção de que necessitamos."

Quando parou de chover, as quatro mulheres e os dois homens construíram uma casa numa pequena clareira onde as árvores recuavam para permitir que o sol brilhasse depois da chuva. Pediram permissão à deusa e também às divindades menores das árvores e das folhas; usaram a destreza que tinham com a espada e o machado; e devido à força adquirida conseguiam, com as mãos nuas, abrir espaço por entre as árvores, como se elas fossem de algodão. Podemos imaginá-los zanzando pela clareira, cercados de árvores gigantescas sem nome, árvores míticas e lendárias, elaborando um novo lar numa demonstração extraordinária de atletismo e graça, ascendendo no ar para arrancar galhos altos, e espalhando por cima do abrigo silvestre um extenso dossel de folhas. O tocador de tabla que pairava no ar e a dança-

146

rina invisível se detiveram por um instante para apreciar aquela cena extraordinária, e em seguida retomaram o ritmo e a dança, e a casa se ergueu ao som da música dos deuses ocultos.

O velho soldado, Haleya Kote, foi quem pensara mais a fundo sobre as questões práticas. Dos sacos abarrotados que trouxera no cavalo e que carregara nas costas, sem reclamar, depois que as montarias partiram, tirou duas panelas, copos e tigelas de madeira suficientes para que todos pudessem comer e beber, bem como pederneiras para fazer fogo. "Força do hábito", disse, dando de ombros com um prazer envergonhado quando a rainha e as princesas agradeceram. "Não são coisas como as que as senhoras estavam acostumadas a usar, mas é o que temos."

Quanto à primeira refeição que fizeram, Pampa Kampana conta que a própria floresta a forneceu. Caiu do alto uma chuva de frutas secas, e bananeiras semelhantes às que havia na floresta de Hanuman frutificaram abundantemente. Frutas que eles nunca tinham visto antes pendiam de árvores desconhecidas, e havia arbustos em que colheram bagas tão deliciosas que davam água na boca. Encontraram perto dali um riacho de águas rápidas e geladas, e à margem dele cresciam pés de *anne soppu*, a batata-d'água, e de *gotu kola*, que tinha usos medicinais, diminuía a ansiedade e até mesmo estimulava a memória. Encontraram cará-do-ar e batata-doce, ervas-mouras com sabor de alcaçuz, quiabos silvestres e abóboras-d'água deliciosas.

"Bem, de fome não vamos morrer", disse Pampa Kampana. "Trouxe também sementes para plantarmos, e aí teremos ainda mais coisas para comer. Mas primeiro uma palavrinha sobre peixe e carne."

O primeiro a falar foi o grão-mestre Li, afirmando que sempre fora vegetariano e estava mais do que satisfeito com o que a floresta lhes forneceria. Haleya Kote pigarreou. "Nos meus tempos de soldado, havia uma única regra: coma o que você encontrar, seja o que for, seja onde for, e coma o bastante para seguir em frente. Assim, já comi coelhinhos e couve-flor, cabritos e pepinos, carneirinhos e arroz cozido puro. Tentei evitar carne de vaca, porque muitas vacas são mal alimentadas e a carne não fica muito boa. É dura — mais um motivo para evitar. Também não como berinjela, mas é só porque detesto o gosto. Se na floresta tiver veado, porco, antílope, qualquer outra comida que ande com patas, eu caço sem problema."

As filhas de Pampa Kampana lhe disseram o que ela já sabia. "Só vegetais", afirmou Zerelda, com um sorriso de cumplicidade dirigido ao grão-mestre Li. "Qualquer coisa, tudo", disse Yotshna, dando um passo em direção a Haleya Kote. Quanto a Yuktasri, ela arregaçou as roupas, entrou no riacho e ficou com a água na altura dos joelhos, olhos fechados e braços esticados. "Carpa-rohu, carpa-katla, arenque, onde estais?", entoou, em voz baixa. "Rani-rosado, bagre-ambulante, cabeça-de-cobra, eu quero é mais!" Conta Pampa Kampana que depois de alguns instantes um peixe de uma espécie que eles jamais viram saltou da água para os braços de Yuktasri, que o levou para o grupo. "Gosto de peixe", disse ela. Pampa Kampana, que havia muitos anos odiava carne de animais, surpreendeu-se ao pensar que talvez peixe não fosse tão ruim assim, pois não evocaria a lembrança da carne de sua mãe em chamas. De fato, haviam entrado num mundo novo.

Aquela primeira refeição em torno da fogueira acesa por Haleya Kote, em que todos estavam exaustos e famintos, foi como um banquete para os seis andarilhos. O fato de que haviam abandonado o lar e fugido; de que o futuro era incerto e preocupante; de que não fazia mais nenhuma diferença ser rainha ou princesa ou grão-mestre ou ex-combatente ou beberrão ou conspirador secreto transformado em conselheiro real; e de que a floresta era cheia de mistérios inexplicáveis e, sem dúvida, perigos também não parecia, naquele momento em que estavam aquecidos pelo fogo e bem alimentados, ter a menor importância. Pampa Kampana, apoiada numa árvore, fechou os olhos e mergulhou em pensamentos, enquanto os outros cinco riam e trocavam gracejos.

"Não me incomoda passar muito tempo aqui se conseguirmos ficar juntos assim", disse Zerelda Sangama, inclinando a cabeça em direção ao grão-mestre Li até quase encostar no ombro dele — mas não chegou a encostar.

"Concordo", disse Yotshna (que estava sentada um pouco perto demais de Haleya Kote).

A jovem Yuktasri disse: "O peixe é bom".

"Hora de dormir", disse Pampa Kampana, levantando-se. "Amanhã vamos ter que descobrir exatamente como estão as coisas em Bisnaga e o que podemos fazer."

Durante à noite, os morcegos da floresta sobrevoaram os fugitivos, dando voltas e mais voltas, como um exército voador a protegê-los.

Uma das qualidades mágicas da floresta era permitir que Pampa Kampana e os outros compreendessem de imediato todos os seres vivos que lá havia e conversassem com eles. Naturalmente, isso fazia com que os recém-chegados se sentissem menos deslocados naquele novo ambiente, mas muitas vezes era também um fator opressivo, porque na mata havia muitos diálogos, fofocas incessantes dos pássaros, sibilos sinuosos das serpentes, gritos agudos dos lobos, vozes elevadas e intimidadoras dos tigres. Depois de algum tempo, todos os seis encontrariam uma maneira de ajustar a mente a fim de excluir aquela cacofonia interminável, mas no início as princesas eram constantemente obrigadas a tapar os ouvidos com as mãos, pensando até em encher de lama aqueles delicados órgãos para silenciar a barulheira.

Para Pampa Kampana, isso não era problema, e desde o início resolveu participar de muitas das conversas com um prazer evidente, inclusive dando ordens e instruções. Não era mais a rainha de Bisnaga, mas ali na floresta, graças a aura de poder mágico conferida a ela pela autoridade divina tantos anos atrás, era impossível questioná-la. Aranyani, a deusa da floresta, aceitara-a como irmã, e todas as criaturas da mata passaram a considerá-la como tal. Na segunda noite, uma pantera fêmea saltou de uma árvore e dirigiu-se a eles num idioma que lhes era estranho, porém compreensível. "Não se preocupem conosco", disse ela. "Aqui vocês são protegidos por uma figura poderosa." Na manhã seguinte, antes mesmo de ter início o coro matinal de diálogos, Pampa Kampana acordou e saiu da nova casa para conversar com as aves. Achava que algumas das espécies não eram sérias o suficiente para seus propósitos, e assim concentrou-se nos papagaios e nos corvos. Disse ela aos papagaios: "Vocês vão até a cidade ouvir o que as pessoas dizem, depois voltem aqui e repitam tudo para mim, palavra por palavra. E vocês, criaturas ardilosas", dirigiu-se aos corvos, "vão com eles para compreender as palavras que existem por trás das palavras, atuando como meus sábios conselheiros."

Sete papagaios e sete corvos, obedientes, levantaram voo em direção à grande cidade. Havia uma relação mais ou menos amistosa entre corvos e papagaios, porque as duas espécies eram malvistas por muitas das outras aves. No mundo da floresta, os corvos eram muito marginalizados por serem considerados traiçoeiros e egoístas; inspiravam desconfiança. Até mesmo sua voz era feia quando comparada à dos bulbuis e das cotovias; eles não cantavam, e sim produziam grasnidos roucos. Se as aves da floresta eram uma orquestra, então os corvos estavam sempre desafinados. Além disso, todos se lembravam da guerra, dois séculos antes, entre corujas e corvos, em que a percepção geral era a de que os corvos haviam se comportado de modo indigno. Pampa Kampana sabia dos sentimentos negativos inspirados pelos corvos e considerava isso um preconceito desprezível. Por séculos antes da guerra, os corvos foram obrigados a ser criados — servos — das aves mais aristocráticas, principalmente das corujas, e na opinião dela fora uma batalha pela libertação. Ao final do conflito, muitas das corujas estavam mortas, e os corvos deixaram de ser servos; Pampa Kampana achava, com toda a franqueza, que as aves mais belas, de voz mais melíflua, precisavam livrar-se daquela atitude preconceituosa. Sem dúvida, houvera muitas mortes, mas fora uma guerra de independência, e como tal deveria ser considerada. "É uma pena", pontificou ela para uma plateia de aves ao amanhecer, "que belas criaturas aladas como vocês possam ser tão bitoladas quanto os seres humanos, incapazes de voar."

Em relação aos papagaios, também não cantavam, o que lhes dava, por assim dizer, o status de uma casta inferior; e eram tão numerosos que as outras aves os criticavam por ocuparem espaço demais. Pampa Kampana escolhera de propósito aquelas duas espécies marginalizadas para atuarem como seus olhos e ouvidos. Afinal, ela e seus companheiros também eram marginais exilados.

A delegação de papagaios e corvos voltou três semanas depois, trazendo muitas notícias. Quando os seis pretendentes ao trono chegaram a Bisnaga (contaram as aves a Pampa Kampana), foi Vidyasagar que lhes deu ordem para deixar as tropas fora dos portões da cidade, e entrar apenas com uma escolta pessoal de segurança. "Não haverá derramamento de sangue nas nossas ruas", decretou. "Tudo será resolvido sem recorrer ao assassinato." Vidyasagar (prosseguiram as aves) já estava com setenta e muitos anos de idade, e se os deuses haviam de fato lhe concedido longevidade igual à que Pampa Kampana recebera da deusa cujo nome era também o dela, infelizmente não deram ao sábio o dom da imunidade à velhice. Ele estava vivo, mas, para dizer a verdade, um tanto decrépito. As mãos haviam se transformado em garras ossudas; perdera muito peso, e agora, francamente, estava esquelético. Por uma questão de delicadeza, as aves não disseram nada sobre o estado dos dentes.

"Pouco me importa a aparência dele", retrucou Pampa Kampana. "Contem para mim o que foi dito e o que foi feito."

"A aparência é muito relevante", disse o chefe dos papagaios, cujo nome era algo como Tô-ô-a-tá. "Vidyasagar olhou para os tios Sangama, todos de cabelo branco, Chukka, Bukka e Dev, disse-lhes, sem rodeios, que estavam velhos demais para o cargo — uma piada, vindo de quem veio! — e afirmou que o império precisava de sangue novo, um monarca que estabilizasse a situação reinando por muitos anos."

"Em outras palavras", esclareceu o chefe dos corvos, cujo nome era mais ou menos Ka-a-ê-vá, "ele, Vidyasagar, é quem ia mandar, e o jovem rei teria de cumprir suas ordens."

"Os três irmãos de Hukka I e Bukka I foram embora de Bisnaga sem discutir", relatou o chefe dos papagaios. "Segundo comentaram as pessoas, estavam aliviados por não ter que matar ninguém nem ser mortos, não ter que assassinar as esposas nem ser assassinados por elas, e poderem viver o restante da vida confortavelmente em fortalezas distantes, com suas mulheres poderosas. Assim, para eles foi um final feliz."

"Fracotes", disse o chefe dos corvos. "Nunca tiveram fibra nem força para conquistar a coroa, e todos sabiam disso. Nem precisamos mais falar sobre eles. Sempre foram coadjuvantes, e agora não têm mais nenhuma fala nessa história."

"E os meus filhos?", perguntou Pampa Kampana. "E Erapalli, Bhagwat e Gundappa, que deserdei, mas que pelo visto agora me derrotaram?"

"Curiosamente", disse Tô-ô-a-tá, "Vidyasagar ungiu o filho do meio, Bhagwat."

"Ou seja", comentou Ka-a-ê-vá, "Bisnaga agora vai ser governada por um fanático religioso, que terá como conselheiro outro extremista."

"Tenho de relatar também", acrescentou o papagaio, "que, em primeiro lugar, Erapalli e Gundappa Sangama aceitaram a decisão de Vidyasagar, assim não haverá derramamento de sangue, ao menos por ora."

"Mas nenhum dos dois está contente", acrescentou o corvo. "Então mais adiante pode haver derramamento de sangue."

"Em segundo lugar", continuou o papagaio, eriçando as penas, irritado com a interrupção do corvo, "Bhagwat Sangama decidiu que reinará com o nome do tio, decisão que tem sido interpretada por muitos como um tapa na cara do falecido pai que o rejeitou. Assim, ele se tornará Hukka Raya II. Hukka Raya *Eradu*. As pessoas já começam a chamá-lo de 'Eradu', de modo abreviado. Ou, nos bairros mais perigosos da cidade, menos educadamente, de 'Número Dois'."

"Ele diz algo a meu respeito?", indagou Pampa Kampana.

"Creio que não tem saudades da mãe", comentou o corvo, com um pouco de crueldade. "Ouvimos o discurso de coroação dele."

"*Doravante*", repetiu Tô-ô-a-tá, como papagaio que era, "*Bisnaga será governada pela fé, não pela magia. A magia foi rainha daqui por tempo excessivo. Não é verdade que esta cidade tenha nascido de sementes mágicas! Vocês não são plantas para terem origem vegetal! Todos têm lembranças, conhecem a história de sua vida e as daqueles que vieram antes, os ancestrais, que construíram a cidade antes de vocês nascerem. Essas lembranças são autênticas e não foram implantadas em seu cérebro por nenhuma feiticeira a sussurrar. Este lugar tem história. Não é a invenção de uma bruxa. Vamos reescrever a história de Bisnaga excluindo dela a tal bruxa, e também as filhas bruxas. Bisnaga é uma cidade como qualquer outra, apenas a mais gloriosa, a mais gloriosa de toda esta terra. Não é truque de prestidigitação. Hoje declaramos que Bisnaga está livre das bruxarias e decretamos também que a bruxaria será punida com a morte. Doravante a nossa narrativa, e apenas ela, estará em vigor, pois é a única verdadeira. Todas as narrativas falsas serão abolidas. A narrativa de Pampa Kampana é uma delas, que contém uma série de ideias erradas. Não haverá lugar para essa narrativa na história do império. Que isso fique bem claro: o lugar da mulher não é o trono. É, e será doravante, o lar."*

"Como se vê…", disse o corvo.

"É", disse Pampa Kampana, "entendi, sim. Aquele nome dado pela gente pobre, 'Número Dois', é perfeito para ele."

Pela primeira vez em muito, muito tempo, Pampa Kampana pensava na derrota. Não podia sequer considerar voltar a Bisnaga. Pior ainda, parecia que a polêmica levantada pelo Número Dois era apoiada pelo povo em geral — ou, ao menos, por uma parcela substancial dele. Esse fracasso era dela. As ideias que Pampa promovera não haviam criado raízes, ou então as raízes não eram profundas e foi fácil arrancá-las. Bisnaga estava se tornando muito diferente do mundo que Pampa Kampana criara com os sussurros. E agora ela estava na selva, que não era uma prisão, mas em pouco tempo pareceria uma.

"Preciso começar a me preparar para o longo prazo", pensou. "Sabe-se lá quanto tempo vai levar para que o vento mude de direção. Minhas filhas vão envelhecer. Preciso de netas."

Duas linhagens bem diferentes haviam partido de Pampa Kampana. Os filhos que tivera com Bukka Raya I eram homens que exalavam um perfume áspero de ressentimento do qual ela era culpada, já que os havia rejeitado; e um deles agora era rei, o rei "Número Dois". Era uma criatura de Vidyasagar, e assim seu reinado seria uma época de puritanismo, opressão, e as mulheres de espírito livre de Bisnaga sofreriam muito. Pampa fechou os olhos e voltou-se para o futuro; viu que depois do Número Dois as coisas piorariam ainda mais. A dinastia haveria de degringolar em intolerância religiosa crescente, belicosa, até mesmo em fanatismo. Essa era a linhagem dos filhos varões. As filhas, porém, haviam se tornado mulheres progressistas, brilhantes, estudiosas, além de guerreiras; eram as filhas mais autênticas que uma mãe poderia desejar. Tinham também herdado a maior parte das capacidades mágicas da mãe, enquanto no literalismo tacanho dos Sangama do sexo masculino não se podia discernir o menor vestígio do maravilhoso. Até mesmo a crença religiosa deles era de um simplismo e uma banalidade risíveis. As formas mais elevadas de misticismo lhes escapavam por completo; para eles, religião não passava de uma ferramenta para manter o controle social.

"O que preciso fazer", decidiu Pampa Kampana, "é me cercar mais ainda de meninas."

Era um momento difícil para tocar no tema da procriação. Para as três filhas, era difícil aceitar a ideia de que aquele exílio na floresta talvez não fosse breve e durasse até o restante de suas vidas. O assunto que menos tinham vontade de discutir, já perto dos quarenta anos de idade, era gravidez. Estavam abaladas e desarraigadas, como árvores num furacão. Não conseguiam acreditar que o meio-irmão, o novo rei, fosse capaz de ameaçá-las dessa maneira, mas ao mesmo tempo já tinham idade suficiente para saber que, na morte de um rei, os inimigos mais perigosos da família real estavam dentro do círculo familiar. As três eram mulheres resolutas, de caráter forte; assim, trincaram os dentes e se puseram a levar a vida, com muita determinação, da melhor forma possível. "Se vamos nos tornar silvícolas a partir de agora", disse Yotshna Sangama à mãe, "então seremos as silvícolas mais temíveis de todos os tempos. É a lei da selva, não é? Ou você está por cima ou está por baixo. É matar ou morrer. Eu pretendo ser a caçadora, e não a caça."

"Não estamos em guerra aqui", a mãe repreendeu-a de leve. "Fomos aceitas. Só precisamos aprender a coexistir."

Sim, ela precisava de netas, pensou Pampa; talvez até de bisnetas. Por motivos óbvios, era um assunto sobre o qual não podia conversar com ninguém. Matutou a possibilidade de que algumas das bisnetas viessem a ter sangue chinês, e assim pudessem fazer uma aliança importante com os Ming. Temia também que o velho soldado por quem Yotshna sentia atração talvez estivesse velho demais para se tornar pai. E quanto a Yuktasri?

Como se para responder àquela pergunta, a filha mais moça lhe perguntou uma noite, quando estavam todos sentados em torno da fogueira: "Existem outras mulheres na floresta? Há noites em que acho que escuto risos, cantorias, gritos. Serão seres humanos ou demônios *rakshasa*?".

"É quase certo que haja outras mulheres em algum lugar", respondeu a mãe. "Refugiadas como nós, vindas de um ou outro reino cruel, ou então mulheres selvagens, que optaram por viver longe da presunção grosseira dos homens, ou então as que foram abandonadas pelas mães quando eram bebês na fímbria da floresta e não conhecem outro lugar, as quais foram amamentadas por lobas."

"Ótimo", respondeu Yuktasri, enfática. *Ah*, pensou sua mãe. *Ah*.

10.

Logo ficou claro que as criaturas da floresta não lhes queriam mal. Naqueles primeiros dias, os habitantes da mata vinham em bandos saudar os recém-chegados. As cobras se dependuravam das árvores; ursos e lobos vinham fazer visitas de cortesia. O tocador de tabla que pairava no ar lhes dava as boas-vindas; Aranyani dançava invisível sobre a cabeça deles; a atmosfera que os cercava era festiva. Aos poucos os participantes do grupo foram relaxando; o grão-mestre Li e Haleya Kote compreenderam que não era necessário que um deles ficasse sempre montando guarda e abandonaram essa atitude, que às quatro mulheres sempre parecera um pouco paternalista.

"Esse festival florestal que comemora a nossa chegada", observou Pampa Kampana, melancólica, "me faz pensar nos bons tempos de outrora em Bisnaga."

Nos bons tempos de Bisnaga, todos celebravam as datas comemorativas uns dos outros. No Natal, Pampa Kampana uma vez enfeitou uma árvore no palácio e pediu a Domingo Nunes que lhe ensinasse canções e preces em homenagem aos "três deuses" dele, na língua original, e também o que significavam aquelas palavras estrangeiras, *adeste fideles, laeti triumphantes*, traduzidas para que ela pudesse entendê-las. O Menino Jesus tornou-se uma pessoa conhecida para ela, ao menos um pouco. E, quanto aos seguidores do "deus único", Pampa guardava para si a opinião de que um deus solitário parecia bem menos interessante que o vasto e variado panteão de divindades que ela própria cultuava; em vez disso, convidava os seguidores do deus único a participar dos festivais das luzes, das cores e das nove noites da deusa Durga, que celebrava a vitória dela sobre o demônio Mahish-asura, ou seja, a vitória do bem sobre o mal, pois — argumentava ela — essa era uma comemoração da qual todos poderiam participar, independentemente de preferência religiosa e de haver um só deus ou vários. Era isso que desejava para Bisnaga, essa polinização cruzada, essa mistura. Agora tudo isso ficava para trás. O corvo e o papagaio visitavam a cidade regularmente e relatavam que a tensão entre as comunidades se intensificava. Havia bairros da cidade que os seguidores do deus único não deviam frequentar, e à noite ocorriam ataques sem qualquer justificativa. Essa notícia doeu no coração de Pampa Kampana, mas ela disse a si mesma que agora seu trabalho era ali na floresta, construindo o futuro com as filhas, até que a história lhe proporcionasse oportunidade de retornar.

Na floresta, as convenções do mundo externo perdiam o sentido e se dissolviam. Não havia horários nem cronogramas. Comia-se quando se tinha fome; dormia-se quando se estava cansado. A mata era um teatro no qual era possível descobrir a si próprio, reinventar-se, ou compreender-se através da meditação. De cada galho de árvore pendia uma esperança. Os temores deviam ser controlados; os desejos, realizados.

Pampa Kampana passava boa parte do tempo meditando. *Arajakta*, a situação de não ter reis, era considerada pelos filósofos uma espécie de caos ou desordem. E, no entanto, ali na floresta, o lugar por excelência de *arajakta*, mais parecia um estado de graça. Seria melhor para o mundo não haver reis? Em contrapartida, também no reino animal escolhiam-se chefes, líderes de alcateias, cães alfa. Então talvez a pergunta mais adequada fosse esta: como escolher os líderes? O método usado pelos animais — a luta física — não era o melhor. Poderia haver uma maneira — seria possível? — de deixar que o povo escolhesse?

Essa ideia causou-lhe um choque. Pampa deixou-a de lado para retomá-la em outra ocasião.

Yuktasri Sangama virou uma criatura noturna. Sem pedir permissão a ninguém, passou a dormir boa parte do dia, roncando bem alto, e se levantar apenas ao anoitecer. Então cruzava a linha protetora invisível, a *rekha*, e adentrava a floresta. A primeira vez que ela fez isso, Pampa Kampana acordou e se conteve para não a seguir. Viu sombras a se mexer na mata, ouviu risos, e compreendeu que as mulheres selvagens da floresta tinham vindo ao encontro da filha, e que era essa a companhia que Yuktasri desejava e buscava. No dia seguinte, chamou-a para uma conversa em particular e pediu-lhe, da maneira mais delicada possível: "Me fale sobre elas". De início, a filha relutou, mas depois que começou a falar não conseguia parar mais. Enquanto contava, os olhos brilhavam de empolgação, e Pampa Kampana detectou na filha uma felicidade diferente de qualquer coisa que ela sentira na vida antiga.

"No começo", disse Yuktasri, "elas me viam como uma aristocrata mimada. Queriam mandar em mim, me jogando de uma a outra como brinquedo. Só que não conseguiam me pegar. Subi numa árvore descalça, quebrei galhos com as mãos nuas e os joguei na cabeça delas; aí passaram a me respeitar.

Falam uma língua estranha que de início achei que fosse inventada por elas para se comunicarem entre si, uma espécie de mistura de muitos idiomas com algo da fala dos lobos. Mas percebi que — embora tenham um sotaque terrível — era a mesma língua em que a pantera falou, e que compreendemos instintivamente. Elas a chamam de 'Língua-Mestra', ou coisa parecida, e a floresta faz sua magia, então mesmo sem conhecer as palavras entendo o que elas dizem. É como se alguém estivesse cochichando a tradução no meu ouvido. Será que existem espíritos intérpretes na floresta, que falam com todos? Deve ser isso. A maioria das mulheres nem usa roupas; andam totalmente descabeladas e, para falar com franqueza, são sujas e fedem, o que não me incomoda. Quero conhecer todas elas. Ontem à noite enviaram só um grupo pequeno, seis, como se fosse uma patrulha de observação. Mas a floresta é grande, e elas têm vários acampamentos. Quero aprender tudo, todas as trilhas e dicas, como e o que caçam, como se divertem. As mulheres dizem que vão me ensinar. Em troca, querem que eu lhes ensine o que aprendi na *kwoon* Destino Verde. A corrida na vertical, o pulo voador, o tornado ascensor, o salto mortal de escada, o bote súbito. Elas não têm espadas, mas querem aprender a lutar com paus."

"Se a floresta é um lugar tão seguro para elas", indagou Pampa Kampana, "por que esse fascínio com as artes marciais?"

"Estão preocupadas", disse Yuktasri. "Correm boatos sobre macacos hostis."

"Macacos? Que espécie de macaco? Para nós, os macacos são criaturas sagradas, como você sabe. São filhos do Senhor Hanuman e descendentes das tribos do antigo reino de Kishkindha."

"Não são macacos sagrados", explicou Yuktasri. "São animais selvagens, e a floresta está cheia deles, uns são pardos, outros verdes. Mas não precisamos nos preocupar com os verdes e os pardos, são inofensivos. Os que as mulheres mais temem são os rosados, que não são daqui. De modo algum esses são filhos do Senhor Hanuman, nem vêm de Kishkindha. São estrangeiros."

"Macacos rosados estrangeiros?"

"Dizem que quase não têm pelos no corpo, e a pele nua é de uma cor pálida horrorosa. Dizem que os macacos rosados são grandes, hostis, andam em bandos e querem tomar conta da floresta."

Pampa Kampana estava intrigada. "Mas a floresta vive sob a proteção de Aranyani, então isso não pode acontecer."

"Não sei", disse Yuktasri. "Pode ser que a magia da deusa não funcione contra eles."

"Alguém já viu esses macacos rosados?", perguntou Pampa Kampana.

"Acho que não", respondeu Yuktasri, "mas as mulheres estão sempre dizendo que eles vêm aí. E parece que entre eles não há macacas. Apenas um exército de machos."

"Acho que isso é só uma história que elas contam umas para as outras", observou Pampa Kampana. "Não parece verossímil. Talvez seja uma história sobre a antipatia geral delas em relação aos homens. Além disso, se a magia de Aranyani funcionar, os macacos talvez se transformem em fêmeas ao entrar na floresta, e aí podem mudar de planos e se acalmar."

"Ah, se você as ouvisse contando, não diria isso. Ouça a canção delas." E pôs-se a cantar:

Lá vêm os Macacos róseos
feito línguas, eles são
Diferente dos macacos
de qualquer outra canção
São do tamanho de um homem,
não são ágeis nem peludos,
E querem nos fazer mal
e tomar conta de tudo.

Lá vêm os macacos róseos,
com seus rabos tão cotós,
Falando uma língua cruel
nunca ouvida entre nós,
Que não é a Língua-Mestra
da mata que é nosso lar,
E deixam bem claro que querem
nos vencer e dominar.
Digam a toda a Floresta,
ao Lobo, ao Pássaro amigo,
Ao Tigre, ao Urso, à Pantera,
que está bem perto o perigo,
E a cada dia mais próximo,
para espalhar o terror.
Juntos temos que lutar,
unidos e sem temor.
A deusa nos vai proteger,
nesta floresta sagrada
É ela quem tem o poder —
tu pensas, despreocupada.
Mas os macacos são ímpios,
e se a deusa tem domínio
Pode ser que venha agora
poder maior, e maligno.
Lá vêm os Macacos róseos
de língua de fora, eles são
Diferente dos macacos
de qualquer outra canção.

A canção provocou um arrepio no corpo de Pampa Kampana. Ouvi uma mensagem do futuro, disse a si própria, um futuro que está além da minha imaginação, e do qual essas criaturas são os arautos. Gosto de pensar que essa luta não é minha. Minha luta é outra. Mas talvez tenhamos que enfrentar mais essa luta.

Pampa era filha do mundo do Senhor Hanuman, e de certo modo Bisnaga era filha de Kishkindha, o reino de macacos, motivo pelo qual ela sempre tivera boa impressão dos macacos, acreditando que eram benévolos. Talvez também isso estivesse mudando agora. Mais uma derrota. Talvez a história humana fosse exatamente isto: a breve ilusão de vitórias ditosas no meio de uma longa sequência de derrotas amargas e decepcionantes.

"Está bem", disse ela em voz alta. "Posso conhecer essas suas mulheres?"

"Agora, não", disse Yuktasri. "Ainda não estou pronta para isso."

Todas as manhãs, o grão-mestre Li e Zerelda Sangama se exercitavam com espadas, facões de luta, facas curtas de arremesso, machadinha, paus e pés. Quando os dois lutavam, parecia que toda a floresta parava para assistir. Yuktasri era uma espectadora tão cheia de admiração quanto as outras, mas uma vez disse para a irmã, em voz baixa: "Eu sei que você e o grão-mestre Li são os melhores, mas por favor não se meta na minha vida. Sou eu que as mulheres da floresta querem, e não você".

"As mulheres são todas suas", Zerelda tranquilizou-a. "Eu tenho em mente outras coisas."

O que ela tinha em mente era a Beijing do grão-mestre Li, e outras cidades desconhecidas de nome ainda mais estranho. De todos os Sangama, ela era a única que tinha vontade de viajar para o estrangeiro, que ansiava por ver o mundo que havia além das fronteiras de sua terra. Pampa Kampana, percebendo isso, entendeu a atração que a filha sentia pelo grão-mestre chinês e temeu que o espírito aventureiro dela viesse a afastá-la para sempre. Fora um espírito semelhante que fizera Li Ye-He viajar para o sul até Bisnaga, e ali na floresta ele contava a Zerelda histórias de sua viagem por terra e mar; falava também das narrativas que lhe haviam sido transmitidas pelo amigo Cheng Ho, general, eunuco e viajante incansável, sempre à procura de tesouros, contornando e atravessando o oceano a oeste; além de casos que haviam sido contados a Cheng Ho pelos descendentes das pessoas que conheceram o italiano Marco Polo na corte de Kublai Khan, no tempo da dinastia de Yuan.

"Ouvi dizer", relatou o grão-mestre Li, "que do outro lado do mar existe uma cidade com o seu nome. Na cidade de Zerelda, o tempo voa. Todos os dias, os cidadãos, sabendo que a vida é curta, correm de um lado para outro com redes grandes nas mãos, tentando capturar os minutos e as horas que flutuam logo acima da cabeça deles, como borboletas coloridas. Os que têm mais sorte conseguem pegar um pouco de tempo e o engolem — é fácil de comer, e delicioso — e assim prolongam a vida. Mas o tempo é arisco, e muitos fracassam. E os habitantes de Zerelda sabem que nunca haverá tempo suficiente para todas as pessoas, e no final das contas todos gastarão o tempo de que dispõem. Ficam tristes, mas mantêm o semblante animado, pois são uma gente estoica. Tentam usar o tempo que têm da melhor maneira possível."

"Quero ir para lá", exclamou Zerelda, batendo palmas. "Quero conhecer também a cidade de Ye-He, a metrópole que tem o seu nome, onde, segundo me contaram, as pessoas têm o dom de voar e vivem no alto das árvores, enquanto os pássaros, que não voam, ficam bicando o chão à procura de minhocas. Nas árvores há muitas lojas que vendem agasalhos, porque os que voam sabem que, à medida que se sobe as diferentes camadas, o ar rapidamente se torna muito frio, e quem não tem penas precisa proteger-se com roupas. Por esse motivo, esses voadores sem penas compreendem que cada dom, por mais maravilhoso que seja, acarreta problemas, e assim são pessoas modestas, com expectativas modestas, que não esperam demais da vida."

Pampa Kampana, escutando aquelas conversas, não sabia se de fato relatavam um ao outro histórias de viajantes que ouviram ou se trocavam mensagens cifradas de amor e desejo em forma de descrições fabulosas. "O que está claro", disse a si própria, "é que planejam ir embora." Manteve uma fachada de aceitação tranquila, pois os filhos crescidos acabam mesmo saindo de casa, e as mães têm que se contentar com lembranças e anseios; mas era difícil conter as lágrimas. Então ouviu o grão-mestre Li dizer: "Logo vai chegar a época do ano em que o general Cheng Ho gosta de ir de navio até o porto de Goa para comer um excelente peixe ao curry", e Pampa se deu conta de que a partida dos dois ocorreria em breve.

Resolveu tomar a iniciativa e sugerir ela própria aquele grande passo, para que Zerelda não se sentisse culpada de abandonar a mãe no exílio. "Viajar é bom", disse Pampa Kampana, "mas tem seus perigos. Não se esqueça de que o Número Dois é rei de todas as terras que vão até Goa, inclusive, e que todas nós somos oficialmente consideradas bruxas, ou seja, somos fugitivas do que ele considera a justiça. Se querem se encontrar com o general Cheng Ho e viajar no navio dele sem problemas, vamos precisar de um plano cuidadoso."

Zerelda começou a chorar. "Nós vamos voltar. É só uma viagenzinha."

"Se tudo correr bem para vocês dois, nunca mais vão voltar", retrucou a mãe. "E se estivesse no seu lugar, considerando a nossa situação, eu também não voltaria."

Disse então o grão-mestre Li: "Já expliquei à princesa Zerelda que tudo isso não passa de uma fantasia a que nos entregamos, uma maneira de viajar na imaginação, e também que isso não pode acontecer, porque fiz um juramento".

"O senhor deve sentir saudades da sua terra", disse Pampa Kampana, "porque, afinal de contas, está longe de lá há muito tempo, e essa má fortuna que nos acometeu é algo que não poderia ter sido previsto; e ainda que o senhor pareça ser tão bom em matéria de viagens imaginárias quanto é em artes marciais, elas não substituem uma viagem de verdade. Assim sendo, considere--se livre do juramento feito. Minha filha o ama, e vejo que ela ama também a espécie de vida itinerante que o senhor tem em mente. Vamos encontrar uma maneira de vocês comerem peixe ao curry com o general Cheng Ho em Goa, para depois ir com ou sem ele à China ou Tombuctu ou onde o espírito, ou o vento, os levarem, e vivenciar tudo o que o acaso puder lhes proporcionar. Mas antes da partida, para que não corram perigo, preciso falar com alguém."

(*É neste ponto da grande narrativa que Pampa Kampana relata a primeira visita à deusa Aranyani e fala do dom que ela lhe concedeu. Passagens como esta do Jayaparajaya não devem ser interpretadas literalmente, a nosso ver. Fazem parte da visão poética que permeia toda a obra-prima de Pampa, e, como todas as visões desse tipo, devem ser interpretadas como metáforas ou símbolos. Caberia a mentes mais sábias do que a do autor destas linhas explicar a natureza e o significado desses símbolos e metáforas. Limitamo-nos, humildemente, a apontar a necessidade de tal exegese. De nossa parte, nos esforçaremos ao máximo para compreender de que modo a poesia diz verdades que a prosa, exprimindo fatos de modo direto, não consegue revelar por ser insuficiente para esse propósito.*)

Pampa Kampana foi então (*ou ao menos é o que ela relata*) envolvida por um súbito redemoinho que a circundou de folhas e a levantou até ela desaparecer. Lá nas altitudes iluminadas acima da copa das árvores, pairando no ar além da mais alta de todas, havia uma bola dourada de luz, mais brilhante do que o próprio sol, que deslumbrou sua vista. Acima e em torno da bola dourada pairava uma revoada de ferozes pássaros *cheels*, os milhafres párias que cuidam dos excluídos de todo o mundo. A voz que falou a Pampa, emanando dessa bola, não era comum, pois parecia existir no ar e ser um de seus aspectos. "Faz teu pedido", disse a voz. Quando voltou à clareira na floresta, trazida lentamente pelo mesmo ar rodopiante que a havia levado para cima, Pampa disse simplesmente: "Pedi um determinado dom, que me foi concedido por ela".

E recusou-se a dar explicações mais detalhadas. "Quando vocês dois estiverem prontos para partir, vão compreender. E ao chegar a hora, venham até mim, cada um segurando uma pena de corvo."

Em seguida, recolheu-se no interior da mata e ficou sete dias meditando. Quando voltou, tinha um sorriso tranquilo nos lábios; se estava sofrendo, não dava nenhum sinal disso. "Estão prontos?", perguntou a Zerelda e a Ye-He; responderam que sim. Cada um tinha na mão uma pena de corvo. "Também tenho uma pena", disse Pampa, "mas a minha é de *cheel*. É bom que vocês dois sejam aves comuns, nas quais ninguém vai reparar, mas para que eu possa protegê-los na viagem preciso de uma aparência bem feroz."

"Do que você está falando?", indagou Zerelda Sangama.

"Da metamorfose", respondeu Pampa Kampana. "Só funciona se não for ditada pelo capricho ou por um motivo frívolo, e sim por uma necessidade profunda."

Uma vez lançado o encantamento que Aranyani lhe havia

concedido, os três iam se transformar em aves, e assim permaneceriam até o momento em que largassem a pena que seguravam nas garras. "Não larguem a pena enquanto estiverem voando", alertou-os, "senão voltam a ser humanos, despencam do céu e morrem. Além disso, a pena só funciona três vezes — ave, pessoa, ave, pessoa, ave, pessoa. Cuidem bem dela. Nunca se sabe quando será necessário recorrer a ela para escapar de uma situação de perigo."

"Então não podemos levar nada conosco?", perguntou Zerelda.

"As roupas que estão usando, o ouro que têm nos bolsos, os sacos jogados sobre os ombros, as espadas nas bainhas nas costas", respondeu Pampa Kampana. "Essas coisas vão reaparecer quando retornarem à forma humana. Mas só elas. Nada que não esteja ligado ao corpo pode ser levado na viagem."

"Quando nos encontrarmos com o general Cheng Ho", o grão-mestre Li aconselhou Zerelda, "vou largar minha pena, mas a senhora, princesa, continua a segurar a sua, empoleirada do meu ombro, até estarmos no navio já longe da costa, fora do alcance de Hukka II."

"E o senhor?", perguntou Zerelda. "Não vai correr perigo em Goa?"

"Assim que estivermos com o grupo de Cheng Ho, estarei protegido", respondeu o grão-mestre Li. "Nós, chineses, constatamos que a gente destas terras não consegue distinguir um chinês de outro."

Pampa Kampana deu a cada viajante uma bolsa cheia de moedas de ouro, das que guardava em seu tesouro secreto. "Boa sorte", disse ela, "e adeus, pois muito embora eu os acompanhe, voando mais alto do que vocês, não vou poder falar." Seu rosto não traía nenhuma expressão. Quando Zerelda veio, aos prantos, despedir-se dela, a face de Pampa Kampana parecia uma estátua de pedra. "Vamos logo", pediu.

Era a primeira vez que Pampa saía da floresta, a primeira vez que se afastava do exílio, *vanvaas*, e viajava sob disfarce, *agyatvaas*, e foi só quando os três, dois corvos e um milhafre, já estavam voando em direção ao mar que Pampa Kampana se deu conta de que havia se esquecido de uma coisa importante. Ye--He e Zerelda davam início a uma vida juntos, mas não eram casados. Pensou em silêncio enquanto voava, e constatou, com não pouco espanto, que isso não tinha nenhuma importância para ela. "Comecei a levar uma vida de selvagem, seguindo a lei da selva", pensou. "Lá ninguém é casado, e ninguém se importa com isso." Pampa se perguntou se em algum momento Zerelda exigiria a formalidade de um casamento, e ela própria respondeu: "É tarde demais para fazer algo quanto a isso".

Durante todo o voo até Goa, ficou a refletir, chocada, sobre sua indiferença. Então não era uma boa mãe? Ou a atitude também viria de um futuro remoto, em que o casamento seria visto como um arcaísmo desnecessário e ninguém pensaria em se casar? "Este futuro está além da minha imaginação. É, pelo visto não sou uma boa mãe, não."

A escuridão chegou depressa, como se mãos invisíveis puxassem uma cortina para recobrir o dia, e então, com um brilho de luzinhas, surgiu Goa, e além de Goa, o mar, e no porto — as três aves voaram mais baixo para olhar — estava o maior navio de madeira que Pampa Kampana jamais vira. Tinha muitos conveses, espaço suficiente para centenas de pessoas, e havia uma espécie de bandeira chinesa pintada na popa. O general Cheng Ho já chegara; ao que parecia, viajava com um exército particular. Ótimo. Zerelda teria quem a defendesse se fosse necessário.

Pampa Kampana permaneceu no céu, voando em círculos, vendo Li Ye-He e Zerelda se aproximarem da estalagem onde

Cheng Ho costumava comer peixe ao curry apimentado. Um dos corvos pousou e se transformou no grão-mestre Li, com o outro pousado no ombro. Depois de uma breve pausa, o grão--mestre entrou na estalagem. Então o tempo parou para Pampa Kampana. Durante uma hora interminável, permaneceu no telhado, ouvindo os ruídos de comemoração. Por fim, o grupo do general saiu, cantando alegremente, e seguiu rumo ao navio. Depois de mais um período interminável, surgiu o vulto de um homem quase invisível na proa do navio escuro, com uma sombra menos visível ainda pousada no ombro, olhando para cima, para o *cheel* invisível no céu noturno, levantando a mão em despedida.

Voando de volta para a floresta de Aranyani, Pampa Kampana manteve um controle estrito sobre os próprios sentimentos, seu modo de agir. "Pelo menos não vou ter que vê-la envelhecer e morrer, ficar sentada ao lado daquela anciã, enchendo-a de pavor cada vez que olhasse para mim e visse o que parecia ser o fantasma dela própria, quando moça, a contemplá-la em agonia. Ao menos nós duas vamos ser poupadas dessa inversão final. E tampouco vou saber quando ela morrer, ou como isso vai se dar, e assim posso continuar a pensar nela tal como está agora, no auge da beleza e da força. Sim, é isso que eu quero."

Após a partida de Zerelda, o tempo passava sem rumo, como se flutuando em marés de tristeza. Anos transcorreram sem que qualquer um percebesse. Ninguém parecia estar envelhecendo; nem os homens, nem as mulheres. Também esse fenômeno escapou da atenção de todos, como se a floresta encantada assim o determinasse.

As emoções das irmãs de Zerelda não se esvaíram com a partida dela. Para as moças, aquilo fora uma espécie de traição, à qual reagiam mais com raiva do que com dor. O acampamento na floresta fervilhava de atividade, pois as princesas canalizavam a raiva em projetos de construção. A casa aumentava à medida que o tempo passava, com um grande número de cômodos conectados por um labirinto de corredores; agora havia um espesso tapete de folhas cobrindo o assoalho, e tocos de árvores transformados em assentos confortáveis pela perícia das lâminas das princesas, e blocos de madeira transformados em travesseiros, com curvas para o encaixe do pescoço. Mas a casa não tinha uma atmosfera pacífica, porque fora construída com raiva. Depois que desceu do céu e reassumiu a forma humana, Pampa Kampana recolheu-se em sua interioridade, passando dias, até mesmo semanas, sozinha, enquanto Yuktasri desaparecia na mata com as mulheres de lá por longos períodos; quando voltava ao acampamento, tinha uma aparência mais selvagem, estava descabelada, com as roupas rasgadas e lama no rosto. Yotshna, a mais sentimental das irmãs, tentava se recuperar mergulhando no amor. Voltou-se a Haleya Kote e declarou seu afeto. O velho soldado, por mais que ela o fascinasse, tentava dissuadi-la de todos os modos.

Haleya Kote era cerca de cinquenta anos mais velho do que Yotshna Sangama. Nascera antes do pai dela. Era ridículo que ela tivesse pretensões românticas dirigidas a ele. Foi o que Haleya Kote lhe disse desde o início. "Meus joelhos rangem quando me levanto, e eu suspiro quando me sento, como se expulsasse todo o ar de dentro de mim. Não consigo andar no mesmo ritmo que você — ora, não consigo nem mesmo *correr* no ritmo em que você anda — e nem pensar com a mesma velocidade. Não tenho instrução, já não enxergo muito bem, leio devagar, não tenho mais quase nenhum cabelo, minha barba está branca, minhas costas doem. Já matei vários homens e me feri tantas vezes nos tempos de soldado que estou mais do que meio morto.

Como militar, era bem ruim; como rebelde conspirador, também não era grande coisa; tive mais sucesso como beberrão e como conselheiro do seu tio, sendo a minha função principal contar a ele piadas indecentes dos tempos de caserna. Isso lá é um homem apropriado para você? A ideia só lhe ocorreu porque não havia nenhum outro entre nós, tirando o grão-mestre Li, destinado a Zerelda, e agora já nem está mais aqui. A realização mais importante da minha vida é não ter me transformado em mulher quando entramos na floresta. É mais ou menos isso. Você é jovem. Seja paciente. Um dia a gente consegue sair daqui, e um homem apropriado, jovem, bonito, encantador, fascinante, vai estar à sua espera em Bisnaga quando voltarmos."

"Me sinto insultada por você achar que é só isso que quero", replicou Yotshna. "Algum bobalhão bonito. No tempo em que eu morava na corte, havia sempre um monte de homens assim à minha volta, e, para falar com franqueza, *ecaaa*. Você não se transformou em mulher porque não é um garoto bobo. É um homem, que já viveu tempo suficiente para saber quem é. Pouquíssimos homens sabem quem são, e é por isso que não podem entrar aqui. Um homem que sabe quem é vale ouro."

"Tenho mau hálito", disse Haleya Kote, "e ronco mais alto do que a Yuktasri quando durmo. Tenho meio século de lembranças de um tempo antes do seu nascimento, quando Bisnaga não existia e o mundo era cheio de coisas que você nem compreenderia, pois são antigas demais. Nos sonhos às vezes desejo estar lá, jovem como você, forte, cheio de determinação e esperança, sem saber nada sobre a dureza e a crueldade do mundo que acaba com o otimismo dos jovens e os transforma em velhos. Não quero ser a pessoa que vai acabar com o seu otimismo."

"Adoro quando você fala desse modo romântico", disse Yotshna. "É aí que eu vejo que me ama de verdade."

"Você vai me amar quando eu adoecer e começar a pifar, a

decair, como é inevitável, em direção à morte?", perguntou ele. "Quer mesmo cuidar de um moribundo e depois lamentar todo o amor que desperdiçou nele?"

"Amor nunca é desperdício", ela respondeu. "Você vai saber se cuidar, o encantamento da floresta vai cuidar de você e eu também vou, e, se vivermos dez, quinze anos felizes, me dou por satisfeita. Vou cuidar de você, sim, até o último dia, quando chegar a hora."

"Isso não pode acontecer", disse ele. "Não é para acontecer."

"Eu sei", ela afirmou. "Mas vai acontecer."

11.

Chegou um tempo em que Pampa Kampana não conseguia mais resignar-se com a condição de exilada. Precisava saber exatamente o que estava acontecendo na Cidade de Bisnaga para decidir o que faria em seguida. Disse a Haleya Kote que tinha um serviço para ele dentro dos muros da cidade. "Não posso ficar o resto da vida dependendo de corvos e papagaios", observou. "Preciso de olhos e ouvidos com experiência. E você conhece caminhos secretos para entrar e sair da cidade."

Yotshna ficou furiosa com a mãe. "Você está fazendo isso por minha causa", acusou-a. "Para afastá-lo de mim. Você está disposta a pôr a vida dele em risco só para que eu não possa ficar com o homem que eu quero."

"Em primeiro lugar", disse Pampa Kampana à filha, "isso não é verdade. Conheço você muito bem e sei que não tenho como impedi-la de fazer o que realmente decidiu. Em segundo lugar, não subestime Haleya. Ele está muito acostumado a trabalhar na clandestinidade e conhece bem as artes do *agyatvaas*. Além disso, vou ajudá-lo."

"Vai transformá-lo em corvo?"

"Não", respondeu Pampa Kampana. "Não me concederam poderes ilimitados de transformação. Só posso exercê-los mais duas vezes, só quando uma metamorfose for absolutamente essencial. Haleya Kote vai ter que ir em forma humana."

"Você não vai fazer por nós o que fez por Zerelda e Ye-He", exclamou Yotshna. "Ou seja, você quer que ele morra, e, se ele morrer, vou considerá-la responsável, nunca vou perdoá-la e vou encontrar uma maneira de me vingar."

"Você o ama de verdade", comentou Pampa Kampana. "É bom saber disso."

Bisnaga brotara à sombra de uma serra rochosa, aquelas mesmas montanhas do alto das quais Hukka e Bukka tinham visto, atônitos, o futuro nascendo das sementes encantadas de Pampa Kampana. As duas extremidades da muralha da cidade encostavam nas montanhas, as quais completavam o círculo das defesas de Bisnaga, dando-lhe uma aparência inexpugnável. Mas Haleya Kote e a Reprimenda já tinham constatado fazia muito tempo que havia cavidades profundas em meio aos pedregulhos, e depois de anos de escavações lentas conseguiram transformar essas cavernas em túneis, criando caminhos secretos que levavam ao mundo externo, para poderem fugir por ali caso fossem descobertos e perseguidos. "Posso entrar e sair", disse o velho soldado a Pampa Kampana, "e na cidade os membros da Reprimenda me dão guarida, se algum deles ainda estiver vivo. Seja como for, sei me cuidar, não se preocupe. Mas, sem montaria, vou demorar muito para chegar lá. Talvez consiga roubar um cavalo na ida, e outro na volta."

Durante a ausência de Haleya Kote, Yotshna Sangama recusou-se a falar com a mãe, e à medida que os dias foram passando ela convenceu-se de que ele morrera. Imaginava a captura, as torturas que sofrera, os terríveis momentos finais, e perguntava a si própria se morrera com o nome dela nos lábios. Ele era um herói que a mãe sacrificara do modo mais insensível, e para quê? O que ele poderia descobrir em Bisnaga que viesse a afetar a vida delas? Nada, pensava Yotshna. Assim, ele morrera por nada, o que não era uma morte adequada para um herói.

Porém Haleya Kote voltou intacto, montado num cavalo roubado, tal como previra. "Tudo correu conforme o planejado", disse, confortando Yotshna, que chorava e correu para os braços dele assim que ele saltou do cavalo, despachou o animal e entrou de novo na floresta — mais uma vez, sem que sofresse nenhuma transformação. "Não corri perigo nem por um instante. Ninguém está à procura de um velho joão-ninguém como eu."

"Você está com um aspecto terrível." Foi com essas palavras que Yotshna o recebeu. "Os riscos, os perigos, a viagem, tudo isso lhe envelheceu. Parece que está com cem anos."

"E você está bonita como sempre", retrucou ele. "Bem que eu disse que era velho demais para você."

A volta de Haleya Kote em segurança era a boa notícia, mas a notícia trazida por ele foi difícil de engolir. O Número Dois substituíra o conselho real por um corpo administrativo de santos, o Senado da Ascendência Divina, SAD, chefiado por um tal de Sayana, irmão de Vidyasagar, e agora a cidade vivia sob o controle religioso estrito imposto pelo novo senado, que "demolira" as filosofias budista e jainista, bem como a muçulmana, para comemorar a Nova Ortodoxia criada pelos pensadores do *mutt* de Mandana, sob a supervisão de Vidyasagar, transformando a Nova Ortodoxia — que não era outra coisa senão uma paráfrase da Nova Religião que Vidyasagar criara antes — na base da sociedade bisnaguense. Essa mudança espelhava o que acontecera no sultanato de Zafarabad: o sultão Zafar havia morrido (prova de que não era o Sultão Fantasma das lendas) e fora substituído por outro Zafar, mais um Número Dois, seguidor fanático de sua fé, o qual também criara um "conselho de protetores" religioso. Assim, em vez da antiga tolerância, em que adeptos de todas as crenças participavam ativamente na vida dos dois reinos, havia agora uma separação, e as pessoas que não se sentiam mais seguras nas próprias casas migravam de um reino para o outro, infelizes. "Isso é uma estupidez", disse Pampa Kampana. "Quem decidiu que os nossos deuses ou os deles queriam esse tipo de sofrimento não entende nada a respeito da natureza da divindade." Segundo Haleya Kote, a maior parte dos cidadãos de Bisnaga não aprovava essa nova postura linha-dura, mas permanecia de boca fechada porque o Número Dois criara um esquadrão repressor que reagia com brutalidade diante de qualquer demonstração de dissidência. "Assim, há um grupo radical bem pequeno no comando, e a maioria das pessoas mais velhas tem medo e ódio dele, mas infelizmente uma parcela da juventude aceita a situação, dizendo que a nova 'disciplina' é necessária para proteger a identidade do povo."

"E o exército?", indagou Pampa Kampana. "Como os soldados reagem à demissão dos fiéis da outra religião, entre os quais certamente há muitos oficiais superiores?"

"Até agora, o exército tem se mantido em silêncio", respondeu Haleya Kote. "Acho que os soldados temem que sejam obrigados a agir contra os concidadãos, o que seria difícil para eles, e por isso reafirmam neutralidade."

Quanto a Vidyasagar, raramente era visto. A velhice o dominara. "Ele se recusa a morrer", disse Haleya Kote a Pampa Kampana, "ou pelo menos é o que dizem, mas o corpo dele não tem a mesma opinião que o espírito. Contam que é como se fosse um homem vivo num corpo já morto. Ele fala por uma boca morta e gesticula com mãos mortas. Mas continua sendo a pessoa mais poderosa de Bisnaga. O Número Dois não faz nada que vá contra os desejos dele, por mais absurdos que sejam. Ele resolveu mudar o nome de todas as ruas, substituindo os que todos conheciam por denominações compridas de santos obscuros, e agora ninguém mais sabe onde fica coisa alguma; mesmo quem mora na cidade há muito tempo sofre para encontrar um endereço. Uma das causas defendidas pela Reprimenda agora é a volta aos nomes antigos. Para você ver como a situação está maluca."

A Reprimenda crescera. Haleya Kote encontrou muitos membros dispostos a lhe oferecer abrigo, alimentá-lo e impedir que sua presença fosse descoberta por pessoas indesejáveis. A Reprimenda não era mais uma seita pequena e insignificante, tinha milhares de apoiadores, e mudara suas exigências; abolira as propostas anteriores, menos aceitáveis, e agora abraçava uma visão do mundo inclusiva, generosa, sincrética, transformando-se num partido de oposição bem popular, embora proibido. Seu programa tinha a curiosa característica de olhar para a frente olhando para trás: em outras palavras, a Reprimenda queria que o futuro fosse como tinha sido o passado, transformando a nostalgia numa nova forma de ideia radical, com base nos termos "para a frente" e "para trás" como sinônimos e não antônimos, referindo-se ao mesmo movimento, à mesma direção.

Havia panfletos manuscritos espalhados por toda a cidade, bem como grafites nos muros, mas essas coisas nunca duravam por muito tempo. As gangues ligadas ao regime varriam e queimavam os panfletos, e os grafiteiros sabiam que seus arqui-inimigos estavam por perto, e assim era necessário trabalhar depressa. Uma única palavra era o máximo que dava tempo de escrever, e na manhã seguinte já tinha sido apagada. Portanto, protestar era difícil, mas assim mesmo o esforço continuava. A Reprimenda tinha muitos membros altamente motivados. Haleya Kote ouvira mais de uma vez a história do dissidente heroico que ousou permanecer sozinho no centro do bazar da cidade, panfletando. Quando o esquadrão do SAD chegou para prendê-lo, constatou que os papéis distribuídos estavam em branco. Neles não havia nenhum texto, nem desenhos, nem símbolos codificados, absolutamente nada. De algum modo, esse fato irritou os agentes mais ainda do que se houvesse slogans ou desenhos nos panfletos.

"O que isso quer dizer?", perguntaram. "Por que não tem nenhuma mensagem escrita aqui?"

"Não precisa", respondeu o dissidente. "Está tudo mais do que claro."

Yotshna Sangama saiu da casa trazendo água. "Deixe o homem descansar e beber", ralhou com a mãe, indignada. "Ele acaba de voltar de uma tarefa trabalhosa e perigosa, imposta por você, fez uma longa e perigosa viagem de volta, chegou envelhecido por ter passado por tudo isso, e você insiste em fazer um interrogatório imediato, sem nem deixar o coitado se sentar."

Haleya Kote bebeu em goles grandes e agradeceu. "Não se preocupe, princesa", disse ele, pondo a mão no antebraço dela, com intimidade. "Melhor eu botar logo isso tudo para fora. Minha memória já não é como antes, e é bom falar de uma vez antes que comece a esquecer."

"Hm", exclamou Yotshna, nem um pouco convencida. "Pelo visto, a rainha continua fazendo gato-sapato de você. Quem sabe um dia você vai começar a me ouvir."

Ela afastou-se, deixando Haleya Kote e Pampa Kampana a sós. E os irmãos do Número Dois, Pampa queria saber, Erapalli, que não tinha imaginação, e Gundappa, que era mesquinho: o que andavam aprontando aqueles dois? Criando problemas ou mantendo a paz? "Quanto aos irmãos", Haleya Kote disse, "o Número Dois lhes deu a missão de conquistar Rachakonda, onde as pessoas ainda seguem a antiga cultura *gungajumna*. É a palavra usada lá para se referir à mistura entre as culturas hinduísta e muçulmana. Em Rachakonda, as duas culturas se combinam, tal como as águas dos rios Ganges e Yamuna, e formam uma coisa só."

"Tal como era antigamente em Bisnaga", disse Pampa Kampana.

"O Número Dois é contra isso, e o SAD também", explicou Haleya Kote, "e por isso a missão de Erapalli e Gundappa é destruir a grande fortaleza de Rachakonda e matar bastante gente, para que os outros esqueçam essas ideias. Aí os dois vão poder reinar na região juntos."

"E os tios, nos castelos deles?", foi a última pergunta de Pampa Kampana. "Tem notícias desses três velhos bandidos?"

"Esses nunca tiveram importância", respondeu Haleya Kote. "A história deles mal começou e já terminou. Agora estão velhos e doentes e longe de Bisnaga, e não há por que se preocupar com eles. Não vão durar muito tempo."

Quando Haleya Kote terminou o relato, Pampa Kampana fez que sim com a cabeça, lentamente. "As notícias sobre a Reprimenda são animadoras. As sementes da mudança foram plantadas, mas vai levar algum tempo para que as novas plantas cresçam. Preciso ir pessoalmente a Bisnaga em breve. Passei tempo demais escondida num buraco, como uma ratazana, sem fazer nada. Tenho que voltar a sussurrar para as pessoas. Se as bobagens do Número Dois conseguirem seduzir um bom número de jovens, meu trabalho vai ficar difícil. A roda sempre acaba girando, mas se é verdade o que você disse sobre os jovens, isso pode levar muito tempo. Seja como for, precisamos começar a agir."

"Eu ouvi o que você disse!", gritou Yotshna, saindo da casa e se aproximando da mãe e de Haleya Kote, no meio da clareira. "Não me digam que vocês vão para Bisnaga, literalmente se entregar aos braços da morte e me deixar sozinha aqui na floresta?"

"Você não vai ficar sozinha", disse Pampa Kampana. "A Yuktasri está aqui."

"Não está aqui, não!", gemeu Yotshna Sangama. "Ela agora é uma selvagem que vive na mata, junto com outras selvagens, dizendo maluquices sobre macacos rosados. Sou a única pessoa aqui que não perdeu a cabeça, e agora vocês vão me abandonar e eu vou enlouquecer, sozinha, neste lugar horrível."

"Eu tenho que ir", afirmou Pampa Kampana. "Quem quer mudar o curso da história não pode ficar parado."

"E se pegarem você?", perguntou Yotshna. "Que tipo de história vai construir?"

"Não vão me pegar, não", respondeu Pampa Kampana. "E o tempo está passando, as paixões esfriam. Além disso, as pessoas esquecem. A história é consequência não só das ações, mas também do esquecimento delas."

"Você é difícil de esquecer", disse a filha. "E isso é loucura."

"Não se preocupe", Pampa Kampana tentou acalmá-la. "Vamos roubar cavalos, e assim não demoraremos muito para voltar."

Quando ultrapassou a fronteira da floresta encantada, acompanhada por Yotshna e Haleya Kote, Pampa Kampana se deu conta pela primeira vez de que a magia de Aranyani afetara a percepção dos exilados sobre o passar dos anos, e naquele mundo sem espelhos não haviam enxergado as mudanças em seu corpo — mais exatamente, a magia os tinha preservado intactos, tais como eram no momento em que chegaram. Agora entendia por que Haleya Kote, ao voltar de Bisnaga, parecera muito envelhecido. Ao sair da floresta, sua idade verdadeira se revelou em suas feições, de modo que agora parecia inacreditavelmente velho, e era sem dúvida a magia da mata que lhe concedera uma vida tão longa. Pampa Kampana começou a calcular a própria idade, assunto sobre o qual jamais havia refletido — de algum modo incompreensível, a floresta impedira que pensamentos desse tipo chegassem a sua consciência — e ela assustou-se ao constatar que devia estar no mínimo com oitenta e seis anos; só que, graças ao dom da juventude concedida pela deusa Pampa — não juventude eterna, mas muito duradoura! —, ainda mantinha a mocidade, o vigor e a aparência de uma mulher de cerca de vinte e cinco anos.

Seus cálculos foram interrompidos pela voz horrorizada de Yotshna. "O que foi que você fez?", gritou ela. "O que aconteceu comigo?"

"Não fiz nada", respondeu a mãe. "Os anos passaram, mas na floresta vivíamos num sonho."

"Mas você", exclamou Yotshna, "você parece uma menina. Podia ser minha filha. Quem é você, afinal? Nem sei quem você é."

"Já lhe disse tudo", retrucou Pampa Kampana, com uma voz marcada pela extrema infelicidade. "É a minha maldição."

"Não", reagiu Yotshna. "É minha. *Você* é a minha maldição. Olhe só para Haleya Kote. Parece que vai morrer daqui a uma hora. Você conseguiu achar uma maneira de tirá-lo de mim."

"Não vou morrer", disse Haleya Kote, "e vou voltar para você. Prometo que vou."

"Não", disse Yotshna, chorando. "Ela vai dar um jeito de matá-lo. Aposto que vai. Nunca mais vou vê-lo." E com essas palavras ela fugiu, aos prantos, para as profundezas da mata.

Pampa Kampana balançou a cabeça, arrasada, em seguida reuniu forças. "Vamos", disse a Haleya Kote. "Temos um trabalho pela frente."

Pampa Kampana voltou a Bisnaga embrulhada num cobertor que não deixava nada de fora, rastejando por um túnel secreto da Reprimenda e guiada por Haleya Kote até um refúgio seguro, a casa de uma astróloga viúva que se apresentava como Madhuri Devi, uma senhora baixa, com cerca de quarenta anos, com ar de matrona, que se ofereceu para hospedá-la. (Quando Haleya Kote identificou a hóspede, os olhos da astróloga se arregalaram de incredulidade, mas ela não fez perguntas e deu as boas-vindas à recém-chegada.) Por acaso, era um momento de muita confusão tanto na capital do império como na cidadela da rival, Zafarabad, assim ninguém pensava na mulher que fora rainha duas vezes, e as memórias dos velhos que se lembravam dela, ou que dela ouviram falar, também estavam cada vez mais fracas. O assunto do dia era a turbulência da dinastia no poder, e também na casa real de Zafarabad. Hukka Raya II morrera de repente, e também morrera, ao norte da fronteira do império, o sultão Zafar II, dois Números Dois a falecer quase simultaneamente. Em ambos os reinos, a luta pelo poder era feroz.

Zafar II não morrera tranquilo, dormindo, como Hukka Raya II. Seu tio Daud, acompanhado por três outros assassinos, invadiram seus aposentos e o esfaquearam. Um mês depois, o próprio assassino foi morto quando fazia às preces de sexta-feira na mesquita de Zafarabad. Outro nobre, Mahmood, assumiu o trono, depois de cegar o filho de Daud, que tinha oito anos, para encerrar quaisquer discussões a respeito da sucessão. Toda Zafarabad vivia entregue ao caos e ao desânimo.

Em Bisnaga, enquanto isso, as coisas não iam muito melhor. Hukka Raya II tinha três filhos homens, Virupaksha (em homenagem ao deus que era a encarnação local do Senhor Shiva), Bukka (sim, mais um Bukka) e Deva (ou seja, Deus, simplesmente). Virupaksha assumiu o trono, no decorrer de poucos meses perdeu muito território, inclusive o porto de Goa, e foi assassinado pelos próprios filhos. Esses filhos, por sua vez, foram tirados de cena pelo irmão de Virupaksha, Bukka, que se tornou então Bukka Raya II, e que também não durou muito tempo, sendo morto e sucedido pelo terceiro irmão, Deva, o qual, vendo-se como encarnação verdadeira da divindade, estava imbuído do direito divino de subir ao trono. (Ele daria fim ao ciclo de assassinatos dinásticos e ficaria no poder durante quarenta anos.)

No período de conflitos, um segundo comerciante de cavalos português, Fernão Paes, chegou a Bisnaga, e teve a sensatez de permanecer quieto no seu canto vendendo cavalos, pronto para pular fora de uma hora para outra. Mas os negócios caminhavam bem e ele acabou se tornando um visitante frequente. Tinha um diário, no qual observou que os sanguinários Virupaksha e Bukka II "só estavam interessados em se embriagar e foder, normalmente nessa ordem". Deva Raya teria seguido pelo mesmo caminho de mediocridade, porém era o mais influenciável de todos, e assim, como veremos, sua história viria a ser diferente, motivo pelo qual conseguiu sobreviver e ter uma morte natural, de velhice.

"O mundo está de pernas para o ar", pensou Pampa Kampana. "A mim cabe a tarefa de desvirá-lo."

Embora muito tempo tivesse passado, e o novo rei Deva Raya achasse que a fuga de Pampa Kampana era uma história antiga, encerrada havia muito tempo, o SAD ainda existia e o velhíssimo Vidyasagar continuava vivo; por isso era preciso agir com cautela. Havia no quarto de Pampa uma alcova, e Madhuri Devi insistiu que enquanto o sol estivesse de fora a hóspede deveria ficar lá dentro; Madhuri então empurrava um armário de madeira para cobrir a porta da alcova. À noite retirava o armário do lugar para que Pampa Kampana pudesse sair. Como precaução adicional, Madhuri adquiria provisões em dois lugares: no bazar principal, onde costumava fazer compras e era figura conhecida, e também num mercado menor, num bairro mais distante da cidade, onde ninguém a conhecia, para que as pessoas não ficassem a se perguntar por que motivo comprava mais comida do que era necessário para uma pessoa, e não começassem a desconfiar que fazia compras para duas. Pampa Kampana percebeu que sua anfitriã era uma pessoa com vasta experiência profissional em atividades clandestinas, e não questionou as regras por ela impostas. Na alcova secreta, ficava na posição de lótus durante as horas mais quentes do dia, fechava os olhos e permitia que seu espírito vagasse por Bisnaga como nos tempos antigos em que sussurrava nos ouvidos de todos, a fim de ouvir os pensamentos dos cidadãos e bisbilhotar as maquinações dos reis. Levou um bom tempo antes de começar a sussurrar, limitando-se por ora a escutar e esperar.

Ainda não era o momento de começar a agir. Não procurou Vidyasagar, porque se penetrasse nos pensamentos dele, aquele centenário encarquilhado sem dúvida perceberia sua presença intrusiva, e viraria a cidade do avesso para encontrá-la; seu esconderijo não permaneceria secreto por muito tempo. Ela só tinha consciência dos efeitos da presença de Vidyasagar na sobrevivência e no poder do irmão dele, Sayana, também a essa altura muito velho, mas ainda poderosíssimo; segundo Madhuri Devi, ele era a mão oculta por trás de todos os assassinatos. "Desde o início, o objetivo dele era colocar Deva no trono", disse a Pampa Kampana, "porque a vaidade de Deva e seu complexo de deus o tornam suscetível à bajulação mais escancarada, e assim, de todos os pretendentes, é o mais fácil de controlar." E, se era esse o plano de Sayana, então na verdade era o de Vidyasagar, e Deva Raya não passava de um peão nas mãos do velho.

"Vou fazer tudo para tirar esse jovem rei das garras desses dois velhos", disse Pampa Kampana, "e será o início da renovação, e a volta aos bons tempos de Bisnaga."

"Pode demorar mais do que você pensa", observou Madhuri Devi.

"Por que diz isso?", indagou Pampa Kampana.

"Segundo as estrelas, você há de se casar com um rei de Bisnaga mais uma vez, mas não será este, e nem tão cedo."

"Madhuri, agradeço muito por me dar abrigo, mas não acredito muito nas estrelas", disse Pampa Kampana, acrescentando, depois de um momento: "Daqui a quanto tempo?".

"Não sei como isso é possível", respondeu Madhuri Devi, franzindo a testa, "embora também não saiba como você é possível. Meus avós falavam a seu respeito quando eu era menina, e no entanto você parece mais moça do que eu. Seja lá como for, as estrelas têm muita certeza e dizem que vai ser mais ou menos daqui a oitenta e cinco anos."

"É um tempo excessivo", disse Pampa Kampana. "Vamos ter que dar um jeito nisso."

O jovem Deva Raya era considerado um grande monarca pelos contemporâneos, mas no *Jayaparajaya* Pampa Kampana refere-se a ele como o "Rei Fantoche", porque na verdade quem comandava os barbantes não era uma, e sim duas mãos invisíveis: ele seria manipulado por dois rivais, e o conflito entre eles constituía o âmago da história secreta de Bisnaga: primeiro, o sacerdote Vidyasagar, e depois sua "protegida", de quem abusara, que o rejeitou e se tornou sua maior adversária: Pampa Kampana, ex e futura rainha do império.

Nos primeiros dias de reinado, Deva Raya obedecia a Sayana e ao SAD, ou seja, a Vidyasagar, o titereiro ausente. Mandou construir o lindo templo de Hazara Rama no centro do Recinto Real, que se tornou o lugar de culto privativo dos reis de Bisnaga, a partir daí até o final. O puritanismo do SAD e sua intolerância para com as outras religiões continuaram em vigor. Também sob a influência expansionista dele, o novo rei estava frequentemente em guerra. Passou quase vinte anos combatendo todos os monarcas vizinhos, derrotando a todos, inclusive Mahmood de Zafarabad. Isso só fez aumentar sua glória, mas também fez com que a Cidade de Bisnaga passasse longos períodos nas mãos de Sayana, que estava ficando muito velho e doente, e por trás de Sayana estava Vidyasagar, que já era velho e doente havia muitos anos. O conselho real, controlado pelo SAD, também atrofiara. Por estar tanto tempo no poder, e por serem tão velhos os membros mais poderosos, o órgão se tornara preguiçoso e incompetente, o que em contrapartida gerou — nos membros mais jovens — muita corrupção fiscal e uma predileção por práticas sexuais desviantes severamente condenadas pela política oficial da organização. Os cidadãos de Bisnaga queriam mudanças.

Era a brecha que Pampa Kampana aguardava. Passou a cochichar durante todas as horas do dia que passava no seu esconderijo, e também pela maior parte da noite. "Você não come", disse Madhuri Devi, preocupada. "Se você é humana, vai precisar comer alguma hora." Pampa Kampana concordou, polidamente, reservar trinta minutos de cada dia para fazerem uma refeição juntas e conversarem. O restante do tempo ficava sentada, de olhos fechados, visitando a mente das pessoas. "Você não dorme", espantou-se Madhuri Devi, "pelo menos não quando estou olhando. Que espécie de ser você é? Será que tem uma deusa na minha casa?"

"Fui habitada por uma deusa quando era muito jovem", explicou Pampa Kampana. "Isso me modificou de várias maneiras, algumas das quais até eu continuo sem entender."

"Eu sabia", disse Madhuri Devi, e ajoelhou-se.

"O que está fazendo?", exclamou Pampa Kampana.

"Adorando você", respondeu Madhuri Devi. "Não é isso que eu devia fazer?"

"Por favor, não", disse Pampa Kampana. "Perdi uma filha para um estrangeiro e o mar, e deixei duas numa floresta. Já entendi que a tarefa que tenho diante de mim vai levar muitos anos, e é possível que antes que eu a conclua todas as minhas filhas estejam mortas, Haleya Kote com certeza terá morrido, e talvez você também já terá partido, no entanto algo em mim não se importa com nada disso, mas só com a tarefa que me foi atribuída. Eu me afastei de minhas filhas tal como minha mãe se afastou de mim. Não sou o tipo de pessoa que você deveria reverenciar. Levante-se agora mesmo."

A tarefa de sussurrar não era mais tão simples quanto antes. No tempo da Geração Criada, nascida de sementes, as pessoas eram tábulas rasas, cabeças vazias, e, quando Pampa Kampana escrevia-lhes a história nessas tábuas, aceitavam as narrativas sendo plantadas no cérebro delas sem qualquer relutância. Pampa Kampana as inventava, e as pessoas se tornavam quem ela inventara. A resistência era pouca ou nenhuma. Mas agora ela sussurrava para seres que não eram invenções suas. Eram pessoas nascidas e criadas em Bisnaga, com histórias familiares reais que remontavam a duas, até três gerações, e portanto não eram ficções fáceis de moldar. Além disso, as autoridades do momento — os membros do SAD — as haviam estimulado a encarar como mentira a história verdadeira do nascimento de Bisnaga, e aceitar como verdade uma mentira: que Bisnaga não nascera de sementes, porém era um reino muito antigo, cuja história não começara com a imaginação de uma bruxa que sussurrava.

Mais ainda: a cidade crescera. Agora Pampa Kampana precisava falar com uma multidão, e teria de convencer muita gente de que a narrativa culta, inclusiva e sofisticada que ela lhes oferecia era melhor que a atual narrativa, estreita, excludente e — em sua opinião — bárbara. Não havia nenhuma garantia de que as pessoas fossem escolher a sofisticação em vez da barbárie. A atitude oficial em relação a seguidores de outras religiões — nós somos bons, eles são maus — era dotada de certa limpidez contagiante. O mesmo se aplicava à ideia de que dissidência era falta de patriotismo. Entre pensar por conta própria e seguir cegamente os líderes, muitos haveriam de optar pela cegueira em detrimento da visão, principalmente num momento em que o império prosperava, havia comida na mesa e dinheiro no bolso. Nem todos queriam pensar; muitos preferiam comer e gastar. Nem todos queriam amar o próximo; uns preferiam o ódio. Haveria resistência.

Haleya Kote veio falar com Pampa Kampana no meio da noite, quando ela escapulira por algumas horas de sua alcova de interioridade secreta. Yotshna lhe dissera que o aspecto dele estava péssimo, e agora piorara ainda mais. "Não tenho mais muito tempo pela frente", disse ele, "e preciso cumprir o prometido."

"Vá", disse Pampa Kampana. Tirou de uma dobra das roupas uma bolsinha com moedas de ouro. "Fale com esse novo estrangeiro, esse sr. Paes, e compre o cavalo mais veloz que ele tiver. Vá, abrace Yotshna, e diga a ela que eu lhe mando meu amor."

"Ela também ama você", disse Haleya Kote. "Não quer vir também?"

"Você sabe que não posso", respondeu Pampa Kampana. "Tenho que ficar sentada num socavão atrás de um armário e tentar criar um movimento de massa. Já fui rainha. Agora sou revolucionária. Ou será uma palavra pomposa demais? Digamos que sou uma bruxa atrás de um armário."

"Então me despeço", disse Haleya Kote, "e vou fazer minha última viagem."

(No Jayaparajaya, *Pampa Kampana apresenta uma narrativa extraordinária dessa viagem. Fomos obrigados a nos perguntar como ela poderia saber o que aconteceu sem estar presente. Seria perdoável concluir que todo o episódio é inventado. O poema se lixa para tais suspeitas. Foram as aves que lhe contaram, diz ela. Anos depois, relata, quando saiu do esconderijo, corvos e papagaios dirigiram-se a ela na Língua-Mestra.*)

"O retorno dele foi difícil", disse o corvo. "Primeiro teve que subornar o comerciante português para que levasse o cavalo, passando pela entrada da cidade até um ponto de encontro secreto. Então, a caminho da floresta, começou a se sentir mal."

"Quase chegando, teve febre e passou a delirar", prosseguiu o papagaio, "e a dizer coisas sem sentido enquanto cavalgava."

O corvo retomou a narrativa. "Quando chegou à mata, estava completamente fora de si e não sabia mais quem era. Apenas que tinha que entrar na floresta para encontrar-se com ela."

"Mas, como você sabe, para homens que não sabem quem são, a floresta é um lugar perigoso", disse o papagaio.

"Ele entrou na mata correndo, gritando o nome dela", prosseguiu o corvo. "Mas então, enquanto gritava, a magia da floresta agiu, fazendo-o cair e não se levantar mais."

"Ela veio correndo", disse o papagaio, "mas chegou tarde demais."

"Quando olhou para o vulto caído no chão, não era mais seu amado Haleya Kote", declarou o corvo, muito solene.

"Era uma mulher agonizante, que parecia ter cem anos", disse o papagaio, com tristeza.

"E a velha usava as roupas do velho soldado", acrescentou o corvo.

12.

Quando finalmente morreu o conselheiro do rei, Sayana, Pampa Kampana decidiu que era hora de agir. Nesse momento, não havia nenhum sinal de Vidyasagar. Se ele ainda estivesse vivo, estaria largado numa cama em algum lugar como um bebê velho, impotente, agarrando-se à vida por puro despeito, porém incapaz de viver. Seu tempo havia expirado. Os chefes do SAD também estavam desdentados e encarquilhados. Era como se os cadáveres estivessem no comando, os mortos mandando nos vivos, e os vivos já estavam cansados disso.

Instalada na alcova atrás do armário, Pampa começou a sussurrar nos ouvidos do rei. Nas profundezas do palácio, Deva Raya agarrava a própria cabeça, sem entender de onde vinham aqueles extraordinários pensamentos novos, todos ao mesmo tempo — sem entender como era possível que tivesse uma inspiração como aquela, ele que nunca fora do tipo inspirado —, até que por fim começou a dar crédito a si próprio por ter se tornado um gênio. Era o que lhe dizia a voz na cabeça. Ela o lisonjeava, afirmando que era manifestação de sua genialidade. Era preciso ouvir, e acatar, o que a voz — o que ele próprio! — dizia que deveria ser feito.

A voz lhe recomendava esquecer da guerra e da intolerância.

— Você é Deva, divino, sim, mas por que limitar-se a ser deus da Morte? Não está cansado de chegar em casa todo sujo de sangue do campo de batalha? Não preferia ser deus da Vida? Em vez de enviar soldados, enviaria diplomatas, para firmarem a paz.

— Sim, é claro, pensou ele; vou fazer exatamente o que estou sugerindo a mim mesmo. Vou enviar diplomatas e estabelecer a paz com todos. Por que não? Até mesmo com Zafarabad.

— E a intolerância — o sussurro insistia. — Abandone-a também.

— Isso mesmo — pensou o rei. — Vou provar que me tornei uma pessoa tolerante! Vou me casar com uma jainista! A Bhima Devi é uma boa pessoa, vou me casar com ela e rezar nos templos prediletos que ela frequenta. E vou tomar uma segunda esposa muçulmana. Vou ter que procurar, mas aposto que acharei. Ouvi dizer que há um ourives muçulmano em Mudugal que tem uma filha muito bonita. Vou ver. E o que mais, meu cérebro brilhante, o que mais?

— Água — sussurrou Pampa Kampana.

— Água?

— A cidade cresceu tanto que já não há mais água suficiente para todos. Faça uma represa! Ela deve ser construída na confluência dos rios Tunga e Bhadra, onde formam o rio Pampa, de águas rápidas e caudalosas, e depois construa um grande aqueduto para levar água do rio diretamente para a cidade, e mande instalar bombas em todas as praças para que os que têm sede possam beber, e os que estão sujos possam se banhar e lavar as roupas, e assim o povo vai amá-lo. A água gera amor com mais facilidade do que a vitória.

— Isso mesmo! Uma represa! Bombas! Água é amor. Vou

me tornar o Deus-Rei das Represas Amorosas. Vou fazer o amor fluir por toda parte na cidade, e me tornar o Querido do Povo, o Bem-Amado. O que mais?

— Você deve se tornar um protetor das artes! Traga poetas para a corte, Kumara Vyasa em idioma canarês, Gunda Dimdima em sânscrito, e o rei dos poetas, Srinatha, em telugo! E sabe o que mais? Aposto que você também consegue escrever poesia muito bem!

— Claro, claro, a poesia, os poetas. E romances! Também sei escrevê-los, vou escrevê-los!

— Além disso, traga matemáticos. A nossa gente adora matemática! E traga também construtores de navios, não só para fazer belonaves, mas também navios de comércio, e barcas reais em que você possa visitar os trezentos portos imperiais! E é importante que muitas dessas pessoas novas, pintores, poetas, calculistas, projetistas, sejam mulheres, pois elas são merecedoras tanto quanto os homens!

— Claro, claro! Vou fazer tudo isso e mais. Meus pensamentos são mais brilhantes do que eu, mas de agora em diante serei tão magnífico quanto eles.

— Ah, só mais uma coisa. Livre-se daqueles velhos sacerdotes mumificados que vivem ao seu redor, cochichando velharias no seu ouvido, e reinstitua o antigo conselho real. Nele você pode colocar todos, os poetas, os matemáticos, os arquitetos que vão construir o aqueduto e a represa, os diplomatas, e o brilho dessas pessoas vai refletir em você.

— Ótima ideia! Que bom ela me ocorrer de repente. Vou fazer isso agora mesmo.

E assim, pensou Pampa Kampana, aquele meu neto assassino virou um fantoche comandado por mim.

Naquela época, o povo de Bisnaga tinha uma relação complicada com a memória. Talvez inconscientemente desconfiassem de suas lembranças, sem nem saber ou acreditar que no início dos tempos Pampa Kampana implantara histórias fictícias nos ancestrais e criara toda a cidade com base em sua imaginação fértil. Fosse como fosse, era uma gente que não pensava muito no passado. Preferiam — tal como os moradores da floresta de Aranyani! — viver só no presente, sem dar muita importância ao que veio antes, e se era necessário pensar num dia que não fosse hoje, então havia que pensar no amanhã. Por isso Bisnaga era um lugar dinâmico, com uma energia imensa voltada ao porvir, mas também sofria do mal que aflige todos os que têm amnésia: ignorar o passado torna possível que os crimes históricos se repitam em ciclos.

Noventa anos haviam se passado desde o dia em que Hukka e Bukka Sangama espalharam as sementes mágicas, e agora a maioria das pessoas achava que isso não passava de um conto de fadas, estava certa de que "Pampa Kampana" era o nome de uma fada boa; não uma pessoa real, mas um personagem fictício. Até mesmo o neto dela, Deva Raya, pensava assim. Conhecia a história segundo a qual o pai, Bhagwat Sangama, o filho rejeitado da feiticeira, tornou-se Hukka Raya II e jurou vingar-se de Pampa — mãe desnaturada, avó de Deva Raya —, e das filhas dela, as favoritas. Mesmo se metade disso fosse verdade, pensava o rei, essa história já havia chegado ao fim. Se estivesse viva, a avó teria cento e dez anos, o que era absurdo, naturalmente. E toda aquela história de poderes e bruxaria também era absurda. O mais provável é que ela fosse uma velha má, mas não uma bruxa, e agora estava morta, e aquele velho mundo podia desaparecer junto com ela. Ele só queria escutar a voz da própria genialidade a lhe falar na cabeça, apontando o caminho do futuro.

Agora chegara a hora dos aquedutos, matemáticos, navios, embaixadores, a hora da poesia. Isso mesmo!

Quanto a Vidyasagar, o inimigo de Pampa Kampana estava chegando ao fim, sem ter conseguido atingir o objetivo de viver tanto como ela e impedir-lhe os planos. Não havia mais por que temê-lo.

Houve batalhas nas ruas depois que Deva Raya mudou radicalmente, de uma hora para outra. Os capangas da estrutura de poder desmantelada não desistiram com facilidade. Dos leitos onde repousavam na velhice, os membros da velha guarda comandavam tropas, tentando controlar as ruas. Não estavam acostumados a sofrer reveses. Sempre impunham suas vontades; eram temidos por todos, e portanto suas ordens eram cumpridas. Porém depararam com uma oposição inesperada. Os anos de sussurros geraram frutos inesperados. De todos os cantos de Bisnaga, dos bairros distantes e das grandes avenidas, dos refúgios silenciosos dos velhos aos lugares ruidosos frequentados pelos jovens, as pessoas foram para as ruas e resistiram. A bandeira da Reprimenda, uma mão com o indicador erguido, como se advertindo, surgiu em todas as avenidas, e seu símbolo foi pichado em muitos muros. A transformação orquestrada por Pampa Kampana revelou-se com toda a sua força magnífica. Foi o nascimento da Nova Reprimenda, como passou a ser conhecida: não era mais contra a arte, contra as mulheres, nem hostil à diversidade sexual, e sim abraçava a poesia, a liberdade, as mulheres e a alegria, conservando do manifesto original apenas a Primeira Reprimenda, segundo a qual a esfera religiosa não devia se envolver com a esfera política; a Segunda Reprimenda, contrária às reuniões religiosas de grandes multidões; e a Quarta, que defendia a paz em vez da guerra. Os bandos de capangas do ancien régime recuaram, dispersos. O regime parecia ser todo-poderoso, invencível, mas no fim toda aquela estrutura se desmanchou em poucos dias e foi levada pelo vento como poeira, mostrando que estava podre por dentro; com um empurrão apenas, revelou-se fraca demais para se manter em pé.

No palácio, o rei, atônito com a rapidez desses acontecimentos, ouviu a voz, que ele tomava como voz da própria genialidade, a sussurrar-lhe nos ouvidos.

— Você conseguiu.

— Consegui, sim — disse a si mesmo. — Consegui.

Um novo dia raiara em Bisnaga. Pampa Kampana saiu da alcova para a luz do dia. Seu disfarce, seu *agyatvaas*, era a própria aparência. Na segunda idade de ouro que veio depois da grande Mudança, quando os membros da Reprimenda ocuparam cargos importantes no governo do Estado, ninguém reconhecia Pampa Kampana, e sim a viam como uma mulher de vinte e tantos anos, que apenas um pequeno círculo interno sabia ser a grande fundadora da cidade, prestes a completar cento e dez anos. A astróloga Madhuri Devi, sua principal confidente e agora uma das líderes da Reprimenda, passou a integrar o conselho real, e recomendou ao rei uma mulher de qualidades extraordinárias, que deveria atuar a serviço do Estado.

"Como você se chama?", perguntou Deva Raya, quando Pampa Kampana foi trazida a sua presença.

"Pampa Kampana", respondeu ela.

Deva Raya caiu na gargalhada. "Essa é boa", exclamou, enxugando as lágrimas. "Certo, certo, minha jovem! Você é a minha avó, é claro, e por sorte não guardo nenhum dos ressentimentos do meu pai, e precisamos de uma matriarca sábia como você na nossa equipe."

"Não, obrigada, majestade", respondeu Pampa Kampana, altiva. "Em primeiro lugar, se vossa majestade não acredita em mim agora, quando não sou ninguém, então não vai confiar em mim quando eu for sua conselheira. E, em segundo lugar, como prevê a astróloga Madhuri Devi, ainda não chegou a minha hora, que será só daqui a muitas décadas, quando vou desposar outro rei. De qualquer modo, não poderia desposar vossa majestade, pois seria incesto."

Deva Raya voltou a rir gostosamente, exclamando: "Madhuri Devi, essa sua amiga é uma comediante e tanto. Será que ela aceitaria ser a boba da corte? Há muitos anos que eu não rio assim".

"Com sua permissão, majestade", disse Pampa Kampana, tentando não demonstrar que se sentia afrontada, "despeço-me agora."

O reinado de Deva Raya foi um tempo de muito sucesso para Pampa Kampana, e ela tinha todo o direito de orgulhar-se disso. Mas nos versos em que relata esse período, Pampa assume um tom fortemente autocrítico.

"Começo a ter a impressão", escreveu ela, "de que sou mais de uma pessoa, e nem todas elas são admiráveis. Sou a mãe da cidade — embora pouca gente acredite nisso —, mas estou separada de minhas filhas, e, graças a essa separação, não me sinto nem um pouco mãe delas. Os anos passam e nem sequer averiguei se estão vivas ou mortas. Não sei que tipo de senhoras de idade se tornaram, se ainda vivem, idosas de olhos verdes que são desconhecidas para mim e que também não me conhecem, embora superficialmente eu continue a ser quem era tantos anos atrás. E essa pessoa, cujo reflexo vejo na água ou no espelho, também não sei quem é. Minha filha Yotshna me fez essa pergunta — 'quem é você?' — e não sei a resposta.

"Esta juventude eterna é uma espécie de maldição. O poder de afetar os pensamentos dos outros e mudar o curso da história também é. A bruxaria das sementes mágicas e da metamorfose, cujos limites eu própria desconheço, é uma terceira maldição. Sou um fantasma dentro de um corpo que se recusa a envelhecer. Vidyasagar e eu não somos assim tão diferentes, no fim das contas. Somos ambos espectros de nós mesmos, perdidos em nosso interior. O que sei é que sou uma mãe má, e, quanto a isso, todos os meus filhos e filhas concordariam. Às vezes tenho a impressão de que não sou uma pessoa de nenhuma espécie, que não existo mais, que não existe mais um 'eu' com que possa me identificar. Talvez fosse bom adotar um nome novo, ou muitos nomes novos no futuro interminável que se estende à minha frente. Quando digo meu nome, não acreditam em mim, porque sou, é claro, uma impossibilidade.

"Sou uma sombra, ou um sonho. Uma noite, depois que escurecer, posso simplesmente me tornar parte dessa escuridão e desaparecer. Muitas vezes penso que isso não seria má ideia."

No dia da morte de Vidyasagar, quando toda a cidade se dedicou ao luto e à prece, Pampa Kampana, tomada por uma melancolia diferente, foi pela primeira vez à estalagem chamada Caju e pediu uma jarra do *feni* forte que Haleya Kote tomava tantos anos atrás, na companhia do homem que viria a se tornar rei. Ela já havia esvaziado metade da jarra quando um homem se aproximou, um sujeito com cara de estrangeiro, com olhos verdes e cabelos ruivos.

"Uma mulher tão bela quanto a senhora não devia estar sentada aqui bebendo, cheia de tristeza solitária", disse ele, com um sotaque forte. "Gostaria de aliviar seu fardo, se me permitir."

Ela o examinou de perto. "Não é possível", observou. "Você já morreu há muito tempo. Sou só eu que não morro."

"Garanto que estou vivo", respondeu ele.

"Não seja ridículo", rebateu Pampa. "Você é Domingo Nunes, e é claro que eu o reconheço, porque fomos amantes por muitos anos; isso é uma aparição provocada pelo álcool, porque você certamente não existe mais."

Estava na ponta da língua, mas ela não chegou a dizer: "Aliás, você é o pai das minhas três filhas".

"Já ouvi falar em Nunes", retrucou o estrangeiro, atônito. "Foi um dos pioneiros que abriu o caminho para os meus negócios daqui. Mas ele viveu muito tempo atrás, muito antes de você, com certeza. Eu também sou português. Meu nome é Fernão Paes."

Pampa Kampana examinou-o com ainda mais atenção. "Fernão Paes", repetiu.

"Às suas ordens", ele acrescentou.

"É uma loucura", exclamou ela. "De fato, vocês são todos iguais."

"Posso sentar-me à sua mesa?", perguntou o homem.

"Sou velha demais para você. Mas também sou uma espécie de estrangeira aqui. Ninguém me reconhece. Fui eu quem construiu esta cidade, e sou uma estranha nela. Então nós dois somos estranhos. Estamos aqui só de passagem. Temos coisas em comum. Pode sentar-se."

"Não sei do que você está falando", confessou Fernão Paes, "mas bem que eu gostaria de descobrir."

"Eu tenho cento e oito anos", revelou Pampa Kampana.

Fernão Paes sorriu seu sorriso mais sedutor. "Gosto de mulheres mais velhas."

Ele enriquecera vendendo cavalos para o rei, os nobres e os cavaleiros, e assim construiu uma mansão de pedra no estilo português, com janelões, gelosias, voltados para a cidade, um jardim verdejante regado por um dos primeiros canais construídos para trazer água do imenso reservatório criado com a nova represa. Também tinha uma plantação de cana-de-açúcar, e até mesmo uma pequena floresta. Pampa Kampana mudou-se da casa da astróloga para morar com o estrangeiro. "Agora sou uma sem-teto", pensou ela. "Dependo da generosidade dos outros."

Fernão Paes era um homem emocionalmente complexo, capaz de amar Pampa Kampana mesmo sem acreditar nas histórias que ela contava sobre a vida dela. Quem atravessou continentes e oceanos ouviu histórias de vida a que nenhuma pessoa equilibrada poderia dar crédito. Fernão Paes conhecera um marinheiro pobre no porto de Áden que jurava ter descoberto o segredo de transformar os metais vis em ouro, em tempos mais felizes, mas a fórmula fora roubada dele ao ser capturado por corsários no Mediterrâneo, e, depois que levou um golpe na cabeça, não conseguia mais lembrar-se dela etc. Paes também travara conhecimento com uma anã que dizia ter sido uma gigante no passado, mas que a magia de um feiticeiro a encolhera etc. etc.; e com um menino em Brindisi que enxergava melhor do que qualquer outra pessoa que Paes já conhecera, o qual afirmava que nascera gavião, mas que a magia de um feiticeiro o fizera pousar na terra transformado numa criança com olhos de gavião etc. etc. etc.

O mundo estava cheio de pessoas que contavam histórias segundo as quais não eram quem pareciam ser; antes eram muito melhores do que agora, ou piores, mas certamente diferentes, diferentes de centenas de maneiras. Paes conhecera até uma mulher centenária, pedindo esmolas às margens do mar Vermelho, que lhe relatou que aos vinte e um anos de idade inspirara uma paixão a um anjo, o qual a levara para o céu, mas, quando os seres humanos chegavam ao céu vivos, as coisas davam errado, eles rapidamente envelheciam e morriam em poucas horas; por isso pedi ao anjo que me trouxesse de volta para a terra, disse ela, e, ao chegar aqui, estava assim como o senhor me vê agora; isso aconteceu há apenas dois anos, e o senhor precisa acreditar que dois anos depois eu continuo tendo somente vinte e três anos. Por ter ouvido aquela velha afirmar que era jovem, Fernão Paes não estranhou quando uma jovem tentou convencê--lo de que era velha; assim, não levantava objeções à narrativa de Pampa Kampana e não a julgava. O mundo todo era louco. Essa era a sua crença mais profunda. Ele era a única pessoa que não era maluca.

Na casa de Paes, de início Pampa Kampana julgou estar apaixonada, porém se deu conta de que sentia era alívio. Desde que voltara da floresta, estava contrariada, até mesmo ofendida, porque ninguém acreditava nela, com exceção de Madhuri Devi; essa incredulidade culminara na risada grosseira do rei, mas agora não se sentia mais insultada, embora gostasse de saber-se anônima. Pela primeira vez, desde os nove anos, não precisava ser Pampa Kampana — ou melhor, podia ser "aquela" Pampa Kampana, a mulher desconhecida com um nome antigo e famoso, e não a "verdadeira" Pampa, que todos afirmavam não existir mais senão na memória. Tinha oportunidade de viver uma segunda vida, e fora-lhe concedida a possibilidade de ocupar um lugar comum no mundo, e não uma posição implacavelmente extraordinária. Aquele homem, Paes, era um aventureiro cheio de vida e parecia nutrir sentimentos sinceros por ela; mas o melhor de tudo é que sumia por longos períodos, viajando entre Bisnaga, a Pérsia e as Arábias, em busca de cavalos de qualidade para vender. "Ele é o melhor de todos os homens possíveis", disse ela a si própria. "É leal, amoroso, me ofereceu um bom teto para me proteger e mantém minha barriga cheia; e a maior parte do tempo nem sequer está presente."

Assim teve início a segunda fase de seu exílio, durante a qual ela estava fisicamente presente em Bisnaga, porém não contestava a opinião geral de que não era a pessoa que sabia ser, e sim outra, alguém sem importância, que tinha o mesmo nome que ela. Sua única angústia não resolvida, além da extraordinária semelhança entre Fernão Paes e Domingo Nunes, tinha a ver com as filhas, que já não precisavam de uma mãe, era bem verdade, pois eram senhoras idosas; mas Pampa não sabia como estavam, se bem ou mal, felizes ou infelizes, vivas ou mortas; isso era difícil para ela. Zerelda escolhera um caminho na vida que a agradava, uma vida de viajante não tão diferente da de Domingo Nunes, *isso ela herdou do pai*, pensava Pampa Kampana; e Yuktasri convivia bem com as mulheres selvagens da floresta, e até mesmo se transformara numa delas, Pampa dizia a si própria com frequência; assim, duas das três estão bem. O problema era Yotshna. Essa lhe guardava rancor; jamais perdoaria a mãe. Eram os olhos acusadores de Yotshna que a atormentavam nos sonhos.

Fernão lhe disse que o rei o intrigava. "Logo que cheguei a Bisnaga, todo mundo matava todo mundo", observou ele uma vez no desjejum. (Ele comia como um selvagem ao despertar: grandes quantidades de pão fermentado, fatias de queijo feito com leite de vaca e café também misturado com leite de vaca, que ele chamava de "galão", coisas que nenhuma pessoa sensata comeria na primeira refeição do dia.) "Até escrevi no meu diário", prosseguiu ele, "que Deva Raya e os irmãos sanguinários só queriam saber de embriagar-se e foder. Deveria ter acrescentado: *e matar uns aos outros.*"

Ah, os meus descendentes masculinos, pensou Pampa Kampana. Uma ralé inútil, todos eles. Os pais que eram meus filhos, e os filhos desses filhos também.

"Então Deva Raya passou a ser influenciado por Vidyasagar, Sayana e o SAD, e aí parou de beber e chegou mesmo a se tornar um puritano", prosseguiu Paes. "Depois, de repente sofreu outra transformação, rejeitou os sacerdotes e todos passaram a elogiar sua mentalidade aberta, e agora há festivais e comemorações, e as pessoas dizem que ele é um grande rei e que vivemos numa idade de ouro. A meu ver, esse sujeito não tem mentalidade própria, precisa que alguém lhe diga como agir e o que fazer, mas não consigo imaginar quem foi que o afastou dos teocratas. Deve haver uma pessoa ou várias, escondidas em algum lugar, sussurrando no ouvido dele."

Isso mesmo, pensou Pampa Kampana, mas quando eu lhe disse isso, você não acreditou em mim.

"Talvez seja a Madhuri Devi", ela arriscou. "A Nova Reprimenda virou o novo partido no poder, o grupo utilizado pelo rei para fazer seus trabalhos."

A amizade entre Pampa Kampana e Madhuri Devi continuava, e a velha astróloga, agora conselheira real, muitas vezes lhe contava o que acontecia no palácio. Muito embora agora tivesse aposentos lá, ela não abrira mão da antiga casa, onde se encontrava a sós com Pampa, para tomar chá e fofocar. "A verdade é que Deva Raya não tem mais interesse em reinar", disse Madhuri. "Ele deixa tudo por nossa conta, e voltou a levar a vida de farra da juventude, só que agora não consegue farrear tanto quanto antes."

"Beber e foder", comentou Pampa Kampana. "Principalmente foder, pelo visto. Todo mundo no mercado fala no exército de esposas dele."

"As fodas são mais teóricas", disse Madhuri Devi. "Sim, são doze mil esposas. É para demonstrar potência sexual. Acho pouco provável que ele seja capaz de fazer muita coisa com elas. Não está mais em forma, nem com saúde. O que mais faz é vestir trajes de cetim verde, com colares de joias e muitos anéis nos dedos, e ficar deitado no sofá, com a cabeça no colo de uma das esposas e as outras ao redor. Planeja levar todas para desfilar na cidade, exibi-las à população. Quatro mil vão a pé, para mostrar que não passam de criadas. Quatro mil a cavalo, para indicar o status mais elevado delas. E quatro mil vão carregadas em palanquins. Essa é a pior parte da história."

"Por quê?"

"O rei quer que essas quatro mil esposas sejam queimadas em sua pira funerária quando ele morrer. É sob essa condição que as tornou rainhas, e, por ter aceitado, elas agora ocupam uma posição honrosíssima."

"Nunca mais mulheres vivas serão queimadas em piras de homens mortos em Bisnaga", Pampa Kampana afirmou com ferocidade. "Nunca mais."

"Concordo", disse Madhuri Devi. "Acho que é um resquício da antiga mentalidade do SAD que permaneceu na cabeça dele."

Enquanto via Fernão Paes comer aquele desjejum de selvagem, Pampa Kampana pensava na mãe, e nas chamas terríveis; decidiu sussurrar mais uma vez, o mais depressa possível, no ouvido do rei. Então Fernão Paes, ao fim da refeição, levantou-se para iniciar o dia de trabalho. Antes de ir para as cavalariças, fez mais uma observação sábia para Pampa Kampana: "Quando as pessoas falam em idade de ouro, sempre acham que teve início um novo mundo que vai durar para sempre. Mas na verdade esses períodos nunca duram muito tempo. No máximo, alguns anos. Depois sempre começam as encrencas".

Na época quente antes de iniciarem as chuvas, os dois dormiam no telhado plano da casa de Fernão Paes, em camas de cordas, chamadas *charpai*, cercadas por mosquiteiros brancos que faziam Pampa Kampana imaginar que todos fossem fantasmas, e ela a única criatura viva. Encerrada naquele cubo branco na escuridão, tinha a impressão de ainda não ter nascido, de aguardar a hora de começar a vida e fazer dela algo de novo, algo nunca visto antes. Começou a sentir esperança, e num sonho viu-se montada num *yali*, uma espécie de leogrifo, atravessando a fronteira da vida e ingressando no futuro. Deva Raya recentemente mandara que se construísse um novo templo, o Vitthala, obra que levaria noventa anos para se completar. Nos primeiros tempos da construção, foi erigida uma fileira de *yalis* de pedra a empinar-se sob o céu, aguardando que o enorme prédio os cercasse e cobrisse. Ao entrar ou sair de um templo como esse, ou quando se iniciava um novo empreendimento, era bom pedir a bênção a um *yali*. Pampa Kampana entendeu o sonho do *yali* como sinal auspicioso de um bom reinício.

Sabia também que essas superstições eram bobagens e que não devia confiar nelas, tal qual nas adivinhações astrológicas de sua amiga.

Uma noite em que o ar estava pesado graças à umidade que ainda não despencara em forma de chuva, Pampa Kampana foi despertada pelo crocitar de um corvo perto do ouvido. Acordou e compreendeu que seu outro mundo viera chamá-la.

"Ka-a-ê-vá", disse em voz baixa, para não despertar Fernão Paes, que dormia no mosquiteiro ao lado.

"Bem, não exatamente", respondeu o corvo na Língua-Mestra, "mas da mesma família. Pode me chamar assim se quiser."

"Você me traz uma mensagem", Pampa Kampana afirmou. "Minhas filhas: como elas estão?"

"Há uma filha", respondeu o corvo, "e a mensagem é dela."

"E a outra?", perguntou, embora já soubesse a resposta.

"Morreu há muito tempo", disse o corvo, conciso. "Dizem que de coração partido, mas não sei. Sou apenas um mensageiro. Não me mate. Sou apenas um corvo."

Pampa Kampana respirou fundo e conteve as lágrimas.

"Qual é a mensagem?", indagou.

A mensagem de Yuktasri era esta: "*Guerra*".

13.

De início, os macacos rosados vinham em grupos pequenos e se comportavam bem. Conseguiam comunicar-se na Língua--Mestra, ainda que de modo arrevesado e deselegante. Dava para entender, embora a pronúncia deles fosse risível. Segundo disseram, eram basicamente comerciantes que trabalhavam para uma empresa distante, mas mesmo àquela região remota chegara notícias sobre as riquezas da floresta de Aranyani, onde era possível encontrar plantas que não cresciam em nenhum outro lugar do mundo, bagas cujos sabores desconhecidos faziam quem os provava chorar de felicidade, e abóboras de uma doçura incomparável, e frutas que não tinham nome porque não eram conhecidas no mundo externo, onde as coisas precisavam ter nome para existir; havia também peixes sem nome nos rios da floresta, tão suculentos que os homens, e os macacos, viriam do outro lado do mundo para prová-los.

Pedimos permissão para aproveitar um pouco da abundância da floresta, disseram os macacos rosados, e poderemos pagar em qualquer moeda que tenha valor para vocês. Talvez tenha chegado a hora de conhecerem o valor da prata e do ouro, disseram os macacos rosados aos macacos pardos e verdes, e, através deles, a toda a floresta, até mesmo à própria Aranyani. O som que produziam para se referirem a essas moedas parecia uma palavra da costa oriental, *kacu*, a qual, como não conseguiam pronunciá-la corretamente, virou *cash*. "*Kacu, cash*, é o futuro", disseram. "Com *kacu* vocês poderão ter um lugar nesse futuro. Sem *kacu*, infelizmente, vão se tornar irrelevantes, e o futuro vai chegar como um incêndio florestal, destruindo toda a mata."

Os macacos verdes e os pardos foram seduzidos pelas cortesias dos macacos rosados, e ao mesmo tempo as ameaças os assustavam, fazendo-os cooperar com eles. As outras criaturas da selva ignoraram a proposta daqueles forasteiros bizarros de sotaque horrível. As mulheres da floresta e, segundo diziam, a própria deusa Aranyani foram as únicas que compreenderam o perigo que corria sua forma de vida. "O futuro" era uma ameaça que elas não queriam enfrentar. Mas por muito tempo não sabiam como agir.

(Talvez a melhor maneira de compreender a narrativa dos macacos rosados seja encará-la como aspecto do fascínio exercido sobre o Jayaparajaya *pelo conceito de Tempo — Tempo dividido em ontens, hojes e amanhãs. Os macacos que encontramos pela primeira vez no poema, os langures-cinzentos de Bisnaga, são, por assim dizer, um gesto da poeta apontando para o passado mítico das grandes lendas, enquanto os forasteiros rosados representam um amanhã ainda desconhecido, que só chegará por completo muito depois que a obra estiver concluída. Essa é a hipótese que lanço aqui, com a devida modéstia.)*

Quando Pampa Kampana disse a Fernão Paes que precisava partir, e pediu-lhe de presente um cavalo, o estrangeiro não discutiu. "Desde o início, você me disse que estava apenas de passagem pela minha vida", observou ele, "e, assim sendo, não posso me queixar de que você me enganou de alguma maneira. E, se é mesmo verdade que você é um ser milagroso antiquíssimo que já foi amante de Domingo Nunes, então sou obrigado a aceitar também, mesmo não acreditando, que você me vê como pouco mais que um eco, ou um substituto, do homem que amou outrora. Seja como for, agradeço o tempo que me concedeu, e um cavalo é o mínimo que posso lhe oferecer em troca."

Pampa teve uma última reunião com Madhuri Devi na casa antiga dela, onde ficava a alcova. "Nunca mais vou ver você", disse ela à ex-astróloga, "mas sei que estou deixando minha cidade e o império em mãos confiáveis. Não deixe de transmiti-los para outras mãos confiáveis quando chegar a vez."

"Nunca vi você como um ser sobrenatural, embora saiba que é isso que é", retrucou Madhuri Devi. "Mas agora vejo sua solidão e a tristeza que ela causa. Para você, somos apenas sombras passageiras numa tela. Você deve se sentir muito só."

"Ontem sussurrei no ouvido do rei", disse Pampa Kampana. "Por isso, não se surpreenda se ele anunciar a proibição da queima de viúvas em todo o império, e restituir às mulheres o status que elas gozavam em Bisnaga antigamente."

"A Nova Reprimenda não deixaria que queimassem viúvas, de qualquer modo", afirmou Madhuri Devi. "Mas obrigada; vai ser mais fácil se o rei já estiver de acordo."

"Viúvas queimadas, nunca mais", disse Pampa Kampana, em vez de "adeus".

"Viúvas queimadas, nunca mais", respondeu Madhuri Devi. Então se separaram, sabendo que seria para sempre.

Depois que Pampa Kampana partiu de Bisnaga pela segunda vez, a "segunda idade de ouro" terminou de súbito, como se a partida marcasse o encerramento do período. Deva Raya morreu, e nenhuma mulher foi queimada em sua pira, felizmente. As doze mil esposas foram liberadas para que levassem a vida por conta própria. A incompetência e a corrupção começaram. Deixemos de lado a sucessão de reis ineptos, cada um assassinado pelo sucessor. Houve decapitações e cabeças recheadas com palha. Até que o último e patético rei Sangama foi decapitado por um general chamado Saluva, e a dinastia fundadora de Bisnaga chegou ao fim.

Pampa Kampana tem pouco a dizer a respeito da efêmera "dinastia Saluva", muito embora durante esse período boa parte da fortuna imperial tenha sido recuperada; mas ela escreve com carinho a respeito de certo Tuluva Narasa Nayaka, mais um general, cuja "dinastia Tuluva" rapidamente substitui a dos Saluva, que recuperou os últimos territórios perdidos, manteve longe Zafarabad e outros adversários e foi o pai do homem durante cujo reinado Pampa Kampana viria a ter a mais profunda lição de amor de toda a sua longa existência. Na epopeia, ela espicaça a nossa curiosidade aludindo a uma história de amor que será contada adiante, porém se recusa a dar mais detalhes, afirmando apenas, com sua característica simplicidade de expressão:

"Mas antes de tudo isso, tivemos que combater os macacos."

Enquanto se afastava de Bisnaga a cavalo, entristecida pela última conversa com Fernão Paes, que deixou claro entender que ele não passava de um eco do passado, Pampa Kampana pensava em Domingo Nunes e nas três filhas de quem ele fora pai, um pai relegado às sombras, jamais reconhecido como tal. Eu o tratei mal, pensou ela, e talvez seja por isso que não tenho netos derivados dele. É a vingança do sangue de Domingo Nunes. As filhas dele, que herdaram ao menos parte da magia que a deusa conferira com tanta abundância à mãe delas, seriam o fim de uma linhagem, e não o início de uma dinastia. A magia terminaria por desaparecer do mundo, sendo substituída pela banalidade. Enquanto seguia em direção à floresta de Aranyani — ou seja, em direção ao cerne do fabuloso —, Pampa já lamentava a vitória do comum, do ordinário, do mundano, em detrimento daquela outra realidade. A vitória da linhagem de meninos comuns e a derrota da linhagem de meninas extraordinárias. E, talvez, a vitória dos macacos rosados em detrimento da floresta das mulheres.

Yuktasri Sangama esperava por ela na entrada da mata; parecia o fantasma da própria mãe. Manifestou indiferença quanto à disparidade entre a aparência de ambas. "Sei o que é ser sua filha", disse ela a Pampa Kampana. "Significa que vou me tornar sua avó antes de morrer." Não estava interessada em falar mais sobre esse assunto. "Eu devia tê-la chamado antes", disse ela. "As coisas vão mal por aqui, e o conflito final vai começar muito em breve."

O problema teve início quando os macacos verdes e pardos da floresta convidaram bandos de macacos rosados para viver em suas árvores. Em pouco tempo, alguns dos líderes dos rosados conseguiram convencer os macacos verdes que deviam temer a tribo parda, enquanto outros líderes dos rosados convenceram os pardos de que os verdes tinham más intenções. A paz da floresta acabou, e os macacos rosados, muito espertos, aliaram-se aos verdes numa área e aos pardos em outra, ajudando-os a derrotar os "rivais", pedindo em troca apenas o controle de parte das árvores das tribos derrotadas. Em pouquíssimo tempo os macacos rosados estabeleceram redutos na floresta, e a partir deles expandiram as áreas sob seu controle. Até contrataram muitos dos macacos verdes e pardos para ajudá-los no empreendimento. Depois disso, toda a riqueza da floresta ficou à mercê deles. "Não fizemos nada", disse Yuktasri à mãe. "Achamos que fosse uma questão entre os macacos, que não devíamos intervir. Foi burrice. Devíamos ter adivinhado que os rosados iam vir em levas cada vez maiores, paulatinamente, até tomarem toda a floresta."

A deusa Aranyani poderia perfeitamente ter impedido a invasão, Pampa Kampana observou, mas Yuktasri fez que não com a cabeça. "Ela pode cercar a floresta com sua linha protetora, sua *rekha*", disse ela, "mas não pode fazer nada se os próprios habitantes da mata convidam intrusos a entrar. E agora os rosados também são moradores da floresta, e muitos dos verdes e dos pardos os apoiam, e falam em dividir a floresta em zonas verdes e zonas pardas, e são burros demais para perceber que essa atitude vai fazer com que haja apenas uma única zona, nem parda nem verde. São macacos; fazer o quê?", exclamou Yuktasri, violando o respeito habitual que os moradores da mata tinham um pelo outro, sinal de que a situação estava mesmo muito ruim. "Não se pode ensinar nada a eles."

"Como posso ajudar?", perguntou Pampa Kampana. "Nem moro mais aqui."

"Não sei", respondeu Yuktasri. "Mas pensei: se vou morrer combatendo a invasão dos rosados, quero que você esteja aqui também."

"Porque você precisa da mãe", indagou Pampa Kampana, "ou porque quer que ela também morra na batalha?"

"Não sei", respondeu a velha Yuktasri. "Talvez as duas coisas."

(Há aqui um hiato não explicado no manuscrito do Jayaparajaya. *É possível que a autora tenha destruído algumas páginas, talvez porque o conflito com a filha fosse algo doloroso demais para*

detalhar, ou então simplesmente porque Pampa Kampana deixou de lado um assunto pessoal para completar o relato da crise. Na passagem seguinte, ela interrompe de modo abrupto a conversa entre mãe e filha e relata a segunda visita à invisível deusa da floresta, Aranyani. Eis a cena, tal como foi escrita por Pampa Kampana. Observe-se que esta é a única passagem em toda a literatura antiga em que a deusa da floresta se revela por completo a um ser humano.)

Ela, Pampa Kampana, abriu os braços e chamou a deusa pelo nome. Então, como antes, veio um redemoinho, e ela ficou oculta dentro das folhas que giravam, e foi levada para o céu. Lá estavam os *cheels* raivosos, sobrevoando o telhado da mata como antes, e a bola de luz dourada, e ela, Pampa Kampana, viu-se pousada no galho mais alto da mais alta das árvores. Mas dessa vez a bola de luz se dissolveu no ar e surgiu Aranyani, flutuando no céu, apresentando-se a Pampa Kampana sem nenhuma pretensão, sem a coroa dourada nem as joias reluzentes de uma deusa, e sim trajando vestes simples de quem vive na floresta.

"Faz teu pedido", disse ela, como antes.

"Quando tinha nove anos, a grande deusa Pampa em pessoa entrou em mim", disse Pampa Kampana. "E se algum aspecto dela permanece em meu interior, talvez haja no meu corpo uma força maior do que imagino, e se essa força for acionada e combinada com a sua, juntas, podemos livrar a floresta dessa peste de forasteiros de rabo curto desprovidos de pelos."

"Sim, a força está em ti", respondeu Aranyani, "e é muito maior do que a minha própria; e posso acioná-la. Mas quando uma força assim explode num corpo humano mortal, é bem provável que esse corpo seja destruído. Se eu fizer isso, não posso prometer que tu sobreviverás."

"Desapontei minhas filhas durante toda a vida", disse Pampa Kampana. "Pelo menos desta vez posso atender o pedido de ajuda de uma delas."

"Mais uma coisa", disse Aranyani. "Está próximo o momento em que os deuses serão obrigados a se afastar do mundo e parar de interferir na história dele. Em breve os seres humanos — e também os macacos de todas as cores — vão ter que aprender a viver sem nós e fazer suas próprias histórias."

"O que vai ser da floresta quando não estiver mais sob sua proteção?", perguntou Pampa Kampana.

"Terá o mesmo destino de tantas florestas na era dos homens", disse Aranyani. "Os homens virão, e o resultado serão cultivos em campo aberto ou então casas e estradas, talvez restando uma pequena floresta fantasma, e então as mulheres dirão: veja, lá está a memória da floresta de Aranyani, e os homens não vão acreditar, nem se interessar."

"E isso não a preocupa?"

"Nosso tempo terminou", disse Aranyani, "e chegou a tua hora. Assim, mesmo que tu — ou a deusa que sair de dentro de ti — e eu juntas consigamos ganhar essa batalha, depois disso nem os animais nem os seres humanos poderão contar conosco, com nossa proteção, orientação e ajuda. A vitória pode ser real, mas será também provisória. Tens de entender isso."

"*Eterno* é uma palavra sem sentido", retrucou Pampa Kampana. "Meu único interesse é o *agora*."

Quando Aranyani desceu em toda a sua majestade até o chão da floresta, todos os seres vivos se curvaram, movidos por temor e respeito. Nenhum deles jamais vira um ser divino, e a única reação apropriada foi gratidão e admiração. Nesse dia todos os macacos rosados foram expulsos da mata. Eles se foram em silêncio, ou no máximo resmungando baixinho, queixando-se da injustiça daquela expulsão, e afirmando que com certeza um dia voltariam. Saíram sob a escolta das mulheres selvagens, mas todos sabiam que a força principal dos invasores se aproximava, e que aquilo era apenas uma jogada preliminar. Pampa Kampana e a deusa foram juntas encarar o inimigo. Quando alcançaram o perímetro norte, perto do qual teria lugar a batalha, Yuktasri Sangama aproximou-se da mãe pela última vez. "Quero me despedir", disse ela, "e agradecer."

> *Avançaram juntas*
> *As duas grandes damas*
> *Deusa e Mulher*
> *Lado a lado gloriosas*
> *Enfrentando a fileira*
> *Rosada de invasores*
> *E destruíram impiedosamente*
> *Os nossos inimigos.*

(Relata ela — Pampa Kampana — que as mulheres selvagens lhe disseram, muito tempo depois, que Yuktasri havia *morrido em paz e feliz ao ver que você vencera a guerra*; e os animais da selva contaram o que tinham visto, e ela traduziu o relato deles, feito na Língua-Mestra, em versos imaculados.)

> *A Guerra não foi uma vera Batalha*
> *Foi um Instante de Fazer*
> *Elas tornaram-se dois Sóis Dourados*
> *Deusa e Mulher*
> *Ardendo, cegando, queimando*
> *Consumindo todo o Inimigo*
> *No fogo por elas gerado.*

Depois desse evento extraordinário e cataclísmico, o corpo

inerte de Pampa Kampana foi carregado pelas mulheres da selva até o antigo lar na mata, e colocado para repousar num leito de musgos e folhas macias. Os olhos e a boca estavam abertos, e foi necessário fechá-los, e as mulheres julgaram-na morta, e resolveram fazer uma pira funerária, mas nesse momento a voz de Aranyani encheu o ar, e a deusa pela última vez falou às criaturas da Terra: "Ela não morreu, porém dorme. Fiz que mergulhasse num sono profundo e reparador, e farei um matagal espesso e espinhento brotar em torno dela, e ela deve ser deixada ali, até ser despertada por um ato de amor".

O tempo passava. — Podem senti-lo passando? — Como um fantasma a flutuar no corredor, com cortinas brancas a esvoaçar nas janelas abertas, como um navio na noite, ou aves migrando no alto do céu, o tempo passava, as sombras se alongavam e diminuíam, as folhas cresciam e caíam dos galhos, havia vida e havia morte. E um dia Pampa Kampana sentiu algo que parecia uma brisa suave tocando sua face, e abriu os olhos.

O rosto de uma moça pairava acima dela, tão semelhante ao próprio rosto que era como se ela própria estivesse flutuando acima do corpo, olhando para baixo. Então os pensamentos se tornaram mais límpidos. A jovem estava vestida como uma guerreira, com uma grande espada embainhada presa às costas.

"Quem é você?", indagou Pampa Kampana.

"Sou Zerelda Li", respondeu a moça, "filha da filha da filha da filha da filha de Zerelda Sangama e do grão-mestre Li Ye-He. Todos os membros da minha família foram-se embora desta vida, cada um de maneira diferente, deixando-me apenas uma parenta viva, a respeito da qual minha mãe me disse, no leito de morte, as mesmas palavras que a mãe lhe dissera, e também a mãe dela, e a mãe dela, e a mãe dela. 'A matriarca da nossa família é uma mulher chamada Pampa Kampana', disse. 'E ela continua viva. Vá à floresta de Aranyani e faça com que ela lhe dê o que ela lhe deve.' Eu segurava a mão dela com muita força. 'O que ela me deve, mãe?', perguntei, e ela respondeu: 'Tudo'. Em seguida, morreu."

"E então você veio", disse Pampa Kampana.

"Nenhuma das minhas ancestrais acreditou no que lhes foi dito, julgando impossível que você ainda estivesse neste mundo. Por algum motivo, eu tinha certeza de que era tudo verdade, e por isso comecei a fazer minha busca, que foi demorada e difícil. Tive que abrir caminho entre os espinhos para encontrá-la", disse Zerelda Li, "com esta espada, que você vai reconhecer. Então beijei-a, espero que a senhora não se incomode com isso, mas parece que foi o beijo que a despertou."

"Um ato de amor", disse Pampa Kampana. "E a sua mãe disse a verdade."

"Que a senhora me deve tudo?"

"Isso mesmo", respondeu Pampa Kampana. "Devo-lhe tudo."

O tempo voltou para saudá-la, e a história renasceu. Era o ano de 1509. Pampa Kampana tinha cento e noventa e um anos, e parecia uma mulher de trinta e cinco, trinta e oito anos, no máximo. "Pelo menos", disse ela a Zerelda Li, "por ora ainda pareço mais velha do que você. Sim, vejo que você herdou essa espada famosa. Mas também herdou de sua ancestral a destreza com a espada?"

"Já me disseram que sou tão boa quanto a famosa Zerelda Sangama e o grã-mestre Li Ye-He combinados", respondeu a jovem.

"Ótimo", retrucou Pampa Kampana. "Talvez essa destreza se torne necessária."

Pampa Kampana usou então o poder da metamorfose pela segunda das três vezes que a deusa lhe havia concedido. Deu a

Zerelda Li uma pena de *cheel* que tinha em um dos bolsos e segurou ela própria outra pena, e as duas saíram voando, voando em direção a Bisnaga, onde o maior rei da história imperial estava prestes a subir ao trono, e a história de amor mencionada por Pampa Kampana em breve teria início; no começo não seria uma história da própria Pampa Kampana, e lhe causaria sofrimento; mas depois haveria de se transformar na mais estranha visão do amor que ela jamais conhecera.

TERCEIRA PARTE:
Glória

14.

Houve vinte e dois *rayas* em Bisnaga até a cidade ser por fim destruída, e Krishna Raya foi o décimo oitavo e o mais glorioso de todos. Não muito tempo depois de se tornar rei, começou a acrescentar *deva*, deus, ao nome, para demonstrar a imagem elevada que tinha de si próprio, passando a ser então Krishnadevaraya, Krishna-deus-rei; mas no início do reinado era apenas Krishna, nome da amada divindade de pele azul, só que não era nem azul nem divino, ainda que "amado" de fato se aplicasse a ele. Em vida e após a morte, os poetas da corte o celebraram em três idiomas, retratando-o sempre de maneira elogiosa, e dele foram feitas também muitas estátuas igualmente lisonjeiras — em pedra ficou mais bonito, o corpo tornou-se mais esguio e musculoso, e se o escultor tivesse colocado uma flauta na mão e ordenhadoras amorosas aos pés dele, seria fácil confundi-lo com o deus cujo nome tomou emprestado. Na realidade, para ser franco, era um pouco gorducho, e trazia no rosto as marcas da varíola que o atacara na infância, a que felizmente ele sobreviveu. Ostentava, porém, um vistoso bigode de pontas curvadas e um queixo másculo; dizia-se também — mas isso talvez fosse apenas mais uma lisonja dos cortesãos — que sua potência sexual era inigualável.

Para o relato de sua ascensão ao trono, chamado de Trono do Leão ou às vezes também Trono de Diamante — pois a essa altura um trono de verdade substituíra os antigos *gaddis* (colchões) reais —, não há apenas um manuscrito, mas dois, recentemente redescobertos. Como sempre, no nosso texto usamos principalmente a obra de Pampa Kampana, mas veio à luz também o diário de um viajante italiano que esteve em Bisnaga durante o reinado de Krishnadevaraya: Niccolò de' Vieri, que se autoapelidava de Signor Rimbalzo, ou seja, sr. Ricochete, por ter passado boa parte da vida ricocheteando de um lugar para outro. Nas duas fontes encontramos ao todo sete narrativas diferentes a respeito da ascensão de Krishnadevaraya ao trono. (Os relatos de Vieri são mais sanguinolentos que os de Pampa Kampana, o que talvez nos diga mais a respeito dos cronistas do que do evento histórico em si.)

Segundo Vieri, eram más as relações entre Krishna e o meio-irmão muito mais velho, Narasimha. Ambos eram filhos do primeiro rei da dinastia Tuluva, do próprio Tuluva, um comandante militar de casta baixa que se apossou do trono; mas as mães deles, ex-cortesãs ambiciosas — Tippamba era a mãe do filho mais velho, Nagamamba a do mais moço —, odiavam-se, e instilaram nos filhos o mesmo ódio recíproco. Quando Tuluva agonizava, Narasimha mandou que o principal ministro do rei cegasse o irmão menor Krishna, e dele lhe trouxesse os olhos como prova (escreve Niccolò de' Vieri). Porém esse ministro, Saluva Timmarasu, a respeito do qual diremos muita coisa adiante, matou uma cabra e trouxe os olhos do animal a Narasimha, e depois agiu para que Krishna sucedesse o rei depois da morte dele.

Segundo Pampa Kampana, no entanto, não havia qualquer

ódio entre os meios-irmãos; Narasimha abriu mão do direito de sucessão e entregou a Krishna o anel de sinete do rei.

"Mas não!", exclama Vieri. "O que aconteceu foi que a mãe de Narasimha, a pérfida Tippamba, tramou a morte de Krishna, obrigando Timmarasu a esconder o jovem."

"Bobagem", responde Pampa Kampana. "A verdade é que o brilhante príncipe Krishna tocava flauta à margem do rio e todos foram ouvi-lo, maravilhados, dizendo: em verdade, o deus caminha entre nós, e isso resolveu a questão."

Vieri retruca afirmando que Tuluva, pai de Narasimha e Krishna, no leito de morte, disse aos dois filhos que aquele que conseguisse retirar de seu dedo o anel de sinete se tornaria rei. Narasimha tentou, mas o dedo estava muito inchado, porque o velho já estava cheio de morte; então Krishna simplesmente cortou fora o dedo do pai e pegou o anel para si.

Fica claro que Pampa Kampana, em sua narrativa, não dá crédito às lendas sanguinárias e violentas que o estrangeiro Vieri parece degustar. Ela relata que, na realidade, o velho rei Tuluva colocou um punhal no centro de um tapete grande e desafiou os filhos a pegá-lo sem pisar nele. Narasimha não conseguiu imaginar uma solução, mas Krishna simplesmente foi enrolando o tapete até alcançar o punhal, e assim saiu vencedor.

Vieri reage falando de boatos a respeito de uma luta até a morte entre os dois meios-irmãos, ao fim da qual Krishna, ao lado do cadáver do outro, levantou a espada sangrenta e assim conquistou a coroa.

Todas essas histórias podem ser tratadas com respeito ou ignoradas como lorotas, como o leitor preferir. Para nossos propósitos, a versão mais importante — embora talvez a mais difícil de acreditar — é a oitava, na qual aparecem a própria Pampa Kampana e Zerelda Li.

No dia da morte do pai deles (*relata Pampa Kampana*),

Krishna e o meio-irmão caminharam juntos até os portões do palácio para anunciar o falecimento de Tuluva Raya para a multidão ali reunida. Quando se colocaram diante do público, Krishna olhou para cima e viu dois *cheels* voando em círculos no céu quente, bem no alto. Deram uma, duas, três voltas, e ele achou que a presença das aves talvez fosse um sinal.

"Se completarem sete círculos", disse ele, "não haverá dúvida de que trazem uma mensagem dos deuses." E de fato os dois milhafres descreveram sete círculos, descendo gradualmente, mais baixo a cada círculo, até que por fim voavam pouco acima da cabeça dos príncipes. Em seguida, as aves caíram no chão, aos pés dos dois homens, e, para o espanto de todos, se metamorfosearam em mulheres, das mais belas que todos já haviam visto: irmãs celestiais, ao que parecia. Num movimento rápido, ajoelharam-se aos pés do príncipe Krishna, curvaram a cabeça e lhe ofereceram suas espadas magníficas. "Estamos às suas ordens, a serviço do império de Bisnaga", disseram. Depois disso, cessaram as discussões sobre quem deveria assumir o Trono do Leão. O meio-irmão Narasimha desaparece do manuscrito de Pampa Kampana; nunca mais ouvimos falar dele. Esperamos que Krishna Raya o tenha deixado viver num anonimato tranquilo o resto da vida.

A chegada espetacular de Pampa Kampana e Zerelda Li a Bisnaga foi uma jogada que deu certo. Continha riscos, pois ao revelarem-se como as criaturas que eram, corriam perigo de gerar medo e hostilidade, e não aceitação. Mas Pampa Kampana estava decidida a entrar em Bisnaga pela porta da frente daquela vez, e não rastejando num túnel. Daquela vez, queria que a vissem tal como era. Por sorte, chegaram na hora certa. O recém-coroado Krishna Tuluva — agora denominado Krishna Raya —

estava convicto de que Pampa Kampana e Zerelda Li eram seres sobrenaturais, *apsaras* (ninfas celestiais que, como era sabido, podiam metamorfosear-se), enviadas pelo céu para abençoar seu reinado; a partir daí, a segurança delas estava garantida. Receberam acomodações luxuosas no palácio, pelas quais manifestaram gratidão, embora Pampa Kampana, relembrando o tempo em que morara nos aposentos da rainha, fosse obrigada a reprimir uma pontada de decepção. Era evidente que o jovem rei estava fascinado pelas duas mulheres que desceram dos céus, que todos julgavam irmãs, e já nutria pensamentos amorosos, embora sua preferência não estivesse clara, nem mesmo para ele. Mas no início ele estava imerso em questões de governo, e compreendeu que amor e casamento precisariam esperar.

A essa altura, o velho sultanato de Zafarabad havia se dividido em cinco reinos menores: Ahmadnagar, Berar, Bidar, Bijapur e Golconda; ninguém mais falava em "Sultanato Fantasma". É assim que caminha a história; a obsessão de uma época é relegada ao ferro-velho do esquecimento pela era seguinte. Os cinco novos sultões, não achando que os territórios exíguos constituíssem obstáculo a suas metas, estavam ansiosos para se expandir, especialmente o sultão de Golconda, rico em diamantes, contente por ter se libertado do domínio do velho regime de Zafarabad; ele planejava dominar a região. Além disso, o reino da dinastia Gajapati, a leste, tornara-se mais poderoso, e também ele tinha interesse nos territórios do império de Bisnaga. A chegada de um novo rei, jovem e inexperiente, ao Trono do Leão os incentivava a arriscar.

Quando o exército de Krishna Raya estava pronto para avançar contra as forças combinadas de Bidar e Bijapur, que já se deslocavam, Pampa Kampana e Zerelda Li pediram uma audiência ao rei. "Não nos veja como damas cobertas de brocados da corte real, acostumadas a passar o dia deitadas em meio a sedas e eunucos, cantando canções de amor, fumando ópio e bebendo suco de romã", disse-lhe Pampa Kampana. "Nenhum guerreiro pode ser melhor do que nós." Krishna Raya ficou bem impressionado. "A velha *kwoon* construída no tempo do grão--mestre Li ainda está de pé", disse ele. "Vamos trazer as melhores guerreiras da nossa guarda palaciana para ver como vocês se saem ao enfrentá-las."

"Fomos treinadas pelos melhores mestres", respondeu Zerelda Li. "Por isso, preferimos que fôssemos testadas também contra homens e não só contra mulheres."

"Não subestimem as guerreiras daqui", observou a mulher grandalhona que chefiava a guarda do palácio. "Tenho como antepassada a invencível Ulupi, e meu nome é uma homenagem a ela. Vocês vão ver que luto tão bem quanto qualquer homem."

O rei achou graça. "Chega, chega", disse ele, rindo. "Ulupi Júnior vai lutar contra vocês, minhas duas *apsaras*, e encontraremos um mero homem para testá-las também."

O rei mandou vir Thimma, o Enorme (assim cognominado por ser uma qualificação adequada e para não o confundir com Saluva Timmarasu, o primeiro-ministro de Krishna Raya). Dizia--se que aquele homenzarrão imenso e silencioso era mais elefante do que homem, com braços que mais pareciam duas trombas compridas, capazes de balançar o inimigo no ar e lançá-lo longe, pés gigantescos que esmagavam os oponentes sob aquele peso inimaginável. Ele precisava de tanta comida que, como um elefante domesticado, tinha que levar o alimento num saco pendurado em torno do pescoço, e, quando não estava lutando nem dormindo, estava sempre comendo. Bastava chegar ao campo de batalha para que fugissem pelotões inteiros de inimigos. Sua arma predileta era o porrete, mas quando entrava na *kwoon* pegava também uma lança. As galerias da *kwoon* estavam lotadas. Ninguém acreditava que as duas mulheres tivessem a menor chance, mesmo caídas do céu, e os espectadores começaram a fazer apostas pesadas contra elas. Thimma e Ulupi Júnior eram de longe os favoritos. Apenas o rei, para demonstrar simpatia pelas recém-chegadas que abençoaram sua pretensão ao trono, fez uma aposta grande nas duas mulheres sobrenaturais, que lhe renderia um bom dinheiro se ganhasse.

Então teve início o combate, e todos os que haviam apostado nos dois heróis locais na mesma hora perceberam que perderam o dinheiro da aposta. O espetáculo das duas *apsaras* ascendendo no ar em torvelinhos para atacar os adversários do alto, subindo as paredes e os telhados da *kwoon* para mergulhar, atacar e recuar de novo, era estonteante não apenas para os espectadores, mas também para os adversários, que em pouco tempo foram obrigados a permanecer parados, um de costas para o outro, no centro da arena, investindo contra o espaço vazio. O balé aéreo das duas mulheres, pontuado por golpes de espada de uma beleza quase extática, deixava exaustos Thimma, o Enorme, e Ulupi Júnior, tendo que lutar com um porrete amassado, uma zagaia partida ao meio e uma espada quebrada. Quando por fim Thimma caiu de joelhos, ofegante, o rei lançou na arena um pano escarlate, indicando que a batalha terminara. A partir daquele dia, não houve mais dúvida a respeito de quais seriam os combatentes mais temíveis de Bisnaga, e Krishna Raya declarou: "Esses quatro guerreiros virão comigo ao campo de batalha, e não há força alguma no mundo capaz de resistir a nós".

Os espectadores mais idosos, que conheciam as velhas narrativas, comentavam uns com os outros: "As únicas mulheres capazes de lutar assim foram Pampa Kampana e as três filhas, especialmente Zerelda Sangama". Essa lembrança foi rapidamente compartilhada entre todos os que estavam nas galerias da *kwoon*, descendo até a arena e chegando aos ouvidos dos combatentes e do rei.

"Então chamem-me de Pampa Kampana", disse Pampa Kampana, "que serei o segundo advento dela. Ou, para ser mais exata, o terceiro."

"E podem me chamar de Zerelda", disse Zerelda Li, "que serei essa grande mulher renascida."

As moedas de ouro que Krishna Raya ganhou por apostar nas duas mulheres foram usadas na compra de comida para os pobres. Assim foi que tanto o rei quanto as mulheres vitoriosas começaram a ser vistos como benfeitores virtuosos do povo, e a ser muito amados. "É o nascimento de uma nova era em Bisnaga", as pessoas diziam, e de fato foi o que aconteceu.

Quando o exército acampou à noite, na estrada que seguia para o norte, rumo a Diwani, para enfrentar as forças de Bijapur e Bijar, Pampa Kampana e Zerelda Li ficaram na mesma tenda, e foi só então, depois da atividade incessante que se havia seguido ao primeiro encontro delas, que finalmente tiveram tempo de conhecer-se.

"Me conte sua história", pediu Pampa Kampana, e a jovem, que era por natureza uma pessoa reticente e introvertida, por efeito da vida estranha que levara, abriu-se para aquela aparição de uma jovem ancestral que era a própria encarnação e ponto de origem daquela estranheza. "Nasci num navio", disse ela, "e ninguém pode criar raízes no mar. Assim tem sido para nós desde que Zerelda Sangama e o grão-mestre Li se juntaram ao general Cheng Ho. Somos mulheres em navios, indo de lá para cá, para todos os lados, encontrando homens e não se casando com eles — seguindo o exemplo de Zerelda Sangama e do grão-mestre Li, que nunca se casaram, mas permaneceram fiéis um ao outro por toda a vida — e tendo filhos, e tocando a vida, sempre com o nome de Zerelda Sangama — uma Zerelda depois da outra, terminando comigo, a sexta da linhagem! — e mantendo também o nome de família do grão-mestre, em todas as gerações. Assim, todas nos chamamos Zerelda Li, a primeira, a segunda, a terceira e assim por diante. Quanto a mim, tive minha mãe e só. Meu pai foi esquecido em algum porto. Não havia outras crianças a bordo, e por isso desde pequena fui tratada como adulta, esperando-se de mim que agisse como tal. Cresci calada e observadora, e creio que os homens a bordo — com tatuagens, dentes de ouro, pernas de pau e tapa-olhos, piratas que haveriam de apavorar uma menina normal — na verdade tivessem até um pouco de medo de mim, e muito medo de minha mãe, e por isso mantinham distância.

"O navio era meu único bairro, a rua onde eu morava, mas havia um mundo novo à minha espera cada vez que atracávamos, e esse mundo novo se tornava parte do meu mundo também, por algum tempo. Java, Brunei, Sião, as terras distantes da Ásia, e na direção oposta as terras das Arábias, o Chifre da África, a Costa Suaíli. Quando trouxemos a girafa de Melinde para a China, o imperador disse que era uma prova do Mandato do Céu que abençoava e autorizava seu reinado. Também trouxemos avestruzes, mas não foram considerados divinos por terem uma aparência muito tola. Assim foi a minha vida, em todos os lugares e em lugar nenhum, e descobri que possuía o dom de guardar na cabeça a forma das coisas. Me transformei num mapa do mundo.

"Descobri que o mundo é infinito em sua beleza, mas também duro, implacável, ávido, insensível e cruel. Aprendi que o amor quase sempre é ausente, e, quando surge, costuma ser intermitente, efêmero e por fim insatisfatório. Descobri que as comunidades construídas pelos homens se fundamentam na opressão da maioria pela minoria, e não compreendi, até hoje não compreendo, por que a maioria aceita essa opressão. Talvez seja porque quando não aceita e se rebela o que vem depois é uma opressão ainda maior do que a que foi derrubada. Comecei a achar que não gostava muito dos seres humanos, mas amava as montanhas, a música, as florestas, a dança, os rios largos, o canto e, naturalmente, o mar. O mar era meu lar. E por fim descobri que o mundo leva embora nosso lar sem nenhum remorso. Em algum lugar na costa oriental da África, a febre amarela subiu a bordo. Fui poupada, mas muitos morreram, inclusive minha mãe. Só restou para mim o que ela me ensinou, as artes da batalha, e as palavras finais, as últimas palavras de todas as Zereldas. 'Encontre Pampa Kampana.' E aqui estou, e agora a senhora sabe de tudo."

"Esse seu mapa do mundo", perguntou Pampa Kampana, "é um mapa de verdade que você tem na cabeça? Você vê como as partes do mundo se encaixam? De que modo o *aqui* se conecta ao *ali*, é afetado e mudado por ele? Você vê a forma das coisas?"

"Vejo, sim", respondeu Zerelda Li. "Com a maior clareza."

"Então vou lhe contar quem sou", disse Pampa Kampana. "Sou um mapa do tempo. Levo em mim quase dois séculos, e ainda vou absorver meio século antes de partir. E tal como você vê de que modo o *aqui* se conecta com o *ali*, eu percebo de que modo o *então* se junta ao *agora*."

"Então vamos nós duas fazer nossos mapas", propôs Zerelda Li, batendo palmas. "Eu desenho o meu no papel se a senhora fizer o mesmo. Vou pedir ao rei uma Sala dos Mapas e cobrirei todas as paredes e até mesmo o teto com imagens do grande mundo que há no além-mar, e a senhora pedirá um livro em branco para nele anotar a história e os sonhos, talvez até a previsão do futuro, aproveitando o ensejo."

Foi ali, naquele acampamento militar espartano, a caminho

da guerra, que teve início a obra-prima de Pampa Kampana. Ela começou a escrever a sério o *Jayaparajaya*, muito embora a tarefa a obrigasse a reviver o horror da fogueira que consumiu a mãe; e Zerelda Li começou a desenhar os mapas que durante cinquenta e cinco anos seriam considerados as obras de cartografia mais perfeitas que existiam. Mas a Sala dos Mapas não sobreviveu à destruição de Bisnaga, e da genialidade de Zerelda Li nada nos chegou para nosso deslumbre.

A batalha de Diwani não durou muito tempo, e foi menos uma batalha do que uma debandada. Enquanto os exércitos de Bijapur e Bidar fugiam da peleja, os sultões derrotados prostaram-se aos pés de Krishna Raya, imaginando que fossem ser pisoteados pelo elefante de guerra, Masti Madahasti, no dorso do qual estava o rei, instalado no *howdah* dourado, olhando para os dois lá embaixo, com o sorriso largo e feroz da vitória. Mas Krishna conteve o elefante. "Ele tem patas sensíveis", disse aos sultões prostrados, "e não quero machucá-las. Assim, sugiro que vocês continuem vivos e voltem para seus tronos mesquinhos, mas de agora em diante os dois sultanatos serão subservientes ao império de Bisnaga, vocês vão aceitar minha supremacia e pagar tributo. Espero que aceitem essa oferta generosa, senão talvez seja necessário pôr em risco as patas delicadas de Masti Madahasti."

"Só uma coisa", retrucou o sultão horizontal de Bijapur. "Não estamos preparados para nos converter à sua religião de mil e um deuses, e, se você insistir nisso, pode soltar o elefante. Concorda, meu amigo Bidar?"

O sultão de Bidar pensou por um momento. "É, acho que concordo."

Krishna Raya deu uma gargalhada estrepitosa, que não exprimia muita alegria. "Por que eu haveria de insistir nisso?", perguntou. "Em primeiro lugar, as conversões desse tipo são desonestas. Nossa história nos ensina que os fundadores de Bisnaga,

Hukka e Bukka Sangama, foram convertidos à força pelo sultão de Délhi, e por um tempo tiveram que fingir acreditar nesse tedioso Deus único de vocês; mas na primeira oportunidade escapuliram e deixaram de lado essas bobagens todas. Em segundo lugar, caso se convertessem, perderiam o apoio dos próprios povos, e portanto não conseguiriam convencê-los de que é importante ser leais ao império de Bisnaga; com isso seriam inúteis para mim. E, em terceiro lugar, se por obra de um milagre seus povos seguissem o exemplo e se convertessem em massa, quem ocuparia todas aquelas lindas mesquitas que vocês construíram nos sultanatos? Assim, podem manter sua religião; meu elefante não se importa nem um pouco. Mas se demonstrarem deslealdade para com o império, por menor que seja, então Masti Madahasti talvez tenha mesmo que pôr em risco as patas delicadas e pisotear vocês dois."

Naquela era de decapitações, cabeças recheadas de palha, assassinatos políticos e esmagamentos por elefantes, a notícia da misericórdia de Krishna Raya espalhou-se rapidamente, depondo muito em seu favor. Assim teve início a lenda do novo Rei-Deus, tão divino quanto o deus cujo nome homenageava — lenda em que o próprio Krishna, infelizmente, logo começou a acreditar. Mas naquele dia Pampa Kampana percebeu que havia um motivo mais imediato para o ato de perdão. No momento em que perdoava os sultões derrotados, Krishna Raya levantou a vista dos sultões humilhados para Zerelda Li e Pampa Kampana, encarando ora uma, ora outra. Elas estavam na montaria, à direita do elefante. Ulupi Júnior e Thimma, o Enorme, posicionavam-se à esquerda, mas o olhar do rei jamais se voltou naquela direção. Zerelda Li olhava para a frente, sem dar sinal de que tinha consciência de estar sendo observada pelo rei, mas Pampa Kampana retribuiu o olhar, e o sorriso de Krishna alargava-se cada vez mais, até que ele chegou a corar.

Pampa Kampana uniu as mãos e aplaudiu a sabedoria do rei. Ele abaixou a cabeça, retribuindo o gesto, pois percebeu que a aprovação das duas *apsaras* era algo que desejava muito. Sem dúvida, alguma coisa começava a acontecer.

Foi o *Mahamantri*, ou seja, o grão-ministro Saluva Timmarasu que ensinara ao jovem Krishna Raya a importância do número sete. Segundo ele, havia sete maneiras de lidar com um adversário: convencê-lo com argumentos razoáveis; suborná-lo; ou criar problemas em seus territórios; mentir em tempo de paz; e lográ-lo no campo de batalha; atacá-lo, é claro, o que era o método recomendado; ou, por último, nada recomendável, perdoá-lo. Quando Krishna Raya perdoou os dois sultões em Diwani, quase todos aprovaram e elogiaram o gesto humanitário. Timmarasu, porém, recebeu-o no palácio com estas palavras: "Espero que não tenha sido um perdão de verdade, o que seria sinal de fraqueza; mas se foi um logro, então foi bem-feito".

"Primeiro, ataquei e derrotei os dois", respondeu Krishna Raya, "e em seguida lhes ofereci o suborno do perdão, desempenhando o papel de um homem razoável. Vamos enviar espiões para Bijapur e Bidar, criando problemas para eles, assim terão que se preocupar com desavenças locais e não poderão tomar qualquer iniciativa contra nós outra vez; e se nos acusarem de fazer isso, mentiremos. Pode chamar isso de logro. Quanto a mim, julgo usar as sete técnicas ao mesmo tempo."

Timmarasu ficou bem impressionado. "Vejo que o discípulo superou o mestre", observou ele.

"Você já salvou minha vida mais de uma vez", disse Krishna Raya, "então estará sempre à minha direita, e continuarei a aprender o que você tem a ensinar."

"Nesse caso, seja bem-vindo", retrucou Timmarasu. "E devo informá-lo imediatamente a respeito dos sete vícios dos reis."

Krishna Raya sentou-se no Trono do Leão. "Dois deles não se aplicam a mim, de saída. Não bebo e não jogo, e por isso não é necessário me contar a história do *Mahabharata* em que Yudhisthira perdeu o reino e a esposa nos dados. Todos conhecem esse episódio. Poupe-me também da alegoria do deus da morte e das águas envenenadas do lago."

"Vossa majestade também demonstrou evitar a aspereza na guerra", disse Timmarasu. "Mas vejo que o vício da arrogância já se manifesta. Precisamos trabalhar esse problema."

"Não agora", disse o rei, com um gesto categórico. "Ainda faltam três."

"A caça", enumerou Timmarasu.

"Detesto caçar", retrucou Krishna Raya. "Coisa de bárbaros. Prefiro poesia e música."

"O desperdício de dinheiro", disse Timmarasu.

"Dinheiro é por sua conta", respondeu o rei, com uma risada, embora não estivesse claro que ele estava brincando. "O tesouro real está em suas mãos, bem como os impostos. Se você se tornar ganancioso ou desperdiçar dinheiro, corto-lhe a cabeça."

"É justo", concordou Timmarasu.

"Qual é o último vício?", perguntou Krishna Raya.

"Mulheres", respondeu o ministro.

"Se você vai dizer que só posso ter sete mulheres", replicou Krishna Raya, "melhor se calar. Em certos assuntos, o número sete não é suficiente."

"Entendi", disse Timmarasu. "Embora talvez tenha mais a dizer sobre isso noutra ocasião. Por ora, limito-me a lhe dar parabéns. Cinco em sete, nada mau. Vossa majestade há de ser um ótimo rei."

Em seguida, aproximou-se do rei e deu-lhe um tabefe com

força no rosto. Antes que Krishna Raya tivesse tempo de manifestar espanto e raiva, Timmarasu lhe disse: "Isso é para que vossa majestade não se esqueça de que gente comum sofre dor todos os dias".

"E chega de instrução por hoje", disse o rei, esfregando a mão na face. "Sorte sua eu ter acabado de dizer que estou disposto a aprender com você."

15.

Quanto ao "vício em mulheres", pouco depois da vitória em Diwani, Krishna Raya resolveu transformar a *zenana* real — a ala das mulheres adjacente à sua residência no Palácio do Lótus — num grandioso simulacro do mundo do deus cujo nome ele ostentava, e assim anunciou aos cidadãos de Bisnaga que cento e oito de suas filhas mais belas teriam a honra de ser escolhidas como *gopis* reais. Ele as pouparia do trabalho de ordenhar vacas, porque, afinal de contas, estava claro que a proposta não era a de transformar a morada do rei num palácio de vacas. Os Sangama haviam sido vaqueiros no início da carreira, de modo que era possível que no tempo de Hukka e Bukka o palácio cheirasse a bosta, mas aquela dinastia já estava extinta havia muitos anos, era uma página virada da história; portanto, não haveria mais vacas ali. As ordenhadoras, que na verdade não teriam de ordenhar nenhuma teta malcheirosa, seriam bem cuidadas e viveriam no luxo — quase até se poderia dizer, no esplendor — e sua única obrigação seria o amor incondicional. Quando o rei resolvesse tocar flauta, dançariam para ele, e a dança seria a *Ras*

Lila, a dança da adoração divina. Haveria três categorias de consortes: as mensageiras mais humildes, as ordenhadoras intermediárias e, acima de todas, a rainha, à qual, uma vez escolhida, ele daria o nome de Radha eterna; e as oito *varisthas*, as *gopis* principais, que seriam suas companheiras constantes e receberiam os nomes que tinham nas velhas narrativas: Lalita, Visakha, Champaka-Mallika, Chitra, Tungavidya, Indulekha, Ranga e Sudevi. O papel de Radha exigiria pesquisa mais aprofundada, pois ela teria de ser a própria encarnação da Potência do Êxtase. "Que a busca comece!", decretou o rei. "Quando eu tiver a todas, também mudarei o nome da *zenana*, que passará a ser a Sagrada Floresta do Manjericão, em homenagem ao arvoredo sagrado do deus; e o reinado do amor será estabelecido por todo o império.

Foi também nesse momento que o rei decidiu, para usar suas próprias palavras, "com relutância, e com toda a devida modéstia e a profunda sensação de não merecer aquela honra, ceder à ampla pressão popular" e permitir que seu nome real fosse modificado. Passaria a ser Krishnadevaraya, o Rei-Deus, pelo resto da vida.

Quando ouviu dizer que o rei pretendia fazer essa proclamação, Saluva Timmarasu se preocupou. "O orgulho vem antes da queda", pensou ele, "e igualar-se a um deus é correr o risco de se tornar objeto da ira do próprio deus." Percebeu, porém, que seria impossível dissuadir o rei, e resolveu que por interesse próprio o melhor a fazer era implementar o projeto da maneira mais eficiente possível, para não cair em desgraça. Assim teve início o desfile de jovens, e as escolhas de Timmarasu foram aprovadas pelo rei, até que cento e cinco das posições haviam sido ocupadas por mulheres ansiosas por agradar, porque para quase todas aquela mudança de status transformara por completo a vida de sua família, e o horizonte antes estreito parecia ampliar-se até que todo o mundo estava a seu alcance. Se para Krishnadevaraya o amor incondicional era o preço daquelas vidas novas, elas estavam dispostas a pelo menos manter a fachada desse amor. Valia muito a pena. Assim, também elas, as cento e cinco, criavam um simulacro, uma imitação de vida, uma falsidade. Mas a imitação parecia de fato a realidade, e, portanto, de certo modo, tornava-se realidade, pois pelo menos todos a viam como real, o que era quase a mesma coisa.

Saluva Timmarasu era de origem humilde; não era versado nos clássicos; era um homem mundano, ríspido, que subira na vida como soldado; um homem simples, consciente de não estar à altura da tarefa de ensaiar aquelas pseudo*gopis* para que aprendessem os papéis que precisariam representar para agradar o rei. Assim, Timmarasu foi pedir ajuda à que lhe parecia a mais velha das duas criaturas celestiais que entraram na vida do reino, e que por serem celestiais certamente conheceriam o caráter e as idiossincrasias das personagens atemporais que habitavam aquele outro mundo. Por acaso, sem que Timmarasu soubesse, aquela Criatura Celestial Sênior era também a pessoa em Bisnaga que melhor conhecia os textos, alguém que passara toda a infância, a partir dos nove anos, na companhia do sábio Vidyasagar, estudando e tentando compreender os livros antigos. Era, naturalmente, Pampa Kampana, e se Timmarasu fora aceito pelo rei como tutor pessoal, ela passou a ser a professora de Timmarasu, bem como a instrutora e confidente das cento e cinco consortes do rei.

De início, Pampa Kampana não quis assumir aquele cargo. Suas posições progressistas em relação à situação da mulher na sociedade eram incompatíveis com a existência de mais de cem esposas reais. Sua vontade era aproximar-se do rei e lhe dizer: escolha uma única mulher maravilhosa e reine com ela, os dois lado a lado. Mas Timmarasu achou que isso não seria prudente.

"Ele tem a maior admiração pela senhora e pela srta. Zerelda Li", disse o ministro, "por causa da natureza mágica e da atuação inigualável de cada uma no campo de batalha. Mas começa a se considerar um deus, e assim julga-se acima de meras *apsaras* metamórficas. Não vá pisar no calo dele, logo no início. Devagarinho a senhora vai conseguir fazê-lo mudar. E eu também já observei a maneira como ele olha para as senhoras. Uma, ou as duas, podem ser promovidas a um posto muito elevado."

"Tenho algumas coisas a dizer a Krishna Raya sobre nós — sobre *mim* — que, espero eu, farão com que ele me leve muito a sério", replicou Pampa Kampana. "Mas você tem razão. Cada coisa a seu tempo. Vamos esperar até que Bisnaga tenha uma rainha."

"Quanto a isso", disse Timmarasu, "tenho esperança e intenção de influenciar a escolha do rei. Não se trata de uma questão de amor, mas de Estado."

"Entendi", disse Pampa Kampana. "Com o tempo vou saber de que lado você está."

Ela começou a trabalhar com a consorte número oito, a filha de um florista, que agora passara a se chamar "Sudevi"; tinha sido escolhida porque sua tez era da cor de um estame de lótus. "Você vai ter que fazer muita coisa", disse-lhe Pampa Kampana. "Tem que ser sempre carinhosa, por mais que seja provocada. Tem que levar água para o rei sempre que ele tiver sede, e lhe fazer massagem com óleos perfumados quando ele chegar em casa após um dia de trabalho pesado. Precisará treinar papagaios para se exibirem ao rei, e galos de briga. Também cuidará das flores da *zenana*, mantendo sempre as recém-colhidas nos vasos. Algumas delas florescem quando a lua nasce. Essas são flores de bom agouro. Aprenda os nomes delas e sempre tenha muitas espalhadas pelo palácio. Você também precisará criar abelhas. E, quando a rainha for coroada, trançará o cabelo dela e ficará de olho nas outras *gopis*, para que nenhuma trame nada contra a rainha. Você é capaz de fazer isso?"

"Farei tudo com amor", disse a *gopi* número oito.

A de número sete era "Ranga", filha de uma lavadeira. "A sua tarefa", disse-lhe Pampa Kampana, "é flertar o tempo todo com o rei quando a rainha não estiver presente, e, quando ela estiver junto com o rei, fazê-la rir com uma sequência ininterrupta de piadas. No calor do verão, você terá de abaná-los, e, no frio do inverno, trazer-lhes carvão para as lareiras. Mas você precisa também estudar lógica, porque se o rei resolver filosofar, poderá entrar na conversa com competência e verve impressionantes. Você é capaz de fazer isso?"

"Essa coisa de lógica não vai ser fácil", disse a *gopi* número sete, "mas em compensação vou flertar muito."

Quando a *gopi* número seis, chamada "Indulekha", filha de uma cozinheira do palácio, foi trazida a ela, Pampa Kampana disse: "Ah, você é a que tem temperamento fogoso, provavelmente por causa de todo aquele calor da cozinha. Você vai preparar para o rei refeições saborosas como o néctar, e ficará a abaná-lo enquanto ele come. Além disso, vai aprender a arte de encantar cobras para fazê-las dançar para ele, e as artes da quiromancia, para todas as manhãs prever a sorte do rei, de modo que ele esteja bem preparado para enfrentar o dia. Quando houver uma rainha, ela e o rei vão usá-la para trocar mensagens, e assim você conhecerá os segredos do casal; também terá o controle do guarda-roupas e das joias da rainha. Se você cometer a tolice de contar a qualquer outro ser vivo um segredo real, ou de roubar…".

"Eu nunca cometeria uma tolice dessas", gritou a sexta *gopi*, "então tenha a bondade de não me acusar de ser linguaruda nem ladra."

A *gopi* número cinco, agora conhecida como "Tungavidya", filha de um mestre-escola, fora escolhida por ser muito inteligente e bem informada, e também por dominar as artes. Disse-lhe Pampa Kampana: "Você está aqui para estimular o rei com seu saber nos dezoito ramos do conhecimento, incluindo moralidade, literatura e tudo o mais. E também para dançar. Creio que você sabe tocar vina e cantar no estilo *marga*. Isso é apropriado. Pode ser também que o rei queira fazer uma aliança política e recorra a seus conhecimentos de diplomacia. E, se o rei e a rainha brigarem, sua diplomacia será necessária para aparar as arestas, mas nesses casos a sua superior, Chitra, sempre tomará a iniciativa, e você fará o que ela pedir."

"Tudo bem", disse a quinta *gopi*, "mas espero que também tenha direito a namorar um pouco."

"Chitra", a *gopi* número quatro, era uma das poucas mulheres escolhidas de origem aristocrática, e por isso andava com o nariz empinado e não queria ser treinada por Pampa Kampana. "Eu sei como é", disse a Pampa. "Tenho que intervir nos casos de discórdia real, e devo engrinaldar o rei e a rainha todos os dias. Falo e leio em muitos idiomas, e posso interpretar qualquer texto e dizer ao rei o que exatamente o autor quis dizer, e não o que está na superfície. Sei que sabor têm as comidas só de olhar para elas, e assim posso detectar se um alimento está ou não envenenado. Sei encher jarras com quantidades diferentes de água e tocar música nelas com baquetas. Estarei encarregada dos jardins do palácio, de modo que vou trazer ao rei ervas que o transportarão a um estado de transcendência, e outras para curá-lo quando adoecer. Os animais do palácio serão cuidados por mim. E vou agir com muito afeto e alta sensualidade com relação ao rei, mas assumir um decoro absoluto na presença da rainha. Nada disso é muito difícil."

"Veremos", disse Pampa Kampana.

Sua última pupila era "Champaka" ou "Champaka-Mallika", a Rainha Magnólia, filha de um humilde lenhador. "Não tenho muita coisa a lhe dizer", explicou Pampa Kampana, "apenas o que disse às outras, em suma. Você é a dama com mais status no palácio, vindo atrás apenas da rainha, ainda desconhecida, e suas duas companheiras mais íntimas, ainda não escolhidas. Será responsável em última análise por tudo que as mulheres abaixo de você fizerem, mas você tem que ser, ou aprender a ser, hábil na arte de delegar. Se conseguir desempenhar as funções, ficará em quarto lugar quanto à Potência de Êxtase, e será chamada para proporcionar o êxtase ao rei quando as três superiores estiverem cansadas ou sem vontade. Suas mãos são hábeis, ou deverão se tornar hábeis, em fazer esculturas de argila, e também doces, tão deliciosos que todos a chamarão de 'Mão Doce'."

"Não sei cozinhar", disse a Rainha Magnólia. "É o que todos me dizem. O que acontece se eu fracassar?"

"Não faça isso", disse Pampa Kampana, com a paciência já nas últimas. "Aprenda. E é para já."

Para a surpresa de Pampa Kampana, sua pentaneta Zerelda Li não fez nenhuma crítica ao demorado processo de escolha das consortes reais; na verdade, gostou de ver que Pampa participava do empreendimento, bem como ajudava as damas a compreender a importância e a variedade das novas responsabilidades.

"Quem sabe", disse ela, com uma expressão de deslumbramento inocente que deixou atônita Pampa Kampana, "ele não me escolhe como uma das duas Companheiras Principais, ou até mesmo — sim! Por que não? — como rainha."

"O que você está dizendo!", exclamou Pampa Kampana. Seu tom enfático surpreendeu a ambas, e talvez fosse consequência da atividade de tutorar as consortes reais recém-nomeadas, tarefa que assumira com relutância. "Você já viajou pelo mundo, de modo que certamente já viu ocupações melhores para uma mulher."

"É verdade, passei a vida vagando pelo mundo, sem raízes, sem conhecer minhas origens, sem saber qual é o meu lugar, e quem me tornaria se algum dia encontrasse esse lugar", rebateu Zerelda Li. "Se agora tenho oportunidade de me tornar parte de algo, participar de uma tradição antiga e entrar para a dinastia no poder, vou abraçá-la com prazer, e a senhora há de entender por quê. Se eu estiver ao lado do rei, poderei acreditar que minhas viagens terminaram, e que posso criar raízes finalmente."

"Sempre acreditei que uma mulher pode criar raízes dentro de si própria", disse Pampa Kampana, "em vez de se definir pela posição que ocupa ao lado de um homem, mesmo que seja um rei. Você não encontrou nenhuma mulher assim em todas as suas viagens?"

Estavam na velha *kwoon* Destino Verde, treinando artes marciais, e essa discussão — a primeira vez que discordavam sobre algo — só intensificava o exercício marcial. "Nos mapas na minha mente", observou Zerelda Li enquanto pelejavam, "vejo lugares onde mulheres são escravas, ou criadas, ou onde são livres e mesmo assim continuam sendo desrespeitadas. Na China, seus pés são amarrados e deformados quando ainda são pequenas. Na Cidade de Pedra de Zanzibar, mulheres não podem ser vistas em lugares públicos. No Mediterrâneo e no mar do Sul da China há mulheres piratas, é verdade, mas uma delas foi derrubada pelo genro, e a outra se casou com o filho adotivo e se tornou dona de um bordel em Macau. Ser rainha é muito melhor do que tudo isso."

"Já fui rainha", disse Pampa Kampana, baixando a espada. "Não é nada de tão especial." Ao final do treinamento, as duas foram se banhar. "Na Bisnaga de antigamente", disse Pampa

Kampana a sua neta, "as mulheres podiam ser advogadas, comerciantes, arquitetas, poetas, gurus, qualquer coisa."

"Quando eu me tornar rainha", retrucou Zerelda Li, "tudo isso voltará a ser possível."

"Se você se tornar rainha", corrigiu Pampa Kampana, com um suspiro.

"Quando", insistiu a outra. "A senhora não repara como ele olha para mim?"

Então Pampa Kampana disse algo que não era sua intenção dizer, algo que veio de um lugar dentro dela de cuja existência jamais suspeitara:

"Ele me olha exatamente da mesma maneira."

Depois dessa, Zerelda Li passou uma semana sem falar com ela, fechada na Sala dos Mapas no Palácio do Lótus, pedindo que lhe trouxessem comida e dormindo lá mesmo, numa cama que mandou instalar. Quando por fim abriu as portas, todos viram que fizera, repetidamente, mapas de apenas dois países, ambos, desconfiava Pampa Kampana, imaginários: o país de Zerelda, que o grão-mestre Li inventara para fascinar a amada, e a Terra de Ye-He, inventada pela ancestral de Zerelda Li, a filha de Pampa Kampana, Zerelda Sangama, para que houvesse um idioma no qual pudesse dizer a Li Ye-He que também o amava. A cidade do tempo que voava e das redes de pegar borboletas, e a cidade em que os seres humanos, mas não as aves, voavam, eram ambas representadas em cores deslumbrantes e num nível assombroso de detalhe. Num canto de Zereldópolis via-se uma velha numa cadeira de rodas puxada pelas filhas, agarrando-se com desespero às últimas horas que não conseguia mais capturar, sendo observada com um misto de pena e desprezo por rapazes jovens que devoravam sanduíches de tempo e frutas que pareciam relógios, julgando-se imortais; noutro painel, mulheres em êxtase sobrevoam as nuvens da cidade de Ye-He, nuas como nasceram, tremendo de frio, comprando agasalhos em lojas instaladas nas nuvens, não por vergonha da nudez, mas por estarem congelando naquela altitude. No rosto dos cidadãos das duas cidades, destacavam-se o estoicismo dos zereldanos e a sabedoria mundana dos ye-he-enses.

Quando por fim o trabalho se concluiu, ela permitiu que a avó visse o que fizera. Pampa Kampana chorou diante da beleza daqueles mapas e ficou um bom tempo a elogiá-los. Mas depois, numa voz baixa e amorosa, sentiu-se obrigada a acrescentar: "Minha filha querida, são lugares — não são? — a que só se tem acesso nos sonhos, que não podem ser visitados quando se está desperto".

"Pelo contrário", replicou Zerelda Li, "todos os mapas que fiz são retratos do lugar onde estamos agora. São todos mapas de Bisnaga."

A Sala dos Mapas foi aberta ao público. O rei foi o primeiro visitante, e também ele foi levado às lágrimas pela beleza da cartografia de Zerelda Li. Em seguida vieram os cortesãos do primeiro escalão, que também foram obrigados a chorar para provar que não estavam menos comovidos do que o rei, e a partir daí todos que entravam naquela sala tinham que chorar em abundância lágrimas reais ou imaginárias, a ponto de as pessoas começarem a referir-se ao lugar — desde que o rei não estivesse por perto — como "a Sala do Choro Obrigatório".

O rei, recém-renomeado Krishnadevaraya, convocou a corte para a Sala do Trono do Leão — os cortesões entraram em fila, enxugando os olhos vermelhos — e publicamente declarou o amor pela cartógrafa Zerelda Li. Disse a ela que queria também mudar o nome dela; passaria a ser "Radha-Rani", a Rainha Radha, em homenagem à amada do deus, e pediu-lhe que escolhesse as companheiras mais próximas, "uma das quais, imagino", acrescentou o rei, "será a outra *apsara*, sua irmã ou seja lá o que você diga que ela é". Em seguida, três coisas aconteceram, uma logo depois da outra.

Em primeiro lugar, Zerelda Li respondeu que aceitava humildemente a dádiva de seu amor;

... e, em segundo lugar, Pampa Kampana, com o rosto vermelho e irritada, afirmou que não tinha nenhuma vontade de se tornar uma das duas companheiras, nem de assumir o pseudônimo de "Lalita" ou a falsa identidade de "Visakha". "Com sua permissão", disse ela ao rei, "continuarei sendo Pampa Kampana enquanto estiver viva."

"Não entendo", respondeu Krishnadevaraya. "Como está claro que a senhora não pode ser a verdadeira e lendária Pampa Kampana de tanto tempo atrás, porém apenas adotou esse nome por conveniência, qual o problema de aceitar um nome novo, que haveria de lhe conferir muito prestígio e fama?"

"Talvez chegue o dia", disse Pampa Kampana, "em que eu possa explicar a vossa majestade quem e o que sou. Por ora, me despeço, com sua permissão." E foi embora da sala do trono;

... em terceiro, o *Mahamantri* Timmarasu, à direita do rei, junto ao Trono do Leão, baixou a cabeça e murmurou: "Peço com muita urgência para dizer umas palavras em particular no ouvido imaculado de vossa majestade".

Krishna, que já aprendera que quando o primeiro-ministro falava naquele tom de voz era bom prestar atenção, desceu do trono e foi aos recintos privados. Apenas Timmarasu pôde acompanhá-lo. Quando se viram a sós, o ministro sacudiu a cabeça com tristeza.

"Vossa majestade deveria ter falado sobre isso comigo antes. A escolha da esposa número um não é uma questão que possa ser decidida apenas com base na atração física."

"Eu a amo", disse Krishnadevaraya. "E isso há de bastar e ser decisivo."

"Tolice", disse Timmarasu com firmeza, "se me permite a expressão."

"Então quais fatores seriam suficientes e decisivos?", perguntou Krishnadevaraya.

"Razões de Estado", respondeu Timmarasu. "Nesses casos, só isso é relevante."

"E a que razões de Estado você se refere?"

"À fronteira sul. É hora de fazer uma aliança. Depois da vitória em Diwani, a situação ao norte está estabilizada, pelo menos por ora. Mas no sul precisamos de ajuda. Precisamos, em suma, do rei Veerappodeya de Srirangapatna, soberano eficiente e comandante militar temível, para conquistar e depois administrar algumas regiões meridionais para nós, em particular a cidade e principado de Maiçor."

"Mas o que isso tem a ver com meu amor pela *apsara* Zerelda Li?", questionou o rei, indignado, o rosto cada vez mais vermelho à medida que a raiva crescia.

(Sabia-se que ele tinha pavio curto, e Timmarasu ainda descobriria as consequências da ira real. Mas também era verdade que, quando a raiva passava, Krishnadevaraya sentia remorso e não media esforços para compensar as vítimas pelo sofrimento que lhes impusera — como veremos depois, não é assunto para ser tratado agora.)

"A única maneira de garantir o afeto e o apoio do rei Veera", disse Timmarasu ao rei, "é vossa majestade casar-se com a filha dele, Tirumala."

"O quê? A *tal* de Tirumala?", berrou Krishnadevaraya, e a voz ecoou por todos os recantos do palácio, chegando aos ouvidos de Zerelda Li, Pampa Kampana e todos os outros cortesãos. "A mal-afamada princesa teluga, que dizem ser uma tirana monstruosa, totalmente desprovida de amor?"

"Vossa majestade sabe como é", disse Timmarasu, num

tom tranquilizador. "O homem forte é admirado como líder, mas a mulher forte é depreciada como megera. Por obra dessa união, vossa majestade mostrará a todas as mulheres do império que voltou a época em que a força delas é tratada com respeito."

"E assim hei de me tornar o benfeitor amado de todas as mulheres de Bisnaga", disse o rei.

"Sim", concordou Timmarasu.

"E, como terei minhas *gopis*, não serei obrigado a passar muito tempo com essa senhora", o rei pensou em voz alta.

"Dizem que ela tem talentos militares", explicou Timmarasu, "assim, vossa majestade pode fazê-la lutar ao lado das outras grandes heroínas, Ulupi Júnior, Zerelda Li e Pampa."

"Elas não vão conviver em paz", profetizou o rei.

"Terão que conviver, sim", discordou Timmarasu. "Porque será uma ordem sua, e vossa majestade é o rei."

Krishnadevaraya pensou por um momento. "E o que faço agora?", perguntou, com uma voz que não parecia mais um trovão, e quase inspirava pena. "Minutos atrás eu disse ao mundo que Zerelda Li seria a minha Radha. Devo então destroná-la antes mesmo que a coisa tenha começado?"

"A corte real é uma escola árdua", disse Timmarasu. "Aqui se sobe e aqui se desce. Será uma lição valiosa para essa jovem."

"Então preciso sair daqui e dizer a ela que não será Radha, mas pode ser Lalita, que é apenas um grau abaixo. Também é uma posição muito importante."

"Creio que Tirumala vai querer que a mãe venha com ela para Bisnaga", observou Timmarasu. "Mesmo que a mãe não fique conosco o tempo todo, a posição de companheira mais próxima tem que ser dada a ela. Assim, o papel do segundo lugar, o de 'Lalita', deve ser dela."

"Você quer que eu relegue Zerelda Li ao terceiro lugar?", exclamou Krishnadevaraya. "Ela não pode ser Radha nem mesmo Lalita, então o jeito é ser Visakha. Pode ser difícil que ela aceite isso."

"Ela é uma espécie de estrangeira", disse Timmarasu, brutal. "Nela há mais do que origem chinesa, e talvez de outras nacionalidades também. Diga-lhe que nenhum estrangeiro jamais ocupou posição tão elevada no império. Já houve um estrangeiro encarregado das explosões, mas essa função é muito mais excelsa. Diga-lhe que é impossível lhe dar título mais alto, porque talvez isso fosse entendido pelo imperador chinês como sinal de que vossa majestade aceitaria certo grau de autoridade chinesa em Bisnaga, o que poderia levar a uma invasão, com frotas chegando em Goa, e depois a uma guerra indesejável. Na verdade, melhor seria ela não receber nenhum título elevado na corte."

"Você está indo longe demais", disse Krishnadevaraya a Timmarasu. "Estamos falando da mulher que eu amo. Preciso magoá-la por conta das 'razões de Estado', mas vou continuar a amá-la. Tirumala pode até se tornar a rainha e imperadora de Bisnaga, mas Zerelda Li será para sempre a rainha e imperadora do meu coração."

"É mesmo?", questionou Timmarasu. "Não seria apenas uma paixonite? Vossa majestade praticamente não falou com ela desde que ela chegou. Vossa majestade não a conhece."

"Não se trata de uma paixonite", discordou o rei. "Ao assistir a uma pessoa em ação no campo de batalha, toda a natureza dela se torna visível. Quando vida e morte são as únicas questões em jogo, não se pode ocultar nada. Eu a vi em Diwani. Ela foi magnífica. Ela é extraordinária. Não consigo imaginar mulher melhor para ter ao meu lado pelo resto da vida. Bem, a outra *apsara*, a que se autodenomina Pampa Kampana, é talvez ainda mais extraordinária, mas embora pareça jovem e bela, por algum motivo que não compreendo tem o ar de uma mulher velhíssima, e, ainda que respeite e admire a velha alma que parece habitá-la, preciso da juventude que age como juventude. São essas as razões dos meus sentimentos; não são superficiais, são profundas. E quero levantar mais uma questão que talvez seja compatível com seu modo calculista de pensar. Talvez seja até mesmo uma 'razão de Estado'.

"Se é mesmo verdade, como ela afirma, que Zerelda Sangama é sua antepassada, então uma união com ela une as dinastias Tuluva e Sangama, o que torna impossível refutar nosso direito — meu e de meus filhos — ao Trono do Leão. Não precisamos mencionar esse fato para Tirumala nem ao pai dela, mas talvez seja essa a linha de sucessão que prefiro — a melhor linha de sucessão para a minha casa."

Timmarasu encarou-o bem de perto e disse após algum tempo: "Vejo que vossa majestade diz a verdade sobre seus sentimentos, e que também pensa no futuro de uma maneira interessante. Por isso, vou proteger e possibilitar o seu amor. Mas é necessário que Tirumala seja a rainha principal. Sobre a questão da sucessão, podemos pensar num momento futuro. Por ora, temos que voltar à sala do trono e deixar tudo em pratos limpos".

"Muito bem", disse Krishnadevaraya. "Vamos resolver logo essa história."

Ao sair da sala do trono, Pampa Kampana recolheu-se a seus aposentos, a sós, e perguntou a si mesma o que estava acontecendo. Não conseguia entender seu próprio comportamento ainda há pouco. Por que fora tão competitiva com Zerelda Li ao comentar que o rei a olhava — *"Ele me olha exatamente da mesma maneira"*? Por que saíra da sala do trono daquele modo deselegante, com o rosto afogueado, em pleno acesso de birra? Era verdade que não queria participar da Vrindavan fajuta de Krishnadevaraya, da "Sagrada Floresta do Manjericão" dele, cheia de imitações de seguidoras do deus. Assim como não gostara de ser envolvida em toda aquela bobagem, tendo que assumir o papel de educadora e mentora das moças, pressionada pelo ministro Timmarasu. Também era verdade que Radha fora o nome de sua mãe e que era doloroso vê-lo conferido a outra pessoa. Mas nada disso deveria ter criado um atrito entre ela e Zerelda Li. Além disso, ela compreendia muito bem a ânsia da jovem por participar daquele mundo novo, o desejo de penetrar no âmago de uma cultura que era sua, mas que ela ainda conhecia muito pouco; a vontade de se integrar. Então, o que estava acontecendo? Pampa se perguntava. Por que estava tão aborrecida?

Estaria apaixonada pelo rei?

Que ideia ridícula. Um sujeito vaidoso, que se achava deus, com o rosto bexiguento. Havia uma centena de motivos pelos quais ela não quereria um homem como ele. Era exatamente o contrário de seu tipo. Além disso, praticamente não o conhecia.

Mas estaria apaixonada por ele?

E há quanto tempo é preciso que se conheça uma pessoa para se apaixonar por ela? Sete anos? Ou sete minutos?

O reinado do amor será estabelecido por todo o império, ele dissera, o que depunha muito em favor dele. No decorrer de toda a sua longa existência, Pampa Kampana jamais ouvira um rei — um *homem* — valorizar o amor acima de tudo. Também ela, no fundo do coração, sonhara com isso, uma Bisnaga em que todas as divisões — de casta, cor da pele, religião, pensamento, formação, religião — seriam postas de lado, para que nascesse o *premarajya*, o reino do amor. Jamais confessara a ninguém, talvez nem mesmo a si própria, que guardava no íntimo um desejo tão sentimental, e agora o tal Krishnadevaraya dissera aquilo em voz alta para quem quisesse ouvir.

O reinado do amor.

Ele provavelmente nem sabia o que dizia, pensou Pampa

Kampana. Foi só uma frase de efeito, retórica vazia. Mas se fosse ela a mulher ao lado dele, saberia lhe explicar o significado dessas palavras. Se recuperasse a antiga posição de glória, talvez pudesse sussurrar palavras de amor no ouvido do rei, e no ouvido do Grande Ministro, e em todos os ouvidos do país. Aquilo poderia se tornar a obra da vida dela, da vida que ainda lhe restava depois de quase duzentos anos.

Mas ela podia fazer isso, não podia? Já sussurrara nos ouvidos de toda uma cidade. Por que então não assumir a tarefa de espalhar o evangelho do amor, se era esse, como dizia a si própria agora, seu maior desejo?

A *posição de glória*. Seria a glória que a havia desestabilizado? Seria isso o que ela realmente queria, depois de tanto tempo, depois de tudo que acontecera? O desejo de recuperar a glória, disfarçado de desejo por um homem não particularmente desejável, e pela coroa dele?

Foi obrigada a reconhecer, por mais vergonha que isso lhe causasse, que a resposta era provavelmente essa. Não fora apenas Zerelda Li que passara muitos anos no exílio, não era só ela que queria se integrar, ser valorizada. Mas Zerelda Li não sabia quase nada a respeito de Bisnaga além do que a mãe lhe contara, e o que a mãe sabia era apenas o que chegara a ela mediado por muitas gerações. Não tinha vivência concreta de lá; agora estava faminta de experiência; mas uma mulher faminta era, com todas as letras, uma mulher que não fora alimentada.

Já Pampa Kampana sabia tudo. Sabia o que ela própria fizera para que Bisnaga se tornasse o que era, e lembrava-se dos anos amargos de exílio na floresta. Ter algo e perdê-lo, pensou, é muito pior do que nunca o ter tido ou mesmo saber o que era. Ela queria ter tudo de volta: ser vista novamente como a criatura mágica que era de fato, a humana com uma deusa dentro, que criara um império com um saco de sementes, e que com sussurros nos ouvidos das pessoas criara toda a história delas, e desse modo o tornara real. Queria estar a sós com o rei e lhe contar a verdadeira história do reino e o papel central que ela desempenhara na criação dele, fazê-lo entender que não se tratava de um conto de fadas passado adiante por dois séculos, e sim a verdade, encarnada na mulher que lhe falava agora, que parecia ter no máximo trinta e sete anos, mas na realidade já completara cento e noventa. Isso seria melhor do que uma coroa. E, se o reconhecimento desses fatos viesse acompanhado do amor, do rei e talvez também do povo, caso uma coroa fosse oferecida, ela aceitaria tudo isso como uma espécie de confirmação.

Acusou a si própria de vaidosa.

Zerelda Li entrou de repente, correndo, chorando e rindo ao mesmo tempo. "Não vou mais ser rainha", exclamou, "e sim vice-rainha!" Num atropelo de palavras, soluços e risos, contou a Pampa Kampana que o rei contrairia um casamento político com Tirumala de Srirangapatna, "mas não me importo, porque ela deve ser uma bruxa, não é, se ela só consegue arrumar um marido através de um acordo político frio, nada *romântico*, não é, e não me importo nem um pouco com *ela*, porque ele me levou aos aposentos mais íntimos e disse que sou o único e verdadeiro amor dele, que o próprio deus do amor soltou todas as cinco flechas e o atingiu cinco vezes e pronto, ele me amará pelo resto da vida, é tão lindo, ele é tão, tão, *sincero*".

"Certo", disse Pampa Kampana, abraçando a jovem, que correra para seus braços. "Meus parabéns."

"Vice-rainha também é rainha", disse Zerelda Li, chorando no ombro de Pampa Kampana. "Não é?"

"É, sim", concordou Pampa.

Zerelda Li enxugou os olhos. "A senhora sabe da história das cinco flechas de Kama?", perguntou, ainda um pouco chorosa.

"Sei", respondeu Pampa Kampana; mas era impossível calar a jovem.

"Pois eu não sabia", disse Zerelda Li, "mas ele me explicou tão bonito! Ele disse que a flecha enfeitada com lótus brancos, *Aravinda*, atingiu-lhe o coração e o fez sentir-se animado, jovem e feliz. A segunda flecha, enfeitada com flores de *Ashoka*, o acertou na boca e o fez gritar por amor. A terceira, com flores de mangueira pintadas na haste, *Choota*, penetrou-lhe o cérebro e o enlouqueceu de paixão. A quarta, a flecha da flor de jasmim, *Navamallika*, o atingiu no olho, e depois disso, ao me olhar, viu uma imensa irradiação de beleza que só se vê nas maiores deusas. E a quinta, a dos lótus azuis, *Neelotpala*, o acertou no umbigo. Na verdade, ele disse, tanto faz o lugar em que a quinta flecha acerta, porque ela enche a pessoa de amor, é como se afogar num mar de amor, e tudo o que se quer é se afogar nele."

"Uma explicação muito bonita", concordou Pampa Kampana. "Entendo por que você está assim, como se tivesse sido atingida pelas flechas."

"Acho que também fui", disse Zerelda Li, "só que não percebi porque não sabia da história de Kama, o deus do amor, com o arco de cana-de-açúcar."

Pampa Kampana conteve a língua, e limitou-se a sorrir de leve, um sorriso enigmático.

"A senhora está feliz por mim?", exclamou a pentaneta. "Tem que estar. É importante para mim que a senhora fique *muito* feliz por mim. Quero que a senhora esteja em êxtase de tanta felicidade."

"Devo tudo a ela", pensou Pampa Kampana. "Foi o que minha própria filha disse ao morrer, e a filha dela, e a filha da filha dela, e assim por diante. Por isso, vou lhe dar tudo. Que seja dela a glória. Vou ceder meu lugar a ela, permanecer nas sombras como Pampa, e aprender que o sentido mais profundo do amor é a renúncia, abrir mão dos sonhos que tem para realizar o sonho da pessoa amada. Além do mais, estou cansada de ver as pessoas que amo envelhecerem e morrerem. Que os mortais amem os mortais. Os que não morrem só pertencem a si próprios."

"Estou em êxtase de tanta felicidade por você", disse Pampa Kampana, abraçando a neta com força. "Estou cheia de um êxtase divino."

16.

Pampa Kampana estava em sua barraca de frutas predileta no grande bazar, provando a primeira manga perfeita da estação, uma manga-afonso, de Goa, quando o estrangeiro Niccolò de' Vieri apareceu, descendo a rua como se ela lhe pertencesse. Usava um chapéu macio cor de vinho e uma echarpe da mesma cor, enrolada frouxamente em torno do pescoço. Tinha uma barba espessa, avermelhada, cuja cor combinava com as roupas, e na camisa via-se um leão dourado rampante. Parecia alguém que posaria para um retrato. Os cabelos longos eram de um vermelho vivo, e os olhos, verdes como esmeraldas.

"Não pode ser", exclamou Pampa Kampana em voz alta. "Mas você está de volta, pela terceira vez."

Niccolò de' Vieri — também conhecido como Signor Rimbalzo, o homem ricochete — ouviu-a. Como todos em Bisnaga, sabia das duas *apsaras* que haviam chegado voando no céu. Não tinha certeza de que acreditava na história — parecia o tipo de saga fabulosa que um monarca ambicioso era capaz de inventar e espalhar a fim de justificar a tomada do poder — e, como já

vimos, ouvira relatos diferentes a respeito de como Krishnadevaraya se tornara rei. Mas assim que fixou a vista em Pampa Kampana, deu por si pensando: "Vou acreditar em qualquer coisa
que essa mulher me disser, e fazer tudo que ela me pedir". Fez
uma mesura formal e respondeu: "Se fosse mesmo a terceira
vez, eu sem dúvida me lembraria da primeira e da segunda, porque um encontro como este seria impossível de esquecer".

"Você fala a nossa língua bem", disse Pampa Kampana,
"mas de onde você é, estrangeiro?"

"Minha terra é La Serenissima, La Dominante", respondeu
ele, da maneira bombástica que lhe era habitual. "A cidade das
pontes, a cidade das máscaras, a cidade sem príncipe, ou seja, a
República de Veneza, a mais bela de todas as cidades do mundo, cuja verdadeira beleza e cuja natureza mais verdadeira são
invisíveis, pois residem no espírito único e múltiplo dos cidadãos, que viajam por todo o mundo, mas jamais saem de sua terra, porque a levam dentro de si sempre."

"Ah", exclamou Pampa Kampana. "Bem, pelo menos desta
vez você não é português."

Veio à tona que Vieri morava na casa conhecida, desde os
tempos de Fernão Paes, como "a casa do estrangeiro", aquela
mansão de pedra com janelões voltados para fora, que antes
ostentava um jardim verdejante e uma plantação de cana-de-
-açúcar, mas que agora era uma estalagem; os terrenos adjacen-
tes haviam desaparecido graças aos novos prédios construídos à
medida que a cidade crescia. Ele convidou Pampa Kampana para visitá-lo se ela desejasse. "Até mesmo a voz é a mesma", disse
ela. "Você agora está com essa barba, mas por baixo dela tenho
certeza de que o rosto é o mesmo. Eu devia ser grata, imagino.
Uma vez a cada geração você reaparece para me alegrar."

"Nada me faria mais alegre do que alegrar a senhora", disse
Niccolò de' Vieri.

O fruteiro, o simpático e barrigudo Sri Laxman, que se orgulhava muito de seus produtos, interveio: "As mangas também alegram as pessoas, não é?".

"As mangas me dão uma alegria imensa", concordou Pampa Kampana. "Mande para mim uma cesta cheia de mangas-afonso, e outra para a morada deste senhor estrangeiro, para que ele veja do que os portugueses são capazes."

A manga-afonso era uma variedade criada pelos portugueses em Goa, produto da arte lusitana de fazer enxertos, cujo nome era homenagem ao general Afonso de Albuquerque, que estabelecera a presença colonial de seu país na Costa Oeste. Niccolò de' Vieri pegou uma manga da banca de Sri Laxman e jogou-a para o alto. "Qualquer coisa que os portugueses possam fazer", disse ele, "os venezianos fazem melhor, e usando roupas mais elegantes."

O vendedor da banca ao lado era o irmão de Sri Laxman, Sri Narayan, que vendia legumes, cereais, arroz e sementes. "Comprem minhas coisas também, meu senhor, minha senhora", exclamou, fingindo indignação. "O arroz também traz felicidade. As sementes geram a abundância da terra, e nada causa maior alegria que isso."

"Hoje não é dia de sementes", disse Pampa Kampana. "Mas seu dia também há de chegar."

"Embora tenha o poder de exigir amor incondicional de qualquer mulher de Bisnaga", disse Krishnadevaraya a Zerelda Li no quarto real, "é impossível dar a elas em troca o meu amor incondicional. Mas você é diferente, porque veio a mim do céu. Se posso ter uma amante divina sem ser consumido pelo poder de sua divindade, é porque devo conter em mim igual poder. Você me revelou a mim mesmo, e por isso nunca deixarei de amá-la."

"Graças a você", respondeu Zerelda Li, "pela primeira vez na vida sinto que há um chão sólido sob meus pés, e sinto minhas raízes brotando deles e penetrando esta terra. Assim, você também me deu a mim mesma, e por isso nunca deixarei de amá-lo."

"Todo amor verdadeiro é amor a si próprio", disse Krishnadevaraya. "No amor, o outro é unido ao eu, e torna-se igual ao eu, e assim amar o outro é também amar o outro no eu, pois os dois são iguais e o mesmo."

Zerelda Li recostou-se na cama e comeu um doce de pistache num prato na mesa de cabeceira.

"Quando ela chega?", perguntou. "A bruxa? E a mãe dela?"

"Amanhã", respondeu o rei.

"Então eu e você não podemos ser iguais a partir de amanhã", disse ela. "É impossível."

"É possível uma coisa ser possível e impossível ao mesmo tempo", argumentou Krishnadevaraya. "É o que acontece neste caso."

"Vamos ver", disse Zerelda Li, puxando-o para cima de seu corpo, sentindo-se mais confiante. "A prova será a maneira como você se comportar."

A princesa Tirumala da Srirangapatna — que não era nenhuma bruxa, e sim uma mulher de beleza impactante, dotada, há que admitir, de um nariz orgulhoso, até mesmo cruel, mas inegavelmente impressionante, um nariz que inspirara ao menos um grande poema — chegou aos portões de Bisnaga sentada num trono dourado, numa carruagem dourada puxada por uma dúzia de cavalos cor de ouro, cobertos por carapaças douradas, ofuscantes no sol. Atrás de Tirumala vinham o pai, o rei Veera, e a mãe, a rainha Nagala, com toucados dourados altos, largos colares dourados e cintos de ouro cravejados de pedras preciosas.

Todos sabiam como era rico o imperador de Bisnaga, e a família real de Srirangapatna não queria dar a impressão de que eram os primos pobres do Sul.

Krishnadevaraya os aguardava no portão cerimonial do palácio, e sua indumentária pasmou, ou até mesmo chocou, os recém-chegados. Em vez de adotar o estilo sulista de expor o peito nu, Krishnadevaraya envergava uma longa túnica brocada à maneira árabe, chamada *kabayi*, e um chapéu alto, em forma de cone, também brocado, usado pelos persas e turcos, denominado *kulldyi* ou *kuldh*; e sua única joia era o anel de sinete real. O rei Veera não conseguiu se conter, e respondeu à complexa saudação formal de Krishnadevaraya com um gesto indelicado, apontando o dedo indicador, acompanhado das palavras igualmente indelicadas e bruscas: "O que é isso?".

Krishnadevaraya irritou-se. "Talvez notícias sobre Nós não cheguem até as províncias", replicou, utilizando o plural majestático, "mas Nós resolvemos assumir o título de sultão entre reis hindus. Sua filha será não apenas rainha como também sultana, e ao final de Nosso reinado, todos os cinco sultanatos decanis serão Nossos. Dois desses cinco, Bijapur e Bidar, já são Nossos vassalos. É por isso, por exemplo, que podem ser vistas em Nosso palácio as excepcionais peças de artesanato de Bidri, localizada em Bidar — as caixas e narguilés e vasos e armários feitos de zinco e cobre enegrecido, incrustados de delicadíssimos rendilhados e desenhos…"

"Certo, certo", interrompeu o rei Veera, impaciente. "Assimilação de artesanato islâmico, tudo bem, por que não. Mas vestir-se como eles?"

"Gosto dessas roupas", disse Krishnadevaraya, "e de muitos aspectos da maneira como eles vivem. Agora, com sua permissão, vou receber sua filha, minha futura esposa."

A princesa Tirumala, diante da porta do novo lar, empinou

o célebre nariz. "Só entro aqui", disse ela, "se me for concedido o título de Tirumala Devi. Se você é um Deva, então é apropriado que tenha uma deusa ao lado. E minha mãe, que ficará comigo, será Nagala Devi enquanto morar aqui. E nossas roupas não serão como as de nenhuma sultana nortista. Para nós, não haverá blasfêmias árabes, persas ou turcas."

O grão-ministro Timmarasu, vendo sinais de raiva surgirem nos olhos de Krishnadevaraya, mais que depressa interveio: "De acordo. E agora, que comecem as festividades".

O entourage da noiva — chegaram muitas carruagens menores atrás do carro real dourado — tomou de assalto o palácio. Da multidão que assistia brotaram alguns hurras, mas não muitos. Ao que parecia, aquela união não gozava de popularidade em Bisnaga. E naquela mesma noite, horas depois, os espiões de Krishnadevaraya relataram que à medida que o cortejo matrimonial passava no meio do populacho, muitas pessoas murmuravam as palavras *Shrimati Visha*. Krishnadevaraya franziu a testa. "Mau sinal", disse ele.

Zerelda Li estava com ele no quarto real, muito embora aquela fosse a noite de núpcias e ele devesse estar em outro lugar, em outra cama, onde pétalas de flores haviam sido espalhadas como preparação para o defloramento, e o incenso ardia, e criadas vestiam na noiva finas roupas de dormir e trançavam-lhe os longos cabelos, besuntando-os de óleo de coco, e músicos tocavam melodias suaves num canto remoto; ou então deveria ter recebido a noiva naquele quarto onde estava.

"Desculpe", disse Zerelda Li, "mas ainda estou aprendendo o idioma. *Shrimati* eu sei, é claro, que é 'senhora'. Mas *Visha*?"

"Na língua dela, o telugo, seria *Visham*", explicou o rei. "*Visha, Visham*, tanto faz. Quer dizer a mesma coisa, 'veneno'. *Shrimati Visha* é 'Senhora Veneno'."

"A quem se referem?", perguntou Zerelda Li. "À mãe ou à filha?"

"Não está claro", respondeu Krishnadevaraya. "Estamos discretamente investigando a origem do nome, e o que o motivou; mas por ora não sabemos."

Zerelda Li recostou-se na cama. "Entendi. Melhor eu ter cuidado com a comida."

Krishnadevaraya beijou-a e amorosamente despediu-se, para ir cumprir as obrigações nupciais.

Não demorou para que a hostilidade imediata surgida entre Tirumala Devi e Zerelda Li explodisse numa guerra escancarada. Krishnadevaraya não fazia nenhum esforço para ocultar da primeira esposa a preferência que sentia pela segunda. Tirumala Devi era por natureza uma mulher orgulhosa, até mesmo arrogante, e esse fato, como era de esperar, a abalou muito, fazendo-a ver o novo lar, Bisnaga, com rancor e ressentimento. Imaginara que o marido fosse valorizar o talento administrativo dela e lhe delegar algumas das atribuições governamentais, mas não foi o que aconteceu no início. Também pretendia ir ao campo de batalha ao seu lado, e ficou constrangida quando soube que o rei já escolhera o quarteto de companheiros de luta: à esquerda, Ulupi Júnior e Thimma, o Enorme; à direita, Pampa Kampana e Zerelda Li. "Se você insiste em me acompanhar", disse o rei a Tirumala Devi, "prefiro que assuma a direção do acampamento militar, das cozinhas, dos hospitais de sangue, essas coisas, e deixe o combate sob nossa responsabilidade." Ela não teve outra opção senão abaixar a cabeça e concordar. Naquele momento, essas questões eram puramente teóricas, já que Bisnaga não estava em guerra. Haveria tempo, pensou a rainha, para insistir em receber uma posição apropriada quando tivesse início uma campanha militar. Nesse ínterim, o ódio por Zerelda Li ardia dentro dela.

Pouco depois chegou a época do festival de Gokulashtami, a comemoração do aniversário do Senhor Krishna, que nascera à meia-noite, e por isso as *gopis* da corte passaram o dia inteiro cantando e dançando, até a meia-noite, levando doces e salgados para o rei, os acepipes favoritos do deus: bétele, frutas e *seedai* doce, bolinhos fritos de farinha de arroz e jágara, que as damas da corte se revezavam para colocar na boca aberta do rei, até que ele bradou "chega!", porque era impossível comer cento e cinco bolinhos. O último bolinho lhe foi servido por Zerelda Li, com uma sensualidade tão sugestiva que Tirumala Devi, a primeira rainha, sentada à direita do rei, exclamou raivosa: "Ponha-se em seu lugar, estrangeira de olhos puxados!". A reação de Zerelda Li foi rir na cara da primeira rainha. "Sei muito bem qual é meu lugar", respondeu ela, "e acho que o seu está longe de ser tão delicioso quanto o meu." Soprou um beijo em direção ao rei e se afastou andando de costas, fazendo mesuras profundas, a palma das mãos unida. Quando ela se retirou, Krishnadevaraya virou-se para Tirumala Devi e disse: "Não quero nunca mais ouvir um comentário preconceituoso como esse da sua parte, e se isso se repetir, pedirei à costureira do palácio que costure seus lábios para sempre". A rainha ficou vermelha e recuou de repente, como se tivesse sido esbofeteada, mas conteve a língua.

No clímax dos festejos daquela noite, as *gopis* encenaram o drama coreografado de *Ras Lila* no pátio interno do palácio, cumprindo a rigor as ordens do rei. Zerelda Li assumiu o papel principal de Radha, embora na vida real ele lhe tivesse sido negado, demonstrando que o talento de dançarina era do mesmo nível que o manejo da espada. Aproximava-se e recuava subitamente do rei, numa postura de flerte, o que lhe valeu um novo apelido na corte. No poema que comemorava os eventos daquela noite, o poeta Dhurjati cognominou-a "a dançarina esquiva". *É assim que vou conquistá-lo*, era o que sua dança dizia a Krishnadevaraya, *escapulindo do seu alcance quando você achar que me detém, fazendo-o me desejar de modo ainda mais desesperado do que já me deseja*. Tirumala Devi, sabendo-se incapaz de realizar uma performance erótica tão flexível e potente como aquela — compreendendo naquele momento que a Potência de Êxtase de Zerelda Li era muito maior do que a sua —, teve vontade de sair do pátio, mas o protocolo a obrigava a permanecer ali, vendo a inimiga seduzir o marido diante de seus próprios olhos.

Os fogos de artifício tinham sido o legado de Domingo Nunes a Bisnaga, e a arte dos pirotécnicos locais se tornara tamanha que eles eram capazes de lançar ao céu noturno imagens, traçadas com fogo, de dragões impetuosos lutando contra o deus e sendo mortos por ele, e representações gigantescas, que cobriam todo o céu, de Krishna e Radha unindo-se numa série de abraços flamejantes, porém carinhosos. Findo esse último espetáculo, o rei levantou-se e agradeceu a todos que o haviam entretido. "É o melhor aniversário de que tenho memória", observou, e recolheu-se a sós, deixando para trás a furiosa Tirumala Devi e a mãe dela, Nagala, igualmente mal-humorada. Dragões de fogo dançavam em seus olhos, bem como demônios a rodopiar.

"A senhora ouviu essa?", perguntou Tirumala Devi à mãe. "Ele acha que é o aniversário dele, como se fosse de fato o Senhor Krishna e não um mero mortal. Será que ele crê mesmo ser o grande deus que desceu à terra?"

"Temo, querida", respondeu a mãe, sem tentar abaixar a voz, de modo que as palavras foram ouvidas por toda a corte reunida, "que seu augusto marido, Krishnadevaraya, o grande, talvez esteja um pouco amalucado."

Timmarasu, o grão-ministro, aproximou-se. "É insensato, senhoras, num dia tão auspicioso ouvi-las fazendo comentários tão pouco auspiciosos. Sugiro que se retirem para os quartos e rezem pedindo perdão. Estou certo, sabendo que o rei é um homem generoso, de que as preces serão atendidas."

As duas mulheres se recolheram. Segundo alguns, a mãe teria dito então à filha: "Para atingir os fins que desejamos, temos outros recursos além da prece". Mas esse detalhe não foi corroborado nem confirmado.

Zerelda Li tinha razão (escreve Pampa Kampana)
Ao dizer que devia ter cuidado
Na hora de ingerir o alimento.
Pois a comida que sustenta a vida
Pode também dar fim a ela
Quando passa por mãos impróprias.

A primeira vítima de envenenamento no palácio real de Bisnaga foi um poeta da corte; pelo menos foi o que Pampa Kampana suspeitou, e em seu livro atribui as mortes a Nagala Devi e Tirumala Devi, muito embora uma das coisas que Krishnadevaraya e Tirumala Devi tinham em comum fosse o amor à poesia. O rei concedeu lugares de honra na corte aos chamados "Oito Elefantes", os grandes poetas cuja genialidade sustentava o céu, como gostava de dizer. Entre eles constavam os mestres Allasani Peddana e Tenali Rama; o versejador envenenado, Dhurjati; e o próprio Krishnadevaraya, embora muitos julgassem que isso era mais uma prova de que o rei estava ficando cada vez mais imodesto e arrogante. Além disso, Tirumala Devi trouxera para Bisnaga um poeta de seu entourage, um certo Mukku Thimmana, cujo nome significava "Thimmana do Nariz", porque o poema mais famoso dele era aquele que mencionamos, uma ode à beleza do nariz de uma mulher, e Tirumala

Devi tinha motivos para supor que o nariz em questão fosse justamente seu traço facial de maior destaque. Krishnadevaraya aceitou a inclusão de Mukku Timmana no panteão de poetas vivos, apesar do poder numinoso do número sete; e assim ficaram sendo Oito Elefantes em vez de sete.

Então Dhurjati morreu, apertando o ventre depois do jantar, nos aposentos privados; quando o corpo foi descoberto, as mãos continuavam crispadas sobre a barriga, e havia ainda um pouco de espuma a borbulhar nos cantos da boca. Ninguém estava disposto a afirmar com certeza que ele fora assassinado — quem haveria de querer matar um indivíduo que era objeto de um amor tão universal? — e o consenso entre os médicos foi o de que algo havia estourado dentro dele e lançado no organismo alguma substância tóxica letal. Eventos assim aconteciam, e eram profundamente lamentáveis, mas não havia nada a fazer. A partir daí, voltaram a ser os Sete Elefantes. Um supersticioso poderia quase se convencer de que um oitavo elefante era uma afronta à ordem natural, e que a ordem natural tomara medidas a fim de resolver a situação.

Pampa Kampana lembrou-se da última obra de Dhurjati, aquele belo poema longo que celebrava a noite de Gokulashtami, em que Zerelda Li, a "dançarina esquiva", havia bailado diante do rei, enfurecendo a primeira rainha. Seria possível, ela se perguntava, que uma terrível vingança fora cometida contra o poeta por acumular elogios excessivos à rainha errada, aquela segunda rainha que não conhecia o próprio lugar? Seria um sinal de alerta para que Zerelda Li resistisse à tentação de querer ser mais do que era e aceitasse o status secundário de uma vez por todas? A expressão "Senhora Veneno" continuava a ser cochichada no bazar, e depois da morte de Dhurjati o volume de cochichos aumentou um pouco. Pampa Kampana começava a acreditar neles. Para ela, seria difícil naquele momento procurar o rei para acusar a primeira rainha.

Mas o rei tinha lá suas próprias suspeitas.

Em pouco tempo ficou claro que Tirumala Devi estava em guerra não apenas com a segunda rainha, Zerelda Li, mas também com toda a tropa de *gopis* secundárias. Entrava nos aposentos do prazer da *zenana* para peitar o rei durante as horas em que ele ia buscar diversão lá. As esposas menores se dispersavam quando ela se aproximava. "Este paraíso de segunda, esta imitação da Floresta do Manjericão, o que é isto?", exclamava Tirumala Devi. "Talvez seja seu amor pela cultura muçulmana, aquela história de muitas mulheres e concubinas, os espíritos dos sete céus, as huris que 'nunca foram tocadas por nenhum homem ou djim'. Você devia usar roupa de homem e largar esses trajes de menina."

Krishnadevaraya permanecia inflexível. "Seu pai também tem um belo pelotão de esposas", argumentou ele. "Isso não tem nada a ver com hinduísmo ou islã. Homenageio o Senhor Krishna, meu homônimo, recriando o lugar de prazeres dele aqui em nossa Bisnaga."

"A meu ver, sabe o que seria um paraíso de verdade?", perguntou Tirumala, revelando uma linha de pensamento parecida com a de Pampa Kampana. "Um lugar, ou talvez uma época, em que uma única mulher bastasse para um homem."

"Esse paraíso já existe para a maioria das pessoas", respondeu Krishnadevaraya. "O nome dele é pobreza."

"A gente podia mudar o nome para riqueza", disse a primeira rainha. "Talvez você, para quem o número de mulheres nunca é suficiente, é que seja pobre."

"Já tinham me falado que você é do tipo que gosta de discutir", disse o rei. "Eu gosto disso. Continue."

"Vista-se direito", retrucou ela, "que aí a gente pode conversar."

"A propósito", acrescentou o rei, quando ela saía do recinto, "você deve saber que o pobre Dhurjati morreu."

"É", disse ela, dando de ombros. "Alguma coisa estourou dentro dele, provavelmente o coração. Você sabe o que dizem a respeito dos poetas. Estão de luto desde o nascimento, e todos morrem de tristeza, porque é impossível que alguém os ame o bastante para satisfazê-los."

"As pessoas dizem outras coisas também", observou o rei. "Cochicham as palavras *Shrimati Visha*, por exemplo, quando você ou sua mãe passam por elas."

"A morte é inevitável", retrucou ela. "Os pobres veem assassinatos por toda parte. Vejo apenas o destino, o que chamo de carma, que é correto e apropriado, mas você, com roupas de muçulmano e falando urdu o tempo todo, provavelmente diria que é *kismet*."

"Vou lhe dar um conselho", disse o rei. "Quem envenena acaba tomando o próprio veneno. Pense sobre isso."

"Venenosa é aquela sua segunda rainha", exclamou Tirumala Devi, antes de sair com passos largos e a cabeça levantada bem alto. "A estrangeira. Se o problema é veneno, é com ela que você devia se preocupar."

A "estrangeira" Zerelda Li visitava Pampa Kampana na "casa do estrangeiro". Veio numa carruagem prateada, com criadagem e guarda, mas entrou na casa sozinha e tornou-se, durante a visita, apenas uma filha da família, e não uma segunda rainha. Encontrou Pampa Kampana a sós, sentada junto à janela, observando a azáfama da cidade lá fora, com ar melancólico de quem sente que seu tempo já passou, e para quem o amante em cuja casa ela mora é apenas uma maneira de passar as horas que restam da maneira mais silenciosa possível. "Ele não tem nada de especial", reconhecia para si própria. "O cabelo dele parece um belo incêndio, os olhos são joias, e ele tem boas maneiras como um homem das antigas, o que é simpático. Mas não passa de uma imitação de um homem anterior em outra vida. Na verdade, ele é a imitação do homem que era ele próprio uma imitação do homem verdadeiro. Estou velha demais para me apaixonar por imitações de imitações, mesmo uma imitação com cabelo, olhos e modos perfeitos, que faz amor da maneira que me lembro e ainda prefiro, muito embora não seja português. Conheci o original, ouvi a música daquele amor e não posso me contentar com um eco de um eco. Niccolò é agradável, e já viu o mundo inteiro, como, segundo ele, fazem todos os venezianos, mas no fim das contas ele é irrelevante."

E então concluiu: talvez eu mesma tenha me tornado assim, depois de tantos anos, já quase completando duzentos anos. Talvez eu também seja irrelevante.

"Minha pentavó", perguntou Zerelda Li, "o que a senhora quer?"

"Quero duas coisas", respondeu Pampa Kampana. "E a primeira delas é esta: que você consiga o que quer. Se quer esse rei, e tudo associado a ele, se isso a faz se sentir como parte deste lugar e mostra quem você é, então me sinto obrigada a garantir que você mantenha essa situação durante todo o tempo que desejar, e que não morra envenenada antes de se cansar da vida."

Ela levantou-se do assento junto à janela e fez sinal para que Zerelda Li a seguisse. "As florestas perto de Bisnaga não são como a floresta encantada de Aranyani", disse ela, "mas os bosques perto da caverna de Vidyasagar, onde fui criada, também não eram. Aquelas matas comuns lhe davam tudo que ele necessitava, e as daqui também têm o suficiente para meus fins. Tenho explorado bastante essa floresta enquanto você se ocupa de intrigas palacianas."

"O que você está procurando?", indagou Zerelda Li.

O rosto de Pampa Kampana abriu-se num sorriso largo. "Vidyasagar era um homem de múltiplas facetas. Tinha sabedoria, o que fazia com que muitos o adorassem, e senso político, bem inescrupuloso, o que fazia com que muitos o temessem. Exibia algumas facetas, noturnas, que jamais vou perdoar, mas tranquei essas lembranças num depósito tão profundo que às vezes nem eu mesma consigo chegar a ele, nem tampouco encontrar a chave, e hoje não tenho motivo algum para procurá-la. E tinha também outras facetas, que nos serão úteis. Úteis, na verdade, para você."

Estavam no quarto de Pampa Kampana, e num canto havia um pequeno jarro de argila com gargalo comprido, que o fazia parecer um galo. "Vieri me disse que esse jarro tem mil anos de idade, e vem de uma terra onde as pessoas usavam-no para guardar o sangue dos rivais derrotados. Quando ele o deu a mim, ainda havia dentro vestígios secos daquele sangue, e eu sabia, porque aprendi com Vidyasagar, que sangue desse tipo, misturado com certas ervas, cria uma bebida que torna aquele que a bebe imune a qualquer coisa que coma ou beba."

"Um antídoto", compreendeu Zerelda Li.

"Encontrei as ervas", prosseguiu Pampa Kampana. "Amassei-as e enfiei-as neste gargalo comprido. Aqueci a mistura no fogo e pronunciei as palavras que aprendi com Vidyasagar, e agora está pronta para uso."

Pôs uma vasilha de madeira ao lado do galo de argila, segurou-o pelo gargalo e quebrou-o em cima da vasilha. Um líquido espesso e escuro escorreu por entre os cacos.

"Mil anos de idade, segundo você", exclamou Zerelda Li, um pouco chocada.

"Isso mesmo", retrucou Pampa Kampana. "Está esperando há um bom tempo para ser devidamente usado." Viu que Zerelda

Li ainda mantinha um ar de reprovação. "A idade avançada", acrescentou, amarga, "não confere nenhum grande privilégio hoje em dia. Já fui oleira, então quebrar um jarro para mim não é nada fácil."

Recolheu o líquido espesso e escuro num frasco de vidro, que fechou com uma pequena rolha. "Leve isto pendurado em torno do pescoço", recomendou. "Peça sempre que algum provador coma antes de você e tome todas as precauções, mas se mesmo assim sentir veneno no organismo, beba um pouco. Não precisa beber muito. Umas poucas gotas vão salvar sua vida."

"Como saberei se a comida ou bebida está envenenada?", perguntou Zerelda Li. "Os temperos fortes podem mascarar o sabor do veneno, não é?"

"Seu corpo lhe dirá", respondeu Pampa Kampana. "Quando o corpo é ameaçado, faz soar um alarme. Você conhecerá o sinal quando ele vier. O que, é claro, espero que nunca aconteça."

"E qual o outro desejo?", quis saber Zerelda Li, pendurando o frasco no pescoço, por baixo das roupas. "Você vai me contar o que é?"

"Do que você está falando?", indagou a mulher mais velha.

"Você disse que queria duas coisas. Qual é a segunda?"

Pampa Kampana mergulhou no silêncio por um bom tempo, então falou.

"Sou a mãe de Bisnaga. Tudo o que aconteceu aqui, aconteceu por minha causa. Minhas sementes deram origem ao povo, minhas artes ergueram as muralhas. Sentei-me no trono dos dois reis fundadores. O que quero? Que minha verdadeira natureza seja reconhecida. Não quero ser invisível. Quero ser vista."

Zerelda Li escutou com muita seriedade e atenção. Então disse: "Vou falar com ele e explicar. Tenho certeza de que ficará estarrecido quando souber. Tenho certeza de que vai recebê-la no palácio e lhe conceder um título elevado, mais elevado até que o de primeira rainha. Vou tentar. Mas sabe o que o convenceria com mais facilidade do que eu?".

"Não", respondeu Pampa Kampana.

"Mais muralhas", disse Zerelda Li.

Sob a influência do poder místico do número sete, Krishnadevaraya decidira que a cidade, cada vez maior, seria defendida não por uma muralha, mas por sete círculos concêntricos de muralhas. A população crescera de modo espetacular, e já não cabia dentro da barreira original. Bairros novos eram construídos fora das fortificações, e os cidadãos que lá moravam estavam totalmente desprotegidos de qualquer ataque. Urgia construir mais muralhas.

"Fiz surgir a primeira muralha há muito tempo", relembrou Pampa Kampana. "Eu era muito mais jovem, e mais forte. E isso foi antes da guerra contra os macacos rosados, que quase me matou e me fez dormir até o dia em que você me acordou. Fomos transformadas em aves para vir para cá, é verdade, mas mesmo esse dom já foi praticamente todo utilizado, e não sei o que mais resta. Não sei se vou conseguir construir uma única muralha adicional, que dirá mais seis."

"Tente", insistiu Zerelda Li.

No dia seguinte, Pampa Kampana foi ter com Sri Narayan e dele comprou um grande saco com muitos tipos de sementes. "A senhora não vai levar nenhuma fruta hoje?", indagou o irmão de Sri Narayan, Sri Laxman, da banca ao lado. "A temporada das mangas está quase terminando. As mangas também têm caroços. Compre umas logo, antes que acabem."

Para agradá-lo, ela comprou algumas mangas e guardou-as na sacola. Sri Narayan bufou, irritado. "Ele tem uma conversa mole melhor do que a minha. Mas como uma mangueira vai crescer nestas terras pedregosas?"

"Não são apenas as mangas que crescem dos caroços de mangas", disse ela. "Ou das sementes."

Depois que foi embora, os dois irmãos ficaram coçando a cabeça.

"O que ela quis dizer com isso?", indagou Sri Narayan.

"Alguma bobagem", respondeu Sri Laxman. "É uma senhora excelente, mas às vezes acho que ela é um pouco maluca." E deu tapinhas na testa para reforçar o argumento.

Pampa Kampana foi dormir cedo, e Niccolò de' Vieri se deitou mais tarde, tomando cuidado para não a acordar. Então, quando ainda estava escuro, ela levantou-se e saiu do quarto sem despertá-lo. Ao nascer do sol, Pampa Kampana atravessou os portões da cidade, descalça, usando apenas duas faixas de pano tecido por ela mesma, com marcas na testa que indicavam a seriedade de sua determinação e um saco de aniagem grande, cheio de sementes (e algumas mangas), jogado sobre o ombro. Saiu sozinha, caminhando pela planície pedregosa e pardacenta, olhando para as montanhas a sua volta, como se para avisá-las de que elas iam testemunhar uma grande mudança. Então avançou para o vazio, e durante várias semanas ninguém a viu. Posteriormente, no *Jayaparajaya*, relatou a longa peregrinação na planície, subindo a serra, descendo os vales, recitando e cantando enquanto caminhava.

Sim, a terra é árida, (escreveu ela)
Mas o canto faz brotarem frutos
Mesmo num deserto

E os frutos do canto se tornam
As maravilhas do mundo.

Por fim, voltou para a ampla planície de Bisnaga, a pele coberta de poeira e os lábios ressecados. Como antes, o dia nascia, a sombra das montanhas recuava e o sol fluía sobre ela, um rio de calor. Pampa Kampana permaneceu em pé, totalmente imóvel, pelas sete horas seguintes, ignorando o suor que escorria da cabeça, a transpiração que vertia de todos os poros do corpo, a poeira na pele que se transformava em lama, o brilho tremeluzente do calor no ar, o tamborilar do calor nos ouvidos. Depois de sete horas, fechou os olhos e levantou os braços; então o milagre teve início.

Muralhas de pedra elevaram-se de todos os lugares em que plantara as sementes, ao longo da margem do rio, cruzando a planície, subindo e descendo o terreno acidentado e áspero da serra. O rio lavava as pedras, a planície foi dominada por sua presença elevada, e as serras que cercavam a Cidade de Bisnaga ergueram as novas defesas que se estendiam rumo ao céu. Nelas, havia atalaias aguardando as sentinelas, baluartes com ameias onde só faltavam os arqueiros, canhões e caldeirões de óleo fervente. Havia portões fortes o bastante para resistir aos mais pesados aríetes. Desde aquele dia até o último, nenhum inimigo poria o pé no centro do império, e naquele último dia o inimigo entrou apenas porque as pessoas haviam perdido a esperança. Só o desespero foi capaz de fazer com que as muralhas desmoronassem e caíssem, e aquele desespero só voltaria muitos anos depois.

Seis círculos novos de muralhas de pedra elevadas, nascidas de sementes encantadas, sete círculos ao todo: *as maravilhas do mundo.*

A criação das muralhas só se completou bem depois da hora do pôr do sol, prosseguindo quando já era noite fechada, mas muito antes do término daquele milagre, multidões saíram correndo de Bisnaga, a pé, a cavalo, em carruagens, e ficaram olhando boquiabertas para as defesas da cidade que brotavam do chão. O rei saiu para ver, e não conseguiu acreditar nos próprios olhos. Pampa Kampana, figura solitária no cerne da grande planície de Bisnaga, permanecia parada, olhos fechados e braços levantados, e de início ninguém associava aquela mulher ascética e solitária às pedras que se elevavam por toda parte. A multidão crescia, as pessoas esbarravam em Pampa Kampana, ignorantes. Ela permanecia imóvel, em silêncio, sem ver nada, fazendo com que se erguessem as muralhas enormes, pedra sobre pedra, pedras perfeitamente ajustadas, muralhas aprumadas e lisas, como se um exército de pedreiros invisíveis, espectrais, estivesse em ação, um exército capaz de fazer pedras surgirem do nada, trabalhando a uma velocidade impossível. Quando o sol começou a se pôr por trás dos sete círculos de pedra, a população de Bisnaga foi tomada por um misto de temor e êxtase, como ocorre com homens e mulheres quando o milagroso atravessa a fronteira do mundo dos deuses e penetra no cotidiano, revelando às mulheres e aos homens que essa fronteira não é impenetrável, que o milagroso e o cotidiano são duas metades de um todo único, e que nós mesmos somos os deuses que queremos adorar, e somos capazes de feitos surpreendentes.

Zerelda Li cavalgou ao lado do rei, e à noite, ao ver multidões esbarrando na figura diminuta da mulher de braços levantados, chegando mesmo a empurrá-la, atravessou o populacho a galopar, para defender Pampa Kampana. "Para trás!", gritava. "Não veem que ela é a responsável por tudo?"

Depois do milagre das muralhas, todas as pessoas de Bisnaga passaram a crer no poder de Pampa Kampana, e compreenderam por fim que moravam numa cidade que fora criada por ela, que *brotara* das sementes que ela plantara; entenderam que os velhos mitos eram verdadeiros. Todos — desde Sri Narayan, que lhe vendera as sementes, e o irmão dele, bom de conversa, Sri Laxman, que vendia frutas, até Niccolò de' Vieri, o estrangeiro de cuja cama ela se levantara para dar início ao trabalho — ficaram bestificados. Até o rei precisou admitir que não era a única pessoa do império que fora tocado por um deus ou deusa. Zerelda Li contou-lhe a verdadeira história de Pampa Kampana, tal como havia sido contada a ela, e Krishnadevaraya levou-a a sério. A prova estava ali, cercando-o, e era feita de pedra.

"Fui abençoado com a glória dela", disse o rei, "que vai aumentar a minha própria glória."

Por fim, à meia-noite, Pampa Kampana ajoelhou-se, exausta, e caiu para a frente, desacordada, na terra. Foi trazida para Bisnaga na carruagem do próprio rei, acompanhada por ele e por Zerelda Li, a cavalo, mais o grão-ministro Timmarasu. (Tirumala Devi não estava presente; emburrada no quarto, entendera que sua influência na corte acabara de ser consideravelmente reduzida.) Deitaram-na nos aposentos reservados para reis e rainhas visitantes, e Zerelda Li dormiu ao lado dela, no chão, um sono leve, com a mão na bainha da espada: como um tigre prestes a dar o bote sobre qualquer inimigo que se aproximasse.

Ela só acordou um mês depois. Zerelda Li estava ao lado, umedecendo seus lábios com água tal como fizera durante todo o longo tempo que Pampa Kampana dormia.

"As muralhas continuam de pé?", perguntou Pampa Kampana, e quando Zerelda Li disse que sim, que estavam altas e fortes, a mulher mais velha sorriu e concordou com a cabeça.

"Agora quero falar com o rei", disse.

Quando entrou na sala do trono, caminhando com pés não muito firmes, uma das mãos apoiada no ombro de Zerelda Li, Krishnadevaraya desceu do Trono do Leão, ajoelhou-se e beijou os pés dela, enviando uma mensagem para as esposas e cortesãos que assistiam à cena, e para todo o império em torno do palácio. "Perdão, mãe", disse ele. "Estava cego demais para ver, surdo demais para ouvir, mas agora meus ouvidos estão abertos e meus olhos viram a verdade. A senhora não é apenas uma *apsara*, mesmo sendo uma *apsara* maravilhosa também. Agora sei que a própria deusa vive dentro da senhora, que ela lhe dá sustento desde que a senhora criou o nosso mundo, há quase duzentos anos, e que sua juventude e beleza são manifestações desse sustento divino. Doravante a senhora terá o título de mãe de todos nós, mãe do império, e a posição mais elevada do que a de qualquer rainha, e vou construir um templo onde adoraremos a cada dia a deusa que vive dentro da senhora."

"Não preciso de título, coroa nem templo", respondeu Pampa Kampana. Sua voz estava fraca, mas reprimia qualquer tremor. "E não quero ser adorada. Quero ser reconhecida, só isso, e talvez poder ficar ao lado do *Mahamantri* Timmarasu para dar conselhos e orientações no momento em que o império inicia o período de maior glória."

"Excelente", disse o rei. "Que comece, pois, o período de glória."

"Quanto a isso", interveio Tirumala Devi, vindo ajoelhar-se aos pés do rei, "permita-me informar vossa majestade, com felicidade sublime, que tenho a honra de estar grávida de seu filho primogênito."

O rosto de Zerelda Li ficou vermelho, e ela também deu um passo à frente, deixando Pampa Kampana atrás, colocando-se em pé diante de Krishnadevaraya. (Ao recusar-se a se ajoelhar, criticava, em silêncio mas com escárnio, a genuflexão abjeta da rival.) "E eu gostaria de acrescentar", disse ela ao rei, "certa de lhe dar enorme prazer, que também estou."

17.

Pois bem! A competição entre a gravidez de Tirumala Devi e a de Zerelda Li soltou os mangustos entre as cobras, como diz o ditado! Nos meses que se seguiram, a corte — e não só ela como também boa parte do império — mergulhou numa agonia de especulações, discussões e indecisão. E se Zerelda Li tivesse um menino e Tirumala Devi, uma menina? De que modo isso alteraria o equilíbrio do poder no palácio? E se as duas tivessem meninos ou se ambas tivessem meninas? Seria o caso de levantar mais uma vez a velha questão espinhosa — a ideia fixa de Pampa Kampana — do direito das mulheres de herdar o trono? Que consequências imprevistas poderiam vir desse debate? Se Tirumala Devi perdesse os privilégios de primeira esposa por conta do resultado da loteria de bebês, de que modo isso afetaria a aliança de Bisnaga com o pai dela, o rei Veera de Srirangapatna? Se o rei Veera rompesse a aliança, isso enfraqueceria as defesas do império na fronteira sul? E caso Bisnaga se preocupasse com a possibilidade de ataques sulistas, isso deixaria o império vulnerável a novos ataques dos Cinco Sultanatos ao norte? E se Bidar e Bijapur, derrotados na batalha de Diwani, se reerguessem e se associassem a Golconda, Ahmednagar e Birar — recriando o exército do antigo sultanato de Zafarabad, ora fragmentado — e executassem um perigoso ataque conjunto? Qual seria a melhor atitude a adotar? Que posição deveria ser tomada pelos cortesãos, ou seria o não alinhamento a melhor política? Seria possível que uma facção pró-Tirumala tentasse fazer mal a Zerelda Li, ou vice-versa? Ah, como o universo parecia incerto de repente! Estariam os deuses irados com Bisnaga? Seria esse dilema de gravidezes uma prova imposta pelo Divino? Nesse caso, como agir para ser aprovado e apaziguar os deuses? O que teria o *Mahamantri* Timmarasu a dizer a respeito disso? Por que motivo estava calado? Por que o próprio rei estava calado? Se nem os líderes do império conseguiam oferecer orientação, como poderia o povo saber qual era a melhor maneira de agir?

Durante esses meses, as duas damas no olho do furacão tratavam-se mutuamente com uma cortesia gélida que não enganava ninguém, muito menos elas próprias. Ao saber que Zerelda Li andava tendo enjoos matinais, Tirumala Devi enviou-lhe uma beberagem sem nome que, segundo ela, consertaria de imediato o estômago da segunda rainha. Zerelda Li verteu o conteúdo do frasco no vaso de uma planta em seus aposentos e depois anunciou que a flor da tal planta na mesma hora murchara e morrera. Pouco depois, Zerelda Li ouviu dizer que Tirumala Devi andava tendo desejo de doces e que não conseguia resistir a confeitos açucarados, muito embora estivesse preocupada por ganhar muito peso. Na mesma hora, a segunda rainha começou a enviar à primeira uma sucessão de cestos contendo quantidades dos doces mais irresistíveis que havia, delícias locais como *kozhukkattai* e *pak* de Maiçor, bem como a *bebinca* de Goa e o *adhirasam* de Tamil, e até mesmo guloseimas de regiões mais distantes, *sandesh* de Bengala e *gujjiya* do território do sultanato de Délhi; um cesto por dia, por várias semanas, e o ódio de Tirumala Devi crescia à medida que sua cintura aumentava.

O ministro em quem Krishnadevaraya tinha a maior confiança, Saluva Timmarasu, aconselhou-o, numa conversa reservada, a não fazer nada que prejudicasse o status superior da primeira rainha. Mesmo se Zerelda Li tivesse um menino e Tirumala Devi, uma menina, o filho da segunda rainha não deveria ser nomeado herdeiro do trono. O melhor, nesse caso, seria dar a Tirumala Devi outras oportunidades de gerar um varão, que seria o primeiro na linha de sucessão, chegasse quando chegasse.

Krishnadevaraya fez que não com a cabeça: "Isso não está certo".

Timmarasu ousou contradizê-lo: "Vossa majestade quer dizer que não é justo, e concordo que seria uma injustiça. Mas há ocasiões em que a injustiça é o caminho correto a ser trilhado pelo rei".

"Perguntemos à mãe do império se ela concorda", sugeriu o rei.

Pampa Kampana não estava bem. Desde o milagre das muralhas, tinha tontura, estava sempre cansada, com dores nos ossos e irritação nas gengivas. "A senhora precisa descansar", dizia-lhe Zerelda Li. "Não está no estado normal." Mas Pampa sabia que, num sentido mais profundo, se sentia absolutamente normal, como qualquer pessoa com sua idade. Pela primeira vez na vida, sentia o peso da velhice.

Não voltara para a casa de Niccolò de' Vieri, e seus instintos lhe diziam que independentemente do que acontecesse agora, quer recuperasse a força e a firmeza de propósito, quer lentamente fosse se apagando até a morte, o tempo do Signor Rimbalzo, o sr. Ricochete, ficara para trás. Enviou um recado para o vendedor de frutas Sri Laxman pedindo-lhe que entregasse mangas-afonso na "casa do estrangeiro" e incluísse no cesto o papel selado com cera que o mensageiro dela levava, para ser lido apenas pelo veneziano. "Essas são as últimas afonsos", dizia o bilhete. "A temporada das mangas terminou." Quando Vieri recebeu o presente e leu a mensagem, compreendeu que Pampa Kampana estava dizendo adeus. Imediatamente fez as malas; foi embora de Bisnaga para sempre menos de vinte e quatro horas depois, ricocheteando para a próxima parada em sua infindável viagem, levando as palavras de Pampa e a lembrança do amor dela, dois fardos que carregaria até a morte. Foi o último estrangeiro a entrar na vida dela. Também esse aspecto da história de Pampa Kampana chegava ao fim.

Ela continuava nos aposentos reservados para visitantes reais, mas permanecia tão absorta em si própria que nem percebia a grandiosidade do ambiente, os narguilés de peltre, pedra e prata de artesanato de Bidri, trazidos depois da conquista de Bidar, o *Nataraja* de bronze do período Chola que mostrava Shiva como o senhor da dança, e as pinturas da inconfundível escola bisnaguense, cujos artistas tipicamente não representavam nem deuses nem reis, e sim pessoas comuns trabalhando, e mais raramente gozando um merecido descanso. Naquele momento, Pampa Kampana estava cega para tudo isso. Poderia muito bem morar numa caverna vazia como aquela em que ficara por nove anos com Vidyasagar, ou numa cabana na mata como a que construíra com as filhas na floresta de Aranyani. Quase não falava, sempre imersa em pensamentos, e passava boa parte do tempo obsessivamente examinando o rosto, as mãos e o corpo, para ver se a velhice, que começava a sentir nos ossos, estava finalmente se manifestando em sua aparência.

Dizia a si própria que não devia se preocupar com a chegada dos cabelos brancos e das rugas, como uma dondoca vaidosa.

Seu poder residia no interior, e não no exterior — sim, mas (respondia a si própria) se começasse a parecer uma bruxa, uma velha, o rei passaria a vê-la com olhos diferentes — talvez (contra-argumentou) ele viesse a tratá-la com a gravidade e o respeito que a velhice exigia e merecia. Talvez sua autoridade até aumentasse.

Mas na verdade Pampa não conseguia ver sinais de idade na pele. O dom de juventude concedido pela deusa aparentemente ainda não fora perdido, pelo menos não no exterior. No interior, sentia o peso de cada ano dos dois séculos de vida. No interior, começou a sentir que vivera demais.

Zerelda Li veio visitá-la, com o ventre enorme e um ar de indignação. A gravidez estava difícil, proporcionando-lhe uma infinidade de achaques, mas não era por isso que estava mal-humorada. "O rei quer falar com a senhora", disse ela a Pampa Kampana, ao mesmo tempo esbaforida e furiosa. "Tem que ser imediatamente."

"O que houve?", indagou Pampa Kampana.

"Ele quer que a senhora decida se meu filho será uma pessoa importante, com alguma relevância neste maldito império, ou se deverá ser colocado de escanteio como um cocozinho", disse Zerelda Li. "E, só para que eu fique preparada, pode me dizer como a senhora pretende responder a essa pergunta?"

Pampa Kampana lhe respondeu. As palavras não alegraram a neta.

A "mãe do império" não estava mais acostumada com a deferência com que agora era tratada. Muitos anos haviam se passado desde o tempo em que caminhara por aqueles salões na condição de rainha em duas épocas, e esse novo respeito era até mais profundo do que os salamaleques formais oferecidos a uma monarca. Aquilo, percebia, era reverência, sentimento parecido com o que era dedicado a seu velho adversário, o sábio Vidyasagar, quando estava no auge do poder. Ela não estava muito certa de que gostava de ser reverenciada, mas a honestidade exigia que admitisse que também não estava certa de que não gostava. Ainda não se sentia forte; adentrou a sala do trono apoiada numa Zerelda Li carrancuda, e ondas de cortesãos dobravam-se diante de sua passagem como uma maré vazante. Krishnadevaraya a aguardava, e, quando ela se aproximou do Trono do Leão, tanto o imperador quanto o ministro Timmarasu se ajoelharam para tocar seus pés. Tirumala Devi ouvira dizer que Pampa Kampana fora convocada para julgar o status relativo das crianças ainda não nascidas, e ela correra para o trono, ou ao menos viera tão rapidamente quanto o corpo permitia, decidida a derrubar qualquer veredicto que não fosse o que ela desejava. Não fez nenhuma mesura diante de Pampa, nem se ajoelhou, nem lhe tocou os pés. Permaneceu ereta, empertigada, soturna, como um anjo vingador. Os olhos de Zerelda Li encontraram os de Tirumala Devi, e nenhuma das duas desviou o olhar. Um fogo mortal fluía pela linha daqueles olhares.

"Bem, dá para ver que as emoções estão exaltadas aqui", disse Pampa Kampana, num tom afetado. "Vamos tentar baixar a temperatura. Minha opinião é esta: seria ridículo resolver a questão da sucessão real antes que os candidatos sequer tenham aprendido a respirar o ar do mundo, ou a peidar. Qual dos dois estará mais capacitado a governar? Adiemos essa pergunta para daqui a dezoito anos, mais ou menos, que até lá talvez saibamos respondê--la. E só então discutiremos a questão de ser menina ou menino."

Aquela resposta não agradou a ninguém e confundiu muitos. Tirumala Devi e Zerelda Li começaram a falar alto ao mesmo tempo, exigindo a intervenção do rei, e a multidão de cortesãs que assistia a tudo dividiu-se em facções acaloradas. O próprio

Krishnadevaraya não sabia como interpretar a fala de Pampa Kampana. O ministro Timmarasu, forte defensor de Tirumala, cochichava com veemência no ouvido dele.

Pampa Kampana continuou: "Enquanto nosso rei estiver saudável e tiver pleno domínio de suas faculdades mentais e espirituais, e também do império, é ridículo gastarmos tempo discutindo os direitos de nenéns que ainda nem nasceram. Nossa única preocupação, como nos foi ensinado há mais de um milênio e meio pelo grande imperador Ashoka, cujo nome significa 'sem sofrimento', deveria ser proporcionar o máximo de bem e felicidade a todos os cidadãos. Quando tivermos feito o melhor no sentido de criar esse paraíso na terra, esse lugar sem sofrimento, então poderemos discutir quem será a pessoa mais indicada para continuar a defendê-lo."

"Ashoka era budista", disse Tirumala Devi. "Não acreditava nos nossos deuses. Como podemos ter fé num rei antigo que adorava um homem que abriu mão da condição de rei?"

"Ashoka foi o coração vivo da nossa terra", retrucou Pampa Kampana. "Quem não conhece o coração não pode compreender o corpo."

Tirumala Devi não continuou a discussão. Mas, quando ocorreu a calamidade, foi a primeira a dizer que aquilo era o juízo dos deuses a respeito de Pampa Kampana, não apenas por ela ter dado um mau conselho, mas também por ter "blasfemado".

Zerelda Li, a segunda rainha de Bisnaga e a esposa mais amada de Krishnadevaraya, o Grande, morreu no parto, e o filho nasceu morto. Uma semana depois, Tirumala Devi deu à luz uma criança, também menino, também natimorto. Ela, porém, sobreviveu. Aquela tragédia tripla foi entendida por todos em Bisnaga como um péssimo augúrio, e fora das fronteiras do império foi tomada como sinal de fraqueza. Krishnadevaraya esvaziou a sala do trono e não apareceu em público por quarenta dias. Sabia-se que ele não tinha contato com ninguém além de Timmarasu. Sabia-se que Tirumala Devi era confortada pela mãe, e que Pampa Kampana pedira que a deixassem prantear a morte da pentaneta, a última de sua linhagem, a sós. Era como se a cabeça do império tivesse sido cortada, e o corpo jazesse inerte. Os inimigos de Bisnaga preparavam-se para uma invasão.

Ao ver o corpo de Zerelda Li envolto em chamas, uma inundação irrompeu dentro de Pampa Kampana. Finalmente, o luto que não fizera de modo apropriado por todos aqueles que perdera a tomava de assalto, dominando-a. Pedira ao rei que lhe permitisse segurar o bastão de bambu e quebrar o crânio de Zerelda Li para libertar o espírito dela, e muito embora a tradição determinasse que essa incumbência cabia a um homem, o rei lhe concedeu o pedido generosamente. Tão logo executou a tarefa, Pampa Kampana desmaiou e caiu, tendo que ser levada para seus aposentos para se recuperar. Mais uma vez, essa cena causou muita discussão. Para Bisnaga e seus amigos, revelava a largueza de espírito pela qual o império sempre fora elogiado e indicava que o velho projeto de valorizar mulheres, que fizera com que Bisnaga promovesse mulheres de todas as classes desde os primeiros dias de sua existência, ganhara um novo ímpeto sob o atual rei. Era prova de que ele falava sério ao prometer que "o reinado do amor seria estabelecido por todo o império". Já para os inimigos de Bisnaga, era mais um sinal de fraqueza, de que aquele centro do poder estava desmoronando.

Assim era o mundo naquela época. A tragédia gerava exércitos, e o significado simbólico ou alegórico das reações humanas individuais a catástrofes — dor, generosidade, perda de consciência — precisava ser testado no campo de batalha. Tudo eram sinais, os próprios sinais se prestavam a muitas interpretações e apenas o campo de batalha — apenas a força — podia decidir qual versão era a mais verdadeira.

Krishnadevaraya sabia disso melhor do que qualquer outra pessoa, e deu ordens, através do *Mahamantri* Timmarasu, de preparar as forças armadas para a guerra.

Quando Pampa Kampana voltou a si, a realidade mudara. Zerelda Li havia morrido, e com ela morreram todas as esperanças que Pampa depositava numa nova linhagem de moças mágicas. A dinastia fabulosa chegara ao fim. O futuro pertencia a Tirumala Devi, a qual, assim que terminasse o período de luto, certamente teria muitas outras oportunidades de gerar um herdeiro, e sem dúvida ao menos uma delas resultaria num menino que vingaria. A velha ordem não mudaria. Por maior que fosse a glória de Krishnadevaraya, por mais batalhas que vencesse, não se tornaria o que talvez viesse a ser por influência da linhagem feminina de Pampa Kampana.

Toda Bisnaga foi abalada pela morte de uma rainha e dois reis em potencial. O próprio Krishnadevaraya, que deveria se preparar para a campanha militar, em vez disso despira o traje habitual de "sultão" — a roupa que Tirumala Devi e sua mãe tanto condenavam — e vestiu as duas peças de pano tecido em casa preferidas pelos mendicantes e santos ascetas. Enclausurou-se no Templo dos Macacos, ajoelhou-se, baixou a cabeça e mergulhou em oração, pedindo orientação ao Senhor Hanuman. Toda a cidade prendeu a respiração, esperando que ele emergisse do templo.

Passaram-se alguns dias assim.

Então, um dia, antes do amanhecer, Pampa Kampana foi despertada por uma criada nervosa, que lhe disse que o rei esperava lá fora, ainda seminu, com traje de mendigo. "Mande-o entrar", ordenou ela, recolhendo as roupas e se vestindo para recebê-lo.

Quando entrou, Krishnadevaraya não permitiu que ela se ajoelhasse ou fizesse qualquer outro gesto de deferência. "Não temos tempo para isso", disse ele. "Tenho muitas coisas a lhe dizer. No templo, quando eu fechava os olhos e aguardava uma resposta do Senhor Hanuman, só via seu rosto. Por fim compreendi. É na senhora, e só na senhora, que encontrarei a orientação de que preciso, e assim sendo preciso oferecer-lhe um amor novo e de espécie mais profunda, não o amor comum que os homens demonstram às mulheres, mas o amor mais elevado que os fiéis dedicam às manifestações do Divino." E, tendo dito essas palavras, foi ele que se ajoelhou e tocou-lhe os pés.

A velocidade com que as novidades ocorriam estonteou Pampa Kampana. "Está cedo demais para isso", disse ela. "Todos os nossos pensamentos deveriam estar concentrados em chorar os mortos. As declarações de amor, seja ele mais elevado, seja ele mais baixo, devem ser reservadas para outra ocasião. O que o senhor diz é inapropriado."

"A senhora quer dizer, imagino, que seria considerado inapropriado lá fora, nos corredores do palácio, nas ruas da cidade", respondeu Krishnadevaraya. "Mas às vezes o que um rei tem que fazer para aperfeiçoar a majestade vai contra a corrente. Não tenho tempo a perder. A grande questão da minha vida aguarda uma resposta. Vejo anos à minha frente em que meus dias estarão cheios de sangue, e serão poucas as noites de paz aqui em casa. Quero que a senhora atue como rainha regente na minha ausência, pois é esse o significado das minhas visões no templo, e para que isso seja possível, precisamos nos casar de imediato. Sim, a senhora será a minha segunda rainha, é esta a vaga a ser preenchida, mas sob todos os outros aspectos virá em primeiro lugar. Tirumala Devi diz que é uma boa administradora, e talvez até seja, mas exalto a senhora acima dela, e Timmarasu concorda comigo. A senhora há de compreender que as razões de Estado devem prevalecer sobre as convenções sociais. Um rei deve agir quando é hora de agir. Deve amar quando é hora de amar, e não quando é tarde demais ou quando as pessoas acham apropriado. A senhora é minha glória encarnada, e por isso é preciso que reine em meu lugar. Tirumala tem muitas qualidades, mas não é gloriosa."

"É uma utilização estranha da palavra 'amor'", disse Pampa Kampana. "Vem misturada com outras palavras que nada têm a ver com ele. Além disso, o senhor foi amante de Zerelda Li, e por isso não pode ser meu. Seria uma indecência enorme. Assim, posso me casar com o senhor, sim, e governar Bisnaga na sua ausência, mas é só. Vamos dormir em camas separadas."

Havia uma grande turbulência dentro de Pampa Kampana. Ela dissera a Zerelda Li que lhe devia *tudo*, e deixara de lado seus sonhos para que a mulher mais jovem pudesse realizar os dela. Mas agora a jovem não existia mais, e *tudo* era oferecido à própria Pampa, pela segunda vez, com ainda mais força do que da primeira. A reverência com que era tratada desde que levantou as muralhas — o milagre que transformara a capital de Bisnaga numa fortaleza inexpugnável — era, no final das contas, pouco mais do que uma cortesia, um gesto que exprimia espanto e gratidão. Mas agora ela era convidada a penetrar no coração do império, e também no coração do rei. O que lhe estava sendo oferecido era a realidade e não a aparência de polidez, e ela não precisava mais negar os próprios sonhos a fim de realizar as esperanças de Zerelda Li. Era a declaração de amor mais estranha que jamais recebera, um amor que parecia ser ao mesmo tempo uma abstração, uma impropriedade, até mesmo uma espécie de blasfêmia. Pampa Kampana fora tocada por uma deusa, mas não era uma deusa, e no entanto naquele momento lhe era oferecido o lugar, se não da própria deusa, o da representante dela na terra, ou quase isso. Ela já fora amada de muitas maneiras por muitos homens, fora chamada de promíscua devido a isso, e por vezes talvez até admitisse que a acusação procedia, mas este de agora era um amor que nunca lhe havia sido oferecido, não algo corpóreo, e sim uma exaltação mais elevada, em que o amor a Bisnaga e a proteção do império se confundiam com a obsessão — a "visão" — do rei. Pampa, que várias vezes desejara com tanta ânsia o amor físico, via, em meio àquela tormenta, que o amor carnal sempre fora mero substituto do que ela queria de verdade; que ela queria, sim, o que lhe era oferecido.

Na minha vida (ela escreve em seu livro, livro do qual este livro não passa de uma sombra pálida), *já quis muitas coisas que não foi possível obter. Queria que minha mãe saísse da fogueira intacta. Queria um companheiro que durasse a vida inteira, muito embora soubesse que sobreviveria a qualquer companheiro que encontrasse. Queria fundar uma dinastia de mulheres que governariam o mundo. Queria certa forma de vida, muito embora soubesse, no momento exato em que a queria, que estava sonhando com um futuro distante que talvez não chegasse nunca, ou apenas de modo incompleto, danificado, ou chegaria e logo em seguida seria destruído. Porém, ao que parece, a coisa que eu mais queria era esta:*

Eu queria ser rei.

"Já lhe disse uma vez que não quero que construa um templo para mim", disse Pampa a Krishnadevaraya. "Mas há um templo invisível que nós dois vamos construir, e os tijolos com que ele será construído serão a prosperidade, a felicidade e a igualdade. E também, é claro, a vitória militar arrasadora."

"Há mais duas coisas", disse o rei. "A primeira é que continuarei tentando fazer com que Tirumala Devi se torne a mãe de meu herdeiro."

"Por mim, está bem", disse Pampa Kampana, embora na verdade não estivesse, embora se consolasse com o pensamento: *Mas você vai estar ausente a maior parte do tempo, não é? Assim, não vai ser fácil*, e esse pensamento a fazia sentir-se bem. "Qual é a segunda coisa?", perguntou.

"A segunda coisa", respondeu Krishnadevaraya, "é esta: cuidado com meu irmão."

(*Esta é a primeira vez no* Jayaparajaya *que o irmão de Krishnadevaraya é mencionado. Isso é uma surpresa para o leitor, e talvez tenha sido também para Pampa Kampana na ocasião.*)

A quatrocentos quilômetros, ou mais, ao sudeste de Bisnaga, ainda está de pé a fortaleza de Chandragiri, construída no século XI. Para que fosse esquecido nesse forte antiquíssimo — já antigo, não custa acrescentar, mesmo no tempo do império de Bisnaga —, Krishnadevaraya mandara o irmão mais moço, Achyuta, indivíduo de caráter tão vil, tão impróprio para a realeza, tão violento, cruel e covarde, que o rei, sem querer derramar sangue da própria família, trancafiou-o lá, mantendo-o sob vigilância constante, e quase nunca reconhecia a existência dele. "Mas ele é ardiloso", Krishnadevaraya disse a Pampa Kampana. "Vai tentar escapar através de suborno, assassinato, alguma trapaça, como tem feito desde o dia em que o enviei para lá. Mande espiões da sua confiança para certificar-se de que ele não corrompeu os guardas. Fique de olho nele, senão ele vai escapar e deixar um rastro de destruição e caos."

Pampa Kampana, preparando-se para atuar como regente, absorveu essa informação, mas para ela havia pessoas mais próximas que precisavam ser apaziguadas, ou pelo menos ouvidas.

A primeira que procurou foi Saluva Timmarasu, o poder por trás do trono, que insistira até conseguir que Tirumala Devi fosse nomeada a primeira rainha, e que portanto talvez não fosse exatamente um aliado de Pampa Kampana nesse novo papel, mesmo que o rei afirmasse que ele a apoiava. Pampa encontrou-o no telhado do palácio, dando de comer aos pombos. Era um velho grandalhão, calvo, com papadas abaixo do queixo e mãos enormes; observava as aves que pousavam em suas mãos espalmadas e bicavam sementes. Saudou-a sem levantar a vista. "Quando a vi pela primeira vez", disse, "a senhora também era uma ave. Isso, para mim, só depõe em seu favor. Esses pássaros cinzentos aqui são meus amigos, e meus mensageiros mais confiáveis. Sob vários aspectos, as aves são criaturas que pertencem a uma ordem mais elevada do que os seres humanos."

Pampa Kampana compreendeu que aquilo era um gesto amistoso, e o retribuiu do mesmo modo. "E passei a conhecê-lo de verdade quando fomos obrigados a escolher todas aquelas moças ridículas para bancar *gopis* e agradar o rei." Timmarasu jogou a cabeça para trás e riu. "O rei fica entediado com facilidade", disse ele. "Aquelas senhoras agora estão envelhecendo na *zenana*, ignoradas, até mesmo esquecidas. Em pouco tempo poderemos aposentá-las e devolvê-las aos lugares de origem, onde quer que sejam. Mas me lembro da dança da rainha Zerelda Li. Aquilo valeu a pena assistir."

Foi uma maneira de entrar no assunto de Tirumala Devi, que ficara muitíssimo contrariada com a dança. "Espero", disse Pampa Kampana, "que a primeira rainha não sinta necessidade de recorrer a táticas ilícitas durante o meu período de regência."

A expressão de Timmarasu ficou séria. "A senhora precisa compreender que a minha recomendação do casamento com a filha do rei Veera de Srirangapatna foi puramente política. Era uma aliança necessária. A senhora não deve achar que foi uma manifestação de alguma preferência da minha parte."

"Ótimo", retrucou Pampa Kampana. "Então somos amigos."

"Tenho a impressão", prosseguiu Timmarasu, "de que a rainha Tirumala está tão preocupada com as ambições dinásticas que não poderá assumir as tarefas cotidianas de administrar o império. Ela quer deitar-se com o rei e gerar bebês, e creio que o rei já tenha lhe explicado que isso acontecerá. Assim, a primeira rainha crê que, no fim, vencerá ao reproduzir o herdeiro do Trono de Diamante."

"Vamos ver no que isso vai dar", disse Pampa Kampana, e despediu-se. Ao se virar para sair, Timmarasu dirigiu-se a ela de novo.

"Quanto a essas histórias de veneno etc. etc.", acrescentou, "esse tipo de melodrama não vai acontecer em Bisnaga enquanto eu estiver vivo e de olho nas coisas. Deixei isso bem claro para as damas em questão. Elas sabem que estão sendo vigiadas."

"Obrigada", agradeceu Pampa Kampana. "Também vou mencionar esse fato para elas e ficar de olho."

"O rei é um bobo", disse Nagala Devi. "Casar-se com a senhora é uma idiotice, e nomeá-la rainha regente é uma loucura completa. A senhora há de me desculpar, a mim e a minha filha, a primeira rainha. Não vamos participar da cerimônia de casamento, nem tampouco da cerimônia de — que isso fique claro entre nós — sua ascensão apenas temporária ao Trono do Leão, ou Trono de Diamante, escolha o nome que a senhora preferir."

"O palácio está cheio de morte", disse Tirumala Devi. "Meu filho morreu. A senhora é a causa dessa maldição que caiu sobre nós, e não será perdoada." Ela fumava ópio, reclinada num sofá no quarto repleto de tapetes e almofadas, e o ar estava cheio do perfume da droga, bem como de um odor pesado de óleo de patchuli. O poeta Thimmana do Nariz estava a seu lado.

"O Nariz fez uma nova obra-prima para nós", disse Nagala Devi. "Nariz, recite para nossa visitante."

Pampa Kampana não demorou para perceber que o poema era uma sátira maliciosa à famosa dança de Zerelda Li, descrita como desgraciosa e desajeitada, um espetáculo que constrangera toda a plateia.

"Vou embora", disse Pampa Kampana. "Uma mentira não se torna verdade apenas por ser dita. Isso é uma calúnia dirigida a uma morta. Poeta, o senhor devia ter vergonha."

"Não quer mesmo beber alguma coisa antes de partir?", perguntou Nagali Devi, indicando uma jarra de vidro que continha um líquido rosado.

"Ela tem medo de beber conosco", disse Tirumala Devi, em tom de deboche. "Vamos só contar a ela o que tenho certeza de que ela não sabe."

"Mais uma mentira?", indagou Pampa Kampana.

"Uma verdade bem simples", retrucou Tirumala Devi. "Enquanto a senhora fica mofando aqui, cuidando de assuntos burocráticos, do conserto do telhado, de disputas judiciais, vou acompanhar o rei na campanha militar. Quando voltarmos, estou certa de que o próximo rei estará voltando conosco, no meu ventre, ou cavalgando ao meu lado."

"Isso não é verdade", disse Pampa Kampana.

"Pergunte a ele", retrucou a primeira rainha, rindo na cara da rival.

Os elefantes de guerra de Bisnaga eram tão reputados quanto os aristocratas humanos da cidade, e a Cocheira dos Elefantes no Recinto Real era um dos prédios mais majestosos da capital, uma construção grandiosa, vermelha, de tijolo e pedra, que ostentava onze arcos gigantescos atrás dos quais ficavam o lar dos animais particulares do imperador, dois dentro de cada um dos arcos, e também de seus cornacas — treinadores e cuidadores. Quando Krishnadevaraya precisava de um lugar tranquilo para preparar-se mentalmente antes de agir, era lá que se recolhia, tal como o telhado do Palácio do Lótus era o lugar predileto do ministro Timmarasu com os pombos. O rei caminhava em meio aos gigantes cinzentos, acariciando-lhes os flancos, murmurando-lhes coisas na língua dos cornacas, que eles compreendiam, e muitas vezes se sentava num banco de madeira nas profundezas do prédio, ao lado do favorito entre os favoritos, o maior e mais temível elefante do país, Masti Madahasti, o das patas sensíveis, que relutava em pisotear inimigos para não machucar a sola, mas que o faria lealmente se o rei lhe pedisse. Nesse banco estava sentado agora Krishnadevaraya, respirando o aroma tranquilizador de bosta de elefante, e os animais permaneciam em silêncio, permitindo que ele organizasse as ideias. Foi ali que Pampa Kampana o encontrou na véspera do dia em que ele partiria para as guerras que ocupariam a maior parte da próxima década de sua vida. Ela veio envolta em trovões, e destruiu a serenidade do lugar.

Não é necessário relatar a discussão que tiveram. Ela reclamou por não ter sido avisada de que a primeira rainha acompanharia o rei. Ele respondeu que deixara claro que precisava de um herdeiro. Ela continua a explodir, e ele a se exaltar. Podemos imaginá-los ali, gesticulando e discutindo em meio aos elefantes cada vez mais agitados, a levantar as patas dianteiras, erguer as trombas e gritar no idioma deles, que não nos é dado compreender. Por fim, o rei levantou a mão espalmada, e a altercação terminou. Pampa Kampana deu-lhe as costas e o deixou com os amigos ruidosos.

* * *

Na manhã seguinte, antes de o sol nascer, o exército de Bisnaga partiu, uma força poderosa com mais de quarenta mil homens e oitocentos elefantes, com Krishnadevaraya em sua *howdah* dourada no alto de Masti Madahasti, e Tirumala Devi, bem como Saluva Timmarasu, montados em outros elefantes reais que vinham à frente, enquanto Nagala Devi e Pampa Kampana acenavam para eles do alto da cúpula real na muralha mais externa da cidade — Nagala triunfante, Pampa mortificada, porém decidida a transformar em triunfo o tempo em que ocuparia o trono na ausência do rei, do primeiro-ministro e da primeira rainha.

Tendo lido o livro de Pampa Kampana e conhecendo a história completa do império, começamos a nos referir à próxima década — mais ou menos entre os anos de 1515 e 1525 d.C., uma época de guerra e regência — como "a terceira idade de ouro" do império de Bisnaga, porém há que ressalvar que essa era começou com uma briga, e conhecemos o velho ditado segundo o qual o que começa com discórdia nunca dura muito tempo. Pois durou, por incrível que pareça, uns bons dez anos; assim, talvez seja melhor deixar os velhos ditados descansando nos lugares confortáveis que os velhos anseiam, e às vezes conseguem encontrar.

O livro descreve as campanhas triunfantes de Krishnadevaraya como se a autora estivesse lá, como se ela e não Tirumala Devi estivesse montada no elefante ao lado do elefante do rei; como se ela e Thimma, o Enorme, e Ulupi Júnior tivessem lutado ao lado dele em cada batalha. Krishnadevaraya comunicava-se regularmente com a rainha regente para mantê-la informada de suas conquistas, assim essas comunicações talvez constituam a base do relato de Pampa Kampana. Ou então o leitor pode achar que a autora simplesmente imaginou-se vendo com os olhos do rei guerreiro. Ou então as duas alternativas são verdadeiras.

"Por ora, a fronteira do norte está segura", disse Krishnadevaraya aos generais. "Além disso, graças à aliança com meu sogro, o rei Veera, a fronteira sul está razoavelmente segura. Portanto, o ataque que nossos inimigos planejam virá do leste, e nosso plano deverá ser um ataque preventivo."

Para os lados do leste ficava a terra fabulosa de Calinga, onde o lendário imperador Ashoka lançara sua guerra mais sangrenta mil e oitocentos anos antes, guerra em que morreram mais de cem mil homens, e que levara o imperador, dizia-se, a se converter ao budismo. Seguir o caminho de Ashoka era uma ideia atraente, mesmo não sendo Krishnadevaraya budista. Mas o portão que levava a Calinga era a Montanha Oriental, e o rei da Montanha Oriental era o mais poderoso dos inimigos de Krishnadevaraya, Prataparudra da dinastia Gajapati, a quem muito se referiam como irmão gêmeo de Krishnadevaraya, porque eram iguais em grandeza e, dizia-se, também fisicamente parecidos. Assim, para ganhar a grande guerra, Krishnadevaraya teria que enfrentar o próprio espelho — e destruir essa outra versão de si próprio.

A Montanha Oriental era uma muralha de mil metros de altura, feita de rocha coberta de matas, e no alto ficava a fortaleza-cidadela. O general-comandante de Pratapa, Rautaraya, estava lá em cima, com milhares de homens e provisões abundantes. Não havia como subir aquela muralha. A única possibilidade era sitiá-la.

Dois longos anos se passaram até que a fome levasse o general Rautaraya à rendição. Durante esse tempo, Krishnadevaraya fez sete peregrinações ao famoso conjunto de templos de Tirupati, para rezar ao Senhor Vishnu — em sessões extravagantes, verdadeiras maratonas, implorando ao deus por um herdeiro.

(Depois de rezar, fazia também doações polpudas aos cofres do templo, para ajudar o deus a encarar com simpatia o pedido.) Além disso, ele e Tirumala Devi dedicavam-se ao que podemos chamar, com delicadeza, de atividades noturnas repetitivas, que visavam fazer com que as preces tivessem êxito.

Assim, durante aquele cerco que durou dois anos, Krishnadevaraya e a rainha Tirumala Devi tornaram-se pais de duas crianças, primeiro uma menina — Tirumalumba, versão aumentada do nome da mãe — e depois, para o entusiasmo de todos, um menino! E ambas vingaram. As notícias chegaram rapidamente a Bisnaga. É interessante observar que, em seu relato, Pampa Kampana apenas menciona de passagem os dois nascimentos. Seu silêncio, por assim dizer, diz muito.

Após o nascimento do menino, a quem Tirumala Devi deu outra versão de seu próprio nome, Tirumala Deva, a Montanha Oriental finalmente rendeu-se, como se em reação ao evento auspicioso. Krishnadevaraya deu o comando do forte conquistado ao filho do primeiro-ministro Timmarasu. Levou também vários troféus da Montanha. Um deles foi a tia de Prataparudra. Outro foi uma estátua grandiosa do deus cuja encarnação o rei julgava ser. A tia mais tarde foi devolvida intacta. A estátua de Krishna não foi devolvida. Enviada a Bisnaga, foi instalada numa capela especial no palácio.

A primeira regência de Pampa Kampana, ocorrida um século e meio antes da segunda, fora seguida por uma eternidade de exílio. Ela sabia que nessa segunda oportunidade seria necessário fazer as coisas de modo diferente. Para afirmar a autoridade sobre a corte, resolveu adotar uma rotina bem semelhante à do rei, para que todos soubessem que cara teria o dia. Levantava-se antes do amanhecer e tomava uma xícara grande de óleo de gergelim, um líquido cor de âmbar extraído de gergelim torrado, e depois pedia às criadas que lhe fizessem uma massagem com a mesma substância. Em seguida, o rei costumava se exercitar levantando pesos. Porém, em vez de levantar panelas pesadas, Pampa Kampana ia à velha *kwoon* de Li Ye-He e praticava a destreza com a espada à luz dos braseiros, despertando a admiração da plateia que assistia nas galerias. Desse modo, excretava no suor o óleo que bebera. Depois passava algum tempo cavalgando pela ampla planície de Bisnaga, além dos portões externos da cidade. Quando o sol nascia, desmontava do cavalo. Era a hora da rotina religiosa do dia, o papel que menos se ajustava a Pampa Kampana, como uma roupa mal cortada. Ia ao templo de Hazara Ram para a *puja* matinal, usando uma versão do traje preferido por Krishnadevaraya quando ia rezar: um vestido largo de seda branca com rosas douradas bordadas, um colar de brilhantes no pescoço e um chapéu alto, brocado, em forma de cone. Depois das preces, instalava-se na *mandapa*, um salão com pilares aberto aos componentes do império, onde cada pilar era minuciosamente trabalhado em forma de animais ou dançarinas, e ali ouvia as pautas do dia, os relatórios dos ministros, as reclamações de cidadãos descontentes. Pampa Kampana avaliava relatórios e pronunciava-se sobre petições; por fim, dava as ordens do dia, enquanto os nobres de Bisnaga, dispostos em pé, enfileirados em silêncio, ouviam de cabeça baixa, levantando a vista apenas se a rainha se dirigia a um deles pelo nome. Quando queria homenagear um nobre em particular, convidava-o para dividir uma noz-de-areca. Ninguém mais ousava mascar bétele na corte. Ela preservava e imitava a rotina do rei de modo tão hábil que as pessoas diziam: "É como se o rei não tivesse partido, e ainda estivesse aqui".

Por trás dessa fachada de imitação fiel, Pampa Kampana discretamente mudava o mundo. Ordenou a criação de novas escolas para meninas, a fim de combater o desequilíbrio numérico entre lugares de instrução para crianças dos dois sexos. Nessas escolas novas, e também, mais gradualmente, em todas as escolas que já existiam, propôs que a educação não fosse mais centrada na instrução teológica, e não estivesse concentrada exclusivamente nas mãos de sacerdotes brâmanes formados no *mutt* de Mandana, o enorme complexo de templos e seminários onde a influência de Vidyasagar e seus Dezesseis Sistemas Filosóficos ainda era inescapável. Em vez disso, a rainha promoveu a criação de uma nova classe de profissionais, chamados de "professores"; poderiam ser membros de qualquer casta e deveriam possuir e tentar difundir o que havia de melhor em matéria de conhecimentos, numa ampla variedade de campos do saber: história, direito, geografia, saúde, educação cívica, medicina e astronomia. Essas "matérias" seriam ensinadas sem nenhuma ênfase ou viés religioso, com o objetivo de formar um novo tipo de pessoa, mais bem informada e de mentalidade aberta, ainda bem instruída em questões de fé, mas com uma compreensão adicional e aprofundada da beleza do próprio saber, e consciência de que os cidadãos tinham responsabilidade de coexistir uns com os outros e se dedicar a promover o bem-estar de todos.

Nessa altura de sua narrativa, Pampa Kampana, num espírito de generosidade e compromisso com a verdade, apresenta um personagem de destaque: Madhava Acharya, ou seja, o pontífice Madhava, chefe do *mutt* de Mandana, que preservava e revigorava a filosofia do velho Vidyasagar, fundador do *mutt*.

"Ó poderoso Madhava!" (A *autora se dirige ao religioso diretamente no texto, como se ele estivesse à sua frente.*) "Não crispe o rosto diante de mim, pois não sou sua inimiga!" Daí podemos concluir que o pontífice Madhava era na verdade adversário das reformas de Pampa Kampana, um oponente poderoso que era urgente tentar apaziguar.

O sumo sacerdote teria quarenta e tantos anos; fora rápida a ascensão dele no sistema de seminários de Mandana, e recentemente assumira a direção do *mutt*. Era, segundo Pampa Kampana, um homem muito alto, com uma cabeça de altura acima da maioria dos homens de Bisnaga, e, ao lado de Krishnadevaraya, faria com que a figura do rei se tornasse diminuta, se o protocolo da corte não o obrigasse a sempre se curvar na presença dele. A respeito de seu caráter ela nos diz pouca coisa, dando a entender apenas que era enérgico e impunha respeito, e que era dado a explosões de ira — segundo as pessoas, explosões tão fortes quanto as do próprio rei, sendo muito temidas nos templos de Mandana.

Quando o rei partiu para a guerra, acompanhado pelo primeiro-ministro, a primeira esposa e os dois guerreiros mais poderosos, Madhava Acharya — que via com desdém uma mulher na posição de regente — julgou haver ali um vácuo de poder, e mais que depressa tentou agir para aproveitar-se dele. Fez uma série de falas empolgantes, sentado de pernas cruzadas debaixo da figueira predileta de Vidyasagar, uma atitude simbólica; nessas falas afirmava que Bisnaga havia se afastado demais do caminho de Vidyasagar — se afastado demais, ele quase chegou a dizer, do caminho dos deuses. Madhava reintroduziu as grandes assembleias religiosas que haviam saído de moda tantos anos antes, e as multidões eram numerosas, conferindo a ele uma base de poder facilmente perceptível. As reformas de Pampa Kampana eram inaceitáveis para Madhava, e não havia como ignorar os primeiros ataques que ele desferiu contra elas, em particular contra a remoção dos sacerdotes da posição central no sistema educacional.

Foi então que Pampa Kampana pensou em reativar a Reprimenda, ou pelo menos criar um movimento novo a partir das cinzas do antigo.

As ideias radicais um dia perdem a força, e depois que a

Nova Reprimenda entrou para o governo de Bisnaga durante o tempo de Deva Raya, virando parte do sistema e não mais um movimento de protesto, em pouco tempo se tornou irrelevante e desnecessária, sendo então dissolvida. Tudo isso fazia parte de um passado já distante, mas quando os espiões lhe garantiam que as reformas educacionais encontravam apoio, Pampa Kampana encarregou esses espiões de desencadear um movimento em defesa delas. Além disso, em sua narrativa ela dá a entender que começou de novo a *sussurrar*, e que assim converteu muita gente em Bisnaga a sua causa. Os sussurros lhe davam ainda mais trabalho do que da última vez. Novamente, sentia os efeitos da idade. Ou então era porque o mundo mudara, e agora havia pessoas que não se deixavam convencer por sussurros suaves; pessoas que eram leais a outras causas e não podiam ser demovidas; pessoas imutáveis, que seguiam Madhava Acharya como se ele fosse um profeta e não apenas um sacerdote. Felizmente, havia outras cujos ouvidos recebiam com prazer aqueles sussurros silenciosos, e parecia provável que elas fossem mais numerosas do que os seguidores da seita formada em torno de Madhava. Assim, ela continuou realizando a tarefa noturna, muito embora agora fosse mais trabalhosa, mais fatigante, do que antes; e quando se convenceu de que poderia mobilizar muita gente se tal fosse necessário, pediu uma reunião com Madhava Acharya no *mutt*.

"… Pois não sou sua inimiga!" Tudo indica que essas palavras foram de fato pronunciadas pela rainha regente diante do chefe do *mutt* de Mandana, provavelmente em pessoa. Afinal, ela própria apresenta um relato detalhado dessa reunião, uma passagem em que abandona o lirismo costumeiro para expor de maneira objetiva como se faz uma negociação política.

Reuniram-se a sós, numa sala fechada e guardada no centro do complexo de Mandana. Como sinal de respeito, Pampa Kampana não pediu a Madhava Acharya que se curvasse de modo a não ficar mais alto do que ela, muito embora na posição de rainha que representava o rei tivesse o direito de fazer tal exigência. Agindo assim, indicava que os dois se encontravam em termos de igualdade. Madhava Acharya declarou-se encantado por aquele gesto e em seguida foi direto ao assunto. Não demorou para que os dois percebessem que cada um deles era capaz de mobilizar uma multidão substancial nas ruas de Bisnaga da noite para o dia; assim, quanto a isso os dois estavam empatados. Pampa Kampana tinha à disposição os batalhões que haviam permanecido na cidade para protegê-la, o que era uma vantagem sua; no entanto, como Madhava Acharya observou mais que depressa, se usasse aqueles soldados contra os próprios cidadãos bisnaguenses, em pouco tempo ela perderia as vantagens da popularidade e talvez até enfrentasse um motim da soldadesca, além de um levante nas ruas. Na teoria, portanto, aquela vantagem existia, mas em termos práticos não havia vantagem alguma.

Para quebrar aquele impasse, Pampa Kampana primeiro fez uma proposta e em seguida pôs na mesa um trunfo. Desde o tempo de Bukka I, o *mutt* de Mandana tinha poderes limitados para recolher impostos e se autofinanciar. A rainha regente ofereceu então um aumento significativo desses poderes, tornando Mandana mais rico do que jamais fora e financiando a criação de um sistema educacional paralelo dentro do *mutt*, que se concentraria nas questões de religião e tradição, enquanto as novas escolas por ela criadas cobririam outras coisas.

Em outras palavras: suborno.

Era essa a proposta. Para obrigar Madhava Acharya a aceitá-la, mostrou-lhe em seguida uma carta escrita na letra inconfundível do rei, dando apoio integral a todas as suas decisões como regente. Ao lê-la, Madhava percebeu que se causasse uma turbulência política em Bisnaga, o rei, quando voltasse, se vingaria na mesma hora; e compreendeu que o suborno que lhe fora oferecido antes da exibição daquele trunfo — ou, digamos, a proposta de uma solução de meio-termo — lhe proporcionava uma saída honrosa para recuar.

"A senhora é sem dúvida uma governante capaz", disse ele a Pampa Kampana. "Aceito a proposta, é claro."

Foi só quando Krishnadevaraya voltou das guerras que Pampa Kampana confessou-lhe que aprendera, com muito treino, a imitar sua letra, e que a carta mostrada a Madhava Acharya era uma completa impostura. "Submeto-me a sua piedade", disse ela, mas Krishnadevaraya caiu na gargalhada. "Eu não poderia ter encontrado uma regente melhor", exclamou ele. "Pois a senhora encontrou uma maneira de submeter Bisnaga a sua vontade, até mesmo as parcelas da população que não estavam dispostas a aceitar suas decisões. Quando se é rei, o que importa não é a decisão tomada, mas a capacidade de impô-la à população sem derramamento de sangue. Eu mesmo não seria capaz de me sair melhor. Além disso", acrescentou, franzindo a testa, "eu de fato lhe escrevi muitas cartas. Era como se eu ouvisse sua voz sussurrando no ouvido, a me dizer: *Conte-me tudo.* Tem certeza de que essa carta não foi uma delas?"

Pampa Kampana sorriu amorosamente. "Quando se quer contar uma mentira importante, é melhor escondê-la em meio a muitas verdades incontestáveis."

Eis uma carta (autêntica, e não forjada) de Krishnadevaraya para Pampa Kampana: "*Amada Rainha Regente, quando penso na senhora fico cheio de admiração, pois, tendo realizado milagres, a senhora é um milagre encarnado. Às vezes acho difícil acreditar nisso, muito embora saiba que é verdade: a senhora viu tudo, conhece a nós todos desde o início até o momento presente, e todas as respostas às nossas perguntas podem ser encontradas em sua* pessoa. Pergunto-me por vezes a respeito desse início, Hukka e Bukka tantos anos atrás — o que pensavam eles, e por que motivo lutavam? Quando Bisnaga nasceu, lutavam, imagino, pela sobrevivência, a fim de se estabelecerem, eram vaqueiros transformados em reis. A senhora conheceu o coração deles melhor do que qualquer outra pessoa viva. Diga-me se tenho razão, pois agora que os anos de guerra se estendem à minha frente, tenho me feito essas mesmas perguntas. Por que motivo luto? Se é para nos defender dos inimigos que nos julgavam fracos, então a vitória na Montanha Oriental mostrou a todos que somos fortes. Para todos os lados, nossas defesas agora estão garantidas. Será por vingança? Não, pois esse seria o mais baixo dos motivos. Um rei vingativo não devolve para a casa dela a tia do inimigo sem ser molestada, e ela certamente poderá testemunhar como foi bem tratada enquanto estava sob nossos cuidados. Decerto não é pela religião que luto, porque Prataparudra é nosso correligionário, e alguns de nossos melhores generais e soldados cultuam o suposto deus único, o que não é problema para ninguém. Talvez eu lute por território, apenas por desejar expandir o império até que ele se torne o maior que jamais existiu. Nesse sentido, a conquista de território pode ser também produto do desejo pela glória. Muitos dirão que meus motivos são uma combinação de todos esses, porém descobri que não se trata de nenhum deles, e foi meu inimigo Pratapa que revelou a mim a verdade.

"Escrevo para a senhora, Amada Rainha Regente, enquanto me aproximo cada vez mais do cerne de Calinga, agora tendo como alvo a fortaleza de Kondavidu, onde a esposa de Pratapa reside e o filho dele é o governador; interceptei um mensageiro que levava uma mensagem de Pratapa ao filho. Nela, Pratapa insulta não apenas a mim, mas toda a nossa linhagem, chamando-nos de bárbaros, de pessoas que não têm sangue azul, porque nossos ancestrais eram soldados comuns e não aristocratas. Também depre-

cia toda a história de Bisnaga, dizendo que é um lugar criado por vaqueiros, gente vil, de casta baixa, e assim sendo não há como esperar de nós um comportamento decente. 'Não se renda a um homem como Krishna', escreve Pratapa, 'pois ele não passa de um selvagem comum, e temo pela segurança da rainha e pela sua se caírem nas mãos de um homem sem berço.' Isso depois de ele ter recebido a tia, devolvida sã e salva!

"Assim, imagino que talvez toda a história de Bisnaga tenha sido impelida pela nossa necessidade — minha e de todos que vieram antes de mim — de provarmos que somos iguais — não iguais, porém superiores! — a príncipes arrogantes como esses. Não importa quais os deuses que cultuam. É o esnobismo, a convicção de superioridade de casta, que precisamos derrubar. Há apenas uma classe social que importa: a do vencedor. É por isso que luto. Talvez não seja o mesmo motivo de Hukka e Bukka. A senhora me dirá se tenho ou não razão. Mas, no meu caso, o motivo é esse."

E Kondavidu caiu, e o filho de Prataparudra suicidou-se, e a rainha de Pratapa tornou-se prisioneira de Krishnadevaraya. Porém — talvez para provar que não era um bárbaro — tratou a ela e seu séquito de modo cortês, e os devolveu ao inimigo intactos, com uma mensagem que dizia: "É assim que tratamos nossos inimigos no reino do amor". E depois de Kondavidu, em vitória após vitória Krishnadevaraya demonstrou extrema bondade para com os adversários derrotados, como se estivesse combatendo numa guerra de etiqueta. A certa altura, o ministro Timmarasu, preocupado, chegou a aconselhá-lo: "Sabe, apenas para manter a tradição, as convenções, talvez seja aconselhável, de vez em quando, cortar algumas cabeças e empalhá-las e despachá-las numa viagem pela região. É isso que as pessoas esperam ver. Enforcamentos, torturas, decapitações, cabeças exibidas no alto de um espeto... Elas gostam de assistir ao espetáculo da vitória. E o medo é um instrumento eficiente, enquanto as boas maneiras na verdade não impõem respeito".

Influenciado por esse conselho, Krishnadevaraya avançou para o norte e destruiu a capital de Pratapa, Cuttack. Nessa ocasião, autorizou a execução dos cem mil soldados que defendiam a cidade. "Pronto", disse ele, feroz, ao primeiro-ministro, "foram tantas decapitações quanto durante toda a campanha do grande Ashoka em Calinga anos atrás. É para você." Mas ordenou que não se fizesse nenhum mal aos moradores comuns da cidade. Fez também grandes doações apaziguadoras de moedas de ouro a todos os templos de lá. Assim — apesar das cem mil cabeças cortadas — julgava ter mantido a reputação de rei que conquistava com amor.

(Estava enganado.)

Pratapa pediu paz. Ao assinar o tratado no morro de Simhachalam, Krishnadevaraya viu pela primeira vez o inimigo derrotado frente a frente, e dirigiu-lhe uma pergunta simples: "Então agora percebe que somos iguais, eu e você, um o espelho do outro, que não há diferença entre nós?".

Prataparudra compreendeu que Krishnadevaraya queria um pedido de desculpas por ter enfatizado a diferença de classes, história dinástica e casta entre a dinastia a que ele próprio pertencia e os reis de Bisnaga. Pela última vez, resistiu àquela humilhação: "Confesso que não vejo nenhuma semelhança".

"Se são tamanhas sua cegueira e sua vaidade", gritou Krishnadevaraya, furioso, "então podemos rasgar este pedaço de papel, e vou queimar seu império derrotado até reduzi-lo a cinzas, e matar todos os membros da sua família que encontrar, começando, naturalmente, por você."

Pratapa baixou a cabeça. "Eu me enganei", disse ele. "Agora que olho com mais atenção, vejo que somos exatamente iguais."

Como parte do tratado de paz, Prataparudra deu a filha Tuka a Krishnadevaraya em casamento. Tirumala Devi, presente no momento da rendição em Simhachalam, foi tomada pela fúria. Entrou cuspindo fogo na barraca do rei: "Em primeiro lugar, você me ofendeu. Em segundo lugar, será que você é burro demais para perceber que esse 'casamento' faz parte de uma trama contra você?". Krishnadevaraya tentou acalmá-la, mas na cerimônia de casamento Tirumala Davi interveio no momento exato em que Tuka ia pôr na boca do rei o doce tradicional. Ela insistiu que um provador de comida antes comesse um pedaço, e, quando o homem caiu morto, a tentativa de assassinato fracassou.

"Bem que eu avisei", disse Tirumala Devi ao rei horrorizado.

Tuka não tentou negar a participação na trama. Pelo contrário, gritou: "Como pode esse homem vil, esse rei saído da sarjeta, querer desposar uma pessoa de sangue nobre como eu?". Depois disso, ela foi enviada para a parte mais remota do império, para lá viver o restante da vida como prisioneira solitária; o rei, num acesso de raiva, ordenou que os aposentos dela fossem muito desconfortáveis, e que lhe servissem a comida mais desagradável que se pudesse imaginar.

"Não se preocupe", disse Tirumala Devi, "cuido disso."

O livro de Pampa Kampana não esclarece por completo como terminou a história de Tuka, mas há uma pista nada sutil nos versos que se seguem:

Não tentes a Senhora Veneno
buscando tornar-se um envenenador,

pois teu destino será selado
pela tua insensatez.

Seis anos haviam se passado desde o dia em que Krishnade-varaya partira de Bisnaga à frente de homens (e mulheres). Finalmente chegara a hora de voltar para casa.

18.

Ao voltar para o palácio, Krishnadevaraya constatou que a Cidade de Bisnaga, durante o período de regência, havia se transformado no lugar fabuloso com que Pampa Kampana sempre sonhara. Por toda parte havia sinais de riqueza, nas roupas elegantes da população, nos produtos nas lojas e, acima de tudo, na abundância de idiomas, que fora levada ao êxtase pelos grandes poetas a quem ela concedera casas para morar e palcos para se apresentar. Navios comerciais de Bisnaga iam a todos os lugares, espalhando notícias das maravilhas do império, e agora visitantes estrangeiros — comerciantes, diplomatas, exploradores — acotovelavam-se nas ruas, elogiando as belezas da cidade e comparando-a Beijing e Roma. *Todos os homens podem vir para cá e viver segundo a própria religião. Todos são tratados com muita equidade e justiça, não apenas pelos governantes, mas pelos habitantes, mutuamente.* Essas palavras foram escritas por um visitante português ruivo e de olhos verdes chamado Hector Barbosa, um escriba e intérprete da língua malaiala que vivia em Cochim, e a última encarnação dos homens estrangeiros que haviam povoado a vida de Pampa Kampana. Dessa vez, porém, ela resistiu aos encantos dele. "Cansei das suas reaparições", disse ela a um Barbosa perplexo. "Tenho muito trabalho a fazer."

Mesmo assim, permitiu que ele lhe contasse histórias de viagem. Através de Barbosa e outros recém-chegados, ouviu boatos a respeito da estranheza do mundo distante; por exemplo, sobre uma cidade denominada Torún, no extremo norte de um lugar chamado Europa, onde se produzia pão de mel em quantidades enormes, e onde um homem lançara a ideia de que o Sol, e não a Terra, era o centro em torno do qual tudo girava; e sobre uma cidade chamada Firenze ou Florença, no sul da Europa, na qual se bebiam os melhores vinhos do mundo, se pintavam as maiores pinturas e se estudavam os mais profundos filósofos, mas onde os príncipes eram cínicos e cruéis. Pampa Kampana lembrou-se de que Vidyasagar lhe ensinara que um astrônomo indiano, Aryabhata, propusera um sistema heliocêntrico mil anos antes do tal sujeito de Torún, porém as ideias dele haviam sido rejeitadas pelos pares; e ela sabia também que a crueldade e o cinismo dos florentinos não eram características exclusivas dos príncipes estrangeiros. "Seja como for", escreveu ela, "é bom saber que lá não é tão diferente daqui, e que a inteligência e a burrice humana, bem como a natureza humana, no que ela tem de melhor e de pior, são as grandes constantes num mundo sempre em mudança."

Bisnaga havia se tornado um centro mundial. Até mesmo as aves no céu pareciam diferentes, como se também tivessem vindo de muito longe, atraídas pela fama crescente do lugar. Pescadores diziam a Pampa que havia peixes novos nos mares de Goa e Mangalor, e Sri Laxman começava a exibir e vender frutas de quem ninguém nunca ouvira falar. Ao receber o rei e abrir mão da regência, Pampa Kampana saudou-o com estas palavras: "Devolvo ao senhor sua cidade, coração do império, que se tornou uma das maravilhas do mundo".

Ela construíra para o rei um novo pavilhão, o da Conquista do Mundo, onde os grandes poetas da terra se reuniam a cada dia para cantar as glórias em diferentes idiomas, enquanto as mulheres mais belas da corte o abanavam com abanos de caudas de iaques. Músicos e dançarinas se exibiram nas ruas para saudar a volta dos heróis, e houve também uma queima de fogos, tão magnífica quanto as que Domingo Nunes realizava nos velhos tempos. Foi uma comemoração gloriosa, tudo isso preparado por Pampa Kampana para neutralizar o fato de que Tirumala Devi, voltando com duas crianças, uma filha e um filho, estava determinada a deixar claro para todos que era ela — não apenas a primeira rainha, mas também a rainha-mãe do próximo rei — que era ela, e não a rainha que acabava de encerrar a regência, que de fato detinha o poder ao lado de Krishna, o Grande.

Nagala Devi, agora avó do futuro rei, fez questão de que Pampa Kampana compreendesse a nova situação. Colocou-se ao lado da ex-regente, aparentemente para apreciar as comemorações nas ruas com ela, mas na verdade para tripudiar sobre a outra. "Seja lá o que a senhora for", disse Nagala Devi, "uma mulher muito velha disfarçada pela magia de mulher bem mais jovem, ou apenas uma impostora brilhante, isso não tem mais importância. Como rainha regente, a senhora era uma espécie de empregada promovida a um cargo maior por motivos pragmáticos. Agora volta a ser uma empregada, e quaisquer que sejam as ambições que a senhora alimentou, todas foram anuladas pelo nascimento do príncipe-herdeiro Tirumala Deva e da princesa Tirumalamba, irmã dele. O dia em que Krishnadevaraya morrer, a senhora não será ninguém. Na verdade, a senhora já não é praticamente ninguém."

Então — logo depois da volta de Krishnadevaraya —, começou a seca. Sem água, até mesmo a terra mais próspera começa a fenecer, e Bisnaga durante a grande seca não foi uma exceção a essa regra. Os campos rachavam e engoliam as vacas. Fazendeiros suicidavam-se. O rio encolheu, e houve racionamento de água potável na cidade. O exército tinha sede, e um exército sedento não atua bem em nenhuma luta, a menos que estejam lutando por acesso à água. Os estrangeiros começaram a ir embora, em busca de chuva. O povo, sempre ávido de alegorias, começou a se perguntar se a seca não seria uma maldição que caíra sobre o rei, se apesar de todas as oferendas feitas ao templo ele não desagradara aos deuses, se aquela secura interminável não seria um juízo referente ao massacre dos cem mil. Esse sentimento se intensificou quando se ficou sabendo que a cento e cinquenta quilômetros a nordeste dali, em Raichur, situada na "*doáb*", o território compreendido entre os rios Pampa e Krishna, chovia a cântaros, e que a famosa nascente de água doce nessa cidadela elevada fluía com abundância, de modo que não faltava água e a colheita prometia ser boa.

A frequência cada vez maior dos acessos de mau humor do rei muito preocupava o ministro Timmarasu, bem como a própria Pampa Kampana. De início, pensavam que a irritabilidade fosse produto da exaustão, do estresse e da fadiga dos seis anos passados longe de casa, mas mesmo agora, no seio da capital, abanado por abanos de caudas de iaques e provido de entretenimentos constantes, vivia mal-humorado. Então um dia entrou na sala do trono batendo as mãos e transbordando de energia. "Já sei", anunciou. "Temos que conquistar Raichur, e aí seremos senhores da chuva deles."

Isso era praticamente uma loucura, mas nem Pampa Kampana nem Timmarasu conseguiram impedir que Krishnadevaraya implementasse o plano. "Tive uma visão", declarou ele. "Meu pai, o velho soldado, apareceu a mim num sonho dizendo: 'Sem Raichur o império permanecerá incompleto. Tome aquela fortaleza, que ela será a joia da coroa'." Deu ordem ao exército de preparar-se para partir.

"Raichur pertence a Adil Shah de Bijapur", alertou-o Timmarasu, "e atacá-la depois de tantos anos de paz e amizade com aquele sultanato, desde os tempos da batalha de Diwani, após a qual, vossa majestade certamente lembra, Bijapur reconheceu nossa preeminência... Uma atitude assim pode parecer má-fé, e levar os outros sultanatos a correr em defesa do correligionário deles."

"Não se trata de uma questão de religião", rosnou Krishnadevaraya. "É uma questão de destino."

A batalha de Raichur acabou sendo o conflito mais perigoso de seu reinado. Krishnadevaraya seguiu para o norte com meio milhão de homens, trinta mil cavalos e quinhentos elefantes de guerra, e encontrou o exército de Adil Shah a sua espera do outro lado do rio Krishna com força comparável. Ninguém poderia prever quem ganharia. Mas no fim foi o exército de Adil Shah que bateu em retirada.

Krishnadevaraya mandou a Adil Shah uma mensagem cheia de desprezo: "Se quiser viver, venha aqui e beije meus pés". Ao ler isso, o sultão, profundamente ofendido, fugiu jurando que voltaria ao combate em outra ocasião, e assim salvou-se, por ora, de ter que optar entre a humilhação e a morte; mas as portas da fortaleza foram derrubadas e a bandeira branca da rendição foi erguida. Os soldados de Bisnaga correram até a fonte e beberam até não poder mais, e os outros sultões decanis, quando ficaram sabendo da queda de Raichur, ousaram levantar-se contra Krishnadevaraya, e o império de Bisnaga passou a controlar todos os territórios ao sul do rio Krishna. E, no dia seguinte, na cidade de Bisnaga e em todas as terras do império, a seca terminou e as chuvas voltaram. As ruas ganharam vida novamente.

* * *

Na ausência do rei, Pampa Kampana voltou a ser rainha regente, deixando furiosas Tirumala Devi e Nagala Devi, para quem o príncipe-herdeiro Tirumala Deva é que deveria ter aquela honra, muito embora fosse apenas uma criança, e as decisões dele devessem ser guiadas pela mãe e pela avó. Mas Timmarasu constatara que a cidade florescera sob a guarda de Pampa Kampana, e vetou essa ideia. A partir daí, a primeira rainha e sua mãe se tornaram inimigas figadais de Timmarasu. Por algum tempo, porém, tinham outras questões em mente, porque tanto o príncipe quanto a princesa estavam mal de saúde.

O calor insuportável do período de seca desencadeou uma doença que matava gente por toda Bisnaga, e nem mesmo o frescor dos recintos do palácio, com paredes espessas, fornecia proteção suficiente. Era um mal imprevisível, cuja causa ninguém conhecia; uma maldição em cima de outra maldição. As duas crianças tiveram febre altíssima; depois a temperatura baixou ao normal, voltando a subir em seguida. Tossiam, a tosse cedia, depois voltava. Às vezes tinham diarreia, a diarreia passava, depois reaparecia. Sobe e desce, sobe e desce: era como se estivessem numa onda de alto-mar. Tirumala Devi e Nagala Devi sofriam junto com os príncipes, e sem dúvida parte do sofrimento era causada pelo amor e pela preocupação de mãe e avó, mas há que registrar também que elas sabiam que o próprio futuro delas dependia das vidas dos jovens, em particular da vida do príncipe- -herdeiro. A princesa Tirumalamba recuperou a saúde primeiro, e não pôde deixar de perceber que essa notícia feliz causou à mãe e à avó muito menos alegria do que a recuperação do príncipe Tirumala Deva, dez dias depois. Foi um golpe que a fez sentir-se mal-amada, e envenenou os sentimentos que dirigia às mulheres da família pelo resto da vida. Depois que arranjaram o casamento dela, aos treze anos, com um certo Aliya Rama, sujeito bem mais velho, ambicioso e intriguista, que tinha também ambições reais, ela cortou os vínculos com Tirumala Devi e Nagala Devi, e tocou a vida numa outra direção.

As idades de ouro nunca duram muito tempo, como disse uma vez o comerciante de cavalos Fernão Paes. Os tempos de glória de Krishnadevaraya chegavam ao fim. A seca embaçou o ouro, as chuvas vieram e o lustraram de novo, o rei voltou de Raichur em triunfo, a doença causada pelo calor sumiu, mas pouco depois começou a deterioração, e o marco inicial foi a morte do príncipe-herdeiro, Tirumala Deva. O rei voltara com um grande plano. A ideia era abdicar o trono em favor do filho, para evitar qualquer problema de sucessão, e a partir daí atuar como mentor e guia do rapaz, formando uma trindade de altos conselheiros juntamente com Timmarasu e a ex-rainha regente Pampa Kampana. Mas tão logo Krishnadevaraya anunciou a intenção, o menino adoeceu de novo, a testa pegando fogo enquanto o resto do corpo estremecia, e dessa vez não houve recuperação. Rapidamente ele sucumbiu e morreu.

O rei partiu o crânio do filho em chamas e entrou num estado de agonia enlouquecida, gritando, xingando, proclamando raiva contra os deuses e suspeitando furiosamente de todos que o cercavam. O palácio mergulhou no caos; os cortesãos tentavam evitar a presença real com medo de que fossem acusados de ter contribuído para a morte do menino. Boatos sobre o suposto assassinato atravessaram as paredes do palácio e encheram os bazares da cidade. A história mais repetida é que havia um traidor na corte a serviço do sultão derrotado, Adil Shah, que então conseguira envenenar o príncipe. E assim que se mencionava veneno, as pessoas começavam a pensar nas duas notórias Senhoras

Veneno, a primeira rainha e sua mãe, mas ninguém conseguia entender por que motivo elas haveriam de querer matar o filho e neto. Assim, a confusão reinava. Então a rainha Tirumala Devi e a mãe, Nagala Devi, levantaram uma acusação que mudou a história de Bisnaga.

"O rei estava sentado no Trono de Diamante, chorando, inconsolável, procurando alguém em quem pôr a culpa", relata Pampa Kampana, "e as duas pérfidas senhoras, de unhas longas como punhais pintadas da cor do sangue, apontaram para o velho e sábio Saluva Timmarasu e também para mim."

"Você não enxerga? Está cego?", declamava Tirumala Devi. "Essa mulher, essa impostora e assassina, inebriada de poder, planeja se apossar do trono com a ajuda do ministro desonesto. Vivem cochichando nas suas costas: 'O rei está louco', é o que cochicham, 'o rei perdeu a cabeça e está incapaz de reinar, e as duas pessoas mais capazes da corte têm a obrigação de substituí-lo'. Os cochichos estão se espalhando para todos os lados. As pessoas começam a acreditar. Acordam todas as manhãs com os cochichos na cabeça.

"O seu filho foi a primeira vítima desses dois traidores. Se não fizer nada, você será o próximo. Eu lhe pergunto mais uma vez: você está tão cego que não vê o que está na cara? Só mesmo um cego não enxergaria uma coisa tão óbvia. Será que o rei, meu marido, ficou cego?"

Krishnadevaraya, em agonia, gritou com o ministro. "Timma? O que você me diz sobre isso?"

"É desprezível", respondeu Timmarasu. "Não digo nada. Deixo que todos os meus anos de serviço fiel falem por mim."

"Você me disse para matar mais gente", exclamou Krishnadevaraya. "É o que as pessoas esperam, você falou. Foi o que fiz, decapitei os soldados, cem mil. *Isso basta para você?*, eu lhe perguntei. *Isso vai satisfazer o povo?* Mas aí as pessoas começaram a dizer que eu estava louco. *O rei está louco*. Entendi. Entendi qual é o plano. Era nisso que você pensava desde o começo."

Virou-se para Pampa Kampana. "E a senhora? Também vai se recusar a se defender?"

"Digo apenas que o mundo está em desarranjo, se uma mera acusação, sem base em nada, é tomada como um veredicto de culpado. A seguir por esse caminho, todos nós sucumbiremos à loucura", disse ela.

"Loucura, outra vez", gritou o rei. "A senhora seduziu as pessoas enquanto eu estava afastado. Sim, isso mesmo. Tornou-se rainha no coração das pessoas e agora quer abrir caminho até este trono. As mulheres deveriam ser reis, é o que a senhora sempre diz, não é mesmo? As mulheres deveriam ser reis tal como os homens? É o que está por trás das suas ações. Está muito claro."

Pampa Kampana não disse mais nada. Um silêncio terrível se instaurou. Então o rei se ergueu e bateu com o pé no chão: "Não. O rei não está cego. O rei enxerga muito bem o que está diante dos olhos. Mas esses dois não vão enxergar mais. Prendam os dois! Vazem-lhe os olhos!".

Quarenta anos ainda haveriam de decorrer até que Bisnaga chegasse ao colapso final, mas a lenta e prolongada decadência do império começou no dia em que Krishnadevaraya deu a ordem enlouquecida e terrível, o dia em que Saluva Timmarasu e Pampa Kampana foram cegados por ferros quentes. Nenhum dos dois resistiu quando as guardas da corte os manietaram e acorrentaram. As guerreiras choravam, e no momento em que Thimma, o Enorme, e Ulupi Júnior levaram os dois condenados pelos portões do Recinto Real, também eles se debulhavam em lágrimas. Seguiram lentamente em direção à oficina do ferreiro com os cativos, passando pela grande rua do bazar onde as pessoas, horrorizadas, formavam uma multidão, gemendo de incredulidade, andando ainda mais devagar ao se aproximarem da ferraria; primeiro um grito de homem, depois um grito de mulher; ouvia-se também o ferreiro soluçando, incapaz de suportar a coisa que fora obrigado a fazer. O choro e os gritos continuaram, cada vez mais fortes, espalhando-se pela cidade, fluindo pelas avenidas largas e pelas vielas estreitas, adentrando cada janela e cada porta, até que o próprio ar chorava, e a terra soltava grandes soluços. Algumas horas depois, o rei saiu na carruagem para ver a reação da população, e a multidão reunida jogou uma chuva de sapatos sobre ele, para manifestar repulsa.

"Reprimenda!", gritavam as pessoas. "Reprimenda!" Era uma revolta inusitada contra o poder, um rugido das ruas, e a partir daí todos passaram a encarar Krishnadevaraya de modo diferente, e o sol da glória dele nunca mais renasceu.

Depois do cegamento, Timmarasu e Pampa Kampana ficaram sentados, trêmulos, em bancos trazidos pelo ferreiro, que não conseguia parar de pedir desculpas, mesmo depois de ser perdoado pelos dois; e o melhor médico de Bisnaga veio correndo trazer-lhes pomadas para atenuar a dor das órbitas destruídas e cobertas de sangue; desconhecidos vinham lhes trazer comida para alimentá-los e água para matar-lhes a sede. As correntes deles foram removidas e eles podiam ir para onde quisessem, mas aonde iriam? Ficaram na ferraria, tontos, quase desmaiando de dor, até que um jovem monge chegou correndo do *mutt* de Mandana com uma mensagem de Madhava Acharya.

"A partir de hoje", disse o monge em voz baixa, recitando as palavras de Acharya, "os senhores serão nossos convidados mais respeitados, e será uma honra para nós os servimos e atender a todas as suas necessidades."

Os dois infelizes foram guiados com todo o cuidado até um carro de bois que os esperava, e que lentamente os transportou pelas ruas em direção a Mandana. O monge guiava o carro; Thimma, o Enorme, e Ulupi Júnior caminhavam ao lado; e tinha-se a impressão de que toda a cidade os acompanhava no percurso até o *mutt*. O único ruído que se ouvia era o som de um lamento in-consolável, e uma única palavra, que ressoava acima do choro:

"Reprimenda!"

19.

No início, era só a dor, o tipo de dor que faz a morte tornar-se desejável, um alívio abençoado. Por fim aquela dor extrema cedeu, e por muito tempo não havia nada. Pampa Kampana ficava imóvel na escuridão, comia pouco quando lhe traziam comida, e bebia um pouco de água da jarra que fora colocada num canto do recinto, com um caneco de metal servindo de tampa. Dormia pouco, embora dormir lhe parecesse desnecessário; a cegueira apagara a fronteira entre a vigília e o sono, era como se fossem a mesma coisa, e não havia sonhos. A cegueira apagava o tempo também, e logo ela perdeu a conta dos dias. De vez em quando ouvia a voz de Timmarasu e compreendia que ele fora trazido ao quarto dela para visitá-la, mas a cegueira de um nada tinha a dizer à do outro, e pela voz ele parecia fraco e doente; Pampa percebeu que a cegueira erradicara a maior parte do que restava de vida a ele. Em pouco tempo, essas visitas cessaram. Havia também visitas de Madhava Acharya, mas ela nada tinha a lhe dizer, o que ele compreendia, limitando-se a ficar sentado em silêncio ao lado de Pampa por um período de tempo que poderia ser minutos ou horas; não havia mais diferença entre minutos e horas. Não vinha nenhuma outra visita, e isso não importava. Ela sentia que a vida terminara, mas que estava condenada a continuar a viver após o fim. Sentia-se separada de sua própria história, e não mais se considerava a Pampa Kampana que fazia milagres, que fora tocada pela deusa tanto tempo atrás. A deusa a abandonara ao destino. Pampa tinha a impressão de que estava numa caverna sem luz, e embora à noite alguém entrasse e acendesse uma estufa para aquecê-la, as chamas eram invisíveis e não projetavam sombras na parede. Só havia o nada, e nada era também o que ela era.

Tentaram tornar o quarto mais confortável, mas conforto não tinha importância. Ela sabia que havia uma cadeira e uma cama, mas não usava nenhuma das duas; permanecia de cócoras num canto, os braços estendidos para a frente, apoiados nos joelhos. O traseiro ficava encostado numa parede. Ela acordava assim e adormecia na mesma posição. Não lhe era fácil lavar-se, nem permitir que a lavassem, nem fazer as necessidades, mas tinha consciência de que essas coisas aconteciam de vez em quando, que havia pessoas cuidando dela, limpando-a, vestindo-lhe roupas limpas, escovando e besuntando os seus cabelos. Fora essas ocasiões, ela permanecia em seu canto, imortal, morta-viva, aguardando o fim.

Houve uma vez um distúrbio desagradável. Um barulho à porta e uma voz dizendo: "O rei, o rei está aqui". E lá estava ele, uma ausência específica, vociferante, instável, dentro da ausência indiferenciada e silenciosa que tudo englobava, e Pampa sentiu o toque e compreendeu que ele estava beijando-lhe os pés e pedindo-lhe perdão. Ele estava prostrado no chão, chorando como uma criança mal-educada. Aquele som era nauseante. Ela precisava que o ruído cessasse.

"Sim, sim", disse ela. Era a primeira vez que falava desde

que a cegaram. "Eu sei. O senhor estava encolerizado, não conseguiu se conter, não estava raciocinando direito, estava fora de si. Precisa de perdão? Eu o perdoo. Vá pedir perdão aos pés do velho Saluva, que era um pai para o senhor. Para ele, foi um golpe mortal, e ele precisa ouvir o pedido de desculpas idiota antes de morrer. Quanto a mim, vou continuar viva."

O rei implorou para que ela voltasse ao palácio e vivesse em conforto, como rainha que era, para ser servida a cada instante, e ser cuidada pelos melhores médicos, e sentar-se à direita dele num trono novo só para ela. Pampa fez que não com a cabeça. "Este aqui é o meu palácio agora. No seu, há rainhas demais."

Tirumala Devi e a mãe, Nagala Devi, estavam confinadas a seus aposentos, disse o rei. O que elas fizeram era imperdoável. Ele nunca mais ia vê-las.

"Eu também não", respondeu Pampa Kampana. "E, pelo visto, para o senhor o perdão é mais difícil de dar do que de aceitar."

"O que posso fazer?", implorou Krishnadevaraya.

"Pode sair daqui", disse ela. "Nunca mais quero vê-lo também."

Pampa ouviu-o sair do quarto. Ouviu-o bater à porta de Timmarasu. Então veio o rugido irado do velho. Com todas as forças que lhe restavam, o primeiro-ministro brutalizado amaldiçoou o rei, dizendo-lhe que o malfeito haveria de manchar o nome dele por todos os tempos. "Não", gritou Saluva Timmarasu. "Não o perdoo, e não o perdoaria mesmo se tivesse um milhão de vidas."

Naquela mesma noite ele morreu, e o silêncio atemporal voltou, e envolveu Pampa.

Os primeiros sonhos que vieram eram pesadelos. Neles, ela voltava a ver o rosto culpado do ferreiro, a barra de ferro colocada dentro do forno e depois retirada com a ponta em brasa. Sentia a presença de Ulupi Júnior atrás de si, segurando-lhe os braços, e a de Thimma, o Enorme, acima, imobilizando-lhe a cabeça. Via o ferro se aproximando, sentia o seu calor; então acordava, trêmula, a cegueira escorrendo em suor de todos os poros do corpo. Sonhava também com o cegamento de Timmarasu, muito embora soubesse que ele estava morto e não tinha mais nada a temer, nem a reprovação dos grandes nem os golpes dos tiranos. Ele fora o primeiro a ser mutilado, e por isso ela fora obrigada a assistir, a ver o próprio destino antes que ele se cumprisse. Era como se a houvessem cegado duas vezes.

Mas agora havia imagens novamente, sim, a escuridão não era mais absoluta. Ela sonhava com toda a sua vida, e não sabia se estava desperta ou acordada enquanto a sonhava; tudo, desde a fogueira que consumiu a mãe até a fornalha que lhe queimou os olhos. E, como a história de sua vida era também a história de Bisnaga, lembrou-se da pentaneta Zerelda Li dizendo-lhe que ela precisava registrar tudo.

Pampa Kampana deu uma ordem para quem estivesse ali, cuidando dela. "Papel", pediu. "E uma pena, e tinta."

Madhava Acharya foi visitá-la de novo. Disse ele: "Quero lhe dizer que por seu exemplo a senhora me ensinou a bondade, e me mostrou que ela deve se expandir de modo a incluir todas as pessoas, não apenas os crentes na fé verdadeira, mas também os que não têm crenças ou que têm crenças diversas, não apenas os virtuosos, mas também os que desconhecem a virtude. A senhora me disse uma vez que não era minha inimiga e eu não compreendi, mas agora compreendo. Fui ter com o rei e lhe disse que a virtude dele foi conspurcada pelo delito, mas que mesmo assim preciso cuidar dele tal como cuido de todo o nosso povo. Falei com o rei sobre o poema que ele escreveu, *A doadora da grinalda usada*, que conta a história da mística tâmil que chamamos Andal; e eu disse: 'Mesmo sem saber, o tempo todo em que vossa majestade escrevia sobre Andal, estava na verdade escrevendo sobre a nossa rainha Pampa Kampana, toda a beleza de Andal é a beleza de Pampa Kampana, e toda a sabedoria é a sabedoria de Pampa Kampana. Quando Andal usou a grinalda e se olhou no lago, a imagem que viu, o reflexo na água, era o rosto de Pampa Kampana. Então, vossa majestade mutilou o próprio objeto de celebração, privou-se da exata sabedoria comemorada pelo poema, e assim sendo cometeu um crime contra si próprio e não apenas contra ela'. Foi o que eu disse diretamente para ele, e vi a cólera estampar-se em seu rosto, mas a posição que ocupo como chefe de Mandana me protegeu, pelo menos até agora."

"Obrigada", disse ela. Era-lhe difícil pronunciar palavras. Talvez escrever fosse mais fácil.

"Ele me permitiu que viesse a seus aposentos trazer-lhe algumas roupas", prosseguiu Madhava Acharya. "Fiz isso pessoalmente. Trouxe também todos os seus papéis, seus escritos, nesta sacola que coloco a sua frente, e sempre que a senhora precisar de papel, pena e tinta, tudo lhe será trazido também. Posso mandar vir nosso melhor escriba, para guiar sua mão até que ela aprenda. De agora em diante é a mão que terá de ver o que o olho não pode ver, e ela verá."

"Obrigada", respondeu Pampa.

Sua mão aprendeu depressa, retomou com facilidade a relação com o papel e o tinteiro, e os cuidadores ficavam espantados diante da delicadeza e precisão de sua letra, a retidão das linhas de palavras que desfilavam pelas folhas. Pampa começou a sentir que o senso de identidade voltava à medida que escrevia. Escrevia devagar, muito mais devagar do que antigamente, mas a letra era limpa e legível. Não seria capaz de dizer que se sentia feliz — a felicidade, parecia-lhe, estava fora de seu alcance para sempre —, mas, quando escrevia, se aproximava mais desse lugar novo onde a felicidade residia agora do que em qualquer outro momento.

Então os sussurros começaram. De início ela não entendia bem o que acontecia, pensava que eram pessoas conversando no corredor perto do quarto, e queria lhes pedir que fizessem silêncio ou pelo menos fossem falar em outro lugar, mas logo se deu conta de que não havia ninguém lá fora. O que ela ouvia eram as vozes de Bisnaga dentro de si própria, a lhe contar suas histórias. As posições haviam trocado, como se os rios tivessem começado a correr em direção às fontes. Quando menina, fora abrigada por um homem santo, mas aquele lugar protegido se tornara um foco de perigo, e a amizade se transformara em inimizade; agora outro homem santo, antes seu adversário, se metamorfoseara em amigo e lhe oferecia segurança e cuidados. E, nos primeiros tempos de Bisnaga, ela sussurrara a vida das pessoas nos ouvidos delas para que pudessem vivê-las; agora os descendentes daquelas pessoas é que cochichavam a vida delas nos ouvidos de Pampa. Os vendedores de coisas levadas como ofertas aos muitos templos da cidade — flores, incenso, tinas de cobre — lhe diziam que as vendas haviam aumentado muito, porque os cegamentos — seguidos pela morte do *Mahamantri* Timmarasu — tornaram as pessoas inseguras a respeito do futuro, e elas rezavam aos deuses pedindo ajuda. Da rua dos comerciantes estrangeiros vinham mais preocupações e dúvidas: estaria Bisnaga prestes a desabar apesar de todos os sucessos militares, e deveriam eles pensar em fazer as malas e escapulir antes que fosse tarde demais? Vozes chinesas e malaias, persas e árabes, falavam com Pampa, que entendia pouco do que diziam, mas percebia com clareza o pânico que expressavam. Ouvia as vozes de criadas repetindo as preocupações das patroas, e ouvia astrólogos profetizando um futuro terrível. A guarda feminina do palácio estava cheia de sofrimento, e havia até quem pensasse em amotinar-se. As dançarinas do templo, as *devadasis* dos templos de Yellamma, diziam não ter vontade de dançar. Pampa Kampana por vezes chegava mesmo a pensar que era capaz de identificar alguns daqueles indivíduos — esta era Ulupi Júnior chorando a perda, este era Thimma, o Enorme. Toda Bisnaga estava em crise, e as vozes dessa crise ocupavam-lhe todo o tempo em que estava acordada. Ela ouvia os resmungos descontentes dos soldados no quartel, as vozes mexeriqueiras dos monges jovens, o sarcasmo desbocado das cortesãs. O rei, que retornara em triunfo das guerras tão recentemente, era mais malquisto do que em qualquer outro momento de seu reinado, e muitos pensavam na possibilidade de um golpe palaciano. Mas quem ousaria rebelar-se agora, e como, e quando, e teria sucesso, e se tivesse, ah, o que aconteceria, e se fracassasse, ah, e se fracassasse? Nos versos do *Jayaparajaya* que agora começavam a ser chamados de "versos da cegueira", Pampa Kampana dava voz aos cidadãos anônimos, comuns, à gente miúda, invisível, e muitos estudiosos afirmam que nessas páginas de sua obra imensa Bisnaga volta à vida de modo mais intenso.

A própria Pampa escreveu que os sussurros eram uma bênção. Traziam de volta o mundo para ela, e a levavam de volta para o mundo. Não havia como reparar a cegueira, mas agora não era apenas escuridão, pois estava cheia de pessoas, do rosto, das esperanças, dos temores, da vida delas. A felicidade a abandonara, primeiro com a morte de Zerelda Li, e depois quando os olhos foram vazados e ela compreendeu que não havia escapado da maldição do incêndio. Mas agora, pouco a pouco, os segredos sussurrados da cidade permitiam que a felicidade renascesse, no nascimento de uma criança, na construção de um lar, no coração de famílias amorosas que ela jamais conhecera; no ato de pregar uma ferradura num cavalo, no amadurecimento de frutas num pomar, na abundância da colheita. Sim, ela dizia a si própria, coisas terríveis aconteceram, uma coisa terrível acontecera com ela, mas a vida na terra ainda era frutífera, abundante, boa. Estava cega, mas sabia que existia luz.

No palácio, porém, o rei estava perdido nas trevas. O tempo havia parado em torno do Trono do Leão. Ele não estava nada bem. Os cortesãos comentavam uns com os outros que o viam perambulando pelos corredores do palácio falando sozinho, ou então, segundo alguns relatos, parecia estar imerso numa conversação com fantasmas. Ele pedia conselhos ao primeiro-ministro perdido. Não recebia conselho algum. Falava com a segunda rainha, que morrera no parto, pedindo-lhe amor. Não recebia amor nenhum. Caminhava pelos jardins com os filhos mortos, queria ensinar-lhes coisas, colocá-los nos balanços, jogá-los para o alto e pegá-los depois, mas as crianças não queriam brincar e não conseguiam aprender nada. (Curiosamente, dedicava menos tempo à filha viva, Tirumalamba Devi. As crianças mortas, que jamais haveriam de crescer, pareciam estar mais presentes na consciência dele do que a filha adulta.)

(Neste ponto de seu texto, Pampa Kampana fala de Tirumalamba Devi como adulta. Somos obrigados a observar que, como os leitores cuidadosos — para não dizer pedantes! — talvez já tenham calculado, na "realidade" Tirumalamba ainda era criança a essa altura. A esses leitores, e a todos aqueles que tomam contato com o Jayaparajaya nestas páginas, oferecemos um conselho: ao acompanhar a narrativa de Pampa Kampana, não se atenham a um relato convencional da "realidade", dominado por calendários e relógios. A autora já demonstrou — na narrativa do "sono" na floresta de Aranyani, que durou seis gerações — estar disposta a comprimir o Tempo para fins dramáticos. Agora ela mostra dispo-

sição para fazer o contrário também, dilatando o Tempo ao invés de abreviá-lo, moldando-o a seu bel-prazer, permitindo que Tirumalamba cresça nas horas magicamente expandidas dentro dela — os relógios fora da bolha que a envolve fazem uma pausa enquanto continuam a tiquetaquear dentro dela. Pampa Kampana domina a cronologia, não é dominada por ela. Se os versos nos dizem que devemos acreditar em alguma coisa, temos que aceitar. Qualquer outra atitude seria insensatez.)

Krishnadevaraya foi a todos os templos de Bisnaga oferecer preces e pedir que fosse libertado de sua tormenta, mas os deuses fizeram ouvidos moucos para o homem que cegara a criadora da cidade, em quem a deusa habitava havia mais de duzentos anos. Ele escrevia poemas, mas em seguida os rasgava. Pedia aos gênios poéticos da corte, os Sete Elefantes Restantes, cujos talentos eram os pilares que sustentavam o céu, que compusessem obras novas cujo lirismo renovasse a beleza de Bisnaga, mas todos confessavam que a musa partira, deixando-os incapazes de escrever uma única palavra.

O rei está louco, diziam os sussurros.

Ou talvez o rei, cheio de arrependimento e vergonha, consumido pelo horror da autoconsciência — a consciência de que os acessos de raiva por fim haviam destruído seu próprio mundo, privando-o de seus dois cidadãos mais valiosos —, estivesse possuído pela necessidade de expiação, sem fazer ideia de onde encontrá-la.

Sua saúde piorou. Não saía mais da cama. Os médicos da corte não conseguiam encontrar uma causa. Ele parecia simplesmente ter perdido a razão de viver. "Ele só quer", diziam os sussurros, "encontrar um pouco de paz de espírito antes de partir."

Em algum momento desse período de rápido declínio, o rei

lembrou-se do irmão, aprisionado no forte de Chandragiri. Num estado que muitos dos cortesãos julgaram ser o início de um delírio terminal, gritou: "Eis um erro que ainda posso corrigir!". Ordenou que Achyuta fosse libertado do exílio e trazido para a Cidade de Bisnaga. "Bisnaga precisa de um rei", proclamou Krishnadevaraya, "e meu irmão haverá de reinar depois da minha morte." Pouquíssimos membros da corte real já haviam visto Achyuta, mas todos conheciam relatos do mau caráter, da crueldade, da natureza violenta dele. Porém ninguém ousou manifestar-se contra o decreto do rei, até que Aliya, o marido da princesa Tirumalamba, tentou intervir.

Aliya foi visitar Krishnadevaraya no que as pessoas já começavam a encarar como seu leito de morte. "Vossa majestade há de me desculpar", disse ele, sem rodeios, "mas todos sabem que seu irmão Achyuta é um selvagem. Por que chamá-lo se estou aqui? Como sou o marido da sua única filha sobrevivente, conhecido por todos como um homem sério e responsável, não seria essa uma maneira melhor e menos arriscada de resolver a questão da sucessão?"

O rei fez que não com a cabeça, como se tivesse dificuldade de lembrar quem era Tirumalamba, e quem era aquele homem mais velho, marido dela.

"Tenho que fazer as pazes com meu irmão", respondeu o rei, com gesto débil de rejeição. "Se bem que Chandragiri não é um lugar tão ruim", acrescentou, quase patético. "O Raj Mahal de lá é razoavelmente confortável. Mas tenho que libertá-lo. Quanto a você, cuide bem da minha filha, pois quando ele for rei, o tio dela, Achyuta, vai tratar vocês dois com o respeito que certamente lhes é devido."

Aliya foi ter com a rainha Tirumala Devi e a mãe dela, Nagala Devi. "Como primeira rainha", disse ele, "a senhora precisa intervir junto ao rei. Não foi por causa da coroa que a senhora quis que Tirumalamba desposasse um homem importante, mais velho, dotado de autoridade, e não um jovenzinho imaturo? Não foi assim que a senhora pretendeu garantir que o trono de Bisnaga ficasse com a família? Pois bem, chegou a hora de agir."

Tirumala Devi fez que não, com tristeza. "Minha filha me odeia, e também se afastou da avó. Ela acha que quando adoeceu nós duas não nos importávamos se ela conseguiria ou não sobreviver, e só nos preocupávamos com nosso filho. Agora está afastada de nós. Não ganharemos nada se ajudarmos a ela, e a você, a conquistar o Trono do Leão."

"E é mesmo verdade?", perguntou Aliya. "Que não deram atenção a ela?"

"Que pergunta!", exclamou Nagala Devi. "Claro que é bobagem. Ela sempre foi uma criança birrenta."

Aliya voltou a Krishnadevaraya, cada vez mais debilitado. "Vossa majestade cometeu um erro enorme com o *Mahamantri* Timmarasu e a dama Pampa Kampana", disse ele. "Não vá cometer um segundo erro colossal antes de partir."

"Mande vir meu irmão", ordenou Krishnadevaraya. "Ele será o rei." Foi a última decisão que tomou. Morreu poucos dias depois. O outrora grande Krishnadevaraya, senhor de toda a região ao sul do rio cujo nome ele tomara emprestado, o rei mais vitorioso da cidade da vitória, durante cujo reinado Bisnaga viveu o período de maior prosperidade, ao morrer havia como que caído em desgraça, a honradez muito prejudicada, o povo cego às realizações dele, como se ele houvesse cegado toda a Bisnaga ao vazar os olhos de Pampa Kampana e do ministro Timmarasu.

Os sussurros disseram a Pampa Kampana que a última palavra do rei fora uma repreensão amarga dirigida a si próprio:

"Reprimenda."

QUARTA PARTE:
Queda

20.

Depois que o pai morreu, a princesa Tirumalamba Devi ficou perambulando pelas ruas de Bisnaga como uma alma penada, enquanto Ulupi Júnior a seguia a certa distância, para qualquer eventualidade. Mas nenhuma pessoa mal-intencionada se aproximou da princesa triste. Sua melancolia era uma espécie de véu que a protegia dos olhares indesejáveis de estranhos mal-encarados. Na rua central do bazar, Sri Laxman e o irmão Sri Narayan lhe ofereceram frutas, favas, sementes e arroz, mas ela passou por eles fazendo que não com a cabeça, com tristeza. À margem do rio, ao raiar do dia, via os crentes a louvar Surya, o deus do sol, porém não tinha mais vontade de cultuar nenhum deus. A paisagem montanhosa, com rochedos e pedregulhos imensos, a intimidava, acentuando a sensação de insignificância. Tinha a impressão de que era um mosquito ou uma formiga. O pai morrera sem reconhecer-lhe os direitos, e insultara-lhe o marido ao despachá-lo sem argumentar com ele. A mãe e a avó eram megeras peçonhentas. Estava sozinha no mundo, tirando o velho com quem estava casada, que passava os dias imerso em intrigas, tentando colocar aliados em posições influentes antes que o novo rei chegasse à cidade, e não tinha tempo para se ocupar dos sofrimentos dela. Tirumalamba andava a esmo pelo bairro dos estrangeiros, onde estavam à venda porcelana, vinho e musselina fina, e pelas vizinhanças das famílias nobres, bem como os becos das cortesãs. Era só o Recinto Real, onde fora criada, com lagoas de água esmeralda e maravilhas arquitetônicas, que não a interessava. A princesa vagava pelas margens dos canais de irrigação e pelos templos de Yellamma, onde ficavam as melhores dançarinas da cidade. *Não há mais lugar para mim aqui neste lugar onde cada um conhece seu lugar*, pensou ela. Assim, perdida e sem rumo, foi parar no *mutt* de Mandana, e os pés, que mais do que a cabeça sabiam do que ela precisava, levaram-na até a porta de Pampa Kampana.

Toda a cidade estava em suspense. Relatos sobre os malfeitos de Achyuta, as noites de esbórnia nas estalagens de beira-estrada, as bebedeiras, os excessos gastronômicos, as mulheres, as pancadarias, tudo isso vinha à frente do entourage real, e Bisnaga temia, com razão, que a nova era fosse ser muito diferente da grandeza real no auge do reinado de Krishnadevaraya, e da cultura de arte e tolerância que a rainha regente Pampa Kampana promovera durante os anos em que o rei estava em campanhas militares. O que vinha pela frente era alguma coisa mais grosseira e estrepitosa. Era hora de abaixar a cabeça e evitar confusões. Ninguém sabia que direção haveria de tomar Achyuta Deva Raia, com sua vulgaridade notória, para não falar na truculência dele. Relatos de homens enforcados por Achyuta e deixados à beira-estrada por causa de algum ato de desrespeito, real ou imaginado, vinham pela estrada de Chandragiri, como arautos da nova ordem, e o medo instaurou-se em todos.

"Posso entrar?", Tirumalamba Devi perguntou em voz baixa, e a mulher acocorada num canto do outro lado do cômodo fez um gesto discretíssimo de assentimento. A princesa entrou mais que depressa, descalçando as sandálias, e aproximou-se para tocar os pés da cega.

"Não faça isso", disse Pampa Kampana. "Aqui neste lugar nos encontramos como iguais; senão, nada feito."

Tirumalamba Devi sentou-se perto dela. "A senhora é a mãe de Bisnaga, e foi tratada com muita crueldade pelos filhos de Bisnaga, que também são seus", disse ela, "e eu sou uma filha tratada com crueldade pela mãe e pela avó. Assim, talvez esteja procurando uma mãe e a senhora esteja precisando de uma filha."

A partir daí, tornaram-se amigas. Tirumalamba Devi passou a vir todos os dias, e em pouco tempo Ulupi Júnior deixou-a ir sozinha, dizendo-lhe que não havia necessidade de segurança naquele lugar, onde ninguém corria perigo. Às vezes a mulher acocorada no canto não queria conversar, e assim elas ficavam juntas, mudas. Era um silêncio bom, em que as duas mulheres se sentiam cuidadas, um silêncio que as aproximava. Já em outras ocasiões Pampa Kampana queria falar, e contava à mulher mais jovem histórias de sua vida, do saco de sementes com que Hukka e Bukka deram origem à cidade, e da guerra contra os macacos rosados, e tudo o mais. Tirumalamba Devi escutava-a deslumbrada.

E todos os dias Pampa Kampana tentava escrever. Tirumalamba Devi via como isso era difícil para ela, apesar de sua habilidade manual. Por fim, resolveu manifestar-se: "Dá para perceber que é por causa dos olhos que a mão se move tão devagar, muito mais devagar que a mente, e que isso lhe causa dificuldade. A senhora na verdade compõe versos com muita rapidez, só não consegue registrá-los depressa, e isso deve ser muito frustrante, não é mesmo?".

Pampa Kampana fez um movimento discreto de cabeça que significava: *pode ser, mas não tenho outra alternativa.*

Tirumalamba Devi criou coragem e fez uma proposta ousada. "Quando o imortal Vyasa compunha o *Mahabharata*, ele também o fazia muito depressa, não é?", indagou. "Mas o Senhor Ganesha, para quem ele ditava, conseguia acompanhar o ritmo, não é? Mesmo na vez em que a pena quebrou, ele arrancou uma das suas presas de elefante e passou a escrever com ela. É por isso que também o chamamos *Ekdanta*, Ganesha de Um Só Dente."

"Eu não sou Vyasa", disse Pampa Kampana, e um raro sorriso se espalhou pelo seu rosto. "E estou certa de que você ainda tem todos os dentes, e sei também que as suas orelhas não são tão grandes assim."

"Mas eu consigo escrever tão depressa quanto a senhora recita", Tirumalamba Devi retrucou, com um brilho nos olhos. "E, se minha pena quebrar, faço qualquer coisa para não interromper o trabalho."

Pampa Kampana pensou naquelas palavras.

"Você sabe dançar?", perguntou ela. "Porque o Senhor Ganesha dança muitíssimo bem. Você é capaz de montar numa ratazana? De enrolar uma cobra no pescoço como se fosse um cachecol, ou em torno da cintura, como um cinto?" O sorriso estava cada vez mais largo.

"Se for necessário", respondeu Tirumalamba Devi com firmeza, "eu aprendo."

Achyuta Deva Raya entrou no Palácio do Lótus procurando alguém para matar. Era um homem moreno com mais de cinquenta anos, com falhas nos dentes e uma pança proeminente, com a raiva de que só é capaz quem, por estar detido num lugar remoto, é obrigado a ser tratado por dentistas interioranos. Usava uma espécie de traje de combate: gibão de couro por cima de uma cota de malha, botas já gastas, espada na cintura e escudo nas costas. Vinha com um grupo desorganizado de beberrões, cuja companhia lhe fornecera toda a vida social em Chandragiri, e atrás dele seguia a escolta oficial, um grupo de guerreiras da guarda palaciana cujas expressões manifestavam a raiva motivada pelas iniciativas lascivas dos amigos do rei durante a viagem, o comportamento inadequado do rei e o constrangimento profissional delas diante dos modos acafajestados do novo monarca que eram obrigadas a introduzir na sala do Trono do Leão (ou de Diamante).

Ele foi recebido pelo que restava da família real: a primeira rainha de Krishnadevaraya, Tirumala Devi, e a mãe, Nagala Devi; a princesa Tirumalamba Devi e o marido, Aliya Rama, que decidira assumir o nome de Aliya Rama Raya, decisão tecnicamente justificável por estar casado com a única filha sobrevivente de Krishnadevaraya, mas que certamente seria vista por Achyuta como uma provocação, até mesmo uma declaração de guerra. "Um homem que passou tantos anos no exílio como eu", disse Achyuta, "quando volta procura vingança. O único responsável por destruir minha vida — meu nobre irmão — não está mais aqui para enfrentar minha ira. Mas, à falta dele, vocês vão ter que servir de substitutos."

"Vinte anos é muito tempo", replicou Aliya, "e está claro que o exílio não foi bom nem para sua aparência nem para seu caráter. Mesmo assim, seja bem-vindo, tio — uso esse tratamento respeitoso muito embora eu seja bem mais velho que o senhor. Bisnaga é sua, conforme o decreto do falecido rei, e pode ter certeza de que ninguém aqui pensará em rebelar-se contra sua vontade. Mas o senhor precisa compreender que a gente deste palácio — os aristocratas da cidade, os ministros e servidores públicos, e essa temível guarda feminina — são leais ao império em si, e não apenas ao ocupante do trono. São leais a quem os tratou bem durante os vinte anos da sua ausência. Deixe-me ser mais direto. Eles amam a filha do falecido rei, a única filha viva dele. E eu fui escolhido para ser marido dela. Assim, eles também são leais a mim. O povo lá fora também. É Bisnaga que eles amam, e o rei é o servidor da terra amada, e jamais deve traí-la. Portanto, tenha cuidado ao agir, senão seu reinado pode ser curto."

"Além disso", acrescentou Tirumala Devi, "meu pai, o rei Veera de Srirangapatna, marido da minha mãe e guardião da fronteira sul, está observando atentamente, e se for contrariado, isso não será bom para o senhor."

Achyuta virou-se para a princesa Tirumalamba Devi. "E você, minha jovem, o que tem a dizer? Também vai me fazer alguma ameaça?"

"Minha melhor amiga e segunda mãe, a dama Pampa Kampana, vê tudo com os olhos que foram cegados", respondeu a jovem. "Assim, aprendendo com o exemplo dela, direi tudo de boca fechada."

Achyuta coçou a nuca. Então levou a mão à espada e agarrou o punho, soltou-o, agarrou-o de novo, soltou-o de novo. Então coçou o cocuruto com a mão direita, eriçando o cabelo abundante, desgrenhado e grisalho, e franziu a testa; ao mesmo tempo, enfiou a mão esquerda na axila direita, como se procurasse pulgas. Então sacudiu a cabeça, como se não acreditasse no que ouvia. Encarou os companheiros de bebedeira com uma expressão cujo sentido era: *É, vocês não vão servir para nada, mesmo.* De repente caiu na gargalhada e bateu palmas. "Vida em família, não é?", exclamou. "Coisa melhor não há. É bom estar em casa. Vamos comer."

Nos anos que se seguiram, a história da festa de coroação de Achyuta Deva Raya, contada e recontada em detalhe, tornou-se a narrativa definidora de seu reinado. Todos em Bisnaga guardavam a imagem do rei e os companheiros bêbados comendo como porcos e bebendo como homens que tivessem passado muitos anos perdidos num deserto, enquanto a família real e os nobres da corte permaneciam em silêncio, de mãos entrelaçadas, sem comer nada; Aliya Rama Raya, em pé no fundo do salão de jantar, recusando-se a sequer sentar-se à mesa com o novo rei, matutava qual seria seu próximo passo.

Tirumalamba Devi fez a Pampa Kampana um relato detalhado daquela noite, que temos agora no *Jayaparajaya*, transformado pela autora em versos, porém escritos na letra elegante da princesa. Quando Tirumalamba terminou a narrativa, Pampa Kampana suspirou fundo.

"Esses dois homens", disse ela, "seu marido e seu tio. Juntos, vão destruir a todos nós."

Os dois últimos protagonistas do drama de Bisnaga eram tão radicalmente diferentes que as pessoas começaram a chamá-los de "Sim e Não", ou "Dentro e Fora", ou "Mais e Menos" para descrever as naturezas antagônicas. "Frente e Verso" também eram termos usados, e nesse caso Achyuta era sem dúvida o Verso. Era uma pessoa desprovida de sutileza, o tipo que entra de repente pela porta, atinge você na cabeça e rouba tudo que há na casa. Já Aliya era sorrateiro. Se ele roubasse sua casa, você só se daria conta do fato quando tudo já tivesse acontecido. Você se veria na rua, sem lar, sem entender onde tudo foi parar. Achyuta era comparado a um urso com abelhas irritadas voando ao redor de sua cabeça, em estado de perpétua agitação, desferindo golpes contra o ar que zumbia a sua volta. Aliya era imóvel, como um arqueiro no instante antes de soltar a flecha letal. Todos comparavam Aliya a um esqueleto — um esqueleto ambulante, de rosto comprido e duro, braços e pernas tão longos e magros que pareciam não conter nenhuma carne, só pele e osso. Achyuta era agitado; a calma de Aliya era quase sobrenatural. Achyuta era religioso, ou seja, manifestava hostilidade em relação aos seguidores de outras fés; Aliya era cético, e estava pouco ligando para a fé do outro, desde que esse outro lhe fosse útil. Achyuta, por consenso geral, não era muito inteligente. Aliya Rama Raya era o melhor cérebro em todo o palácio.

E no entanto, com Achyuta no trono, Bisnaga sobreviveu. Não prosperava mais como antes, perdendo território e influência, mas ao final de seu reinado ainda existia. Quando Aliya terminou o serviço, também o império chegou ao fim.

Tirumalamba Devi levou alguns anos para convencer Pampa Kampana a sair do *mutt* de Mandana. Pampa só consentiu em sair do quarto quando lhe disseram que havia no *mutt* uma oficina de olaria, com um torno e um forno, e assim foi que depois de muito tempo, apesar da cegueira, voltou a fazer utensílios de argila. É provável que ela mesma tenha feito o vaso onde seria guardado o manuscrito de sua grande obra. Mas durante um bom tempo a olaria e o quarto eram os únicos lugares em que queria ficar.

O que acabou a convencendo foi a nova estátua da deusa Pampa. Achyuta Deva Raya estava decidido a demonstrar a profundidade de suas convicções religiosas, e encomendou essa homenagem à deusa que era a encarnação local de Parvati, esposa de Shiva e filha de Brahma, e que também dava nome ao rio de Bisnaga. O escultor foi um certo Krishnabhatta, o mesmo gênio brâmane que Krishnadevaraya encarregara de esculpir a imagem gigantesca e apavorante do Senhor Narasimha, a encarnação de Vishnu como Homem-Leão, usando um único monólito: Narasimha com a deusa Lakshmi na coxa esquerda, e o cadáver do demônio Hiranyakashyap no colo. Essa estátua só ficara pronta após a morte de Krishnadevaraya, mas para sempre permaneceu associada à glória do falecido rei; Achyuta mandou que Krishnabhatta criasse uma imagem de Pampa do mesmo tamanho e com a mesma grandiosidade, também esculpida de um único bloco de pedra, para ser colocada em direta oposição à estátua de Narasimha. Seria como se a magnificência de Achyuta, representada em pedra como a Dama Pampa, do tamanho do Senhor Narasimha e igualmente temível, enfrentasse a grandeza do predecessor.

"A senhora tem que ir", disse Tirumalamba Devi a Pampa Kampana. "Porque, pouco depois da estátua ficar pronta e da cerimônia de consagração, todos já estão dizendo que ela é uma homenagem à senhora, mãe de todos nós, e que é uma maneira de Achyuta Deva Raya desculpar-se pelo crime contra a senhora que foi cometido pelo irmão dele." Ela riu. "Meu tio está ficando maluco com essa história."

"Está bem", disse Pampa Kampana por fim. "Meus dedos verão o que os olhos não podem ver."

No dia em que Pampa Kampana saiu do *mutt*, com um pano branco amarrado em torno da cabeça para esconder os olhos destruídos, protegida por uma sombrinha segurada pelo próprio Madhava Acharya, apesar da idade avançada, toda Bisnaga veio prestar-lhe homenagem. Ela ouvia os gritos e a cantoria da multidão; ficou muito comovida e começou, pela primeira vez desde que se recolhera após a mutilação, a pensar na possibilidade de voltar a viver no mundo, de encontrar alguma espécie de amor após o ódio intenso da barra de ferro em brasa. Quando Pampa Kampana chegou ao local da estátua, o próprio escultor guiou as mãos dela para que explorasse a obra, descrevendo os detalhes e explicando os símbolos.

Com a ajuda de Tirumalamba Devi e Madhava Acharya, ela ofereceu flores à deusa e fez questão de parabenizar não apenas o escultor, mas também o rei, pelo ato de suprema devoção. "É linda", disse Pampa Kampana em voz baixa, e as palavras, repetidas por muitas vozes, propagaram-se como ondas pela multidão. "Eu a vejo claramente, como se ela tivesse restabelecido minha visão."

A notícia do ocorrido chegou ao palácio na mesma hora e enfureceu Achyuta, pois ele compreendeu que a obra encomendada para trazer glória a sua própria pessoa havia se transformado numa homenagem não planejada à mulher cega de Mandana. (Algumas pessoas acharam que ele deveria ter previsto o que acontecera, e nós, com o benefício do distanciamento temporal, não temos como discordar delas, mas Achyuta não era um homem de visão, nem tampouco, como já observado, um governante particularmente inteligente. Assim, ficou surpreso e indignado com a reação do povo à estátua de Pampa, e talvez a raiva fosse aumentada pela consciência da própria burrice.)

"Que vá para o inferno", gritou ele do trono. "Então ela está bancando a deusa agora? Na minha Bisnaga não há lugar para bruxas nem hereges. Se nem cegando essa mulher foi possível dar um fim a ela, vou queimá-la viva."

O livro de Pampa Kampana não registra o nome dos ministros de Achyuta, mas fossem quem fossem, conseguiram convencer o rei de que queimar em público uma mulher tão cultuada por tantos não era aconselhável. Porém não conseguiram impedir que ele fosse até o *mutt* de Mandana e exigisse que o levassem ao quarto dela. Madhava Acharya o guiou, e eles a encontraram sentada no canto de sempre, recitando versos, enquanto a princesa Tirumalamba Devi os anotava.

"Se não posso queimar você", disse o rei, "certamente posso queimar seu livro, que nem preciso ler para saber que está cheio de ideias inadequadas e proibidas, e depois você vai morrer e ser esquecida, e ninguém se lembrará do seu nome, e a estátua voltará a ser minha e assim permanecerá por toda a eternidade. O que você tem a dizer disso?"

Tirumalamba Davi levantou-se de um salto e colocou-se entre Achyuta e a cega. "Antes o senhor vai ter que me matar", disse ela. "Esta senhora tem um dom divino, e o que o senhor ameaça fazer seria um sacrilégio."

Pampa Kampana levantou-se também. "Pode queimar todos os papéis que o senhor quiser queimar", disse ela. "Mas cada verso que compus está guardado na minha memória. Para livrar-se dela, o senhor vai ter que cortar minha cabeça e recheá-la de palha, como às vezes acontece, no meu livro, com reis derrotados."

"Também eu decorei esse texto imortal", disse Madhava Acharya. "Então seu machado vai ter que pousar no meu pescoço também."

O rosto de Achyuta ficou vermelho. "Talvez em breve", disse ele, áspero, "eu aceite essas ofertas com prazer. Por ora, vão todos para o inferno. Não quero ver vocês na minha frente, e quanto a você" — apontou furioso para Pampa Kampana —, "está proibida de visitar a minha estátua."

"Problema nenhum", disse Pampa Kampana. "Minha história não será escrita em pedra."

Depois que o rei saiu, ela virou-se para o sacerdote. "O que o senhor disse não é verdade. O senhor arriscou a vida por uma mentira."

"Há ocasiões em que uma mentira é mais importante do que uma vida", ele retrucou. "Essa foi uma delas."

Pampa Kampana voltou a seu canto. "Muito bem", disse ela. "Agradeço aos dois. Agora, voltemos ao trabalho."

"Às vezes tenho ódio dos homens", disse Tirumalamba Devi depois que Madhava Acharya foi embora.

"Tive uma filha que pensava assim", comentou Pampa Kampana. "Ela preferia a companhia de mulheres, e a floresta encantada de Aranyani era o lugar onde ela mais se sentia feliz. E se por 'homens' você se refere ao visitante real que tivemos ainda há pouco, seu sentimento é compreensível. Mas Madhava é certamente um homem bom. E o seu marido?"

"Aliya só pensa em complôs e conspirações", respondeu Tirumalamba. "Só segredos e tramas. A corte é cheia de facções, e ele sabe jogar um grupo contra o outro, equilibrar este interesse contra aquele, e Achyuta não consegue dar conta do que ele faz; esse tipo de complicação o deixa tonto. Assim, Aliya se tornou um segundo centro de poder, igual ao rei, que é exatamente o que ele quer, pelo menos por ora. Ele é um labirinto. A gente nunca sabe para que lado ir. Como se pode amar um labirinto?"

"Vou lhe perguntar uma coisa", disse Pampa Kampana. "Sei que as princesas são aprisionadas pela coroa e têm dificuldade de encontrar seus próprios caminhos, mas, no fundo do coração, o que você quer na vida?"

"Ninguém nunca me perguntou isso", respondeu Tirumalamba Devi. "Nem mesmo minha mãe. Deveres, obrigações etc. Registrar seus versos é a única coisa que satisfaz meu coração."

"Mas para si, o que você quer?"

Tirumalamba Devi respirou fundo. "Na rua dos estrangeiros, sinto inveja. Eles vêm e vão, sem compromissos, sem deveres, sem limites. Contam histórias de todos os lugares, e tenho certeza de que quando vão para outro lugar nos tornamos as histórias que contam para as pessoas de lá. Chegam inclusive a nos contar histórias sobre nós próprios, e acreditamos neles mesmo quando entendem tudo errado. É como se tivessem o direito de contar ao mundo inteiro a história do mundo inteiro, e depois... simplesmente ir para outro lugar. Pois bem. Eis a minha ideia idiota: quero ser estrangeira. Desculpe por dizer uma bobagem."

"Eu também tinha uma filha assim", disse Pampa Kampana.

"E sabe o que aconteceu? Ela virou estrangeira, e acho que foi feliz."

"A senhora não sabe?", perguntou Tirumalamba.

"Perdi essa filha", respondeu Pampa Kampana. "Mas talvez ela tenha encontrado a si própria." Pôs a mão no joelho da princesa. "Vá procurar uma pena de *cheel*."

"Uma pena? Para quê?"

"Guarde essa pena com todo o cuidado", disse Pampa Kampana.

"Dizem que a senhora veio aqui em forma de pássaro", exclamou Tirumalamba, reverente.

"Vamos retomar o trabalho", disse Pampa Kampana. Mas, antes de reiniciar o ditado, acrescentou: "Conheci alguns estrangeiros. Cheguei até a amar um ou dois. Mas sabe o que há de mais decepcionante neles?"

"O quê?"

"Todos têm exatamente a mesma aparência."

"Posso lhe fazer a mesma pergunta que a senhora me fez?", indagou Tirumalamba. "Ainda há alguma coisa que a senhora tem esperança de realizar, que a senhora deseja? É claro, a visão, desculpe, mais uma bobagem minha. Mas algum desejo secreto?"

Pampa Kampana sorriu. "Obrigada, mas meu tempo de desejar terminou. Agora tudo o que quero está nas minhas palavras, só preciso delas."

"Nesse caso", disse Tirumalamba Devi, "voltemos já ao trabalho."

Era o tempo das chuvas, quando tudo esquentava. De manhã cedo, Aliya Rama Raya fez o desjejum com a esposa nos aposentos privados do Palácio do Lótus, em silêncio, ouvindo o som enganosamente alegre da chuva a cair, e sem dizer nada, por causa dos criados. Quando terminaram de comer e beber, Aliya inspecionou todos os cômodos para certificar-se de que não havia ninguém ouvindo, nenhum criado de língua solta, nenhuma empregada mexeriqueira. Só então começou a falar.

"Quase não consigo conversar com esse homem", disse Aliya à princesa Tirumalamba Devi. "O nível de pensamento dele é muito rudimentar. Ele pensa tal qual come, ou seja, como um porco."

Aquele acordo frouxo e tenso de compartilhamento de poder que havia entre Achyuta, o rei brutal, e Aliya, o rival astucioso, não agradava a nenhum dos dois, e a disputa entre eles se arrastava ao longo dos anos, puxando Bisnaga em duas direções diferentes, o que não agradava a ninguém.

Tirumalamba foi cautelosa ao responder: "Madhava Acharya diz que ele é muito religioso, não?".

"Sim", disse Alyia, "mas ele não entende nada. *Nós* somos bons, *eles* são maus: essa é a totalidade da religião dele. Por trás disso, a meu ver, Achyuta tem medo *deles*. E agora que há um novo *eles* surgindo ao norte — os tais mogóis —, ele está ainda mais assustado."

"Mas *eles* estão em todo lugar aqui em Bisnaga", disse Tirumalamba. "Há templos deles em muitos bairros, e eles vivem entre nós, são nossos amigos e vizinhos, nossos filhos brincam com os filhos deles, e dizemos: somos bisnaguenses em primeiro lugar e religiosos em segundo, não é? Dizemos isso. Alguns dos nossos generais mais graduados também são *eles*, *na*? E nos Cinco Sultanatos, *nós* também estamos em todos os lugares. Pessoas importantes, comerciantes, tudo. Até mesmo algumas das esposas nos palácios são *nós*."

"Mandei uma mensagem amistosa para os Cinco Sultões", disse Aliya. "Ao que parece, eles têm ainda mais medo dos mogóis que Achyuta, embora os deuses deles sejam os mesmos.

Tento explicar a ele que deus não é a questão. A questão é governarmos nosso próprio país. É não sermos conquistados e destruídos, e sim poderosos e livres, isso é o que importa, tanto para os sultões quanto para nós. Mas ele só responde *Kalyug, Kalyug*, é chegada a Era das Trevas, os demônios estão vindo, e precisamos rezar para o Senhor Vishnu, que virá para nos livrar das desgraças das Trevas. Precisamos rezar para ter força contra *eles* e esmagá-los a todos. 'Esmagá-los a todos?' Seria burrice tentar tal coisa, mesmo se fosse possível. 'Esmagá-los a todos' é o mesmo que pedir a eles: por favor, venham me esmagar agora. Estou conversando com os sultões com muito jeito, para evitar essa história de sair esmagando."

"E o que ele acha disso? Dessa sua... 'história de sair conversando'?"

"Ultimamente quase não nos falamos, o que também é ruim. Mas vamos à minha ideia. Convidei os Cinco Sultões para virem a Bisnaga, serem nossos hóspedes e mediarem entre mim e Achyuta."

"Mas, meu marido, me desculpe, mas não é uma péssima ideia? Isso nos faz parecer fracos, *na*?"

"Faz Achyuta parecer fraco", respondeu Aliya, com o olhar perdido ao longe e sorrindo um sorriso sem graça. "Não necessariamente nós todos."

"Mas se então, julgando que o rei é fraco, eles atacarem e tomarem parte do nosso território?"

"Ora, minha querida esposa, isso provará a todos em Bisnaga que o rei não está à altura do cargo, e talvez uma mudança seja necessária."

"Então esse é o seu plano", disse Tirumalamba Devi, sacudindo a cabeça. "Não sei, não, marido. As pessoas já andam dizendo que você é matreiro até demais. Isso vai ser uma prova, não é?"

347

"As pessoas vão aceitar o *matreiro*", observou Aliya, em voz baixa, "se vier junto com *competente*."

Tirumalamba viu que não adiantava insistir naquele assunto. "Você falou com o rei?", indagou.

"Vou falar agora."

"Mas ele nunca vai concordar, não é? Ele não pode ser *tão* burro."

"Os sultões já estão a caminho", explicou Aliya. "Dei ordens de preparar uma grande recepção com um banquete. Eles chegam amanhã."

Tirumalamba Devi levantou-se e preparou-se para ir trabalhar com Pampa Kampana no *mutt*. "*Matreiro* não é uma palavra suficiente para você", disse ela ao sair. "Talvez *ladino* seja. E *calculista*. E talvez também um pouco *ardiloso*. Não é bem 'Sim e Não'. É mais assim: ele diz 'Não', e você diz: 'Então se prepare para o pior'."

"Obrigado", retrucou Aliya Rama Raya, com uma pequena mesura. "Você sabe adular quando quer." E sorriu outra vez, aquele sorrisinho magro e enigmático.

"Hoje vou precisar de guarda-chuva", disse ela, "e mesmo assim vou me molhar. Você também devia arranjar um. Do jeito que age, não é só chuva, mas o céu inteiro, que pode desabar na sua cabeça."

A visita oficial dos Cinco Sultões decanis — os governantes de Ahmadnagar, Berar, Bidar, Bijapur e Golconda — não foi demorada, mas causou mudanças profundas. O velho Adil Shah de Bijapur, que fora derrotado fragorosamente por Krishnadevaraya em Raichur, chegou com um pequeno exército, usando trajes militares ainda com marcas de combate. O ainda mais velho Qutb Shah de Golconda trouxe uma força ainda maior, trajando roupas cravejadas de brilhantes que ofuscavam a vista. Os dois davam a impressão de que precisavam demonstrar força militar, e portanto ambos pareciam fracos. Hussain Shah de Ahmadnagar e Darya de Berar não estavam com boa aparência, e pareciam cônscios de que não viveriam por mais muito tempo. Ali Barid de Bidar era o mais jovem, mais saudável e mais confiante dos cinco. Seu séquito militar era o menor de todos, como se dissesse aos governantes de Bisnaga: *Vocês não ousariam.*

Assim que chegaram, Achyuta Deva Raya, furioso com o estratagema de Aliya Rama Raya, disse aos cinco que não precisava deles. "Está bem, vocês vieram até aqui, não foi ideia minha, mas tudo bem", disse ele, com a grosseria de sempre. "Mas não precisamos de conselhos de gente como vocês. Fizeram essa viagem à toa. Lamento. Fiquem um pouquinho, descansem, hoje a gente janta e depois cada um pode voltar para o seu lugar."

O que ele pensava era: *Quatro velhos doentes e um garoto. Nada a temer.* Também teve diversos pensamentos desagradáveis a respeito dos seguidores *daquela* religião, que seria desnecessário repetir aqui. Os Cinco Sultões sem dúvida pensaram coisas igualmente desagradáveis a respeito dele.

Naquela noite, durante o jantar, Aliya Rama Raya falou com todos os Cinco Sultões, um por um. Em pouco tempo, soube que Hussain Shah de Ahmadnagar e Darya de Berar faziam pouco de Ali Barid de Bidar e Adil Shah de Bijapur porque as respectivas dinastias tinham sido fundadas por ex-escravizados de origem estrangeira (os ancestrais escravizados tinham vindo da Geórgia). Qutb Shah de Golconda fazia pouco de Hussain Shah e Darya porque a família de Hussain era originariamente hinduísta e brâmane, e o sultanato de Berar também descendia de hinduístas convertidos. Qutb Shah de Golconda era odiado e temido pelos outros quatro por causa da riqueza e do poder de Golconda. Os cinco pareciam sentir mais prazer em conversar com Aliya do que um com o outro. Quanto a Achyuta, manteve certa distância dos convidados, na outra ponta da mesa, bebendo. Era a única maneira, pensava, de aguentar aquele jantar catastrófico.

Aliya Rama Raya refletia: *Muito interessante, isso de um não gostar do outro. É importante manter as coisas assim.*

Lá fora, chovia e trovejava. O telhado do salão de banquetes, ao que parecia, precisava de reparos, e não segurava aquela tempestade. Entrava água por vários lugares. Criados do palácio corriam de um lado para o outro, munidos de baldes e esfregões. Foi necessário proteger com guarda-chuva a cabeça dos sultões de Bijapur e Golconda. Isso não ajudava a criar uma atmosfera agradável.

O rei Achyuta tinha razão. O jantar foi catastrófico. Os Cinco Sultões partiram na manhã seguinte antes mesmo de o dia nascer, todos furiosos com aquela viagem inútil.

Adil Shah de Bijapur pensava: *Bisnaga está em péssima situação, dividida, caindo aos pedaços, com goteiras nos telhados, confusa. Talvez seja a hora de fazer uma jogada decisiva.*

O banquete foi importante por mais um motivo. Foi a última cerimônia real à qual compareceu a agora velhíssima Nagala Devi, sentada entre a filha carrancuda, a ex-rainha Tirumala Devi, e a neta reservada, ainda que com uma expressão agradável, Tirumalamba Devi. As três mulheres ficaram muito empertigadas, comeram pouco, beberam menos ainda e se recolheram cedo. Naquela mesma noite, Nagala Devi morreu.

A velha senhora se apagou silenciosamente durante a noite, na cama, ouvindo os sapos coaxarem numa hora em que a chuva amainou. "Foi a única coisa que ela fez em silêncio em toda a vida", disse a neta Tirumalamba a Pampa Kampana no *mutt*, e começou a chorar. "É possível continuar amando uma pessoa mesmo sentindo que ela não nos ama, não é?" E chorava. "Talvez isso torne as coisas ainda piores. Se a gente parasse de amar, a dor seria menor. Quando era pequena, eu me sentava ao pé dela e ela me contava histórias e me levava para ver coisas. Naquele tempo ela era diferente. Talvez fosse mais feliz. Contava sobre Tirumalaiah, o chefe que construiu o nosso grande templo, pelo menos é o que ela dizia, há mais de quinhentos anos. Depois me levou ao templo e me mostrou tudo, até mesmo o santuário contendo o deus e a cobra de sete cabeças. Ela me levou também para ver a linda cachoeira. Srirangapatna é uma ilha dentro do rio Kaveri, que se divide ao chegar na nossa terra, e depois se junta quando passa de lá. Foi ela que me contou que aquele lugar, onde as duas correntes do rio se juntam de novo, é o mais auspicioso para espalhar cinzas, e indicou o melhor local para fazer isso. Então temos que levá-la até lá e espalhá-la na água."

"Fale com sua mãe", disse Pampa Kampana. "Ela perdeu a mãe e precisa da filha a seu lado."

"A senhora que é minha mãe agora", disse Tirumalamba Devi. "Sou sua filha."

"Não", disse Pampa Kampana. "Hoje, não."

Tirumalamba encontrou a mãe, Tirumala Devi, sozinha no quarto, os olhos secos, o rosto tão impenetrável quanto uma porta trancada. "Sua avó abriu mão do casamento dela para vir morar comigo aqui em Bisnaga. Ela amava seu avô, e ele ainda a ama, e mesmo assim concordaram que ela viria comigo para me proteger neste lugar infernal, onde todos achavam que não passamos de envenenadoras."

"Devíamos levá-la de volta para o marido agora", disse Tirumalamba.

"Eu também quero voltar", acrescentou a mãe. "Você não me quer aqui nem precisa de mim, e não há mais lugar para mim em Bisnaga. Quero passar os poucos anos que me restam em casa, voltando a ser a filha de meu pai, para que um possa confortar o outro depois dessa perda."

"Peça ao rei", disse Tirumalamba. "Estou certa de que ele vai consentir."

Não se abraçaram, nem choraram juntas. Há feridas profundas demais para sarar.

Tirumala Devi pediu uma audiência com Achyuta. Ele a recebeu formalmente, sentado no trono, enquanto ela permanecia em pé a sua frente, como uma suplicante comum. Tirumala ignorou aquele insulto e falou de modo educado. "Como meu marido e minha mãe nos deixaram, peço permissão para voltar à casa de meu pai, pois meu trabalho aqui está terminado."

"Mas não está", respondeu Achyuta, arrancando pedaços de carne engordurada de entre os dentes. "Com a senhora aqui em Bisnaga, seu pai se comporta. Ele não vai ousar romper nosso acordo nem nos atacar de algum modo enquanto a senhora estiver aqui."

"Preciso espalhar as cinzas da minha mãe no Kaveri", disse Tirumala Devi. "Seria o último desejo dela, e preciso cumpri-lo."

"Aqui também tem rios sagrados", disse o rei, desdenhoso. "Jogue nas águas do Pampa ou do Krishna. Vai funcionar direitinho. Não precisa fazer essa viagem longa para o sul."

"Quer dizer que sou sua prisioneira", disse Tirumala Devi. "Ou, mais exatamente, sua refém."

"A senhora é um tratado de paz em forma de gente", retrucou Achyuta. "Encare a coisa assim que vai se sentir melhor, não é? Mesmo se não se sentir melhor."

A ex-primeira rainha voltou para seus aposentos, onde a filha a encontrou com o mesmo rosto férreo.

"Então ele disse não", concluiu Tirumalamba Devi. "Vou falar com Aliya. Garanto que ele vai dar um jeito."

Porém essa foi uma das raras ocasiões em que os dois homens poderosos de Bisnaga, sempre em choque, concordaram. "Ele tem razão", disse Aliya Rama Raya à esposa. "Se perdermos sua mãe, perdemos também o Veera. Já estão dizendo que a lealdade dele está comprometida. Ela vai ter que ficar."

"Vocês já me têm aqui", ela argumentou. "Isso não basta?"

"Não", respondeu Aliya, sem tentar suavizar o golpe. "Não basta. Só quando eu me tornar rei, sentado no Trono do Leão."

"Você quis dizer 'se' em vez de 'quando'", corrigiu a princesa.

"Se minha intenção fosse dizer 'se'", ele retorquiu, "eu não teria dito 'quando'."

Tirumalamba foi levar a má notícia a Tirumala Devi. "Ele não vai ajudar", disse ela, e a mãe não tentou disfarçar a expressão de escárnio.

"Quer dizer que você continua num papel secundário", disse Tirumala Devi à única filha viva. "Se meu filho tivesse sobrevivido, sei que minha situação seria muito diferente."

A filha virou-se para sair do quarto.

"Não se preocupe comigo", Tirumala Devi ainda acrescentou. "Eu sei como sair daqui sem a ajuda de ninguém." Então virou-se para a janela e ficou vendo a chuva cair, aquela chuva improvável, implacável, interminável. Na manhã seguinte foi encontrada morta na cama, segurando um pequeno frasco onde antes havia um veneno tão letal que não tinha nenhum antídoto conhecido. E assim se realizou a profecia de Krishnadevaraya. *Quem envenena acaba tomando o próprio veneno.*

Aliya Rama Raya acompanhou Tirumalamba Devi na viagem a Srirangapatna, debaixo de chuva, levando as cinzas da mãe e da avó, juntamente com uma guarda de honra fortemente armada. O rei Veera os recebeu com uma força militar de igual tamanho, e escoltou o casal até a confluência do Kaveri.

A chuva cessou de repente e as nuvens se dissiparam, revelando um céu iluminado, como se uma cortina fosse aberta, como se os céus homenageassem pela última vez as duas rainhas. Depois que as cinzas foram espalhadas, fizeram-se as preces e houve uma festa em memória das mortas; no dia seguinte teve início o retorno a Bisnaga.

"Lamento lhe dizer que seu avô Veera está mesmo decidido a romper nossa aliança", disse Aliya a Tirumalamba assim que se afastaram de Srirangapatna. "Agora que o encarei e olhei seus olhos de traidor, não resta dúvida."

O *Jayaparajaya* nos conta o fim da história do rei Veerappodeya, de modo que não pode ser qualificado senão como conciso. É possível que Pampa Kampana tenha sido sucinta para não causar sofrimento excessivo à neta, ou então que Tirumalamba Devi tenha abreviado o relato ao registrá-lo no papel. Tudo que nos é dito é isto: o rei Veera de fato anunciou que o acordo com Bisnaga chegara ao fim e obrigou os batalhões de tropas bisnaguenses estacionadas em Srirangapatna a se retirarem. Assim que isso aconteceu, o vizinho, o poderoso monarca de Maiçor, constatando que Srirangapatna não tinha mais a sua disposição o apoio do exército de Bisnaga, atacou com toda a força, derrubou o rei Veera e incorporou Srirangapatna ao reino de Maiçor. O texto não diz nada sobre o destino de Veera. Se teve a cabeça cortada fora, empalhada e exibida como troféu em Maiçor, não sabemos.

Como resultado desse trágico desfecho, a fronteira sul do império bisnaguense ficou vulnerável e exposta, e os inimigos tornaram-se mais confiantes e fortes.

É triste relatar que o rei Achyuta adquiria maus hábitos à medida que o tempo passava. Pampa Kampana, na cela monástica em Mandana, ouvia os sussurros da cidade e sabia de tudo: de início, Achyuta foi impedido por Madhava Acharya — cujas opiniões sobre a prática de queimar viúvas haviam sido fortemente modificadas pela amizade crescente com Pampa Kampana — de atirar na pira funerária todas as viúvas de Krishnadevaraya, decidindo então jogá-las no olho da rua, para que se virassem sozinhas, mesmo as que tinham o status mais elevado e que agora estavam relativamente velhas — as imitadoras das *gopis* do deus Krishna. Depois disso, adquiriu quinhentas esposas para uso próprio e passava a maior parte do tempo aproveitando-se delas. (As mulheres moravam em quartos semelhantes a celas num claustro adjacente ao palácio, e, quando não estavam envolvidas em atos decadentes com o rei, viviam quase como monjas celibatárias.) Também passou a exigir que os nobres mais graduados da corte beijassem seus pés diariamente, uma exigência que, digamos assim, não o tornou mais querido. Os que se dispunham a beijar os pés do rei com entusiasmo genuíno recebiam de presente abanos feitos com caudas de iaques, e não seria exagero dizer que os nobres que receberam tais mimos eram também os que mais odiavam o rei. Ele dormia numa cama feita de ouro maciço, recusava-se a usar a mesma roupa mais de uma vez, e os gastos de sua corte perdulária eram tamanhos que os ministros foram obrigados aumentar os impostos, o que o tornou odiado também pela população. Havia banquetes na corte quase todas as noites, em que eram servidos dezessete pratos e se bebia muito vinho; e enquanto o rei e seus cupinchas se deliciavam com carne de veado, perdizes e pombas, a gente comum era obrigada a comer gatos, lagartos e ratazanas, animais vendidos nos mercados da cidade vivinhos da silva, de modo que as pessoas sabiam que ao menos adquiriam carne fresca.

* * *

Também Pampa Kampana estava mudando. Quando Tirumalamba Devi vinha para registrar os versos, muitas vezes eles não passavam de lamentações a respeito do dom maldito da longevidade, da obrigação de viver até o amargo final. "Eu vejo tudo", disse ela a Tirumalamba, "como se já tivesse acontecido. Vejo os danos sofridos pelo *gopuram* do Templo de Vitthala, e a destruição das estátuas de Pampa e de Hanuman, e o incêndio do Palácio do Lótus. Mas tenho que esperar até que o tempo me alcance antes que possa escrever."

"Talvez essas coisas não aconteçam nunca", disse Tirumalamba, atormentada por aquelas imagens de destruição. "Pode ser só um pesadelo."

Pampa Kampana, bondosamente, não a contestou. "É, pode ser."

Estava adquirindo muitos dos atributos da extrema velhice. A mulher que Tirumalamba via a sua frente, apesar do rosto desfigurado pelos olhos vazados, ainda parecia uma pessoa de trinta e muitos anos, mais ou menos, mas Pampa Kampana já não ligava para a aparência. A ilusão de juventude não tinha mais nenhuma importância. Não precisava mais ver o reflexo de sua imagem ridiculamente jovem, e assim sentia-se livre para habitar a velha coroca que sentia ser. Se a pele estava seca, coçava-se. Se as articulações rangiam, queixava-se. As costas doíam; quando ela ficava em pé precisava usar bengala, e não conseguia manter-se ereta. "Na minha idade, as coisas poderiam estar muito piores", disse Pampa a Tirumalamba. "Mas não faz mal. Já estão bem ruins como estão."

Agora estava também com uma espécie de doença do sono. Por vezes Tirumalamba a encontrava deitada e inconsciente, e no início entrava em pânico achando que a idosa senhora havia morrido, mas em seguida tranquilizava-se ao perceber que ela respirava fundo. Por vezes Pampa Kampana passava dias dormindo, e esse período aumentou para semanas, ou mesmo meses, e ela acordava com a fome de um elefante faminto. Aquele sono não parecia natural a Tirumalamba, e sim algo que vinha da esfera do divino, talvez um dom que tornava mais fácil para Pampa Kampana passar o tempo que precisava passar até ser finalmente liberada do encantamento imposto pela deusa.

Era durante esse sono prolongado que Pampa Kampana sonhava o futuro. Assim, eles não proporcionavam apenas repouso.

A essa altura, Tirumalamba já não era mais jovem, e ela própria tinha vários problemas físicos, com os dentes e o aparelho digestivo, mas não dizia nada sobre isso e permitia que a velha desabafasse. "Quem sabe se a senhora continuar a contar a história", sugeria com delicadeza, "vai se sentir melhor."

"Tive um sonho", disse Pampa Kampana. "Fui visitada por dois *yalis*, não de madeira nem de pedra, mas criaturas reais, vivas." Ela já sonhara com *yalis* antes, e sentira prazer por estar com aqueles seres sobrenaturais, meio leão e meio cavalo, com presas de elefante, vistos pelas pessoas como protetores dos portões. "Eles vieram me tranquilizar. 'Não se preocupe', disseram. 'Quando chegar a hora, surgiremos ao seu lado para ajudá-la a cruzar a soleira do Reino Eterno.' Me senti confortada." Essa lembrança pôs fim a seu mau humor. "Sim, continuemos."

Então, para o espanto de Tirumalamba, ela citou Siddhartha Gautama, e é por isso que as Cinco Lembranças do Buda, ou uma versão delas, podem ser encontradas no *Jayaparajaya*, que fora isso não é um texto budista.

É da minha natureza envelhecer. Não há como escapar disso.

É da minha natureza ter má saúde. Não há como escapar disso.

É da minha natureza morrer. Não há como escapar disso.

Não há como escapar de ser separada de todos aqueles que amo, e de tudo aquilo que me é caro.

Meus atos são meus únicos pertences de verdade. Meus atos são o chão que piso.

Adil Shah de Bijapur jurara não beber uma gota de vinho enquanto não reconquistasse Raichur. Isso era difícil para ele, um apreciador de bons vinhos, e várias vezes sentiu-se tentado a violar o juramento, mas não o fez. Depois da desagradável reunião dos Cinco Sultões em Bisnaga, na qual Achyuta e os outros reis beberam copiosamente, Adil Shah, que permanecera sóbrio durante toda aquela noitada muito longa e constrangedora, resolveu que era hora de agir. Jamais havia se esquecido da mensagem humilhante que recebera de Krishnadevaraya, *Beije meus pés*, e decidiu que Achyuta, o sucessor degenerado de Krishnadevaraya, que gostava tanto da cerimônia de beija-pés que obrigava até os cortesãos mais graduados a se humilhar, precisava que lhe ensinassem as boas maneiras que o antecessor jamais aprendera.

Reuniu suas forças e atacou Raichur. O exército de Bijapur chegou inesperadamente e encontrou o contingente de Bisnaga despreparado para a batalha, derrotando-o com facilidade. Em poucas semanas, toda a região do *doáb* de Raichur voltou ao controle de Bijapur, e Adil Shah, junto à famosa fonte de água doce na cidadela de Raichur, declarou: "Hoje esta fonte há de dar não água, mas vinho".

As coisas estavam indo muito mal para Achyuta Deva Raya. Ele não apenas perdera Raichur, que Krishnadevaraya considerava a joia da coroa, como também o rei de Maiçor, tendo derrotado Veera ao sul, tinha mais planos de expansão; havia também um novo vice-rei português em Goa, dom Constantino de Bragança, que não se contentava em ser comerciante de cavalos e estava de olho em toda a costa ocidental, tendo ele ambições imperialistas.

Achyuta não fazia nada, como se tivesse medo de agir. Era impopular na corte, na rua e na caserna, e a inação acabou sendo fatal. Aliya Rama Raya viu sua oportunidade, destronou-o e despachou-o para Chandragiri, para que apodrecesse por lá. Achyuta morreu pouco tempo depois. E assim subiu ao trono o último rei de Bisnaga.

21.

Eis, pois, Aliya Rama Raya tornando-se um Leão ao sentar-se no Trono de Diamante. Ou um Diamante no Trono do Leão. Ao mesmo tempo que isso acontece, Pampa Kampana, na narrativa da história de Bisnaga, e Tirumalamba Devi, anotando-a no papel, chegaram ao momento presente. Os versos que contam a queda de Raichur e a ascensão do agressivo vice-rei português a oeste e do príncipe ao sul foram registrados com mão firme, e a coroação do novo rei é relatada num momento contemporâneo ao próprio evento. (É razoável concluir, com base no que indica o manuscrito tal como o temos, que os versos a respeito da morte no exílio do execrado Achyuta, preso no longínquo Raj Mahal da fortaleza de Chandragiri, foram inseridos posteriormente, quando ocorreu esse falecimento que não foi pranteado.)

Com Aliya no trono, era inevitável que ocorressem mudanças substanciais na corte. Tirumalamba Devi era agora a rainha de Bisnaga, e assim sendo as quinhentas esposas de Achyuta foram dispensadas de suas obrigações e liberadas do claustro; Aliya, por natureza tão austero quanto dissimulado, resolveu ficar com uma única esposa, a rainha, escolha que ia contra uma prática estabelecida havia muito tempo, mas que se tornou popular; e se seu caráter dissimulado o levou a ter amantes clandestinas, nada nos é dito a respeito delas. Tirumalamba Devi, liberta da sombra da mãe e da avó, as duas notórias rainhas envenenadoras, também era benquista. A atuação como escriba de Pampa Kampana conquistou a simpatia de muitos, e ela se empenhou para que o reinado fosse marcado pelo florescimento da literatura e das artes arquitetônicas. Assim, parecia que Bisnaga entrava numa nova era de glória.

(Diz-se, porém, que os pacientes terminais de repente recuperam as forças na penúltima hora, alegrando os entes queridos, que julgam estar diante de um milagre; mas logo em seguida desabam no travesseiro e param de respirar, mortos e frios como o deserto no inverno.)

Pampa Kampana voltou a morar no palácio; a rainha Tirumalamba Devi insistiu nesse ponto, como também insistiu para que a velha Pampa ocupasse os aposentos reservados para a rainha de Bisnaga. "Temos que demonstrar para toda Bisnaga que o amor triunfou sobre o ódio", disse ela, "que a raiva irracional não pode ser a última palavra, devendo ser respondida pela racionalidade; e que a reconciliação deve, sim, seguir-se à reprimenda. E quero também demonstrar isso pessoalmente à senhora, porque sou e continuarei sempre sendo sua escriba, sentada a seus pés, e a senhora é e continuará sempre sendo a verdadeira rainha."

"Se você quiser, eu faço isso", disse Pampa Kampana. "Mas não ligo para conforto, e não me sinto mais rainha de coisa alguma."

Não tinham muito trabalho a fazer. O livro estava atualizado e o reinado de Aliya apenas começava, e assim não havia muita coisa a relatar. "Já sonhei o futuro", disse Pampa Kampana a Tirumalamba. "Mas seria impróprio registrá-lo antes que aconteça."

A rainha implorou: "Pelo menos, conte a mim, para que eu esteja preparada para o que der e vier".

Pampa Kampana relutou por um momento prolongado. Então, disse:

"Seu marido, minha querida, cometerá um erro fatal, que vai levar um bom tempo para ser efetivado. Em alguns momentos dará a impressão de não ser um erro, mas terminará nos destruindo. Você não pode impedir que tal aconteça, nem eu tampouco, porque a verdade do mundo é que as pessoas agem conforme sua natureza, e é o que vai acontecer. Seu marido vai agir conforme a natureza dele, e você mesma já o qualificou de *matreiro, ladino, calculista* e *ardiloso*, é isso que nos destruirá. Vivemos os momentos que antecedem essa calamidade. Aproveite-os enquanto duram, porque podem durar até vinte anos, e durante esses vinte anos você será a rainha do maior império que nosso mundo já conheceu. Mas por baixo da superfície o erro estará acontecendo, lentamente. Você já será idosa quando o mundo terminar, quando eu finalmente terei permissão para morrer."

Tirumalamba escondeu o rosto nas mãos. "Que coisa cruel a senhora me contou", disse ela, entre soluços.

Pampa Kampana permanecia de olhos secos e severa. "Você não devia ter pedido que eu lhe contasse", retrucou.

Aliya Rama Raya, ao observar as inimizades entre os Cinco Sultões naquele desagradável jantar com Achyuta Deva Raya, calculara que a melhor maneira de proteger a fronteira norte de Bisnaga era garantir que aquelas rixas permanecessem vivas. Enquanto aqueles cinco continuassem a brigar uns com os outros, seria fácil para ele enfrentar as ameaças de Maiçor ao sul e do vice-rei português na costa oeste. Aliya escreveu para todos os cinco, estendendo-lhes a mão da falsa amizade. "Agora que o infeliz Achyuta está fora do jogo", dizia ele, "não há motivo para brigarmos. Cada um de nós tem seu reino, e todos temos riquezas mais do que suficientes. É hora de sermos amigos. A estabilidade traz a prosperidade."

Quando ele contou a Tirumalamba o que fizera, a lembrança da profecia de Pampa Kampana ainda era fresca na memória da rainha, e ela ficou nervosa. "Você está falando sério?", perguntou. "Embora o conheça bem o bastante para acreditar que esteja. Concluo que deve ser o início de alguma trama terrível."

"É uma trama, sim", respondeu o marido. "Mas não é terrível. Peço-lhe que aceite que, sendo trinta anos mais velho que você, sou o mais sábio do casal. Por favor, dedique-se à poesia, à dança, à música, construa um templo se tiver vontade, mas deixe que eu cuide das questões de Estado."

Era uma fala arrogante, que a insultava e menosprezava. Tirumalamba não podia fazer muita coisa além de conservar a dignidade pessoal. "Tenha cuidado", disse ela ao retirar-se da presença do marido. "Senão sua sabedoria pode levar-nos todos à ruína."

No início, Aliya queria vingar-se da perda de Raichur, e assim, fingindo ser um aliado que tinha informações sobre as intenções traiçoeiras de Adil Shah com relação a eles, convenceu os sultões de Ahmadnagar e Golconda a atacar Bijapur.

Em seguida, convenceu Ahmadnagar a mudar de lado e fazer as pazes com Bijapur, para juntos atacarem Golconda.

Depois, quando Ibrahim, o irmão mais moço de Qutb Shah de Golconda, entrou em conflito com o irmão mais velho, Aliya o ajudou a encontrar refúgio em Ahmadnagar, o que resultou em mais uma guerra entre esse sultanato e Golconda.

Quando essa luta foi perdendo força, Aliya convenceu Adil Shah de Bijapur a exigir duas fortalezas de Hussain Shah de Ahmadnagar, o qual recusou a proposta com indignação, tal como previsto por Aliya, e assim mais uma vez explodiu um conflito entre Bijapur e Ahmadnagar.

Toda a região dos Cinco Sultanatos estava em polvorosa, exatamente o que Aliya queria. Ele incitava os nobres com menos status em cada sultanato a sublevar-se contra o sultão, de modo que os sultanatos tinham que enfrentar guerras civis além de guerras com os vizinhos.

E assim foram se passando os anos. Os portugueses devastaram a costa de Malabar, matando a maior parte da população de Mangalor, mas Aliya não interferiu. Fez um tratado de paz com o vice-rei Constantino de Bragança, resolveu ignorar os horrores em Goa causados pelos excessos da Inquisição, vendo com bons olhos a desestabilização do oeste motivada pelos estrangeiros, que ocupava boa parte da atenção dos sultanatos.

Além disso, convenceu Ahmadnagar e Bijapur a atacarem Golconda mais uma vez, e depois negociou em segredo uma aliança entre Bijapur e Golconda, que levou Ahmadnagar a sofrer uma derrota humilhante.

E os anos passavam e passavam.

As maquinações de Aliya continuavam, e graças a suas tramoias, a guerra entre os sultanatos, com uma complexa profusão de alianças rompidas e mudanças de lado, persistia. E após cada vitória, cada derrota, havia perdas de território e fortalezas e de minas de ouro e elefantes, tributos eram pagos em ouro e pedras preciosas, o que facilitava a Aliya Rama Raya — que continuava a jurar amizade a todas as partes envolvidas — incitar ainda mais conflitos para reconquistar as perdas de território, riquezas e honra.

Os anos se passavam. Todos envelheciam. Tirumalamba Devi não ousava mais fazer perguntas a Pampa Kampana sobre a catástrofe vindoura, mas sabia que devia estar próxima. Pampa Kampana compunha versos perfunctórios sobre as batalhas dos Cinco Sultanatos, e Tirumalamba os registrava devidamente, colocando depois as páginas na velha bolsa em que morava o grande livro. E Aliya Rama Raya comemorou os noventa anos, orgulhoso por ter mantido Bisnaga livre do jugo dos sultanatos, que tinham um pelo outro ódio maior do que tinham por ele.

"Trata-se de uma estratégia", disse ele a Tirumalamba Devi, "a que dei o nome de 'dividir para conquistar'."

Um dia no ano de 1564, o velho Adil Shah de Bijapur teve uma visão ofuscante. Reuniu a família e os conselheiros mais próximos e falou como um homem a quem os deuses — ou, em seu caso, um único deus — havia concedido um momento de revelação. "Que cegueira a nossa!", exclamou. "O motivo pelo qual estamos há duas décadas lutando uns contra os outros como cães e gatos é um único homem, que finge ser nosso amigo." Enviou imediatamente uma mensagem para Ibrahim Qutb Shah em Golconda. "Aquele velho intrigante está nos enganando há muito tempo", dizia parte da mensagem. "Não podemos derrotá-lo sozinhos, mas se nos juntarmos certamente conseguiremos derrubá-lo." O maior inimigo de Adil Shah era Hussain Shah de Ahmadnagar, mas Qutb Shah agiu como intermediário entre eles e dois casamentos foram arranjados, um entre a filha de Hussain Shah, Chand Bibi, e o filho de Adil Shah, Ali, e outro entre o filho de Hussain Shah, Murtaza, e a irmã de Adil Shah. Quando Ali Barid de Bidar soube desse novo agrupamento de forças, resolveu juntar-

-se aos outros. E assim nasceu a grande aliança entre os quatro dos Cinco Sultões contra o imperador de Bisnaga. Apenas o sultão de Berar, cujo general Jahangir Khan fora executado por Hussain Shah de Ahmadnagar durante a guerra entre os sultanatos, recusou-se a participar.

"Que ninguém diga", proclamou Adil Shah quando os Quatro Sultões se reuniram em Bijapur para ratificar a aliança, "que nos reunimos hoje para defender nosso único deus verdadeiro contra os muitos deuses falsos deles. Se isso fosse uma questão de deus contra deuses, nós cinco não teríamos passado os últimos vinte anos lutando uns contra os outros, o deus verdadeiro contra o mesmo deus verdadeiro. Trocando em miúdos, vamos dar àquele desgraçado vigarista uma lição da qual nunca vai se esquecer."

Janeiro de 1565. Um inverno frio e seco. Os imensos exércitos da aliança avançavam. Haviam combinado de encontrar-se na grande planície perto da cidadezinha de Talikota.

Talikota ficava às margens do rio Doni, cento e cinquenta quilômetros ao norte da Cidade de Bisnaga. Rapidamente a notícia de que o exército se reunia chegou a Bisnaga, mas ninguém de lá ficou muito preocupado. Batalhas assim ocorriam periodicamente. Talvez os Quatro Sultões estivessem prestes a lutar um contra o outro mais uma vez. Fosse como fosse, as sete muralhas de Bisnaga eram inexpugnáveis. O gigantesco exército bisnaguense era invencível. Não havia motivo para preocupação. A cidade continuava tocando os negócios como sempre, e caravanas de carros de boi seguiam rumo aos portos marítimos do oeste sem temerem ser interceptados. Por fim, porém — com um pouco de atraso, e um pouco de pressa —, Aliya Rama Raya mobilizou as forças e partiu rumo ao norte. Todo o exército de Bisnaga o acompanhou, menos um pequeno contingente que ficou para defender as muralhas, que ninguém julgava precisarem de defesa. Aliya ia à frente de seiscentos mil soldados de infantaria, cem mil de cavalaria, a maior parte montada em elefantes de batalha treinados e couraçados, bem como da artilharia — canhões, arqueiros, lançadores de azagaias. "Se estão mesmo todos vindo nos atacar", disse ele a Tirumalamba Devi, "verão como é imenso o poder de Bisnaga. Mantenha todos tranquilos. Não há motivo para preocupação."

Não há motivo para preocupação: essa frase fez com que o coração de Tirumalamba gelasse de medo. Mesmo assim, tentou manter as aparências, e anunciou uma grande leitura de poesia num palco montado junto aos portões do Recinto Real, para a qual todos estavam convidados. A essa altura, os únicos sobreviventes dos Sete Elefantes eram Thimmana do Nariz e Allasani Peddana, e muito embora os dois estivessem velhos e doentes, ela insistiu para que viessem e recitassem suas obras-primas para o público. O evento, que visava mostrar que ainda persistiam a riqueza cultural e a glória invencível de Bisnaga, terminou tendo o efeito inverso. Os dois velhinhos desdentados, calvos e emaciados, com problemas de memória, liam os versos gaguejando, até que Tirumalamba encerrou aquele fiasco antes da hora combinada. Era um mau presságio. Rapidamente espalhou-se pela cidade a preocupação para a qual, segundo Aliya Rama Raya, não havia motivo. Se chegara ao fim a era dos Elefantes Cujo Dom Sustentava o Céu, isso queria dizer que o céu estava prestes a desabar?

Tirumalamba Devi, um tanto abalada, foi visitar Pampa Kampana, e encontrou a anciã à sua espera, em pé, segurando papel, penas e tinta, com a sacola contendo o manuscrito em que trabalhara por toda a vida pendurado no ombro.

"Chegou a hora", disse ela, "Vamos subir ao telhado da Cocheira dos Elefantes." *Mais elefantes*, pensou Tirumalamba, mas não discutiu. Caminharam sozinhas pelo ambiente seguro do Recinto Real até à casa dos onze arcos — Pampa Kampana curvada, apoiando-se numa bengala, e a rainha empertigada —, subiram a escada desprovida de enfeites e chegaram ao telhado; Pampa Kampana avançando muito devagar, descansando a cada degrau, mas recusando as ofertas de ajuda.

"Procure ninhos", disse Pampa Kampana quando chegaram lá. "Os *cheels* gostam de fazer ninhos aqui, perto das cúpulas. Os pombos de Timmarasu preferiam o telhado do palácio. Nunca vinham aqui porque era o lugar dos *cheels*."

"Estamos no inverno", disse Tirumalamba. "Há ninhos velhos, mas estão vazios."

"Há penas?", indagou Pampa Kampana.

Tirumalamba verificou. "Há, sim."

"Pegue-as", disse Pampa Kampana. "Hoje é o dia."

Sentou-se e apoiou as costas num pilar da cúpula central, a maior de todas, que parecia um pequeno pavilhão com um andar superior provido de torreta, e entregou a Tirumalamba os materiais de escrita.

"Escreva", disse ela. "A batalha está prestes a começar."

"Como a senhora sabe?"

"Eu sei", insistiu Pampa Kampana. "Há muito tempo que sei. E chegou a hora de contar."

Virou os olhos para o norte. Uma brisa leve roçava-lhe o rosto. Ela cheirou-a, como se o vento trouxesse notícias que confirmavam o que já sabia. Os olhos cegos pareciam enxergar todos os detalhes do que se passava a centenas de quilômetros dali.

"Seus filhos estão nos flancos da esquerda e da direita", disse ela. "Tirumala Raya está à esquerda, diante do exército de Bijapur, e Venkatradi está à direita, enfrentando Golconda e Bidar. Seu marido, apesar da idade avançada, insiste em comandar o exército no campo de batalha, e está montado no elefante no centro, liderando a vanguarda contra Hussain Shah e Ahmadnagar. É assim que começa."

(*Vale a pena observar que este é o primeiro momento em todo o texto em que a poeta nos diz que a rainha Tirumalamba Devi teve dois filhos, ambos varões, a essa altura já adultos e atuando como lugares-tenentes do pai na batalha de Talikota. Podemos até achar que essa omissão é um defeito da obra. Mas depois de tantos séculos, quem poderá dizer quais eram as intenções de Pampa Kampana? Será que ela nunca os encontrou pessoalmente? Será que julgava que não mereciam figurar nos versos dela porque até aquele dia nunca haviam feito nada digno de nota? Seja como for, aqui estão eles, preparando-se para a peleja.*)

"Vai começar!", gritou Pampa Kampana, como se estivesse possuída.

"*Ah, as armas, as armas deles! Ah, os poderosos canhões à frente, seguidos pelas armas menores, com mecanismos giratórios, que podem disparar em todas as direções! E atrás das armas de fogo, os arqueiros! Estrangeiros do Turcomenistão, ah, arqueiros de pontaria letal, melhores que nossos mercenários portugueses! Ah, as balestras deles, tão mais mortais que nossos arcos! Ah, os cavalos persas, capazes de mudar de direção tão mais depressa que nossos pobres elefantes, enormes, pesados, desajeitados! Ah, as lanças, mais compridas que as nossas! Ah, a situação se complica, se complica!*

"*O exército de Bisnaga recua! Somos mais numerosos, mas o ataque é tremendo, as armas deles são mais modernas, e por isso recuamos, recuamos!*"

"Terminou, então?", chorava Tirumalamba. "Perdemos?"

"*Lutamos contra a maré!*", gritou Pampa Kampana. "*Ah, a maré está virando! Nossas baterias de foguetes os fustigam! À direita, Venkatradi com a artilharia pesada! Ah, os soldados de Bidar estão desbaratados, correndo de um lado para outro! Ah, Golconda está recuando! Bravo, corajoso Venkatradi! E no flanco esquerdo Tirumala Raya é igualmente corajoso! Ele se recupera! Ataca! Bijapur, onde nasceu essa conspiração — Bijapur também recua!*"

"Ah, ah", exclamou Tirumalamba. "Então estamos ganhando agora? O dia é nosso?"

"*Ah, a batalha no âmago da batalha! Eis Hussain Shah de Ahmadnagar galopando para um lado e para outro. Veja como ele inspira as tropas! Veja como lutam!*"

"E meu marido?", exclamou Tirumalamba Devi. "E o rei?"

Pampa Kampana calou-se e levou as mãos ao rosto.

"O rei?", gritou Tirumalamba Devi. "Pampa Kampana, o que me diz?"

"*Ah, o rei está velho*", gemeu Pampa Kampana. "*Está velho e a batalha é longa. Ele está há muito tempo montado naquele elefante.*"

"O que aconteceu?", insistiu Tirumalamba Devi. "Me diga agora mesmo!"

"*Triste para todos nós, minha rainha*", Pampa Kampana chorando com os olhos cegos. "*O rei... o rei... precisou mijar.*"

"Mijar? Pampa Kampana, a senhora disse 'mijar'?"

"*Ah, o rei desceu do elefante para urinar. Estava no chão. E ah! eis que vêm os elefantes de Ahmadnagar! As alimárias de Hussain Shah! Vejo uma tromba de elefante. Ela se enrosca em torno do seu marido! Captura o rei enquanto ele urina.*"

"Então ele foi capturado? Ah, que dia terrível, que dia fatal!"

"*Ah, minha rainha, minha rainha, não ouso dizer o que há para dizer. Não consigo dizer as palavras e depois pedir-lhe para 'registrá-las'.*"

"Me diga", pediu Tirumalamba Devi, de repente muito silenciosa e imóvel, com um rosto inexpressivo.

"*Levam o rei até Hussain Shah. Aliya não pede misericórdia, e não a recebe. Ah, minha rainha, minha filha. Cortaram-lhe a cabeça.*"

Tirumalamba Devi não manifestou o menor sinal de emoção. Dava a impressão de estar completamente focada no trabalho de escriba de Pampa Kampana.

"A cabeça", repetiu ela, e escreveu.

"*Ah, eles a rechearam de palha e espetaram-na no alto de um pau comprido, e ficam a cavalgar de um lado para outro para que todo o exército de Bisnaga a veja. Ah, que desânimo nos nossos homens, e nas nossas mulheres combatentes também. Veja, eles deixam de lutar, recuam, correm para trás. Ah, Venkatradi tombou, e Tirumala Raya foge do campo de batalha. Ele está voltando para Bisnaga. O exército foi derrotado. A batalha está perdida.*"

"A batalha está perdida", repetiu Tirumalamba Devi, enquanto escrevia. "A batalha está perdida."

Pampa Kampana emergiu daquele estado de transe, da condição de possuída. "Lamento muito, minha filha", disse ela. "E agora você precisa partir. O exército da aliança não pode encontrar a rainha de Bisnaga aqui ao chegar."

"Para onde ir?", indagou Tirumalamba Devi com a voz absurdamente controlada. "Como ir para algum lugar? Sou filha e neta das rainhas envenenadoras. Eu devia partir tal como minha mãe, beber minha morte."

"Você disse uma vez que queria se tornar estrangeira", lembrou Pampa Kampana. "Que tinha inveja da vida errante dos estrangeiros, que não se apegavam a nada. É o que você deve fazer agora. Fugir voando, para qualquer lugar. Longe daqui, longe dos assassinatos e do fogo. Largue a pena de escrever e pegue a outra pena. O pouco que resta para escrever, eu própria escrevo."

"Fugir voando", repetiu Tirumalamba Devi.

"Pode fazer isso?", perguntou Pampa Kampana. "Você tem que fazer. Eles não podem pegá-la."

"E a senhora?"

"Ninguém há de se importar com uma velha cega à beira da morte", respondeu Pampa Kampana. "Meu tempo aqui finalmente terminou. Não se preocupe comigo. Pegue a pena de *cheel* e vá."

"A senhora realmente consegue fazer isso?"

"Só mais uma vez", respondeu Pampa Kampana.

Tirumalamba Devi pôs-se de pé com a pena de *cheel* na mão.

"Então adeus, minha mãe", disse ela. "Faça o que há a fazer. Me mande embora daqui."

Ninguém viu a última rainha de Bisnaga no momento em que ela subiu ao céu e partiu para sempre, para lugares inimagináveis. Mesmo a mulher que deu a Tirumalamba o último dom de transformação não pôde ver o que fizera. Sentou-se de novo junto à cúpula do telhado da Cocheira dos Elefantes, e escreveu apenas mais um pouco.

22.

Madhava Acharya morrera alguns anos antes, e um novo e jovem Acharya estava encarregado do complexo religioso de Mandana; porém, como gesto de respeito, a cela monástica de Madhava fora deixada intacta, como se ele tivesse saído um minuto antes e ainda não tivesse voltado. Era um quarto pequeno e escassamente mobiliado: um catre, uma mesa e uma cadeira de madeira e uma prateleira de livros, contendo os exemplares utilizados pessoalmente por Madhava Acharya do *Itihasa* — a reunião dos mais importantes textos sagrados, entre eles o *Mahabharata*, o *Ramayana* e os dezoito *Puranas* maiores e os dezoito *Puranas* menores —, exemplares que, segundo a tradição do *mutt*, haviam pertencido ao próprio Vidyasagar. Quando Pampa Kampana, ainda menina, veio procurar refúgio na caverna de Vidyasagar, ele lhe ensinou as tradições utilizando aqueles exatos volumes, os quais, dizia, continham toda a sabedoria necessária para viver neste mundo. Pampa Kampana decorou muitas das passagens mais importantes. Foi para esse quarto, para esses livros, que voltou depois que bateu asas o *cheel* que fora sua amiga, a rainha. Com passos trôpegos, apoiando-se na bengala, atravessou a turbulência da cidade que criara e chegou ao seminário, com a sacola cuidadosamente posta a tiracolo. Sabia que começavam seus últimos dias de vida, e buscou o conforto dos velhos livros antes do fim, muito embora não pudesse mais lê-los. Ansiava por segurar nos braços o *Garuda Purana* pela última vez, pois pensava na transformação em pássaro de Tirumalamba Devi tanto quanto na proximidade de sua própria morte — a morte, última metamorfose da vida — e queria recitar o relato contido naquele livro a respeito do deus-pássaro Garuda e as conversas dele com Vishnu, o mais metamórfico de todos os deuses.

O jovem Acharya, chamado Ramanuja em homenagem ao lendário santo do século XI, recebeu-a à porta das residências. "A guerra está perdida", ela lhe informou. "Os vitoriosos estão chegando."

Ramanuja não lhe perguntou como ela sabia. "Entre", respondeu. "Talvez eles tenham a gentileza de não assassinar os monges nem profanar este lugar sagrado."

"Talvez", retrucou Pampa Kampana. "Mas creio que não viveremos um tempo de gentileza."

Chegou um mensageiro à cidade, já quase morto por ter corrido cento e cinquenta quilômetros desde o campo de batalha de Talikota, que viveu apenas o suficiente para dar a notícia da derrota. A partir daí, a cidade mergulhou no caos. O exército dos Quatro Sultanatos estava a caminho e o exército de Bisnaga fugira, centenas de milhares de guerreiros se dispersavam em debandada pelos campos imensos. Agora eram apenas os sete círculos de muralhas que restavam para proteger a cidade da horda que vinha atacá-la. Mas os soldados que controlavam as muralhas estavam desmoralizados e também fugiam; pela primeira vez, as pessoas se davam conta de que muralha alguma haveria de salvá-las se não houvesse seres humanos a defendê-las; que no fim das contas a salvação dos seres humanos depende de outros seres humanos e não de *coisas*, por maiores e mais imponentes — e até mesmo mágicas — que sejam.

À medida que se espalhava a notícia de que os defensores das muralhas haviam fugido, a cidade entregou-se por completo ao pânico. Multidões tomaram as ruas, carregando pertences, enchendo carroças e atrelando-lhes bois, roubando cavalos, levando tudo o que pudesse ser levado, fugindo, fugindo. Um milhão de pessoas, fugindo em desespero, para qualquer lugar, muito embora soubessem que o império desmoronava e que portanto não havia onde se esconder. Homens e mulheres choravam abertamente, crianças gritavam, e mesmo antes da chegada do inimigo os saques começaram, porque a ganância existe, e por vezes é um estímulo mais forte até mesmo do que o medo.

Um dia depois da calamidade em Talikota, o filho sobrevivente de Aliya Rama Raya e Tirumalamba Devi, Tirumala Raya, voltou para Bisnaga, com ferimentos num braço e numa perna, a cabeça envolta numa bandagem, porém montado num cavalo e acompanhado pela pequena força de duas dúzias de soldados leais que o ajudara a fugir da debandada sangrenta, um grupo de guerreiros veteranos que haviam conseguido escapar do massacre lutando, liderado pelos mais ferozes de todos os veteranos, o descendente de Thimma, o Enorme, conhecido como Thimma, o Quase Tão Enorme, e uma parente de Ulupi Júnior, Ulupi Ainda Mais Júnior. "Todos os sete portões da cidade estão abertos!", gritou Tirumala Raya no meio do grande bazar. "Precisamos de homens capacitados, e de mulheres também, para fechar os portões e defender a cidade! Quem virá? Quem está comigo?" Ninguém lhe deu atenção, apesar do fato de que, mortos o pai e o irmão, tecnicamente ele era agora o rei. Sua voz era uma voz ridícula, de outra era do mundo, uma era de confiança, coragem e honra. Na nova era, que começara no dia anterior, era cada um por si, sim, e cada uma por si também. O novo rei montado no cavalo poderia perfeitamente ser um fantasma, ou uma estátua de pedra. Os cidadãos passavam por ele em multidão e o ignoravam. Ele não era um herói voltando da guerra. Era apenas um tolo derrotado.

Tirumala Raya mudou de plano. "Precisamos ir imediatamente ao tesouro", decidiu, "para recolher o máximo de ouro possível. Em seguida, temos que ir para o sul, para Srirangapatna. É o reino da minha família, e os sultões não ousariam nos seguir até lá, tão longe das terras deles. Lá seremos bem-vindos, e com nosso ouro não dependeremos de ninguém, e vamos reconstruir um exército e começar a salvar o império desses inimigos."

"Que vossa majestade nos desculpe", respondeu Thimma, "mas não."

"Nosso lugar é aqui", disse Ulupi. "Vamos nos postar nos portões da cidade, encarar o inimigo e impor o terror ao coração negro deles."

"Mas os inimigos são talvez meio milhão", exclamou Tirumala Raya, "com armamentos pesados e encorajados pela vitória. Vocês são apenas duas dúzias. Eles vão matá-los imediatamente, e tudo que vocês conseguirão será a própria morte."

"Quinhentos mil deles contra cerca de vinte e cinco de nós", disse Ulupi, pensativa. "Parece razoável. Thimma, o que você acha?"

"Bem razoável", respondeu Thimma. "Acho que temos uma ótima chance."

O jovem rei ficou em silêncio por um momento. Então disse: "Vocês têm toda a razão. Aqueles desgraçados não têm nenhuma chance. Eu também vou ficar".

"E o tesouro?", perguntou Ulupi.

"Dane-se o tesouro", respondeu Tirumala Raya. "Vamos para os portões."

No terceiro dia depois de Talikota, o exército da aliança chegou aos portões de Bisnaga. Pampa Kampana estava em pé, na cela de Madhava Acharya, apertando o *Garuda Purana* contra o peito como se fosse um escudo. O alvoroço dos saqueadores era como o uivo de mil lobos, e os sons emitidos pelo povo da cidade em desespero eram como gemidos de carneiros indefesos sendo abatidos. Ela ouvia vozes exclamando, incrédulas, que as sete muralhas haviam desabado, se dissolvido em pó, como se a magia delas não fosse capaz de sobreviver ao desespero da cidade, como se tivessem sido assentadas sobre a confiança e a esperança e, quando as duas desapareceram, não fosse possível manter a ilusão. Após a dissolução das muralhas, o trovão do ataque encheu o céu. Perdeu-se em algum lugar da imensa cacofonia da morte a resistência final dos vinte e quatro guerreiros, que combateram pela última vez, liderados pelo último rei, até a chegada do anjo do fim, a própria Morte, conhecida nas narrativas antigas como *a Destruidora de Delícias e a Separadora de Sociedades, a Assoladora de Lares e a Cultivadora de Cemitérios*. A Morte. Pelas ruas escorria sangue, o ar estava cheio de abutres, o tesouro foi saqueado e foi levado tudo o que podia ser levado, inclusive as vidas humanas. E chamas devoraram os prédios de tijolo e madeira, até que só restaram as fundações de pedra. Por um período que pareceu uma eternidade, mas que pode ter sido de seis meses ou seis horas, ou seis dias, predominou o som da destruição: destruíram-se palácios e estátuas e tudo o que antes fora belo. As estátuas gigantescas do Senhor Hanuman e da deusa Pampa foram quebradas em tantos pedaços que depois se tornou impossível acreditar que houvessem de fato existido. O bazar ardeu; a "casa do estrangeiro" ardeu; quase tudo que fora a capital do império de Bisnaga foi reduzido a entulho, sangue e cinzas. Até mesmo o templo mais antigo, o chamado Templo Subterrâneo, por haver emergido inteiramente pronto do fundo da terra no dia do espalhamento das sementes que deram origem a Bisnaga, foi queimado e destruído por completo. Os macacos que lá viviam fugiram do incêndio para se salvarem.

Assim, a história de Bisnaga terminou tal como começou: com uma cabeça cortada e um incêndio.

Algumas coisas foram poupadas. Certos templos, e partes do *mutt* de Mandana permaneceram em pé, apenas com danos parciais, e muitos dos monges do *mutt* sobreviveram, menos os que saíram correndo nas ruas para ajudar os moribundos e prantear os mortos. O chefe do *mutt*, o jovem Ramanuja Acharya, foi um desses; o corpo dele ficou escondido numa montanha de cadáveres; e depois que a cidade se incendiou, os corpos ardiam nas ruas, e tudo o que fora Bisnaga transformou-se numa pira funeral. E os abutres desceram do céu, para dar fim ao que restava.

Pampa Kampana sobreviveu. Em uma das últimas páginas de seu livro, escreveu: "Nada perdura, mas nada é desprovido de sentido. Nós nos elevamos, caímos, nos elevamos de novo e de novo caímos. Prosseguimos. Também tive sucesso e também fracassei. Agora a morte está próxima. Na morte, triunfo e fracasso se encontram humildemente. Aprendemos muito menos com a vitória do que com a derrota".

Chegou o dia em que as forças da aliança foram embora, tendo realizado seu trabalho, e o silêncio desceu sobre a cidade arruinada como uma mortalha. No *mutt* de Mandana, Pampa Kampana escreveu as páginas derradeiras. Foi para o canto do quarto e encontrou o vaso que fizera para receber sua obra; guardou o manuscrito dentro dele. Alguém deve tê-la ajudado depois disso, talvez um monge sobrevivente, mas não temos como saber com certeza. Sabemos apenas que ela saiu do *mutt* e foi até os destroços da estátua de Pampa com o vaso lacrado (quem a ajudou a lacrá-lo?) e uma pá (ou pás) para cavar. Então ela, ou seu ajudante desconhecido, encontrou um trecho de terra que não estava coberto de fragmentos de pedra. E ela, ou ele, ou os dois juntos começaram a cavar.

Tendo enterrado o *Jayaparajaya*, Pampa Kampana sentou-se, de pernas cruzadas, e bradou: "Terminei minha narrativa. Que eu seja libertada". Então esperou.

Sabemos disso porque ela anotou o que ia fazer nas páginas finais do livro. Podemos imaginar que seu pedido foi atendido, que os séculos a atropelaram finalmente, a carne definhou e os ossos se desfizeram, e depois de alguns momentos restavam apenas as vestes simples no chão, cheias de pó, e uma brisa dispersou esse pó. Ou então podemos acreditar, com mais fantasia, que os *yalis* mágicos de seus sonhos apareceram e com ela transpuseram os portões celestiais dos Campos Eternos, onde ela não era mais cega e a eternidade não era uma maldição.

Tinha duzentos e quarenta e sete anos de idade. Foram estas suas últimas palavras:

Eu, Pampa Kampana, sou a autora deste livro.
Vivi para ver um império se elevar e cair.
Como são lembrados agora, esses reis, essas rainhas?
Agora existem apenas nas palavras.
Vivos, foram vitoriosos, ou derrotados, ou as duas coisas.
Agora não são nem uma coisa nem outra.

As palavras são as únicas vitoriosas.

O que eles fizeram, ou pensaram, ou sentiram não existe mais.

Restam apenas estas palavras a relatar essas coisas.

Eles serão lembrados tal como escolhi lembrá-los.

Seus feitos só serão conhecidos tal como foram registrados.

Seus significados serão os que eu quero lhes atribuir.

Eu mesma nada sou agora. Resta apenas esta cidade de palavras.

As palavras são as únicas vitoriosas.

Agradecimentos

Eis alguns dos livros que li antes e no decorrer da escrita deste romance. Além deles, há muitos artigos acadêmicos (e jornalísticos), ensaios e websites que consultei, numerosos demais para serem listados. Agradeço a todos. Muito me ajudaram. Quaisquer defeitos que haja no texto do romance são meus.

Vijayanagar — City and Empire: New Currents of Research, v. 1: Texts e v. 2: Reference and Documentation, org. de Anna Libera Dallapiccola em colaboração com Stephanie Zingel--Ave Lallemant.

A Social History of the Deccan 1300-1761, de Richard M. Eaton.

India in the Persianate Age, 1000-1765, de Richard M. Eaton.

Beyond Turk and Hindu, org. de David Gilmartin e Bruce B. Lawrence.

The Travels of Ibn Battuta.

From Indus to Independence: A Trek Through Indian His-

tory, v. 7: Named for Victory: The Vijayanagar Empire, do dr. Sanu Kainikara.

Towards a New Formation: South Indian Society under Vijayanagar Rule, de Noboru Karashima.

India: A Wounded Civilization, de V. S. Naipaul.

A History of South India: From Prehistoric Times to the Fall of Vijayanagar, de Sastri K. A. Nilakanta e R. C. Champakalakshmi.

Court Life Under the Vijayanagar Rulers, de Madhao P. Patil.

Raya: Krishnadevaraya of Vijayanagara, de Srinivas Reddy.

City of Victory, de Ratnakar Sadasyula.

Hampi, de Subhadra Sen Gupta, com fotos de Clare Arni.

A Forgotten Empire, de Robert Sewell, contendo também *The Narrative of Domingo Paes*, escrita por volta de 1520-2, e *The Chronicle of Fernão Nuniz*, escrita por volta de 1535-7.

ESTA OBRA FOI COMPOSTA PELO ESTÚDIO O.L.M./ FLAVIO PERALTA EM ELECTRA
E IMPRESSA EM OFSETE PELA LIS GRÁFICA SOBRE PAPEL PÓLEN NATURAL
DA SUZANO S.A. PARA A EDITORA SCHWARCZ EM AGOSTO DE 2023

A marca FSC® é a garantia de que a madeira utilizada na fabricação do papel deste livro provém de florestas que foram gerenciadas de maneira ambientalmente correta, socialmente justa e economicamente viável, além de outras fontes de origem controlada.